Der Himmel über den Alpen

Monika Mansour, geboren 1973 in der Schweiz, liebte schon als Kind spannende Geschichten. Nach einer Lehre ging sie auf Reisen und verbrachte mehrere Monate in Australien, Neuseeland und den USA. Danach arbeitete sie am Flughafen, führte eine Whiskybar und war Tätowiererin. 2014 erfüllte sich ihr Traum vom Leben als Schriftstellerin. Sie lebt mit ihrem Mann und ihrem Sohn im Luzerner Hinterland.
www.monika-mansour.com

 Ab Seite 333 findet sich ein Glossar.

MONIKA MANSOUR

Der Himmel über den Alpen

ROMAN

emons:

Bibliografische Information der Deutschen Nationalbibliothek
Die Deutsche Nationalbibliothek verzeichnet diese Publikation in der Deutschen Nationalbibliografie; detaillierte bibliografische Daten sind im Internet über http://dnb.d-nb.de abrufbar.

FSC www.fsc.org
MIX
Papier aus verantwortungsvollen Quellen
FSC® C014496

Umschlaggestaltung: Nina Schäfer, unter Verwendung der Motive von shutterstock.com/Andrea Ambrosino, shutterstock.com/TWINS DESIGN STUDIO
Gestaltung Innenteil: DÜDE Satz und Grafik, Odenthal, nach einem Layout von Nina Schäfer
Druck und Bindung: GGP Media GmbH, Pößneck
Printed in Germany 2023
ISBN 978-3-7408-1940-8
Roman
Originalausgabe

Für das Leben – für dich

LIFE
isn't about
waiting
for the STORM to pass …
It's about
learning
to DANCE in the
RAIN.

Vivien Greene,
Autorin (1904–2003)

Prolog

Sie tanzte in der Hitze der Mittagssonne, während er mit dem Regen weinte.

Ohne Hoffnung standen sie auf den Dachterrassen des hufeisenförmigen Sanatoriums im Berner Oberland, ein imposantes Bauwerk, über einhundert Jahre alt, frisch renoviert, mit einer Fassade in Weiß, grünen Fensterläden und einem Ziegeldach in Rot. Die beiden Dachterrassen befanden sich je am äußeren Ende des Ost- und Westflügels.

Das Sanatorium thronte einsam inmitten der Natur am Hang. Es glich einem malerischen Bild aus einem Märchenbuch: der geteilte Himmel, die Alpen im Hintergrund – Eiger, Mönch und Jungfrau mit ihren schneebedeckten Gipfeln –, die Wiese, die sich um das Sanatorium erstreckte, und weit unten der Brienzersee. Eine Serpentinenstraße führte von Iseltwald zu der Kurklinik, die Patienten vorbehalten war, die sich Ruhe, Erholung und medizinische Betreuung an diesem exklusiven Ort leisten konnten.

Die Frau stand auf der Terrasse des Ostflügels im Sonnenschein. Ihr Herz flatterte wie die bunten Stoffe, die ihren schlanken Körper umschmeichelten. Sie blickte hoch in den tiefblauen Himmel und bemerkte seinen Blick nicht, der starr auf sie gerichtet war, ohne sie wahrzunehmen.

Die Spitzen seiner schwarzen Lederschuhe ragten über die Kante der Mauer. Der Mann stand unter dem düsteren Wolkenhimmel auf der Terrasse des Westflügels. Regentropfen, schwerer als das Universum selbst, versuchten vergebens, sich an den Lederschuhen festzuklammern, bevor sie in der Tiefe verloren gingen.

Für Sunshine und Rainman war das Leben kein Märchen, es war ein Alptraum. Das Schicksal hingegen meinte es gut. Es schenkte ihnen an diesem wechselhaften Tag etwas Wertvolles …

Zeit.

Sekundenbruchteile vor dem Fall stürmten die Betreuer des Ost- und Westflügels auf die Dachterrassen.

Sunshine drehte sich wie ein Wirbelwind im Kreis. Der leichte Stoff ihres Sommerkleides tanzte mit ihr eine Salsa. Sie lachte, breitete die Arme aus, war entschlossen, auf dem Wind in den Abgrund zu reiten. Sie war nicht schnell genug. Ein Betreuer erwischte ihr Handgelenk und zog sie vom Tod zurück.

Rainmans Hände steckten in den Taschen seines schwarzen Anzuges. Die Augen waren geschlossen. Der Regen im Gesicht kaschierte die einzelne Träne, die sich ihren Weg aus seinem Augenwinkel erkämpfte. Er stand wie die letzte Note einer Ballade in e-Moll auf den Zehenspitzen, der Schwerkraft folgend, die ihn in den Abgrund ziehen würde. Er war nicht schnell genug. Ein Betreuer erwischte seinen Gürtel und zog ihn ebenfalls vom Tod zurück.

Sie bekamen vom Schicksal die Zeit geschenkt, ihr Leben zu ändern, aber sie hatten keine Ahnung, welche schicksalhafte Zukunft vor ihnen lag …

1

Professor Bernard starrte auf die beiden Akten, die ausgebreitet auf seinem Arbeitstisch lagen. Mit einem Ohr hörte er dem Wetterbericht im Radio zu: bewölkt, mit sonnigen Abschnitten und kurzen, heftigen Regenschauern, so war das Wetter in den Bergen, selbst mitten im Sommer.

Er tippte mit dem Finger auf die Akte von Anna Morrone, siebenunddreißig, eine Bernerin, aufgewachsen in Iseltwald, aber seit bald zwanzig Jahren wohnhaft in Italien. Verheiratet. Ein komplexer Fall und nicht ihre erste Einweisung in eine psychiatrische Klinik. Er würde sein Bestes geben, ihr zu helfen.

Langsam neigte der Professor den Kopf und studierte die andere Akte. Tae-poong Kim, Künstlername Taifun. Vierunddreißig. Schweizer-koreanischer Doppelbürger. Aufgewachsen in Interlaken. Er war zwölf, als er seinen Vater verlor und mit seiner Mutter nach Südkorea zog. Ein schwieriger Fall, über den der Professor nur wenig Informationen besaß. Bisher hatte sich Tae-poong Kim nie in psychiatrische Behandlung begeben. Der Professor war entschlossen, auch diese Herausforderung anzunehmen.

Er war stolz darauf, von sich behaupten zu können, jedem Gast, der seine exklusive Privatklinik besucht hatte, geholfen zu haben. Sein Sanatorium war der ideale Rückzugsort für gequälte Seelen aus der ganzen Welt, denen Diskretion ebenso wichtig war wie die Heilung ihrer psychischen Eigenarten. Nur ungern sprach der Professor von Krankheit. Sein Sanatorium, das rund dreißig Patienten und Patientinnen Erholung bot, war nicht zu vergleichen mit der Luxus-Rehaklinik Paracelsus an der Goldküste Zürichs, dem Meadows in Arizona oder dem The Priory in Großbritannien, welche den Milliardären vorbehalten waren. Sein Sanatorium war für jene Gäste ausgelegt, die Normalität in ihrem Leben suchten. Wohl waren die Suiten groß, aber dennoch bescheiden eingerichtet. Gruppentherapien und Gemeinschaftsräume wirkten der Isolierung entgegen, in die sich Milliardäre, Millionäre, Mitglieder königlicher Familien, Personen des öffentlichen Lebens oder andere Stars und Berühmtheiten aus Angst flüchteten. Es war untersagt, eigenes Personal mitzubringen, keine eigenen Haushälterinnen, Köche oder Personal Trainer. Diejenigen, die hierherkamen, wollten ihr Glück wiederfinden. Sie suchten nach einem familiären Umfeld, um ihre Wunden heilen zu lassen.

Dennoch, Diskretion war nur garantiert, wenn in seinem Sanatorium niemand außer ihm und Dr. Tribelhorn, Oberärztin und seine rechte Hand, die echten Namen der Patienten kannte. Deshalb war es Pflicht, bei der Anmeldung ein Alias anzugeben, unter welchem die Gäste angesprochen werden wollten.

»Seltsam«, murmelte der Professor. Selten gab es am gleichen Tag zwei Neueinweisungen. Und noch nie kam es vor, dass ihre Pseudonyme zueinanderpassten.

Er schloss die Akte von Sunshine und jene von Rainman. Ein Blick auf die Uhr bestätigte, dass ihre gemeinsame Zeit im Berner Oberland gleich beginnen würde. Um zwölf Uhr sollten sie an diesem Montag, Mitte Juli, eintreffen.

Der Professor hörte in der Ferne die Rotoren des Helikopters und beschloss, sich zum Empfang zu begeben, wo eine breite Fensterfront den Blick in das Tal freigab. Der Himmel war bedeckt, keine Sonne, die sich zeigte, kein Regen, der fiel.

Eine schwarze Limousine mit italienischem Kennzeichen fuhr die Serpentinenstraße hoch. Der Professor beobachtete, wie ein Helikopter aus den Wolken zu fallen schien und am Gebäude vorbei zum Landeplatz flog. Der Wind peitschte ihn hin und her wie einen Tennisball. Endlich setzte er auf. Die Tür ging auf, und ein junger Mann in einem dunklen Anzug stieg aus. Ein Begleiter folgte ihm. Das musste Rainman sein. Noch konnte der Professor sein Gesicht nicht erkennen, aber der junge Mann kam mit energischen Schritten und gerader Körperhaltung auf das Sanatorium zu.

Neugierig schaute der Professor hinüber zu der Limousine, die auf dem Vorplatz parkte. Die Tür öffnete sich, und eine junge Frau stieg aus. Sie lächelte, streckte die Arme in die Höhe, atmete tief durch und band sich ihre langen blonden Haare mit einer geschickten Handbewegung am Hinterkopf zusammen. Sie trug ein gelbes Sommerkleid mit rosafarbenem Blütenmuster. Das Oberteil war tief ausgeschnitten, der Rock kurz und zeigte ihre schlanken Beine. An den Füßen trug sie hohe Riemensandalen. Sie wechselte ein paar Worte mit dem Chauffeur, ein Bär von einem Mann, der ihr die Handtasche reichte, und tänzelte auf den Eingang zu.

Ein seltsames Paar, dachte der Professor. Gegensätzlicher hätten die neuen Patienten nicht sein können. Sie kamen nebeneinander die wenigen Stufen hoch, die zu den beiden breiten Flügeltüren in der Glasfront beim Eingang führten. Sunshine und Rainman nahmen keine Notiz voneinander, doch bereits nach der dritten Stufe hatten sich ihre Schritte synchronisiert.

Als sie das Sanatorium betraten, riss der Himmel über den Berner Alpen auf und ließ gleißende Sonnenstrahlen passieren, während sich hier die schweren Regenwolken entluden. Sunshine und Rainman sahen den Regenbogen nicht, der hinter ihnen eine Brücke schlug.

So kurz, wie sie sich begegneten, so schnell trennten sich ihre Wege erneut. Die Stationsleiterin des Ostflügels, des Frauentrakts, nahm Sunshine in Empfang und führte sie zu ihrer Suite. Der Chauffeur brachte ihr die drei schweren Koffer nach.

Der Stationsleiter des Westflügels, des Herrentrakts, begrüßte Rainman und zeigte ihm den Weg zu seiner Suite. Sein Begleiter aus dem Helikopter eilte ihnen mit einer Sporttasche und einer Gitarre hinterher.

»Das sind also unsere beiden Neuzugänge«, sprach der Professor vor sich hin und massierte seinen grau melierten Bart. »Interessant, interessant.« Wie üblich hatte er sich beim Empfang zurückgehalten. Seine Gäste sollten erst einmal in Ruhe ankommen. Zeit für Gespräche blieb später genug.

***

Rainman stand am Fenster und starrte hinaus in die Landschaft, die ihm mehr als vertraut war. Genau so hatte er sie in Erinnerung, seine Heimat. Ein Ort, an dem die Zeit dahinplätscherte, im Gegensatz zur pulsierenden Millionenmetropole Seoul. Hier würde er seinen Frieden finden. Er war zu Hause, nach über zwanzig Jahren.

Traurigkeit hüllte ihn ein wie ein Leichentuch, das er sich nicht vom Leib reißen konnte. Seine rechte Hand hatte die Vorhänge zur Seite gezogen, und noch krallten sich seine Finger an dem Stoff fest. Er atmete schwer. Seine Schultern waren verkrampft, den Kopf trug er gesenkt. Seine schwarzen Haare fielen ihm in die Stirn. Er drehte sich langsam um. Sein Gesicht war das eines Jungen, zart, und die Haut bleich und ohne Makel, eine Schönheit, die er sich teuer erkauft hatte. Auch wenn er sich dank seines Genmixes und perfekter Gesichtssymmetrie hatte vor Schönheitsoperationen drücken können, so waren die routinemäßigen Gesichtsbehandlungen oft eine Tortur gewesen. Alltag in Südkorea, nicht nur für einen Superstar.

Gerade wegen seines speziellen Looks war er beliebt. Für einen Koreaner waren seine Kieferknochen ausgeprägt und die asiatischen Augen trotz des Monolides groß. Es waren die Augen seiner Mutter, schöne Augen, die das Leiden seiner Seele nicht mehr verbergen konnten.

»Es ist unheimlich ruhig hier oben«, sagte Jun-ho, sein Assistent und Freund, der unschlüssig neben dem Bett stand. Er unterhielt sich mit Rainman auf Koreanisch. »Ich habe für die nächsten Wochen ein Zimmer in der Pension Seeblick weiter unten gemietet. Wenn du etwas brauchst, ruf mich an. Meine Handynummer hier in der Schweiz habe ich in deinem Smartphone gespeichert.«

»Du verabscheust das Landleben.« Rainmans Gesicht fühlte sich wie das einer Wachsfigur an: ausdruckslos.

»Abstand zu Seoul tut auch mir gut. Für einmal muss ich mir keine Sorgen um die Feinstaubbelastung machen. Aber das Essen wird eine Herausforderung. Kimchi-Eintopf und Bibimbap gibt es hier wohl nicht.«

»Probiere ein Fondue – wenn du es im Sommer bekommst. Für Touristen gibt es das vermutlich während des ganzen Jahres.«

»Fondue. Ich werde es mir merken. Soll ich deine Tasche auspacken?«

Rainman deutete ein Nein an.

Unschlüssig knetete sich Jun-ho die Finger. »Gut, dann werde ich gehen. Kommst du hier oben zurecht? Die Luft ist dünn.«

»Geh schon.«

Jun-ho verbeugte sich, zögerte und verließ ohne ein weiteres Wort die Suite.

Rainman griff nach der Gitarre und verstaute sie im Schrank. Er riss den Reißverschluss der Sporttasche auf und leerte den Inhalt aufs Bett. Viel hatte er nicht eingepackt, nur Sportkleidung und einen Schlafanzug und den einen schwarzen Anzug, den er trug. Besitztum war wertlos geworden. Er hatte eine ganze Villa voller Luxusschrott in Seoul zurückgelassen. Nichts davon konnte er mitnehmen, dort, wo er hingehen wollte.

Rainman warf sich rücklings aufs Bett, streckte die Arme seitlich aus und fiel in diese komatöse Starre, in die er seit Februar oft verfiel. Warum konnte er seinem Körper nicht befehlen, das Herz-Kreislauf-System auszuschalten oder die Gehirnaktivität einzustellen?

***

Das war neuer Rekord. Lisi brachte das zweite Tablett mit Essen auf die Suite, da im Speisesaal das Mittagsbuffet längst abgeräumt war. Sie klopfte an und trat ein.

»Ist das meine Bauernbratwurst mit der Berner Rösti?« Sunshine hüpfte barfuß durch die Zwei-Zimmer-Suite und roch an dem Essen, das Lisi ihr auf den Salontisch stellte. Sie hatte zuvor bereits eine Portion Spaghetti Vongole gegessen. »Hmmm.« Sie inhalierte den Duft der Wurst mit einer dramatischen Geste, so als stünde sie auf einer Theaterbühne vor Publikum. »Ich rieche die Heimat. Ist das nicht traumhaft? Lisi, richtig? Lisi, kommen Sie her, schauen Sie aus dem Fenster. Diese Aussicht ist phantastisch. Sehen Sie da, weit unten, das kleine Dorf auf der Halbinsel im Brienzersee? Das ist Iseltwald. Da bin ich aufgewachsen. Können Sie sich das vorstellen? Ich bin zurück. Ja, ich bin daheim, endlich, nach bald zwanzig Jahren. Ich liebe es, liebe es! Aber«, sie packte abrupt Lisis Arm, »wird es hier oben nicht schrecklich langweilig? Was machen wir am Abend? Kann man tanzen? Da drüben, der andere Flügel des Sanatoriums, da sind die Männer einquartiert, richtig? Sind auch ein paar prachtvolle Kerle darunter?«

Lisi starrte in die türkisblauen Augen von Sunshine, die Berndeutsch sprach. »Na ja, die Männer hier sind nicht … ähm … der Professor wünscht sich Ruhe und Erholung für die Gäste im Sanatorium. Es gibt ein Spiel- und Lesezimmer, einen Fitnessraum, wir haben eine Yogalehrerin im Hause, und es gibt einen Hobbyraum und eine kleine Werkstatt. Ah, und natürlich den großen Saal für besondere Anlässe.«

»*Mamma mia*, ich wusste es. Langweilig und öde.« Sunshine sprang aufs Bett und hüpfte im Kreis wie ein kleines Kind. »Egal. Ich mache meine persönliche Party. Ich bin frei, nicht? Ich bin zu Hause, ja, das bin ich.«

»Bitte, kommen Sie vom Bett herunter. Sie verletzen sich noch.«

»Lisi, ich weiß, ich bin schwierig. Sie werden es nicht leicht mit mir haben. Aber Spaß darf zwischendurch sein, nicht? Kommen Sie, kommen Sie hoch aufs Bett, es ist groß genug für uns beide. Bitte, lassen Sie uns das Leben in diesem Moment genießen, es kann so unberechenbar sein.«

Lisi verwarf die Hände, atmete tief durch und setzte sich wartend auf die Bettkante.

***

»Ich kann Sie beruhigen, bei uns ist Ihre Frau in guten Händen.« Der Professor mochte es nicht, wenn Familienangehörige sich aufdrängten, doch der Anrufer ließ sich nicht zurückweisen.

»Tony wird bei ihr bleiben«, sagte Andrea Morrone, der Gatte von Sunshine. Er sprach ein gutes Hochdeutsch mit stark italienischem Akzent. »Tony ist ihr Bodyguard und Fahrer und wird meine Frau im Auge behalten. Er hat in der Pension Seeblick ein Zimmer gemietet und wird täglich nach ihr sehen. Wenn es Probleme gibt, und die wird es mit Anna geben, rufen Sie ihn unverzüglich an.«

Der Professor stimmte nur ungern zu, hielt es im Augenblick aber für die beste Strategie, und verabschiedete sich von Morrone.

»Ärger?«, fragte Dr. Tribelhorn, die auf einem Stuhl saß und sich ihr braunes, kinnlanges Haar hinters Ohr strich. Sie schob die schwarze Hornbrille auf der Nase zurecht. Auf dem Schoß hielt sie ihren Laptop, bereit, die ersten Vorgehensweisen betreffend die neuen Patienten mit dem Professor zu besprechen.

»Druck von der Familie fördert keine Behandlung, will man eine verletzte Seele heilen.«

»Italienische Sippen sind patriarchal ausgerichtet, vor allem die aus Kalabrien.«

»Ich habe Ihre Andeutung überhört.« Dr. Tribelhorn war oft klüger, als gut war. Sie war eine brillante Psychiaterin und Psychologin, der es manchmal leicht an Mitgefühl mangelte. Dafür war sie unvoreingenommen, wenn es darum ging, eine Diagnose zu stellen.

Der Professor stand von seinem Stuhl auf und trat ans Fenster. Er beobachtete, wie dieser Tony die Limousine mit dem italienischen Nummernschild startete und in die erste Kurve lenkte.

»Sunshine spricht perfektes Berndeutsch«, sagte Dr. Tribelhorn.

»Natürlich«, sagte der Professor. »Sie ist in Iseltwald aufgewachsen, hat ihre Eltern aber früh verloren.«

»Familienangehörige?«

»Eine jüngere Schwester. Sie lebt ebenfalls in Italien. Und eine Tante in Iseltwald, soweit ich informiert bin.«

»Was ist mit dem Südkoreaner? Er hat sich kurzfristig bei uns angemeldet. Wie ist sein Englisch? Brauchen wir einen Übersetzer?«

»Er spricht auch Schweizerdeutsch.«

»Tatsächlich?«

»Die Mutter ist Südkoreanerin, der Vater war Schweizer. Rainman besuchte die Schule in Interlaken, wo er aufwuchs. Nach dem Tod seines Vaters zog seine Mutter mit ihm nach Seoul.«

Dr. Tribelhorn drehte einen Stift zwischen ihren Fingern. »Scheint so, als seien beide angekommen. Es geht nichts über die Erholung in der wunderschönen Heimat. Bereiten wir heute Abend die übliche Willkommenszeremonie im großen Saal vor?«

»Ja. Aber halten Sie die Zeremonie bescheiden. Rainman bekommt anscheinend seit ein paar Monaten Panik, wenn er vor einem Publikum steht.«

»Ein K-Pop-Star mit Panikattacken?« Dr. Tribelhorn schaute auf. »Da glaube ich wohl, dass er bei uns richtig ist.«

Der Professor nickte. »Planen Sie für morgen nach dem Mittagessen je zwei Stunden Zeit für die beiden ein. Wir wollen sie kennenlernen.«

Dr. Tribelhorn klappte ihren Laptop zu. »Das wird ein aufregender Sommer. Eine Mafiabraut und einen Superstar zu betreuen klingt nach spannender Arbeit.«

***

»Sieben Uhr? Lisi, das geht gar nicht.« Sunshine schmollte auf dem Stuhl vor dem Schminktisch.

Lisi schaute auf die Uhr. »Es ist fast acht. Die anderen warten. Im Sanatorium müssen die Gäste um zehn Uhr auf ihren Zimmern sein.«

»Lisi, eine Frau braucht Zeit, sich hübsch zu machen. Die

Haare, das Make-up, die Kleider und vergessen wir nicht die Schuhe. Oh, Schmuck! Wo ist meine Schatulle?«

»Gleich vor Ihnen auf dem Tisch.«

»Oh, Sie sind ein Schatz. Was würde ich nur ohne Sie tun? Werden wir gute Freundinnen, ja? Oh bitte, ich brauche eine Freundin. Sie müssen mir sagen, dass ich traumhaft aussehe, das macht sonst Andrea, mein Mann, jeden Tag.«

Sunshine stand auf und betrachtete sich im Spiegel, verzog das Gesicht zu einigen Grimassen und streckte ihrem Spiegelbild die Zunge raus. Lisi verstand nicht, was die Geste bedeuten sollte, aber sie würde dem Professor davon erzählen.

»Hätte ich nicht das türkisfarbene Kleid anziehen sollen?«, fragte Sunshine leise, die ihre Selbstsicherheit verloren zu haben schien.

»Sie sehen wunderschön aus in diesem rosafarbenen Kleid mit den Spitzen am Saum. Wir sollten gehen.«

»Nicht drängen. Es gehört zur Etikette einer wahren Königin, den Saal als Letzte zu betreten. Alle Augen werden auf mich gerichtet sein.« Sie strich sich über das platinblonde Haar. »Fallen die Locken weich genug?« Sunshine wirbelte herum. »Man weiß nie, wann man seinem Traumprinzen über den Weg läuft. Bestimmt habt ihr einige gut aussehende Doktoren im Haus.«

»Ähm, nicht wirklich. Suchen Sie denn einen Mann? Ich dachte, Sie sind –«

»Wer sucht nicht nach der einzigartigen Liebe? Die habe ich noch nicht gefunden. Leider bin ich schon seit fast zwanzig Jahren kirchlich und gesetzlich, und ich spreche hier nicht nur von dem staatlichen Gesetz, an meinen Gatten gebunden. Ein Scheusal. Ich hasse ihn.«

»Oh, darüber sollten Sie mit dem Professor reden.«

»Genau!« Sunshine hob den Daumen. »Genau deshalb bin ich hier. Und jetzt los, wir kommen zu spät zu meinem Glanzauftritt.«

Lisi fragte sich, ob Sunshine Drogen im Blut hatte. Aufputschmittel vielleicht. Auch darauf würde sie den Professor aufmerksam machen.

Oje, das ist alles andere als ein Glanzauftritt, dachte Lisi, als sie kurz darauf den Saal betraten. Das Buffet mit dem Abendessen war halb leer gegessen, die Torten angeschnitten und kein einziges Augenpaar auf Sunshine gerichtet. Rund dreißig Patientinnen und Patienten und ein Dutzend Angestellte saßen auf gepolsterten Stühlen um die kleine Bühne herum, auf der ein Mann saß und Gitarre spielte.

»Wir hätten früher kommen sollen«, flüsterte Lisi verlegen in Sunshines Ohr.

»Wer spielt da?« Sunshines blendende Laune war verpufft.

»Das ist der Neue, der heute ankam. Ein Südkoreaner. Ich glaube, er ist Musiker.« Lisi hörte ihm eine Weile zu. Die Melodie, die er spielte, war traurig, bedrückend und melancholisch.

»Der Song ist die reinste Spaßbremse«, beschwerte sich Sunshine. »Ich will tanzen und mich amüsieren.« Entschlossen drückte sie ihre Brust heraus und stolzierte auf die Bühne zu.

Einige Gäste bemerkten sie und starrten sie an. Lisi sah Tränen in deren Augen.

»Eine Stimmung zum Heulen herrscht hier«, sagte Sunshine. Sie blieb vor der Bühne stehen und betrachtete den jungen Mann in seinem schwarzen Anzug, die Gitarre in den Armen, den Kopf gesenkt, komplett versunken in sein Spiel. Er nahm nichts um sich herum wahr, auch nicht Sunshine.

»Hey!«, rief sie. »Hast du keine anderen Töne drauf? Das hier sollte eine Willkommensparty werden, keine Beerdigung.«

Er ignorierte sie und spielte unbeirrt weiter.

Lisi war die Szene unangenehm. Sie hielt im Saal nach dem Professor Ausschau, während sie ebenfalls nach vorne zur Bühne ging.

»Du da! Hör auf zu spielen. Ich ertrage diese Melodie nicht.« Sunshine stürmte auf die kleine Bühne und drehte sich zum Publikum um. »*Dio mio*, was für ein armseliger Haufen. Gibt es hier keinen DJ? Wo ist die Bar? Ich brauche einen Drink. Kellner? Hallo?«

Erleichtert sah Lisi, wie der Professor von einem Stuhl in der zweiten Reihe aufstand und neben sie trat. »Sunshine, bitte, lassen Sie Rainman sein Stück beenden, danach dürfen Sie sich den Gästen persönlich vorstellen.«

Sie zeigte mit dem Finger auf Rainman. »Dieser Kerl da stellt sich in den Mittelpunkt? Was glaubt er, wer er ist? Ein Popstar? Er singt nicht einmal.«

Rainman spielte seine letzten Akkorde, ließ die Saiten verstummen, stand auf, verließ die Bühne und den Saal.

»Hey, ich rede mit dir! Bleib stehen. *Stronzo! Figlio di puttana! Vai a cagare!*«

Der Professor nickte Emil zu, der auf die Bühne ging.

Dr. Tribelhorn trat neben Lisi und den Professor. »So hatten wir uns den Abend nicht gewünscht.«

Sie beobachteten, wie Emils muskulöse Arme sanft nach Sunshines Oberarm griffen. Wie eine Furie wehrte sie sich und schrie sich den Teufel aus dem Leib. Die anderen Patienten und Patientinnen berührte das wenig. Sie standen auf, wandten sich ab oder verließen den Saal.

»Eine Beruhigungsspritze?«, fragte Dr. Tribelhorn.

»Scheint unumgänglich. Sunshine wird heute im Überwachungszimmer übernachten, um sich zu beruhigen.«

***

Eine halbe Stunde später klopfte der Professor an die Tür von Rainmans Suite. Da er keine Antwort bekam, trat er unaufgefordert ein. Sein Gast stand vor dem vergitterten Fenster und starrte ins Tal hinunter.

»Ich wollte mich erkundigen, wie es Ihnen geht«, sagte der Professor und schloss die Tür hinter sich. »Ihr kleines Konzert hat dem Publikum gefallen. Danke, dass Sie für uns gespielt haben.«

»Es war das letzte.«

»Das letzte was?«

»Konzert.« Rainman drehte sich um. »Ich werde nie mehr spielen.«

Der Professor schmunzelte. »Nie mehr klingt endgültig.«

»Genau.«

»Ist es wegen Sunshine? Nehmen Sie es nicht persönlich. Sie ist neu bei uns und hat ein schwieriges Leben.«

»Sie ist mir egal.« Rainman trat an den Professor heran. »Ich bin freiwillig hier. Ich habe für vier Wochen bezahlt. In dieser Zeit will ich meine Ruhe. Können Sie mir die garantieren?«

»Die Therapie –«

»Ich will keine Konzerte geben, nicht mit anderen Patienten Karten spielen und vor allem nicht von hysterischen Prinzessinnen angeschrien werden.«

»Hat Sie die Beleidigung wütend gemacht?«

»Weshalb sollte ich wütend sein? Es ist vergeudete Energie. Und jetzt gehen Sie bitte. Ich habe Kopfschmerzen und will schlafen.«

»Haben Sie öfter Kopfschmerzen?«

»Nur wenn ich *stronzo* genannt werde.« Rainmans Nasenflügel bebten.

»Gut. Ich lasse Sie schlafen. Sie haben eine lange Anreise hinter sich. Emil wird nach Ihnen sehen und Sie morgen um sieben Uhr wecken und zum Frühstück bringen.«

***

Rainman wandte sich ab und trat erneut ans Fenster.

Kaum hatte der Professor seine Suite verlassen, schlug er mit der Stirn gegen den Fensterrahmen. Sein letztes Konzert hatte er vor einem lausigen Publikum gegeben. Wie jämmerlich.

Jämmerlich war auch sein Schlaf in dieser Nacht. Schmerz, Panik und komplette Desillusion wechselten sich mit kurzen Schlafphasen ab, die absolut dunkel und leer waren. Die Ruhe in den Alpen war beängstigend. Er war sie nicht mehr gewohnt.

2

Am nächsten Morgen rieb sich Rainman die brennenden Augen, da er die ganze Nacht an die Decke gestarrt hatte. Er setzte sich im Bett im Schneidersitz hin und blickte aus dem Fenster. Dicke Wolken zogen über die Berghänge. Er biss sich auf die Lippen, bis er Blut schmeckte. Wie hatte er glauben können, dass Abstand und Einsamkeit es leichter machten? Wie hatte er glauben können, in seiner Heimat Trost zu finden? Wie hatte er gestern bloß diesen Song auf der Bühne spielen können? Noch fehlte der Text dazu. Rainman ließ seine Stirn auf die Matratze fallen, legte seine Arme über den Kopf und verharrte wie zu einem Kokon zusammengerollt. Er würde nicht als Schmetterling daraus entwachsen. Sein Kokon war seit Monaten von innen heraus am Verkümmern.

Es klopfte an der Tür, und Emil trat ein. »Schön, einen Musiker bei uns zu haben. Ihr Spiel gestern war grandios. Ich muss es wissen. Ich spiele auch in einer Band. Mundartrock, das mag ich, kennt man in Südkorea wohl nicht.« In Plauderlaune strahlte er Rainman an. Emil war groß, stämmig, stark, eine Berner Frohnatur. Er ließ sich durch die Unordnung im Zimmer die gute Laune nicht verderben. »Sie sind bestimmt eine Haushälterin gewohnt. Macht nichts. Vor dem Mittag werden die Zimmer gereinigt.« Er schaute Rainman herausfordernd an, der nach wie vor im Schneidersitz auf dem Bett saß. »Ich gebe Ihnen zehn Minuten zum Anziehen, dann bin ich zurück.«

Exakt zehn Minuten später stand Rainman umgezogen und geduscht neben der Tür. »Gehen wir«, sagte er zu Emil, ließ diesen stehen und ging vor.

Im Speisesaal suchte sich Rainman einen Tisch in der Ecke, abseits der anderen Gäste. Emil fragte, ob er noch etwas brauche, und verabschiedete sich für den Moment.

Dresscode gab es im Sanatorium keinen, jeder und jede trug,

was ihm oder ihr gefiel, die meisten wählten einen bequemen Trainingsanzug oder schlicht T-Shirt und Jeans. Rainman hatte sich für einen dunkelgrauen Sweater und eine schwarze Sporthose entschieden.

Unglücklich starrte er auf die Toastscheibe vor sich auf dem Teller. Er vermisste eine Fischsuppe und Reis zum Frühstück, aber auch die hätte er nicht angerührt.

»Der Platz gefällt mir«, sagte eine Frauenstimme.

Rainman blickte auf, in ein Paar türkisblaue Augen, die strahlten, als gäbe es bloß Glück auf dieser Welt. »Sonst kenne ich hier ja niemanden. Verstehen Sie eigentlich Deutsch? Englisch geht auch.«

Er schaute weg, hinüber zur Tür, über welcher ein grünes Notausgangschild angebracht war. »Wir kennen uns nicht«, sagte er zerknirscht.

»Sie sprechen Berndeutsch? Das macht es unkompliziert. Natürlich kennen wir uns. Haben Sie schon vergessen, gestern standen wir gemeinsam auf der Bühne.«

»Sie haben meinen Song ruiniert.«

»Hach, Sie sind nachtragend?« Sie setzte sich zu ihm an den Tisch. »Wir hätten ein modernes Lied vortragen können. Ich habe eine schöne Stimme. Aber dieser Song, phuuu, den kenne ich nicht, und er verbreitete Weltuntergangsstimmung, und das an unserer Willkommensparty.« Sie fuhr sich mit der Hand über den Unterarm. »Da bekomme ich gleich wieder Gänsehaut.«

»Sie haben mich beschimpft.« Rainman schob den Teller mit dem Toast von sich weg.

»Habe ich?« Sunshine zuckte mit den Schultern. »Ich kann mich nicht daran erinnern. Das kommt manchmal vor.« Sie tippte sich mit dem Zeigefinger an die Stirn. »Aussetzer. Hier oben herrscht Chaos, sagen zumindest Freunde und Familie. Komisch. Ich fühle mich wunderbar. Ist das Leben nicht schön? Wie heißen Sie? Also mich nennt man hier Sunshine. Ich habe den Namen ausgesucht. Ich mag ihn. Ja, das bin ich, ein Sonnenschein, finden Sie nicht?«

»Sie reden viel.«

»*Mamma mia*, das haben Sie schön erkannt. Es gibt so vieles, das ich sagen will. Ich bekomme Depressionen, weil ich denke, dass das Leben zu kurz ist, um alles zu sagen, was mir auf der Seele liegt.« Sie griff beherzt nach dem Toast auf Rainmans Teller. »Ich verhungere. Die letzte Nacht war anstrengend. Das Bett ist zu hart für meinen Geschmack.« Sie biss in den Toast und sprach mit vollem Mund weiter. »Für das Geld, das man zahlt, sollte man wirklich einen besseren Service erwarten, nicht? Egal. Er zahlt, und ich bin ihn los.« Mit dem Toast tippte sie sich an die Schläfe. »Dadrin, dadrin ist, ja, was ist dadrin?«

Er musterte ihr Gesicht. Auf eine natürliche Art war es ein schönes Gesicht. Die Nase war eher klein, die Wangen rosig, die Oberlippe schmal, aber die Unterlippe glänzte im Licht der Morgensonne. Ihre Augen waren groß und ließen ohne Filter in ihre Seele blicken, so als sprächen sie direkt mit ihm und hörten nicht auf die Worte, die aus Sunshines Mund sprudelten. Er sah Schmerz in diesen strahlenden Augen und musste unweigerlich wegschauen.

»Ich schätze, kein Arzt der Welt kann definieren, was dadrin abgeht. Anarchie herrscht. Wahnsinn. Aber hey«, sie zeigte mit dem Toast auf ihn, »sagen Sie niemals, dass ich blöd bin. Das bin ich nicht. Ich bin klug. Sehr clever. Oh, ich esse Ihnen das Frühstück weg.« Mit einem Lächeln legte sie das Brot zurück auf den Teller und schob ihn Rainman hin. »Drei Uhr, von da kommen sie, richtig? Hinter meiner rechten Schulter. *Mi dispiace*, war schön, mit Ihnen zu plaudern, Sie sind ein angenehm stiller Zuhörer, aber ich muss leider ganz schnell weg. Ärger steht an.« Sie stand hastig vom Stuhl auf und warf ihm einen Luftkuss zu. *»Ciao, bello.«*

Weg war sie, rannte zwischen den Tischen Richtung Seitenausgang, Emil und Lisi hinter ihr her.

Rainman verbrachte den Rest des Morgens in seinem Zimmer. Das Mittagessen ließ er aus. Sein Magen blieb leer. Er fühlte sich schwindlig. Ein Zeichen? Er holte sein Mobiltelefon hervor und blätterte die Bildergalerie durch. Er hatte Fotos von einigen seiner Konzerte gespeichert, von seinen Eltern, von Jun-ho, der sein einziger Freund war, von Herrn Gu, seinem Manager und Mentor, und von koreanischem Essen, das er sich wegen der vielen Kalorien lieber anschaute, als es zu essen. Es gab kein Bild von einer Frau. Er würde kein gebrochenes Herz zurücklassen – von den Halos, wie sich seine Fangemeinschaft nannte, abgesehen.

Er schickte seiner Mutter eine Sprachnachricht, teilte ihr mit, dass es ihm gut ging und er sie vermisse. In Korea war es Abend, sie war um diese Zeit im Fitnessstudio und würde die Nachricht erst später abhören. Er wollte nicht an sie denken, es tat weh. Danach rief er Jun-ho an.

»Wie ist die Pension Seeblick?«

»Einzigartig und gewöhnungsbedürftig, aber sauber, und die Gastgeberin ist freundlich. Allerdings hat sie erwähnt, dass es in den nächsten Tagen ein Problem mit dem Zimmer geben wird. Ich habe eine Honeymoon-Suite für mich allein bekommen, kannst du dir das vorstellen? Und dabei habe ich nicht einmal die Zeit für eine Freundin, wegen des Stresses und vollen Terminkalenders, den ich mit dir habe.«

»Nimm dir ein schickes Hotel in Interlaken.«

»Das ist zu weit weg. Ich bleibe in deiner Nähe, für Notfälle. Man weiß nie, was du anstellst. Hast du gut geschlafen und dich eingelebt? Gefällt dir die Suite? Soll ich am Nachmittag vorbeischauen? Brauchst du etwas?«

»Ich brauche keinen Babysitter.«

Es war kurz still in der Leitung. »Hast du die dunklen Wolken gesehen, die aufziehen?«, fragte Jun-ho. »Das Wetter in den Bergen ist unberechenbar, fast wie bei uns zu Hause, nicht?«

Zu Hause, dachte Rainman. Es war ein Fremdwort für ihn. »Regen zieht auf, das ist gut. Danke, Jun-ho, dass du all die Jahre auf mich aufgepasst hast.«

»Sprich nicht so, ich hasse es.«

»Ich weiß.« Rainman legte auf. Er brachte kein weiteres Wort heraus. Aus dem Schrank holte er seinen schwarzen Anzug, den das Zimmermädchen aufgehängt hatte. Er zog sich um und überprüfte im Bad sein Spiegelbild, sparte nicht an Parfum und Haargel. Es war so weit. Von ein bis zwei Uhr war im Sanatorium laut Plan Mittagsruhe, die Angestellten beim Essen und die Patienten und Patientinnen auf ihren Zimmern. Niemand würde ihn aufhalten. Er wusste, wo er hinwollte. Es gab einen Grund, weshalb er sich diesen Ort ausgesucht hatte. Rainman hatte den Prospekt genau studiert und sich weitere Bilder im Netz angesehen. Die Dachterrasse bot einen fabelhaften Ausblick. Und sie war hoch genug.

In der fremden Heimat zu sterben war einfacher, und die Schlagzeilen waren leiser.

***

Konnte Sunshine gestern ihren Auftritt nicht genießen, so zumindest heute ihre unerlaubte Besichtigungstour. Sie kannte sich in dem großen Gebäude nicht gut aus, wusste aber, dass es vom Empfang links zum Westflügel ging, dorthin, wo die Männer untergebracht waren. Es war an der Zeit gewesen, das Sanatorium auszukundschaften. Die Betreuer mussten sich sputen, um sie einzuholen. Sie wusste, weshalb sie an diesem Morgen ihren Sportdress von Gucci gewählt hatte, auch wenn der einen falschen Eindruck hinterließ. Sport gehörte nicht zu Sunshines Lieblingsbeschäftigungen, Shopping hingegen schon. Es gab nichts Befriedigenderes, als Andrea Morrones Geld auszugeben. Es war ihre einzige Möglichkeit, ihm zu schaden.

Sie hatte nicht rebelliert, als sie von Emil eingefangen und von Lisi zurück in den Ostflügel gebracht wurde. Sie hatte ihren Spaß gehabt.

Zurück in ihrem Zimmer, musste sie an das Frühstück mit dem Asiaten denken. Sie hatte Lisi nach seinem Alias gefragt. Rainman. Ja, das passte zu ihm. Seine Traurigkeit war ansteckend. Er war seltsam, wie eine wandelnde Wachsfigur, wunderschön und zart, aber mit der Ausstrahlung eines weisen alten Mannes. Seine Haut war hell, Bartwuchs hatte er nicht, dafür waren seine Augenbrauen, wenn man sie hurtig unter dem vollen schwarzen Haarschopf aufblitzen sah, kräftig und dunkel. Die Lippen waren voll, die Augen typisch asiatisch, aber keinesfalls schmal. Rainman war groß gewachsen, bestimmt über eins achtzig, zu schlank, wie Sunshine fand, aber sein Körper war durchtrainiert, dafür hatte sie ein Auge.

Der Professor kam unangekündigt vor dem Mittag in ihre Suite. Das Gespräch verlief gut. Sie entschuldigte sich für ihren Ausflug und versprach, ihre Medikamente zu schlucken. Lügen war ihre Stärke. Sie war eine grandiose Schauspielerin. Seit neunzehn Jahren spielte sie die Rolle ihres Lebens, und es wurde Zeit, dass sie sich ihren Oscar abholte.

Das Mittagessen nahm sie auf ihrem Zimmer ein, obwohl Lisi das nicht guthieß. Es gab Pouletbrust an Rahmsauce und einen Trüffelrisotto. Danach stellte sie sich schlafend. Lisi schaute kurz ins Zimmer und schloss leise die Tür. Viel Zeit blieb Sunshine nicht vor Lisis nächstem Kontrolldurchgang und dem nächsten Termin am Nachmittag beim Professor, aber genug, um endlich in die Freiheit zu fliegen.

Nur Minuten später tanzte sie auf der Mauer der Dachterrasse entlang. Sie hatte Andreas Lieblingskleid angezogen, eine Einzelanfertigung. Haute Couture. Leicht, luftig, bunt und sündhaft teuer. Es war der perfekte Moment, um dem Leben zu entkommen. Sie würde mit dem Kopf auf dem Boden tief unter ihr aufklatschen und all die schrecklichen Bilder töten, die ihr Hirn auffraßen. Das Problem war bloß die Sünde. Sie war nach fast zwanzig Jahren Sonntagsgottesdienst in Kalabrien zu einer gläubigen Katholikin geworden, obwohl ihre Eltern reformiert gewesen waren. Manchmal hasste sie ihren Glauben, aber in den dunkelsten Stunden gab er ihr Halt. Vielleicht lag es auch an dem väterlichen Beichtvater, dem sie ihre Sorgen anvertrauen konnte und der von der Güte Gottes und vom Paradies geschwärmt hatte. Ein Problem, dem sie als Katholikin gegenüberstand, war, dass Selbstmord als Sünde galt. Aber Selbstmord war bei Weitem nicht ihre schlimmste Sünde, deshalb hatte sie die Hoffnung, in den Himmel zu kommen, schon lange aufgegeben. Sie hatte ihn nicht verdient.

Sie blickte hoch. Über ihr war die Wolkendecke aufgerissen und ließ die Sonnenstrahlen durch. Das musste ein Zeichen Gottes sein. Er hatte Mitleid mit ihr und würde ihr die Sünde vergeben oder zumindest das Höllenfeuer auf eine niedrigere Flamme stellen, denn er wusste, weshalb sie es tat.

»Hallo, Gott da oben, sei nicht böse auf mich, ja? Es geht nicht anders, das verstehst du bestimmt. Lass uns ein Gläschen italienischen Merlot zusammen trinken, denn auf einen Shot mit dem Teufel verzichte ich gerne, also lass mich rein, okay? Ich habe genug gelitten. Lass mir eine einzige freie Entscheidung. Weder braucht diese Welt mich, noch brauche ich sie.«

Sie drehte sich im Kreis, versuchte, die Balance zu halten, noch. So musste sich ein Vogel fühlen.

Freiheit! Endlich.

Sunshine lachte im Sonnenlicht.

***

Rainman stand auf der Mauer der Dachterrasse des Westflügels, steif und regungslos wie eine wunderschöne Skulptur. Er sah den bunten Wirbelwind gegenüber auf dem Ostflügel nur mit den Augen, welche das Signal nicht bis in sein Gehirn weiterleiteten. Rainman war in sich gekehrt, ging ein letztes Mal seine Liste durch. Alle Punkte waren abgehakt.

Der Himmel verdunkelte sich. Die schweren Regenwolken entluden sich wie ein Sturzbach. Er war augenblicklich durchnässt, das Haar klebte ihm an der Stirn. Er ignorierte den kalten Schauer auf seinem Rücken, das Herzrasen, die feuchten Hände. Rainman gehörte keiner Religion an. Seine Mutter war Buddhistin, sein Vater war reformiert gewesen. Weder glaubte er an Wiedergeburt oder Karma noch an Himmel und Hölle.

Glaubte er an das Schicksal? Seines war fies und hinterhältig – und gnadenlos. Also musste er es umgehen und seine eigene Entscheidung fällen. Er musste ihm zuvorkommen, damit er nicht die Kontrolle verlor. Er trat näher an den Abgrund, bis die Spitzen seiner Lederschuhe den Kontakt zur Mauer verloren. Er schloss die Augen, überzeugt davon, die Welt nie mehr zu sehen.

Rainman weinte im Regen.

3

Dr. Tribelhorn saß dem Professor gegenüber in seinem Büro. »Wir hatten seit über einem Jahr keinen Selbstmordversuch mehr in unserem Sanatorium und dann gleich zwei am selben Tag. Die beiden sind hochgradig gefährdet. Wir können sie nicht bereits nach drei Tagen aus ihren Schutzzimmern entlassen. Sie werden früher oder später einen Weg finden, es erneut zu versuchen.«

Der Professor stand am Fenster. »Man heilt eine gequälte Seele nicht, indem man sie einsperrt und ruhigstellt. Ich habe vor zwanzig Jahren dieses Sanatorium gegründet, um den Menschen zu helfen. Dies ist ein besonderer Ort, und Sie wussten bei Ihrer Anstellung, dass ich selten den Weg der üblichen Behandlung einschlage. Deshalb dürfen wir unser Haus auch nicht als psychiatrische Klinik bezeichnen. Wir sind ein Sanatorium, das gestressten Patienten und Patientinnen Entspannung und Gelassenheit bietet und sie mit therapeutischen Sitzungen unterstützt, sich ihren Problemen zu stellen.«

»Professor, bitte, Sunshines Familie ist gefährlich. Wenn –«

Mit stoischer Gelassenheit drehte sich der Professor zu ihr um. »Wir behandeln nicht ihre Familie. Sie braucht unsere Hilfe.«

»Wir können sie nicht von ihrer Familie trennen. Der Bodyguard schaut täglich vorbei, und ihr Ehemann ruft –«

»Ich habe das unter Kontrolle.«

Dr. Tribelhorn lehnte sich im Stuhl vor. »Sicher?«

»Ja.«

»Was ist mit unserem Popstar? In zehn Wochen beginnt seine Konzerttournee durch Asien. Wie soll er die meistern? Er ist nicht in der Verfassung –«

»Er liebt die Musik. Wir nutzen das für unseren therapeutischen Ansatz.«

»Sollen wir zusammen Lieder singen? Es ist fast unmöglich,

mit ihm zu sprechen. Ich komme nicht zu ihm durch. Er hat keinen Satz gesprochen, der mehr als fünf Worte lang war.«

»Lassen Sie sich seine Liedtexte übersetzen. Er spricht durch die Musik.«

Dr. Tribelhorn stand auf. »Vielleicht hätte ich während des Studiums besser Musik statt Sport im Nebenfach wählen sollen. Mehr als ein paar Kinder- und Weihnachtslieder kenne ich nicht.«

»Emil ist Hobbymusiker. Er spielt in einer Mundartrockband. Ich werde ihm auftragen, mit Rainman ganz nebenbei über Musik zu plaudern.«

»Übernimmt Emil jetzt die Therapiesitzungen? Er ist Betreuer.«

»Und ein bodenständiger Kerl. Er kann uns helfen. Ich werde ihn anweisen, Rainman zurück in seine Suite zu bringen.«

»Er leidet unter einem Burn-out. Seine Depression bekommt er ohne Psychopharmaka nicht in den Griff, nicht in so kurzer Zeit. Wenn Sie mich fragen, sollte er ein ganzes Jahr aussetzen. Vier Wochen sind nicht genug. Wie kann er im Herbst schon wieder auf eine mehrwöchige Tournee gehen?«

»Trauen Sie dem jungen Mann mehr zu.«

Dr. Tribelhorn seufzte. »Was unternehmen wir betreffend Sunshine?«

»Sie wünscht sich eine Dusche und frische Kleider. Erfüllen wir ihr den Wunsch.«

»Die Medikamente?«

»Belassen wir so. Ihre Krankheit ist komplex. Sie leidet an einer schizoiden Persönlichkeitsstörung. Vielleicht auch an Borderline. Ihre manischen Phasen sind dominant.«

»Was ist mit PTBS?«

»Offensichtlich«, sagte der Professor.

»Die posttraumatische Belastungsstörung ist auf ihr Umfeld zurückzuführen. Können wir nichts tun, um sie vor ihrer Familie zu schützen?«

»Nein, sie muss den ersten Schritt machen. Wir können sie dabei aber begleiten und unterstützen.«

Dr. Tribelhorn drehte den Stift zwischen ihren Fingern. »Diesen Mut hätte wohl nicht einmal ich.«

»Lassen wir sie zurück in ihre Suite. Lisi versteht sich gut mit ihr, sie soll oft nach ihr sehen.«

»Lassen wir ihren Bodyguard weiterhin die Kontrollbesuche machen?«

»Versuchen wir, die zu unterbinden. Setzen Sie sich gegen diesen Tony durch. Sunshine braucht Ruhe.«

Dr. Tribelhorn stand auf. »Vielleicht waren der Sport und das Selbstverteidigungstraining während des Studiums doch nützlich.«

***

Lisi ließ Sunshine den ganzen Tag schlafen. Sie war erschöpft gewesen. Die Medikamente und der gescheiterte Suizidversuch belasteten Sunshine, die seit drei Tagen in eine Art lethargische Starre verfallen war, am Morgen wortlos zurück in ihre Suite schlurfte und ins Bett fiel. Lisi weckte sie am Mittag, damit sie einen Teller Suppe aß. Danach fiel Sunshine gleich wieder in einen tiefen, unruhigen Schlaf. Alpträume plagten sie, Lisi erkannte das an der Stirnfalte und dem leisen Stöhnen. Weshalb war eine hübsche, vermögende Frau bloß so unglücklich und verstört? Lisi wusste wenig Persönliches über die Gäste im Sanatorium. Diskretion war das oberste Gebot. Das war Lisi üblicherweise recht, da sie die Probleme der Patienten und Patientinnen nur ungern mit nach Hause nahm. Sie hatte einen vierjährigen Sohn, der ein Recht auf ein unbeschwertes Leben und eine fröhliche Mami hatte.

Vorsichtig fühlte Lisi nach dem Puls der schlafenden Sunshine. Es war später Nachmittag. Sie sollte aufstehen und sich anziehen. Sunshine schreckte bei der Berührung an ihrem Handgelenk leicht zusammen, ohne aufzuwachen. Ihr Puls war schnell, und sie schwitzte. Lisi überprüfte die Temperatur, die leicht erhöht war. Vertrug sie die Medikamente nicht, oder wurde sie krank? Seelische Probleme konnten sich durch körperliche Symptome äußern. Ein Selbstmordversuch war ein dramatisches, einschneidendes Erlebnis. Gut, konnten sie sie rechtzeitig aufhalten. Ein doppelter Selbstmord im Sanatorium hätte für üble Schlagzeilen gesorgt. Überhaupt war es seltsam, dass zwei Patienten, die sich nicht kannten, gleichzeitig den gleichen Tod wählten. Wie kam das?

Lisis Handy klingelte. Alle Angestellten im Sanatorium trugen ein hausinternes Mobiltelefon bei sich, um jederzeit erreichbar zu sein, eine Sicherheitsvorkehrung, um im Notfall rasch reagieren zu können. Anita vom Empfang klang nervös, die Nachricht war keine gute. Lisi versprach, sich um die Angelegenheit zu kümmern, und steckte das Handy weg. Sanft strich sie Sunshine eine ihrer langen blonden Locken aus der Stirn.

»Hallo? Es wird Zeit, aufzustehen. Sie haben Besuch.«

***

Jun-ho wischte die Pfütze im Bad mit den gebrauchten Handtüchern zusammen, steckte die Deckel von Shampoo, Bodylotion und Gesichtscreme zurück auf ihre Flaschen und stellte die Zahnbürste ins Glas. »Fühlst du dich besser?« Er trat aus dem Bad und schaute seinen Freund an.

Rainman saß auf dem Boden mitten im Zimmer und starrte ein Ölgemälde an der Wand an, welches einen Sonnenaufgang in den Bergen zeigte. Er trug ein schwarzes T-Shirt und eine dunkle Sporthose.

»Dein Haar ist nass. Es tropft. Warte, ich bringe dir ein frisches Handtuch.« Jun-ho holte im Badezimmer ein Frottiertuch, stellte sich hinter Rainman und rubbelte damit dessen Haar. »Weshalb trocknest du es nicht, wenn du aus der Dusche kommst?«

Rainman reagierte nicht auf seine Worte.

Mit den Fingern ordnete Jun-ho Rainmans schwarze Haare. »Besser. Ich mache dir einen heißen Tee.« Als ob er mit einer Statue spräche. »Der Professor meint, du könntest heute im

Speisesaal mit den anderen zu Abend essen.« Jun-ho füllte den Wasserkocher. »Oder du kannst hier essen. Ich darf aber nur bis fünf Uhr bleiben, bevor sie mich rauswerfen. Ich könnte heimlich zurückkommen. Fast so wie damals, in der Highschool. Erinnerst du dich? Wir hatten keinen eigenen Übungsraum für unsere Band, also schlichen wir uns nachts heimlich ins Musikzimmer der Schule. Uff, wir waren grottenschlecht als Schülerband. Jae-rim arbeitet heute bei einer Bank, und Yun-ah ist Reiseführerin. Aber sieh, was du aus deinem Talent gemacht hast. Erst die Boygroup und jetzt bist du ein erfolgreicher Solostar. Du hast den K-Pop auf einen neuen Level gehoben. Gib deine Musik nicht auf.« Das Wasser kochte, und Jun-ho goss es in eine Tasse mit frischen Kräutern. Er stellte Rainman den Tee auf den Beistelltisch und setzte sich neben ihn auf den Boden. »Ruh dich aus in den Wochen hier oben. Schreibe Songs, das hast du immer geliebt. Denke nicht an die Tournee, und deine Fans können auch mal einige Wochen ohne Schlagzeilen und News von dir überleben.« Jun-ho legte die Hand auf Rainmans Schulter, dessen Blick nach wie vor an dem Bild haftete. »Ich kann nicht schlafen, wenn ich nicht sicher bin, dass du auf dich achtest. Und was ist mit deiner Mutter? Hast du daran gedacht, was dein Suizidversuch für sie bedeutet? Weshalb warst du auf dem Dach? Du hattest noch nie Selbstmordgedanken. Das passt nicht zu dir. Du bist weder ein Egoist noch ein Feigling. Sag endlich die Konzerte ab.« Hörte Rainman ihm überhaupt zu? Jun-ho stupste ihn mit dem Ellbogen an. »*Ya*, Tae-poong-a, sprich mit mir.«

Rainman drehte den Kopf. »Danke.«

Jun-ho verharrte einen Augenblick ratlos. Er wollte nicht, dass Rainman sich bei ihm bedankte. Wozu? Er bekam einen fürstlichen Lohn für seine Arbeit. Bedankte er sich, weil er sein Freund geblieben war, in all den Jahren?

Motorenlärm holte Jun-ho aus den Gedanken. Er stand auf und trat ans vergitterte Fenster. Eine Limousine mit italienischem Nummernschild fuhr vor. Er kannte den Chauffeur, ein bulliger Typ mit dem Namen Tony, der ebenfalls in der

Pension Seeblick logierte. Sie waren sich dort einige Male im Flur über den Weg gelaufen oder hatten sich misstrauisch beim Frühstück angestarrt. Jun-ho konnte ihn nicht ausstehen. Er war um die vierzig, bestimmt doppelt so schwer und mehr als einen Kopf größer.

Abschätzig beobachtete Jun-ho, wie Tony neben dem Wagen eine Zigarette rauchte. Erneuter Motorenlärm kündigte einen Sportwagen an. Ein roter Ferrari raste viel zu schnell auf den Parkplatz, bevor der Motor mit einem protzigen Aufheulen abgewürgt wurde. Tony eilte zu dem Wagen und öffnete die Fahrertür. Ein Mann stieg aus, groß, elegant, selbstbewusst und attraktiv. Der Mann öffnete die Tür der Beifahrerseite. Eine junge Frau nahm seine Hand, als er ihr beim Aussteigen half, hielt den Blick aber gesenkt, ein scheues Lächeln auf den roten Lippen. Sie trug einen modischen Hosenanzug und ihre braunen langen Haare offen über den Schultern. Sie war eine wahre Schönheit, mit der Eleganz einer Audrey Hepburn, dachte Jun-ho.

***

Sophie war nervös. Sie mochte diesen Ort nicht. Ein Sanatorium, wie gruselig, mit all den Spinnern, die hier frei herumliefen. Die größte Angst aber fühlte sie vor ihrer Schwester. Instinktiv fasste sie sich an die Wange, dort, wo Anna sie letzte Woche nach einem heftigen Streit geschlagen hatte. Die Ohrfeige war letztlich der Auslöser gewesen, Anna hierhin wegzusperren.

»Kommst du?« Kurz warf Andrea einen Blick über seine Schulter, dann ging er vor, die Stufen hoch zum Haupteingang.

Sie folgte ihm. Er war ihr Fels, gut aussehend, dominant und stark. Sophie liebte seine herrische Art, ihr devotes Wesen passte sich ihm gerne an. Nicht so Anna. Aufsässig war ihre Schwester, dumm und feige. Schlechte Eigenschaften in der mächtigen Familie Morrone.

Sie waren über Nacht mit dem Ferrari hergefahren. Übernachten würden sie in Interlaken in einem Luxushotel. Es war ein seltsames Gefühl, zurück in der Schweiz zu sein. Sophie konnte sich gut an ihre Kindheit am Brienzersee erinnern, an die Zeit vor dem Unfall …

Bis Andrea in ihr Leben kam. Anna verliebte sich Hals über Kopf in ihn. Falsch, nicht nur sie. Damals sah Andrea Sophie bloß als kleines Mädchen, er hatte nur Augen für ihre ältere Schwester mit ihrem vorlauten Mundwerk. Doch Sophie konnte warten, und sie tat es. Sie reiste mit Anna nach Italien, denn dort gehörte sie hin. Die Schweiz hatte sie nie vermisst, und sie wollte auch jetzt so rasch wie möglich zurück, deshalb war Sophie entschlossen, den Anstandsbesuch bei ihrer verrückten Schwester kurz zu halten. Der erneute Selbstmordversuch hatte Sophie nicht überrascht, vielmehr war sie enttäuscht, dass er abermals fehlgeschlagen war. Anna war selbst zu blöd, sich umzubringen, dabei ergab ihr Leben bei Gott keinen Sinn mehr auf dieser Welt. Sie war eine Last für die Morrones. Andrea hatte eine bessere Frau an seiner Seite verdient.

Im Flur, auf dem Weg zu Annas Zimmer, kamen ihnen ein älterer Herr mit weißem Kittel und eine Betreuerin entgegen. »Herr Morrone, wir haben nicht mit Ihrem Besuch gerechnet. Ich bin Professor Bernard. Wir haben telefoniert.« Er reichte Andrea die Hand, welcher diese ignorierte.

»Ich will zu meiner Frau.«

»Können wir uns zuerst in meinem Büro unterhalten? Ihrer Frau geht es nicht gut.«

Andrea griff nach Sophies Handgelenk und zog sie vor sich. »Das ist ihre Schwester. Sie macht sich Sorgen und will Anna unverzüglich sehen.«

Der Professor zögerte und musterte Sophie. »Wie Sie meinen. Sunshine weiß, dass Sie zu Besuch sind. Sie können kurz zu ihr, danach sprechen wir uns im Büro. Lisi, führen Sie die Herrschaften zu Sunshine. Fünf Minuten, länger nicht.«

***

Sunshine saß am Fenster. Sie hatte sich in Eile ein dunkelblaues Kleid übergezogen und die Haare notdürftig am Hinterkopf zusammengebunden.

Sie stand hastig auf, als Andrea und Sophie eintrafen, die Hände vor dem Schoß gefaltet, den Kopf gesenkt, die Augen wachsam.

Lisi räusperte sich kurz und verließ die Suite.

»Anna, *amore mio*!« Andrea stürmte auf Sunshine zu und drückte sie fest an sich. Sie verschwand förmlich in seiner großen Gestalt. Er strich ihr über das Haar, schob sie jedoch gleich von sich weg. »Du musst dir die Haare waschen. Ich mag es nicht, wenn sie ungewaschen sind, das weißt du.«

Sunshine nickte, sagte aber kein Wort.

»*Guarda!* Deine Schwester kommt dich besuchen. Sie hat aus Sorge die Nächte durchgeweint.«

Sophie trat vor. »Hallo, Anna. Wie geht es dir?«

»Ich bin müde. Die Medikamente, ihr versteht …« Sie drehte sich um und schaute aus dem Fenster.

»Lassen wir sie in Ruhe«, hörte sie ihre Schwester leise zu Andrea sagen.

Sunshine sah in der Reflexion der Fensterscheibe, wie Sophie ihre Hand auf Andreas Oberarm legte. Sie wirbelte herum. »Bist du jetzt zufrieden, Schwesterherz? Nein? Ginge es nach deinem Wunsch, hätte ich schon vor Jahren einen Abgang machen sollen. Blöd, dass ich so zäh bin.«

»Anna!«, rief Andrea zornig.

»Geht! Geht und genießt euer Leben. Ich bleibe im Sanatorium. Es gefällt mir hier oben.«

Andrea zupfte den offenen Kragen seines weißen Hemdes zurecht. »Du gehörst zur Familie. Die Morrones kümmern sich um Familienmitglieder. Du kommst bald zurück.«

»Ist das so? Weshalb? Weil du mich liebst oder weil mein Wissen eine Gefahr für euch ist?«

»Anna, sei still«, zischte Sophie.

Andrea trat einen Schritt vor, fasste Anna ins Haar und zog grob ihren Kopf zurück. Sie stöhnte kurz auf. »Wasch dir die

Haare, sie sind schmutzig.« Ohne sie eines weiteren Blicks zu würdigen, drehte er sich um und verließ die Suite.

Sophie folgte ihm.

***

Lisi brachte die beiden ins Büro des Professors. Kaffee und Gebäck standen bereit.

Andrea Morrone hielt es nicht für nötig, sich zu setzen. »Meine Frau wird wohl länger hierbleiben müssen als geplant. Sorgen Sie dafür, dass es ihr an nichts fehlt.« Er griff in sein Jackett und holte ein Bündel Hunderternoten hervor. »Ein kleiner Anreiz, damit sie sich nicht wieder etwas antut. Und auf keinen Fall darf sie das Sanatorium verlassen. Sie ist erfinderisch, wenn es darum geht, zu fliehen.«

»Einzig Gefangene müssen fliehen«, bemerkte der Professor und gab dem Italiener sein Geld zurück. »Sie meinen vermutlich, dass Ihre Frau vor ihrem Leben weglaufen will?«

Er sah, wie Sunshines Schwester bei seinen Worten nach Luft schnappte.

Morrone trat näher an den Professor heran und starrte auf ihn hinunter. »Dieses Sanatorium ist diskret und abgelegen, deshalb fand ich die Idee gut, sie herzubringen, denn ihr Verstand ist wirr – und gefährlich. Sorgen Sie dafür, dass meine Frau lernt, sich zu fügen und der Gesellschaft anzupassen.«

»Damit sie in der Öffentlichkeit vorzeigbar bleibt? Das ist nicht meine Aufgabe. Ich sorge dafür, dass sie ihr Leben in den Griff bekommt und hoffentlich glücklich werden kann, mit sich ins Reine kommt. Das wollen wir alle, oder liege ich falsch?« Wagte sich der Professor zu weit vor? Er konnte schwer einschätzen, wie gefährlich Sunshines Ehemann wirklich war. Ihm fehlte die Erfahrung im Umgang mit der Mafia, was gut war.

Morrone lächelte kalt und legte dem Professor die Hand auf die Schulter, dabei drückte er mit den Fingern so fest zu, dass es schmerzte. »Ich bezahle den Aufenthalt meiner Frau hier nur, solange ich mit Ihrer Arbeit zufrieden bin, Professor

Bernard. Bisher bin ich mehr als enttäuscht. Da ich weiß, wie schwierig Anna ist, werde ich Ihrem Sanatorium eine zweite Chance geben. Sophie, *andiamo!*«

***

Rainman fand keinen Schlaf. Er hatte Hunger, aber er vertrug kein Essen, weil sein Magen nach fast zwei Jahrzehnten des Hungerns bloß noch ein verkümmerter Klumpen war. Wenigstens wirkte noch die Tablette gegen die Kopfschmerzen, die er vor zwei Stunden geschluckt hatte.

Es war nachts um drei. Rainman stieg aus dem Bett und öffnete das Fenster. Ein kühler Wind blies ihm durch das kunstvoll geschmiedete Eisengitter entgegen, das an der Außenmauer fest verschraubt war. Er schaute in die Tiefe. Die Fallhöhe wäre ausreichend. Seine Suite befand sich direkt unter der Dachterrasse. Er blickte nach links hinunter ins Tal, wo der Brienzersee im Mondschein schimmerte. Mit einem Seufzer schaute er geradeaus zur Fassade des Ostflügels. In einem der Zimmer brannte schwaches Licht. Rainman drehte den Kopf nach rechts und musterte das Hauptgebäude mit der gläsernen Front. Er ließ die Stirn gegen das Gitter fallen und klammerte sich daran fest. Zweifel machten sich breit, ob es eine gute Idee gewesen war, in die Schweiz zu kommen. Er hätte sich in Seoul auf seine Tour vorbereiten sollen, zumindest hätte es ihn abgelenkt. Hier war er bloß am Nachdenken, jetzt, nachdem er weiterleben musste. Seine Gedanken zogen ihn in ein dunkles, tiefes Loch. Das Leben war eine Bürde. Er war müde. Die letzten achtzehn Jahre, seit seinem Debüt mit der Boygroup, hatte er für seine Fans alles gegeben, beinahe jede Minute, auf und neben der Bühne, ließ er sie teilhaben an seinem Privatleben, das nichts als eine Show war. Er erinnerte sich an die Zeit, als sein erster Manager, Herr Choi, ihm aufzwang, täglich nach all den Stunden des harten Trainings noch bis in die frühen Morgenstunden einen Song zu schreiben, um sein Talent als Komponist zu perfektionieren. Nach Hunderten von Songs war in Rainmans Kopf kein

Platz mehr für Töne, Akkorde oder Rhythmen, geschweige denn für Texte. Er fühlte sich leer. War es das Alter? Mit vierunddreißig gehörte man in dem Business schon fast zum alten Eisen. Es wurde mit jedem Jahr schwerer, sich gegen die oft auch minderjährigen Sänger, Tänzer und Rapper durchzusetzen, welche die Industrie fast monatlich debütieren ließ. Die jungen, meist überaus talentierten Künstler, seit ihrer Kindheit für das K-Pop-Business gedrillt, träumten vom Ruhm, doch die Musikindustrie erwartete phantastische Umsatzzahlen ohne Rücksicht auf die zarten Seelen, die sich wie Marionetten fügen mussten. Rainman kannte die knallharten Verträge, die sich verlockend lasen, aber bei deren Unterzeichnung die Nachwuchsmusiker einen Pakt mit dem Teufel schlossen.

Ein verzweifelter Schrei hallte durch die Nacht und ließ ihn zusammenschrecken.

Der Schrei kam aus dem erleuchteten Zimmer gegenüber. Er sah eine Silhouette am offenen Fenster stehen. Es war die blonde Frau, die ihn auf der Bühne beleidigt und ihm den Toast vom Teller gegessen hatte. Jun-ho hatte ihn gestern informiert, dass auch sie einen Selbstmordversuch unternommen hatte. Details kannte er keine. Rainman konnte sich selbst nur vage an den eigenen Suizidversuch erinnern. Es war, als wäre er bei vollem Bewusstsein schlafgewandelt.

Verlegen schaute er zu ihr hinüber. Sie stand einzig mit einem Trägershirt bekleidet am Fenster und schrie ihren Schmerz in die Nacht hinaus.

Langsam streckte Rainman seine rechte Hand durch das Schmiedeeisengitter, so, als wollte er sie berühren. Ein Abgrund lag zwischen ihnen. »Alles wird gut«, wollte er ihr zurufen, doch kein Laut kam über seine Lippen. Nicht einmal zu sich selbst konnte er diesen tröstenden Satz sagen, denn er wusste, es war eine Lüge, bloß ein Märchen, an das er glauben wollte.

Hätte er gekonnt, hätte Rainman in dieser Nacht mit ihr geschrien.

4

Am nächsten Morgen nach dem Frühstück, welches er nicht angerührt hatte, folgte Rainman Emil hoch ins Grüne Zimmer.

»Ich halte meine Sitzungen mit Patienten und Patientinnen am liebsten hier ab«, erklärte der Professor, »denn eine ungezwungene Atmosphäre und eine traumhafte Aussicht beflügeln den Geist – und die Sprache. Was meinen Sie?«

Dr. Tribelhorn war ebenfalls anwesend. »Guten Morgen. Wie fühlen Sie sich heute?«

Er deutete eine höfliche Verbeugung an. Lust zu sprechen hatte er keine. Er setzte sich in den Sessel, der ihm zugewiesen wurde.

»Wir machen uns Sorgen, weil Sie zu wenig essen«, begann der Professor.

Rainman hob das Kinn und blickte aus dem Fenster. Ein Raubvogel kreiste über dem Vorplatz.

»Sie müssen mit uns zusammenarbeiten«, fuhr der Professor fort, »sonst können wir Ihnen nicht helfen. Von Ihrem behandelnden Arzt in Seoul haben wir einzig die Diagnose Burn-out und Depression erhalten. Er hat uns nicht mitgeteilt, dass Sie Suizidgedanken quälen.«

Rainman legte den Kopf leicht schief und atmete flach.

»Wir haben Ihren Lebenslauf studiert.« Die Stimme von Dr. Tribelhorn war schärfer und höher als die des Professors. »Sie waren erst sechzehn, als Sie ins Musikbusiness einstiegen. Wir können verstehen, wenn ein Leben in der Öffentlichkeit hart ist. Ihre Jugend war alles andere als normal. Der Druck muss enorm sein. Ihre Depression und die Panik, vor Publikum aufzutreten, können wir nur bekämpfen, wenn Sie uns erzählen, was genau Ihnen Angst macht.«

Rainman nickte, die Lippen fest aufeinandergepresst. Er war nicht bereit, die Wahrheit mit ihnen zu teilen.

»Wir haben Zeit«, sagte der Professor.

»In gut zwei Monaten beginnt meine Konzerttournee«, antwortete Rainman. »Ich weiß, dass mein Assistent die täglichen Anrufe meiner Agentur und der Entertainmentfirma abblockt, damit ich zur Ruhe komme. Ich müsste in Seoul sein und die Choreo für den Auftritt trainieren.«

»Können Sie die Konzerte absagen?«, fragte Dr. Tribelhorn.

»Ich habe die letzten Tage nachgedacht. Ja, ich könnte die Tour absagen.«

Der Professor und Dr. Tribelhorn wechselten einen kurzen Blick miteinander.

»Möchten Sie gerne länger bei uns bleiben?«, fragte der Professor.

»Nein«, antwortete Rainman. »Ich werde gehen.«

»Wohin?« Dr. Tribelhorn zog die Augenbrauen hoch.

»Ich folge dem Regen.«

»Wie meinen Sie das?«

Rainman zog seinen rechten Mundwinkel leicht hoch. »Das wäre ein guter Titel für einen neuen Song.«

Der Professor legte sein Papier auf den Tisch. »Sie mögen den Regen?«

»Ich mag das Wetter. Es fasziniert mich. Sturm und Regen inspirieren mich. Ich komponiere Balladen nur, wenn es regnet.«

»Gibt es einen besonderen Grund?«, fragte Dr. Tribelhorn.

Rainman blinzelte ein paarmal. »Regen berührt die Seele, er ist Schmerz und Trauer.«

»Wie das?«

»Weil er nass und kalt ist und das Leben in einem anderen Licht zeigt.«

»Es gibt Regenschirme, die einen trocken halten, auch in stürmischen Zeiten.«

»*Aniyo.* Nein. Man muss lernen, den Regen auszuhalten. Darf ich gehen?«

»Sie sind bei uns kein Gefangener«, antwortete der Professor. »Aber wir würden es begrüßen, wenn Sie bei den Sitzungen mit uns zusammenarbeiten. Sprechen wir das nächste Mal über

Ihre Kindheit in der Schweiz? Wie ist Ihnen diese Zeit in Interlaken in Erinnerung geblieben?«

Rainman überlegte kurz. »Alles war gut damals. Ich denke, ich war glücklich.«

»Wunderbar«, sagte Dr. Tribelhorn. »Damit können wir arbeiten. Positive Erinnerungen sind wertvoll.«

Rainman stand auf und wollte das Grüne Zimmer verlassen, aber der Professor hielt ihn zurück. »Ihre Mutter ist in die Schweiz geflogen. Sie wird Sie am Nachmittag besuchen.«

Erschrocken starrte Rainman den Professor an. Für zwei Sekunden brachen die Emotionen durch, die er so krampfhaft zu beherrschen versuchte. Er biss die Zähne aufeinander, bis sich sein Kiefer verkrampfte. Seine Fingernägel bohrten sich in seine Handflächen. Es war eine Kombination aus Wut, Entsetzen und Schuldgefühl, die ihn überrollte und die er unmöglich vor dem Professor verbergen konnte.

***

Die Sonne schien. Sunshine musste in den Garten. Die Parkanlage rund um das Sanatorium war prachtvoll. Sie hatte den Augenblick genutzt, in dem Lisi unaufmerksam war, und war durch die Tür ihrer Suite in den Flur geschlüpft, wo sie losgerannt war. Barfuß. Sie trug enge Sportleggins und ein knappes, bauchfreies Sporttop. Sunshine breitete die Arme aus, als sie die Treppe hinunterrannte, so als könnte sie fliegen. Es fühlte sich grandios an.

Lisi rief ihr verzweifelt hinterher, aber Sunshine ignorierte ihre Rufe und steuerte in der Empfangshalle auf die Flügeltüren zu. Energisch stieß sie diese auf. Tief atmete sie die Bergluft ein und wirbelte herum. Sie genoss die erstaunten Blicke der anderen Gäste. Einmal mehr stand sie im Mittelpunkt, sie liebte es. »Kommen Sie, Lisi, lassen Sie uns durch den Garten laufen.«

Lisi versuchte, Sunshine zurückzuwinken. »Warten Sie! Nicht so schnell. Sie dürfen nicht ohne Aufsicht nach draußen. Der Professor –«

»Seien Sie keine Spielverderberin.« Sunshine packte Lisi, kaum hatte diese aufgeschlossen, an der Hand. »Kommen Sie. Das Gras ist herrlich.« Sie zerrte die Betreuerin hinter sich her über den englischen Rasen. »Wow, riechen Sie das? Rosenduft. Ist das nicht romantisch?« Sie griff nach Lisis anderer Hand und drehte sich mit ihr im Kreis, als wären sie zwei kleine Mädchen. Immer schneller und schneller wirbelten sie herum. Zu schnell. Sie verloren die Orientierung und die Balance und landeten beide im Gras. Lisi keuchte und suchte auf allen vieren Halt. Sunshine hingegen lachte und legte sich auf den Rücken, Arme und Beine ausgestreckt wie Leonardo da Vincis vitruvianischer Mensch. Sie blinzelte heftig atmend in die Sonne. Der Himmel war an diesem Morgen wolkenfrei. Ein perfekter Tag, um das Leben zu genießen. Herausfordernd schaute Sunshine hinüber zum Männertrakt. Ihr Blick fiel auf das Zimmer direkt unter der Terrasse. Es war das Gegenstück zu ihrem. Etwas reflektierte hinter dem offenen Fenster. Da stand jemand und beobachtete sie. Das musste der Regenmann sein. Sie lächelte ihn an, auch wenn sie ihn nicht wirklich sehen konnte.

»Sunshine, wir sollten wieder hineingehen.« Lisi wischte sich Grashalme vom Kittel.

»Da kommt eine Taxilimousine.« Sunshine setzte sich auf. »Ein neuer Patient?«

»Das ist nicht –«

»Begrüßen wir den Gast!« Flink sprang Sunshine auf die Füße und rannte auf den Wagen zu. Sie erkannte, dass es ein Taxi des Flughafens Zürich war.

Der Chauffeur öffnete die hintere Wagentür, und eine Frau stieg aus. Sie war um die sechzig, klein, mit schwarzen Haaren, am Hinterkopf zu einem Dutt gesteckt. Sie trug ein Chanel-Kostüm, das erkannte Sunshine sofort. Ihr entgingen die schmalen asiatischen Augen nicht, die neugierig das Sanatorium musterten. Die Frau war nervös.

Sunshine war entschlossen, ihr die Angst zu nehmen. »Grüessech! Herzlich willkommen am Ende der Welt, wo sich Spinner, Idioten und Wahnsinnige versammeln, um mich zu bewundern. Ich bin Sunshine.« Sie strahlte bis über beide Ohren und trat einen Schritt näher an die Frau. Unweigerlich rümpfte Sunshine die Nase. Das strenge Parfum passte definitiv nicht zu einem Chanel-Kostüm. Eine Sünde der Sinne war das. »Ui, darf ich Ihnen einen anderen Duft zu dem Kostüm empfehlen?«

Die Frau zuckte zusammen und trat einen Schritt zurück, musterte Sunshine von Kopf bis Fuß, als wäre sie eine Zuchtstute auf einer Pferdeauktion. Sie sprach unverständliche Worte zu sich selbst, was wohl bedeutete, dass die Stute für sie keinen Franken wert war. Es waren missfällige Worte, dazu musste Sunshine diese Fremdsprache nicht verstehen.

»So können Sie unsere Besucherin nicht überfallen«, griff Lisi ein, packte Sunshine an der Hand und entschuldigte sich bei der Besucherin, die abschätzig den Mund verzog. »Kommen Sie.«

Provokativ warf Sunshine einen Blick hoch zu dem stillen Beobachter im Männertrakt. Er stand dort, sie konnte seine Silhouette erkennen. Theatralisch schenkte sie ihm einen Handkuss. Dann warf sie den Kopf zurück und starrte die Besucherin missmutig an. Wie ein blutrünstiger Wolf verzog Sunshine ihre Lippen und knurrte leise.

Sie mochte die Frau nicht.

Sie war böse.

Jedes Märchen brauchte eine böse Hexe. Sie hatte ihre Hexe gefunden.

***

»Was heißt, er will mich nicht sehen?« Frau Kim stolzierte im Büro des Professors auf und ab. Sie sprach Schweizerdeutsch, wenn auch mit starkem Akzent. »Er ist mein Sohn!«

»Er ist volljährig, und ich muss seinen Wunsch respektieren, bitte verstehen Sie das. Ruhe ist für ihn wichtig.«

»Ich habe seine Auszeit begrüßt. Er hat viele Jahre hart gearbeitet, und Ferien gönnt er sich selten. Allerdings hat er mir nicht gesagt, dass er in eine psychiatrische Klinik geht. Und ein Selbstmordversuch? Niemals. Nicht mein Sohn.«

Der Professor wartete ab, bis sich Frau Kim beruhigt hatte, um ein vernünftiges Gespräch aufzubauen. »Ein Selbstmordversuch ist oft ein Hilferuf. Ihr Sohn braucht Unterstützung, damit er wieder Kraft tanken und zu sich selbst finden kann. Er ist erschöpft. Gönnen Sie ihm die Ruhe. Je weniger Kontakt er in dieser Zeit mit seinem gewohnten Umfeld hat, desto besser.«

»Ich bin seine Mutter!« Frau Kim schaltete auf stur. »Ich bin extra aus Busan hergeflogen, um mit Tae-poong zu reden.« Sie klopfte sich mit der Faust gegen die Brust. »Er ist mein Baby, mein Leben. Es zerreißt mir das Herz, das schon angeschlagen genug ist, ihn so zu sehen.«

Frau Kims Blick brachte den Professor nicht aus der Ruhe. »Wenn Sie ihm helfen wollen, sprechen Sie mit mir. Ich habe einige Fragen, die mir Ihr Sohn nicht beantworten will.«

Sie warf den Kopf in den Nacken und deutete ein »Wenn es denn sein muss« an.

Der Professor öffnete ein Video auf seinem Laptop und zeigte es Frau Kim. »Das ist das Konzert, das er im Februar in Japan gab. Es war in Nagoya, richtig?«

»Oh, stellen Sie das ab. Ich kann es nicht sehen.« Frau Kim hielt sich die Hand vor die Augen.

»Die erste Stunde war ein Erfolg«, fuhr der Professor fort. »Die Fans jubelten ihm begeistert zu, er war energiegeladen, in bester Laune.« Der Professor zeigte auf den Monitor, mit Rainman mitten im Scheinwerferlicht und Tausenden Fans, die ihm im Konzertsaal zujubelten und mitsangen. »Dieser Mann hier ist nicht der gleiche, der sich oben in der Suite einschließt. Was ist bei dem Konzert passiert?«

»Sie wissen es.« Erschöpft ließ sich Frau Kim auf einen Stuhl fallen.

»Ja, er ist bei seinem letzten Lied zusammengebrochen, wurde ohne Vorwarnung ohnmächtig und musste von der Bühne getragen werden. Warum?«

»Der Arzt sagte, er sei dehydriert und ausgepumpt gewesen. Solche Konzerte mit den Tanzeinlagen sind anstrengend. Außerdem leidet er an Migräne. Er verträgt das Licht auf den Bühnen schlecht, seit ein paar Jahren schon. Die Ärzte meinen, die Migräneanfälle seien stressbedingt.«

»Ihr Sohn gab noch fünf Konzerte danach, ich habe mir alle Aufzeichnungen angesehen. Seine Verfassung verschlechterte sich rapide. Warum haben Sie ihn nicht früher aus gesundheitlichen Gründen zurückgezogen?«

»Geben Sie mir die Schuld? Was denken Sie, wie oft ich ihn gebeten habe, damit aufzuhören? Aber er hat Verträge, an die er sich halten muss, sonst drohen hohe Strafzahlungen. Wissen Sie, wie schnell ein Star vergessen wird, wenn er nicht ständig in den Medien ist? Mein Sohn ist erst vier Jahre zurück aus dem obligatorischen beinah zweijährigen Militärdienst, was für viele Stars das Aus ihrer Karriere bedeutet. Aber Tae-poong hat es geschafft und konnte an seinen Ruhm anknüpfen. Dafür musste er ununterbrochen für die Fans präsent sein. Konzerte, Fernsehauftritte, Talkshows, Werbeauftritte, Fotoshootings, Vlogs nach der Arbeit mitten in der Nacht, der Besuch von Wohltätigkeitsanlässen und Sich-zur-Schau-Stellen auf dem roten Teppich, das alles gehörte zu seinem Alltag. Hinzu kamen das Schreiben seiner Songs, die Studioaufnahmen, die Tanzstunden und das Einstudieren der Choreografie für den Dreh der Musikvideos. Vor zwei Jahren hat er zudem in einer Fernsehserie die Hauptrolle gespielt. Sein Terminplan war voll, sieben Tage die Woche. Ist es da ein Wunder, dass er Migräneanfälle bekommen hat und zusammengebrochen ist?«

Nein, es war vorhersehbar, dachte der Professor. »Ich werde mit Ihrem Sohn reden und Sie anrufen, sollte er seine Meinung ändern und Sie sehen wollen. Ich vermute, es fällt ihm schwer, Ihnen in die Augen zu sehen, nachdem er versucht hat, sich das Leben zu nehmen.«

»Aigoo …« Frau Kim griff nach ihrer Designerhandtasche. »In Südkorea sind psychische Probleme nach wie vor ein Tabu. Es wird nur ungern darüber gesprochen, selten Hilfe angebo-

ten, und Besuche bei einem Psychologen geschehen meistens still und heimlich. Ich bin nicht so. Er kann doch mit mir darüber reden. Warum verschließt er sich vor mir? Er war all die Jahre so stark und selbstsicher. Ich verstehe das nicht. Ich will ihn doch nur in den Arm nehmen.«

»Geben Sie ihm Zeit.«

»Wenn Sie meinen. Ich habe in Interlaken in einem Hotel eingecheckt und bleibe noch zwei Tage in der Schweiz. Bringen Sie Tae-poong dazu, mit mir zu reden, bitte.« Sie kämpfte gegen die Tränen an und wollte gehen, blieb aber in der Tür stehen und drehte sich um. »Sagen Sie, wer war diese unausstehliche Person, die mich überfallen hat, als ich aus dem Wagen stieg? Wie hieß sie noch gleich? Ja, genau, sie nennt sich Sunshine. Halten Sie die Verrückte von meinem Sohn fern.« Mit erhobenem Kopf verschwand Frau Kim um die Ecke.

Der Professor schaute ihr unschlüssig nach. Eine starke, resolute Frau und bestimmt keine einfache Person, aber sie hatte das Herz am richtigen Fleck, vermutete er.

***

Dr. Tribelhorn beobachtete Sunshine, die am Fenster ihrer Suite stand, ihren dünnen Arm durch das Gitter streckte und dem Taxi, das losfuhr, den Mittelfinger zeigte. »Wie wäre es, wenn wir beide uns aufs Sofa setzen? Der Professor und ich wollen Ihre Lebensgeschichte aufarbeiten. Ich möchte, dass Sie mir von Ihrer Kindheit erzählen.«

Sunshine zog den Arm zurück. Sie folgte der Anweisung und setze sich ihr gegenüber. Sie kaute auf einem Kaugummi herum und schnalzte mit der Zunge. »Ah, eine Therapiestunde? *Bene.* Was wollen Sie denn wissen? Wann ich meinen ersten Joint geraucht habe vielleicht? Da war ich sechzehn, es waren Sommerferien. Meinen ersten Sex? Den hatte ich mit siebzehn, mit einem Jurastudenten. Er war lausig. Der Sex. Und der Student. Er stank wie vergammelter Mozzarella. Wann ich mich zum ersten Mal verliebte? Im Sommer, drei Monate nach der

Entjungferung. In wen? Blöde Frage, in den italienischen Adonis mit dem Killerlächeln. Er war heiß, magisch, charmant und reiste als Rucksacktourist durch die Schweiz. Natürlich blieb er am Brienzersee hängen, kaum sah er in meine Augen. Er musste zurück in seine Heimat, und ich heulte mir die Augen wund, bis sich draußen das Laub rot färbte.«

»Wollen Sie über den Unfalltod Ihrer Eltern sprechen?«, fragte Dr. Tribelhorn.

»Wenn es sein muss. Ich war damals fünfzehn. Es war kurz vor Weihnachten und schneite. Falsch. Es war Schneeregen. Bei diesem Wetter sollte man nicht Auto fahren. Es war nicht meine Schuld.«

»Wie kommen Sie darauf, dass es Ihre Schuld gewesen sein könnte?«

Sunshine wich der Frage aus. »Sophie und ich wurden in jener Nacht zu Vollwaisen und zogen zu unserer Tante Marie. Sie lebte auch in Iseltwald oder tut es noch, glaube ich.«

»Werden Sie Ihre Tante besuchen?«

»Nein. Zu viele Erinnerungen –«

»Keine guten?«

»Hm, ich denke schon, einige zumindest. Meine Tante war in Ordnung. Ich war es nicht. Ich glaube, ich war eine Tyrannin und machte ständig Ärger. Aber was konnte sie schon tun? Kurz nach meinem achtzehnten Geburtstag bin ich abgehauen. Andrea hat mich aufgenommen und mich seiner Familie vorgestellt. Ich war blind und dumm.«

»Und Ihre Schwester?«

»Sie kam mit mir mit. Sie war immer der anhängliche Typ, der beschützt werden wollte.«

»Wie steht es um Ihre Ehe?«

»Die Ehe mit Andrea oder diejenige mit den Morrones? Sein Vater, Gianni, hat im Dorf mitten in der bewaldeten Bergregion von Kalabrien das Sagen. Donna Elena del Greco heißt das Kaff. Was für ein Name, total unpassend. Gianni Morrone ist im Süden einer der ganz Großen.«

»Einer der ganz Großen was?«

»Das wollen Sie nicht wissen. Glauben Sie mir, ich habe so viel gesehen und erlebt, da ist es kein Wunder, dass ich durchgeknallt bin.«

Dr. Tribelhorn war nicht nah am Wasser gebaut, und sie konnte persönliche emotionale Empfindungen gut ausblenden, aber bei Sunshine war das schwer. Sie fühlte, dass vor ihr eine Frau saß, die das Leben fast ausschließlich von der dunklen Seite kennengelernt hatte. Liebte sie deshalb das warme Sonnenlicht? Trotzte ihrem Unglück mit Lachen?

»Leben Sie im Dorf Ihres Schwiegervaters?«

»Manchmal. Andrea hat eine schicke Wohnung in Reggio Calabria für uns gekauft. Meistens wohnen wir dort.« Sunshine legte sich aufs Sofa und warf die schlanken Beine über die Seitenlehne. »Sagen Sie, *dottoressa*, die Frau, die eben mit dem Taxi wegfuhr, wer war sie?«

»Über Besucher dürfen wir keine Auskunft geben, das wissen Sie.«

»Ja, ja, Diskretion, schon klar. Darf ich raten? Es ist die Mutter des melancholischen Musikers ohne Stimme, habe ich recht? Der, der sich Rainman nennt. Der, der nichts isst.«

Dr. Tribelhorn war überrascht. Sunshine besaß eine feine Beobachtungsgabe.

»Er logiert direkt gegenüber von meiner Suite, im Westflügel. Er war auch auf der Dachterrasse, an jenem Tag. Ich habe ihn gesehen. Er stand im Regen, bereit zu fallen ...« Sie seufzte. »Ich scheine nicht die Einzige zu sein, die das fühlt.«

»Wollen Sie es erneut versuchen?«

»Was? Vom Dach zu springen? Nein, nicht im Moment. Jetzt bin ich neugierig.«

»Worauf?«

Sunshine schwang die Füße auf den Boden und stand auf. »Nein, *dottoressa*, das verrate ich Ihnen nicht. Lassen Sie mir ein klein wenig Spaß, ja?«

***

Sie musste für ihren Spaß bis zwei Uhr nachts warten. In ihrer Suite hatte Sunshine bloß die kleine Lampe neben dem Sofa brennen lassen. In ihrem Nachthemd saß sie am Fenster und hörte auf dem Handy Musik durch Kopfhörer. Lisi war vor zwei Stunden das letzte Mal im Zimmer gewesen, aber Sunshine ließ sich nicht überreden, ins Bett zu steigen, schließlich hatte sie morgen frei, wie jeden verdammten Tag, seit sie volljährig und Andreas Eigentum geworden war. Wenigstens kamen ihn diese Ferien teuer zu stehen.

Ihr Kopf wippte im Takt der Musik. Sie hatte wenig Bildung, aber sie war clever. Es hatte keine halbe Stunde gedauert, bis sie auf YouTube sein Gesicht entdeckt hatte. Sunshine wusste, dass die Koreaner stark waren im Musikbusiness. Klar kannte sie BTS und Blackpink. Sie hatte sich auf YouTube Videos von K-Pop-Stars angesehen. Offenbar war er einer der ganz Großen, auch wenn er für das Business schon fast zu alt war. Vierunddreißig war er, drei Jahre jünger als sie, das hatte sie herausgefunden. Sein Künstlername war Taifun, mit richtigem Namen hieß er Tae-poong Kim. Sie wusste unterdessen, dass er im Sternzeichen Waage geboren war und am 7. Oktober Geburtstag hatte. Sie selber hatte Ende Oktober Geburtstag, war aber ein Skorpion, nicht dass sie an das Horoskop glaubte. Sie hatte auch herausgefunden, dass Taifun Blutgruppe 0 negativ besaß. Die Blutgruppe zu kennen war in Südkorea wichtig, wenn es darum ging, die Liebe des Lebens zu finden, das hatte sie im Netz herausgefunden. Sie selbst hatte 0 positiv. War ihr Blut kompatibel? Sie würde es noch herausfinden. Dass er allergisch auf Bienenstiche war, war Nebensache. Er trug ausschließlich Kleidung in Schwarz oder Grautönen. Zu Beginn seiner Karriere war er Mitglied einer fünfköpfigen Boygroup gewesen, aber nach dem Auflösen der Band startete er noch erfolgreicher als Solokünstler durch. Seine Songs waren gut. Echter K-Pop mit Rhythmus, Energie und einer Prise Hip-Hop, dazu kamen gefühlvolle Balladen. Sie schaute auf ihr Handy. Auf dem Display lief ein Videomitschnitt von einem seiner Konzerte. Er besaß Temperament und Charisma, ohne

Zweifel, zumindest auf der Bühne. Die weiblichen Fans schrien ihn euphorisch an.

Sunshine blickte auf und hinüber zu seinem Fenster. Konnte das dieselbe Person sein? Rainman war lethargisch, ohne Power und langweilig. Die Traurigkeit, die er ausstrahlte, war erdrückend.

In diesem Moment ging die Nachttischlampe in seiner Suite an. Er trat ans Fenster und beobachtete vermutlich die Sterne. Sie wusste, dass er sie bemerkte, auch wenn er es nicht zeigte.

Es wurde Zeit für etwas Spaß hier oben in den Bergen. Sunshine spannte das Gummiband, das sie aus dem Nähzimmer hatte mitgehen lassen. Sie hatte es um zwei Gitterstäbe gebunden. Im Gummiband lag ihr silberner Anhänger einer Halskette, eine schwere, kirschengroße Metallkugel. An deren Öse hatte sie einen roten Wollfaden befestigt, den sie ebenfalls geklaut hatte, sozusagen als Rettungsleine, für den Fall, dass die Kugel ihr Ziel verfehlte. Sunshine schloss ein Auge, zielte und ließ das Gummiband spicken.

Die Kugel flog über den Abgrund hinüber zum Männertrakt, fast so, als würde sie vom Schicksal gelenkt. Sie zog den roten Faden hinter sich her, einen Faden, der dazu bestimmt war, zwei Leben aneinanderzubinden.

***

Die Kugel traf ihr Ziel beim ersten Versuch, flog durch die Vergitterung hinein in die Suite und prallte an Rainmans Schlüsselbein ab, fiel zu Boden, rollte weiter, am Bett vorbei und blieb unter dem Salontisch liegen.

Rainman sprang einen Schritt vom Fenster weg und hielt sich das Schlüsselbein. Im ersten Moment glaubte er, angeschossen worden zu sein. Dann sah er die Silhouette am Fenster auf der anderen Seite winken. Erst jetzt bemerkte er den Faden, der über den Abgrund gespannt war, bis hinein in sein Zimmer, ein roter Wollfaden. Er nahm die Kopfhörer aus seinen Ohren, folgte ihm zu dem Ding unter dem Salontisch und hob es auf.

Es war eine schlichte silberfarbene Kugel. Der Anhänger einer Halskette, vermutete er. Er ging damit ans Licht. Etwas war auf die Kugel geschrieben. Zahlen. Eine Schweizer Handynummer. Darunter stand ein Satz in winzigen Buchstaben: »Lust zu plaudern?«

Plaudern? Mit dieser Verrückten? Auf keinen Fall.

Rainman wischte mit dem Saum seines T-Shirts die Schrift weg, polierte die Kugel und ließ sie aus dem Fenster fallen. Er sah, wie die Verrückte ihr Schmuckstück an dem roten Faden wieder in ihr Zimmer zog.

Wütend schloss Rainman das Fenster und löschte das Licht in seiner Suite. Er konnte auch im Dunkeln die Sterne beobachten.

5

Rainman saß im Garten hinter dem Sanatorium und fand unter einem Apfelbaum einen ruhigen Platz, wo er sich vor der aufdringlichen Blondine verstecken konnte. Er fühlte, wie sie seine Suite beobachtete. Bis gestern Nacht war der Platz am Fenster sein liebster gewesen, jetzt hatte sie ihn für sich eingenommen, wenn auch nicht körperlich. Rainman hatte es satt. Die Halos waren eine treue und unterstützende Fangemeinde, aber in Südkorea gab es leider auch unzählige Anhänger, die ihn belagerten und stalkten, und an diesem Ort in der Schweiz, wo er sich Ruhe erhofft hatte, nun diese Psychopathin.

Er hielt ein Notizbuch in der Hand und starrte zum Himmel hoch, schaute einem roten Paraglider zu, der seine Runden drehte. Zirruswolken lagen wie Federn unter der Stratosphäre. Keine Spur von Regen. Rainman riss Grashalme aus und warf sie in die Luft. Kein Windhauch wehte sie davon. Sonnenschein konnte er derzeit nicht ertragen. Allein der Gedanke, dass seine Mutter in Interlaken auf seinen Anruf wartete, machte das Atmen schwer. Ein Blick auf seine Armbanduhr bestätigte, dass der Termin bei Dr. Tribelhorn seit zehn Minuten überfällig war. Bestimmt suchte Emil nach ihm. Rainman stand auf, denn mehr Ärger konnte er nicht gebrauchen. Außerdem war er dazu erzogen worden, Termine wahrzunehmen.

Je näher er dem Haupteingang kam, desto schwerer zog ihn die Gravitation in den Boden, als würde er mit Magnetschuhen auf einer Metallplatte gehen. In seinem Kopf hämmerte es wieder. Er kniff die Augen zusammen, blieb kurz stehen und versuchte, seinen Puls zu beruhigen.

Durch die Glasflügeltüren trat er ein. Emil wartete mit verschränkten Armen, sein Ausdruck grimmig. Ohne ein Wort zu sagen, folgte Rainman ihm ins Grüne Zimmer.

Dr. Tribelhorn tippte auf der Tastatur ihres Laptops herum,

als sie eintraten. Sie konnte noch böser schauen als Emil. Rainman entschuldigte sich und neigte leicht sein Haupt.

»Na gut, besser spät als nie.« Dr. Tribelhorn bot ihm einen Platz auf dem Sofa an. Sie setzte sich in den Sessel gegenüber, und Emil zog sich diskret zurück. »Wie geht es Ihnen heute? Emil hat mir berichtet, dass Sie schlecht schlafen und wenig essen. Das macht uns Sorgen.«

»Mir geht es gut.«

»Offensichtlich nicht. Sprechen wir über den Vorfall auf der Dachterrasse? Er liegt vier Tage zurück. Wie denken Sie heute über Ihren Suizidversuch?«

Rainman biss sich auf die Lippen. Weshalb konnte sie nicht fragen, wie er über den Tod dachte?

Dr. Tribelhorns Handy klingelte. Sie drückte den Anruf weg, legte den Kopf schief und wartete auf seine Antwort.

»Wenn Sie nicht –« Es klingelte erneut. »Ach. Bitte entschuldigen Sie, es muss dringend sein.« Sie nahm den Anruf entgegen. Kurz darauf hob sie den Kopf und starrte Rainman an, eine Augenbraue hochgezogen. »Ist gut. Wir kommen.« Sie legte auf. »Gehen wir. Sie haben Besuch.«

Rainman schrak zusammen. »Ich habe gesagt, ich will meine Mutter nicht sehen.«

»Oh, diese Dame ist bestimmt nicht Ihre Mutter.«

Verwirrt folgte er ihr.

Am Empfang lungerte eine beachtliche Anzahl von Patienten und Patientinnen herum. Es wurde getuschelt und gekichert.

Alle Augen waren auf Rainman gerichtet, als er mit Dr. Tribelhorn die Stufen hinunterging. Er konnte nicht sehen, wer am Empfang auf ihn wartete, aber es musste eine wichtige Persönlichkeit sein. Ein anderer Promi? Aber sein Aufenthalt im Sanatorium war geheim, außer Jun-ho, seinem Manager Herrn Gu von der Agentur, dem CEO von First Class Entertainment und seiner Mutter wusste niemand Bescheid.

Dr. Tribelhorn kämpfte sich einen Weg durch die Menschenmenge. Rainman folgte ihr im Windschatten. Möglichst unauffällig suchte er nach Sunshine und stellte erleichtert fest, dass sie nicht anwesend war.

Die Ärztin blieb stehen und stemmte die Arme in die Hüften. Es wurde totenstill.

Rainman trat vor. Ihm blieb die Luft im Hals stecken, und sein Kiefer sackte nach unten, als er die Dame erblickte.

Unmöglich!

Vor ihm stand ein Hase. Nein, kein Hase, ein Häschen. Ein Playboy-Häschen! Die junge Frau hatte endlos lange Beine, die in hohen Absatzschuhen steckten. Sie trug schwarze Hotpants und ein weißes, flauschiges, bauch- und schulterfreies Top. Ihre Oberweite war beachtlich und keinesfalls ein Geschenk von Mutter Natur. Das glitzernde Piercing im Bauchnabel war nicht zu übersehen. Sie hatte lange schwarze Haare, trug sie offen, aber auf dem Kopf einen Haarreif mit Häschenohren. Ihre Lippen waren überdimensional, die Wimpern tiefschwarz und geschwungen, ihr Parfum lullte Rainman ein wie eine Überdosis Äther. Er blinzelte, der einzige Muskel, der sich in seinem Körper regte. Das musste ein Traum sein. Ein Alptraum. Das Erschreckendste war das herzförmige Plüschkissen, das sie ihm euphorisch entgegenstreckte, darauf in schlechter Handarbeit die Worte »Hoppeldihopp mit Rainman« gestickt.

Er trat instinktiv einen Schritt zurück.

»Da ist ja mein Schnuckelhase«, rief die Frau, die höchstens fünfundzwanzig sein konnte. Sie strahlte ihn mit einem Kussmund an.

»Was wollen Sie?«, fragte Dr. Tribelhorn harsch.

Für einmal war Rainman dankbar für ihre Eiseskälte.

»Mein Schnuckelhase fühlt sich traurig und einsam. Ich bin hier, um ihn aufzumuntern, den ganzen Abend und die Nacht.« Sie fuhr sich mit der Zunge über die Lippen. »Wo ist deine Suite, Süßer? Zuschauer wollen wir nicht, oder?«

Rainman hätte im Boden versinken können. Wer war diese schreckliche Frau?

Dr. Tribelhorns Hand schnellte vor und packte sie am Oberarm. »Ihr Besuch ist nicht erwünscht. Gehen Sie.«

Die Frau gab sich entsetzt. »Sicher nicht, das wäre Vertragsbruch.« Sie zeigte mit dem Finger auf Rainman. »Er hat die Nacht im Voraus bezahlt und mir genaue Instruktionen gegeben. Ich habe mich gut darauf vorbereitet, mich hübsch gemacht und bin extra den Weg aus Bern hergefahren.« Sie hob das Kissen hoch. »Wissen Sie, wann ich das letzte Mal Nadel und Faden in der Hand hielt?« Sie versuchte, zu Rainman durchzudringen, aber Dr. Tribelhorn stellte sich ihr in den Weg wie ein Bodyguard, jedoch war der Blick, den sie Rainman über die Schulter zuwarf, vernichtend. Der kurze Moment der Unachtsamkeit gab dem Playboy-Häschen die Gelegenheit, an Dr. Tribelhorn vorbeizuhoppeln und nur Zentimeter vor Rainman stehen zu bleiben. Sie streckte ihre Hand aus und fuhr ihm aufreizend mit den Fingern durchs Haar. »Wir werden viel Spaß haben, versprochen. Schließlich hast du ordentlich Trinkgeld überwiesen, da bekommst du von mir einen sehr, sehr zuvorkommenden Service.«

Rainman wagte sich nicht zu rühren. Am schlimmsten waren die Blicke der anderen. Er stellte sich bereits die Schlagzeilen in der Klatschpresse vor, wie sein Manager toben und seine Mutter jammern würde, weil er sich anzüglich benahm.

Endlich hörte er eine rettende Männerstimme. Der Professor kam mit Emil an seiner Seite auf sie zu. Er benötigte nur wenige Sätze, und die Schaulustigen verzogen sich hastig. Dr. Tribelhorn klärte den Professor auf. Dieser musterte die leicht bekleidete Dame. »Wer hat Sie engagiert?«, fragte er.

»Na, Rainman. Er hat mir über das Kontaktformular des Escortservices geschrieben, dass er sich einsam fühle und weibliche Aufmunterung wünsche. Ich solle mich beim Empfang melden … Et voilà, hier bin ich. Stets zu Diensten.«

Der Professor und Dr. Tribelhorn schauten Rainman fragend an. Das war lächerlich. Niemals gab er sich mit … Er konnte nicht einmal in Gedanken das Wort aussprechen. Wütend drehte er sich um und marschierte davon. Er hörte, wie die Frau ihm auf ihren hohen Schuhen folgen wollte und wie Emil sie zurückhielt. Sie warf dem Betreuer unschöne Worte an den Kopf.

Rainmans Verstand setzte aus. Mit feuchten Händen wischte er sich über den vermutlich hochroten Kopf. Er lief die Stufen hoch in den Westflügel. Als er um die Ecke bog und sicher war, dass die anderen ihn nicht mehr sehen konnten, begann er zu rennen. Vor seiner Tür wartete jemand.

Nicht jemand.

Sunshine.

Rainman verlangsamte seine Schritte. Er ballte die Hände zu Fäusten, als er vor sie trat.

Sie lächelte und kaute gleichzeitig auf einem Kaugummi. »Du hast mein Geschenk nicht angenommen? Du bist echt verkrampft. Verklemmt auch. Schade für so einen hübschen Kerl, wie du es bist. Seid ihr Koreaner alle so steif? Ich habe mir gestern Nacht extra wegen dir eine südkoreanische Drama-Komödie reingezogen. Romantisch, zuckersüß, ein wenig lustig auch. Zum Dahinschmelzen. Zum Abschluss gab es einen Kuss. Nein, das waren Lippen, die aufeinandergedrückt wurden. Sag mal, wisst ihr nicht, wie Küssen geht, so richtig? Kennt ihr in Südkorea keine erotische Leidenschaft, nur Blümchenliebe?«

Rainman packte sie an den Oberarmen und drückte sie gegen die Tür. »Was habe ich dir getan?«

Sunshine stöhnte auf und lachte laut. »Was du getan hast? Du hast mich ignoriert, das hast du.«

Er stieß sie beiseite und öffnete die Tür. »Verschwinde.«

»Wow! Nicht einmal richtig wütend kannst du werden. Weißt du, was mein Mann in dieser Situation getan hätte?«

»Ich will es nicht wissen.«

»Er hätte mir eine geknallt und mich hier im Flur gevögelt, das hätte er getan.«

Rainman wirbelte herum und starrte sie an. Sie hatte Tränen in den Augen und lachte gleichzeitig. »Geh«, sagte er müde, verschwand in seinem Zimmer und knallte die Tür zu.

***

Erneut ließ er sie stehen, erneut ignorierte er sie. Dabei hatte sich Sunshine so ins Zeug gelegt. Die professionelle Dame war teuer gewesen, sehr teuer, keine billige Prostituierte, sondern ein Edel-Callgirl.

Sie kickte mit dem Fuß hart gegen seine Tür. »*Caca cazzo!*«

Emil eilte mit schnellen Schritten auf sie zu, seine Stimmung mies. »In diesem Trakt haben Frauen keinen Zutritt.«

»Was kümmern mich eure altmodischen Regeln? *Merda!* Wir leben im 21. Jahrhundert.« Sie zeigte auf Rainmans Tür. »Bis auf den da. Der ist verklemmter als ein Märchenprinz. Ja, du da!« Sie hämmerte gegen die Tür. »Ich weiß, dass du mich hörst. Warum kommst du nicht raus, hm? Du kannst mich nicht ignorieren. Hey, ich bin es, Sunshine! Jeder verfluchte Mann auf dieser Welt will etwas von mir. Na los, schrei mich an, schlag mich, tritt mich, aber lass mich nicht im Regen stehen.«

»Gehen wir«, sagte Emil, seine Stimme ruhiger. »Das reicht für heute.«

»Ich gehe nirgendwohin, nicht bevor der Superstar mir in die Augen sieht.«

»Jeder Gast hat ein Recht auf Ruhe und Privatsphäre.« Emils Stimme wurde wieder schroffer. Er griff nach ihrem Arm.

»Lassen Sie mich los! Ich schreie um Hilfe.«

»Niemand kommt, um Sie zu retten. Kein Märchenprinz. Sie müssen es selbst tun. Gehen wir.«

Sunshine schrie, was ihre Lungen hergaben, aber gegen Emil hatte sie keine Chance.

Sie kannte das Überwachungszimmer bereits, wo Dr. Tribelhorn und Lisi auf sie warteten. Sanfte Hintergrundmusik spielte aus kleinen Lautsprechern. In der Ecke stand ein gepolstertes Bett. Sunshine tobte unter Emils Griff. Eine halbe Stunde lang überredete Dr. Tribelhorn sie, eine Beruhigungspille zu schlucken, bis Sunshine endlich nachgab. Es dauerte einige Minuten, bis das Medikament Wirkung zeigte und Sunshine auf das Bett sank.

»Tut mir leid«, flüsterte Lisi. »Es ist zu Ihrem Schutz. Nicht dass Sie sich wieder etwas antun.«

Dr. Tribelhorn legte Sunshine die Hand auf die Schulter. »Morgen scheint wieder die Sonne, Sie werden sehen. Schlafen Sie sich aus.«

Tränen waren die einzige Regung, die Sunshine zeigen konnte. Sie starrte an die Decke, auf der ein blauer Himmel mit Schäfchenwolken aufgemalt war, und schloss die Augen. In ihrem Kopf sah sie Rainman, wie er am Fenster stand und traurig ins Tal blickte. Warum nur war sie so besessen von ihm? Warum war sie so gekränkt gewesen, als er die Kugel aus dem Fenster geschmissen hatte und ihre Aufforderung, mit ihm zu plaudern, abgelehnt hatte? Sie kannte ihn überhaupt nicht. Vielleicht, weil er das komplette Gegenteil von Andrea war? Nur eines wusste sie mit Sicherheit. Er würde jetzt am Fenster stehen …

***

Rainman stand am offenen Fenster, als der Professor in seine Suite trat. »Wir müssen uns für den Vorfall entschuldigen. Sunshine ist ein schwieriger Fall. Sie hat es nicht leicht in ihrem Leben. Sie –«

Rainman schoss herum. Eine unerwartete Handlung, die den Professor überraschte. »Habe ich es etwa leicht? Ich kam her, um mich zu erholen, stattdessen stalkt mich diese Verrückte.«

»Diesen Ausdruck benutzen wir nicht.«

»Halten Sie sie von mir fern.« Er zeigte mit dem Finger auf die Suite im Ostflügel gegenüber. »Sie beobachtet mich.«

Der Professor hob eine Augenbraue. »Sie beobachtet Sie?«

»Geben Sie ihr ein anderes Zimmer.«

»Leider sind wir ausgebucht.«

Rainman stieß einen wütenden Zischlaut durch seine Lippen.

Irritiert musterte der Professor ihn. Sunshine beschäftigte ihn. Jede Emotion war besser als totale Gefühlsstarre. Rainman war wütend auf sie. Konnte er Mitleid und Empathie empfinden? Der Professor wagte einen Versuch. »Heute Nacht werden Sie nicht von ihr belästigt. Wir mussten sie zu ihrer eigenen Sicherheit in ein Schutzzimmer bringen und haben ihr ein starkes Beruhigungsmittel verabreicht. Es tut mir immer weh, wenn ich das unseren Gästen antun muss. Sie leidet.«

Rainman schwieg und starrte aus dem Fenster. Ohne sich umzudrehen, stellte er nach langem Zögern eine Frage. »Ist sie verheiratet?«

»Ja.«

»Ihr Mann ist –«

»Ich darf nicht darüber reden.«

»Schlägt er sie?« Traurigkeit schwang in Rainmans Stimme mit.

»Da steckt weit mehr hinter ihrem Leiden.« Ich lag richtig, dachte der Professor. Empathie war eine Emotion, die Rainman fühlen konnte. »Ich werde Sie in Ruhe lassen. Rufen Sie Emil, wenn Sie etwas brauchen. Schlafen Sie sich aus.«

***

Rainman stand noch eine Weile am Fenster. Es war ungewohnt still in den Bergen. Entkräftet schlurfte er ins Bad und gönnte sich eine lange heiße Dusche. Aus dem Schrank suchte er sich ein schwarzes T-Shirt und eine graue Sporthose heraus. Sein Blick fiel auf die Gitarre, die er in der Ecke des Schrankes verstaut hatte. In seinem Kopf dröhnte es, aber er fand keine Note, keinen Ton, keine Idee für eine Melodie oder einen Text. Harsch schloss er die Schranktür und warf sich bäuchlings aufs Bett. Er fiel in einen unruhigen, traumlosen Schlaf.

6

»Ich war eine echte Bitch.« Sunshine setzte ihren Charme ein. »Es tut mir leid, ganz ehrlich. Ich hätte das niemals tun dürfen. Können Sie mir vergeben?«

Lisi räumte das Plastikgeschirr weg. »Sie haben alles aufgegessen. Das wird der Professor gerne hören.«

»Wann darf ich hier raus?«

»Dr. Tribelhorn kommt gleich vorbei. Wenn Sie sich ruhig und vernünftig verhalten, können Sie bestimmt zurück in Ihre Suite.«

»Sie dürfen meinem Mann nichts davon erzählen, versprechen Sie es. Auch nicht Tony. Die machen Hackfleisch aus mir.«

»Reden Sie mit dem Professor darüber.« Lisi setzte sich neben Sunshine aufs Bett. »Sie sind nicht allein. Wir helfen Ihnen.«

»Ach, Schätzchen, Sie sind lieb, aber so naiv. Das Leben im Berner Oberland ist noch unverdorben und rein. Ich wünschte, ich könnte länger hierbleiben.«

»Heilige sind wir alle nicht«, entgegnete Lisi mit einem Lächeln. »Aber wenn es Ihnen hier gefällt, bleiben Sie.«

»Das geht nicht.« Sie strich Lisi über das Haar, als wäre sie ein kleines Mädchen. »Danke, dass Sie mir zuhören, das hilft. Ich hätte da einen Wunsch. Ich will Rainman treffen und mich bei ihm entschuldigen.«

»Vermutlich will er Sie nicht sehen, aber ich werde es Dr. Tribelhorn ausrichten.«

»Habe ich von ihr eine Standpauke zu erwarten?«

»Bestimmt.«

»Scheint draußen die Sonne?«

»Nein. Es regnet.«

Sunshine seufzte. Es war nicht ihr Tag.

Eine halbe Stunde später besuchte sie Dr. Tribelhorn. Ihr

wäre der Professor lieber gewesen. Mit ihm konnte sie flirten und sein Herz erweichen. Dr. Tribelhorn schien ohne eines geboren worden zu sein.

»Sie haben den Vertrag unterzeichnet«, begann die Ärztin. »Sie wissen, zu welchen Mitteln wir greifen können, wenn es sein muss.« Dr. Tribelhorn stand an der Wand neben der verschlossenen Tür, einen Kugelschreiber in der Hand. »Sie müssen lernen, Ihre Emotionen zu kontrollieren. Deshalb sind die Medikamente wichtig. Sie dürfen sie nicht heimlich wegwerfen.«

»Die Pillen sind wie eine chemische Zwangsjacke. Ich bin durch sie total neben der Spur.«

»Das wird sich mit der Zeit einstellen. Vertrauen Sie uns.«

»Ist gut.«

»Tatsächlich? Schön. Also, weshalb wollten Sie Rainman demütigen?«

»Demütigen? Ich will ihm helfen.«

»Indem Sie ihm öffentlich eine Prostituierte zuschieben?«

»Er ist so verkrampft und hat keinen Humor. Das beschäftigt mich. Ich würde gerne wissen, wie er aussieht, wenn er lacht. Haben Sie ihn schon einmal lachen gesehen? Ich nur in seinen Videos. Er bekommt Grübchen in den Wangen, wussten Sie das?«

»Die wenigsten Menschen verarbeiten ihre Probleme durch eine sexuelle Therapie. Sie sind nicht seine Ärztin.«

Sunshine legte sich aufs Bett und zog einen Schmollmund. »Das weiß ich. Aber er ist süß, so unschuldig, sanft, wie ein trauriges Riesenbaby ohne Babyspeck. Gott, er ist viel zu dünn. Er ist doch nicht …« Sie schoss auf.

»Die Frage beantworte ich nicht.«

»Ach, ich hätte ihm einen Gigolo besorgen sollen.«

»Unsere Patienten und Patientinnen kümmern sich bei uns im Sanatorium um ihre eigenen Probleme und nicht um die der anderen. Und bei Ihnen –«

»Ich weiß, ich bin ein Wrack. Ich bin hyperaktiv, manisch, schizophren, manipulativ, leide an PTBS, bin selbstzerstörerisch, suizidgefährdet, kleptomanisch, vulgär, sexsüchtig, dominant, jähzornig, unverbesserlich, ein Junkie, eine Zicke, eine Plaudertasche und ein dummes Huhn. Habe ich eine Eigenschaft vergessen?«

Dr. Tribelhorn zog ihre Mundwinkel hoch, was wohl ein Lächeln andeuten sollte. »Sie lieben Tiere, helfen Schwächeren, stehen zu Ihren Überzeugungen, bringen andere zum Lachen und können durchaus bezaubernd und charmant sein.«

Sunshine stand vom Bett auf und ging auf dem Boden vor Dr. Tribelhorn in die Knie. »Sind Sie mein Romeo, nach dem ich mein Leben lang gesucht habe? Für Sie werde ich zu einer Lesbe. Das war das schönste Kompliment, das mir je ein Mensch gemacht hat.«

»Herrje, stehen Sie auf. Sie haben vergessen zu erwähnen, dass Sie eine hervorragende Schauspielerin und Dramaqueen sind.«

Sunshine schlug sich mit den Händen auf die Oberschenkel und stand grinsend auf. »Schade, war einen Versuch wert, hier wegzukommen. Beim Professor hätte es funktioniert.«

»Ich rufe Lisi. Sie soll Sie auf Ihre Suite bringen.«

»Echt jetzt? So einfach geht das? Habe ich mich in Ihnen getäuscht?«

»Das tun alle«, sagte Dr. Tribelhorn kühl und verließ den Raum.

Während Sunshine wartete, rätselte sie, wie spät es sein konnte. Zehn Uhr am Morgen? Hier drinnen gab es weder Tag noch Nacht.

Es war drei Uhr am Nachmittag, versicherte ihr Lisi, als sie Sunshine auf die Suite führte. Draußen regnete es in Strömen. Sunshine verlor keine Zeit, steuerte direkt auf das Fenster zu und riss es auf. Sie trat nahe an die Vergitterung heran und streckte eine Hand aus, um den Regen zu spüren. Er war kühl und frisch. Sie starrte hinüber zum Westflügel. Es war unmöglich, auszumachen, ob er am Fenster stand oder nicht. In ihrer Vorstellung tat er es. Sie gönnte sich einige Tränen. Lisi würde sie wegen des Regens auf ihrem Gesicht nicht bemerken. Dann beobachtete Sunshine, wie unten auf dem Vorplatz ein Taxi hielt.

***

Da es draußen in Strömen regnete, beschloss Rainman, seiner Mutter im Grünen Zimmer gegenüberzutreten, welches der Professor ihm überlassen hatte. Er brauchte den Schutz dieses Zimmers, da er wusste, dass seine Mutter durchaus laut werden konnte, wenn sie sich aufregte. Seine Nervosität steigerte sich, als er im Zimmer auf und ab ging, um sich in seinen Gedanken auf das bevorstehende Gespräch vorzubereiten. Er hatte beobachtet, wie sie in einem Taxi auf den Vorplatz gefahren war. Sie würde gleich hier sein …

Wie eine Furie rauschte sie in das Grüne Zimmer, knallte die Tür zu und stellte sich vor ihm auf. Auch wenn sie mehr als einen Kopf kleiner war, ihre Autorität war die einer Königin. Er hätte eine Umarmung gebraucht, aber sie schlug ihm mit der flachen Hand gegen die Brust.

Rainman ließ den Kopf sinken, wehrte sich nicht, denn er hatte die Schläge verdient, und entschuldigte sich. *»Joesonghabnida.«*

»Du –« Noch ein Schlag, diesmal mit der Faust.

Rainman stöhnte. Obwohl der schwache Schlag nicht körperlich schmerzte, so tat er seiner Seele weh.

»Warum?«, fragte sie auf Koreanisch, die Stimme laut, aber trotzdem hörte er das Zittern darin.

Rainmans Herz explodierte in seiner Brust. Er fiel vor ihr auf die Knie und senkte die Stirn bis auf den Boden. Für das, was er getan hatte, gab es keine angemessene Entschuldigung.

»*Aigoo!* Willst du mich ins Grab bringen?« Seine Mutter sank neben ihm in die Knie und begann bitterlich zu weinen.

Rainman zögerte nicht lange und nahm sie in die Arme. »Tut mir leid. Ich wollte dir nicht … ich …«

Sie brauchte eine Weile, um sich zu beruhigen. Langsam richtete sie sich auf und setzte sich im Schneidersitz vor ihm hin, wischte sich energisch die Wangen trocken und schaute ihn an. »Sieh mir in die Augen und sag mir, was in dich gefahren ist, dass du von diesem Dach springen wolltest! Ich kenne meinen Sohn. Du hast in deinem Leben hart gearbeitet, hast große Erfolge, aber auch viele Rückschläge und Demütigungen einstecken müssen. Nie hast du an Selbstmord gedacht. Warum hier und jetzt? Was ist passiert? Und wage es nicht, mich anzulügen.«

Rainman griff nach ihrer Hand. »Ich will nicht lügen.«

»Sag mir, was los ist. Warum die Auszeit und eine Kur in einem Sanatorium in der Schweiz?«

»Ich bin müde, *Eomma*. Ich ertrage den Lärm in Seoul nicht mehr.«

»Komm zurück nach Busan. In unserer Villa ist es ruhig. Du hast den Blick aufs Meer, den du so liebst. Komm zurück, wenn deine Verträge in zwei Jahren auslaufen. Du hast ein Vermögen verdient und kannst damit den Rest deines Lebens genießen. Ich arrangiere Dates, damit du eine Frau kennenlernst, um mit ihr eine Familie zu gründen. Weg vom Rampenlicht kannst du noch immer für andere Künstler komponieren.«

Er zwang sich ein Lächeln auf. »Das klingt zu gut, um wahr zu sein.«

»Nein, tut es nicht. Ich weiß, dass du dir eine Familie wünschst. Es wird Zeit dafür. Du bist vierunddreißig, und ich werde älter – und einsam. Einige Enkel würden mein Leben bereichern.«

Er sah, wie seine Mutter bei den Worten strahlte. Er wollte sie glücklich sehen und nickte. »Du hast recht. Ich sollte mich aus dem Business zurückziehen.«

Sie strich ihm über die Wange. »Komm mit mir morgen zurück nach Busan. Ich buche dir gleich einen Sitz im Flugzeug. Reden wir mit der Agentur. Vielleicht gibt es einen Weg, früher auszusteigen.«

»Ich kann nicht.«

Sie erstarrte. »Warum?«

»Nein, keine Angst, ich mache keine Dummheiten mehr. Der

Professor hat es richtig erkannt. Der Selbstmordversuch war ein Hilfeschrei. Den brauchte ich, um einen Entschluss zu fassen.«

»Welchen Entschluss?«

»Hm, sagen wir, den Entschluss, dem Rest meines Lebens einen Sinn zu geben. Ich denke, mit meinem Geld und dem Einfluss, den ich habe, kann ich viel erreichen, anderen helfen und Gutes tun. Ja, das möchte ich. Ich schreibe gerade an einem Song, aber er wird anders. Er zeigt eine neue Seite von mir. Es wird mein Abschiedssong, danach ziehe ich mich aus dem Business zurück.« Rainman lächelte seine Mutter an. Auch wenn er die Wahrheit sagte, so verbarg er vor ihr die größte Lüge seines Lebens. »Ich möchte erst zurückkommen, wenn ich mich erholt habe. Die Luft in den Bergen tut mir gut, und die Aussicht auf den Brienzersee ändert meine Sichtweise über das Leben. Ich bin zurück in einer Heimat, die ich fast vergessen hatte. Ich will auch Papas Grab besuchen gehen. Er wird sich freuen.«

»Ich war gestern und heute Morgen auf dem Friedhof«, sagte seine Mutter, sichtlich gerührt. »Er hat nach dir gefragt.«

Ein trauriges Lächeln huschte über Rainmans Gesicht. »Der Ort hier gibt mir Kraft, also lass mich noch bleiben. Ich brauche die Kraft, um Herrn Gu und der Geschäftsleitung von First Class Entertainment meinen Rücktritt bekannt zu geben.« Das war die richtige Entscheidung, oder nicht? Würde er sie bereuen? Rainman hatte keine Antwort darauf.

Sie tätschelte seine Hand. »Gut, mach das und ziehe danach zu mir nach Busan. Ich werde bereits nach einigen netten Damen Ausschau halten. Ich habe da eine junge Frau, die Tochter eines Rechtsanwaltes, im Kopf. Sie ist hübsch, gebildet, ruhig, ja, sie könnte zu dir passen.«

»*Eomma*, übertreib nicht. Der Schweizer in mir will seine Zukünftige lieber selbst finden.«

Sie lachte. »Ich will ja keine Zwangsheirat, nur deinem Glück nachhelfen. Dein Vater hat dir seinen Dickschädel vermacht, typisch. Immerhin konnte ich dir meine koreanische Schönheit vererben.«

»Ja, das hast du.« Er nahm sie lange in den Arm.

Nachdem seine Mutter gegangen war, zog er sich ins Lesezimmer zurück, um abzuschalten und auf andere Gedanken zu kommen. Der Regen draußen bot die perfekte Stimmung für seinen Gehirn-Small-Talk. Es gab in der hauseigenen Bibliothek bloß ein Buch zum Thema Wetter. »Wetter – kosmische Erscheinungen und andere Turbulenzen« hieß es und war nicht ernst zu nehmen. Es war kein wissenschaftliches Buch, eher eines, das zwischen den Zeilen gelesen werden musste. Es bezog sich vielmehr darauf, wie das Wetter Einfluss auf das Leben auf der Erde nahm.

Rainman schloss die Augen und lauschte dem Regen, der gegen die Scheiben im Lesezimmer prasselte. Mit dem Regen kam die Melancholie, denn im Eisregen erlebte er in seiner Kindheit die schlimmsten Stunden. Je kälter der Regen, desto näher rückte der Tod. Rainman hatte gelernt, dieses Erlebnis, diesen Schmerz in Poesie umzuwandeln. Seine besten Songtexte und Melodien entstanden bei Regen. Er musste unwillkürlich an Sunshine denken, was ihn wütend stimmte. Um sich von ihr abzulenken, blätterte er durch das Buch. Sein Blick blieb an dem Bild eines Regenbogens hängen. Er fuhr mit dem Zeigefinger den Farben entlang, die sich über eine weite Graslandschaft erhoben. Rainman liebte das Wetter, kannte seinen Zyklus und die Namen der seltensten Wolkenformationen. Er kannte Sonne und Regen, aber er hatte noch nie in seinem Leben einen Regenbogen in natura gesehen. Wie war das möglich? Er stellte sich einen Regenbogen als Brücke vor, als Brücke zwischen zwei Welten, zwischen zwei Realitäten, als Brücke zwischen Heiß und Kalt, zwischen Gut und Böse, zwischen Leben und Tod. Sein Finger blieb auf dem höchsten Punkt des Regenbogens liegen. Der Übergang. Einige Worte spukten in seinem Kopf herum. Er hörte den Moll-Akkord, aufgebaut auf dem e als Grundton. Doch welches Wort passte zu dem Ton? Ohne zu überlegen, notierte Rainman den Akkord in Notenschrift ans linke Ende des Regenbogens. Daneben schrieb er das erste Wort, das ihm in den Sinn kam: »Schmerz«. Sein Blick fiel zurück auf den höchsten Punkt des Regenbogens. Ein Wendepunkt? Er schrieb »Entscheidung« in die Mitte. Blieb das rechte Ende des Regenbogens ... Was war sein Ziel? Was wollte er von seinem Leben? War das der Anfang oder das Ende? Er fand kein passendes Wort. Irgendwie war er leer. Verloren. Wie konnte er einen Song schreiben, wenn er nicht wusste, was er zu sagen hatte, wenn er nicht wusste, welche Entscheidung er treffen sollte, um dem Schmerz zu entkommen?

Er klappte das Buch zu und steckte es zurück ins Regal. Was tat er hier? Es war später Nachmittag. Er verspürte den Drang, sich draußen in den Regen zu stellen. Dem Professor würde das nicht gefallen. Er sollte besser nicht erwischt werden. Aus seiner Hosentasche nahm er die Bluetooth-Kopfhörer und steckte sie in seine Ohren. Über das Handy spielte er Musik ab, wählte »Childhood« der Indie-Rock-Band The Rose. Kein Song hätte seine Gefühle besser ausdrücken können. Beim Hinausgehen fiel sein Augenmerk auf eine kleine Porzellanschale, die auf einem Sideboard stand. Sie war mit einem Blumenmuster geschmückt. Wildrosen. Die Schale war nicht größer als seine Hand. Darin lagen Pralinen, einzeln verpackt. Rainman nahm die Schale und leerte die Schokolade auf das Sideboard. Einige der Pralinen rollten davon und fielen zu Boden. Er kümmerte sich nicht darum, denn er mochte keine Schokolade. Sie war in seinem Leben als Popstar verboten gewesen. Eine Todsünde für die Figur. Hastig versteckte Rainman die Schale in der Tasche seines schwarzen Sakkos.

Möglichst unauffällig ging er zum Empfang und durch die Flügeltüren nach draußen. Er blieb unter dem Vordach stehen, bis die Aufmerksamkeit des Betreuungspersonals, das ihn beim Hinausgehen beobachtet hatte, nachließ. Langsam ging er nach rechts, bis er aus deren Sichtweite verschwand.

Dann rannte er los.

Hinaus in den Regen.

Er hätte vor Schmerzen schreien können. Bilder flackerten in seinem Kopf auf. Grausame Bilder. Bilder eines Lächelns.

Er rannte um den Ostflügel des Sanatoriums, durch den Garten, bis zu jenem Ort, wo die Bäume und Büsche ihm Schutz boten. Keinen Schutz vor dem Regen, aber Schutz vor Blicken. Er kauerte sich hin, holte die Schale aus seinem Sakko und stellte sie auf den Boden neben sich. Die ersten Regentropfen verfingen sich darin, spritzten auf, als wollten sie ihrer Gefangenschaft entfliehen. Vergeblich. Die Schale füllte sich langsam mit Regenwasser, füllte sich mit einem tröstenden Lächeln voller Wärme.

Rainman wartete, bis kein Zentimeter seiner Haut mehr trocken war. Die Porzellanschale war halb voll. Das genügte. Er nahm sie vorsichtig in die Hand und starrte sie an. Es schien, als würde das Muster der Wildrosen dank des Regenwassers zu blühen beginnen. Absurd. Rainman war dem Wahnsinn verfallen, aber er war nicht verrückt oder irrational. Er war ein Opfer, aber hasste diese Rolle. Vielleicht konnte er der Angst entfliehen, wenn er etwas Trost spendete.

Er ging zurück ins Gebäude. Die Dame am Empfang schaute ihn entsetzt an. »Rainman, wo waren Sie? Sie sind pflotschnass!«

Er stellte die Schale mit dem Regenwasser auf die Theke. »Wo ist Sunshine? Ich will ihr das bringen.«

»Ähm, was ist das?«

»Regen.«

»Oh. Ich – ähm. Warten Sie.« Die Dame rief den Professor an.

Rainman rührte sich nicht. Er begann zu zittern. Der Regen hier war eiskalt, auch im Sommer.

Aufs Mal stand der Professor vor ihm. »Was wollen Sie mit dem Regenwasser?«

»Es ist für Sunshine.«

»Regenwasser?«

Rainman seufzte. »Zu viel Sonnenschein verbrennt sie. Das Regenwasser wird sie abkühlen. Vielleicht spendet es Trost. Mir hilft es jeweils. Sehen Sie es als Rainmans Medizin für eine Irre.« Er drehte sich um und verließ den Empfang. Er brauchte eine heiße Dusche, dringend.

***

Der Professor starrte ihm hinterher. Dass Rainman den ersten Schritt machte, hätte er nie gedacht. In seiner langjährigen Karriere hatte er einiges erlebt, aber noch nie eine Patientin, die einem Patienten eine Prostituierte zur Therapie organisierte, oder einen Patienten, der einer Patientin Regenwasser als Medizin verschrieb. Was ging zwischen den beiden vor sich?

»Oh, endlich hört es auf zu regnen«, sagte Anita am Empfang.

Der Professor folgte ihrem Blick. Tatsächlich. Der Himmel riss auf und ließ erste Sonnenstrahlen durch. Dass das Wetter in den Bergen rasch umschlagen konnte, war normal. Aber gerade jetzt?

»Sehen Sie«, rief Anita.

Ein Regenbogen spannte sich zwischen dem Ost- und Westflügel auf. Der Professor blickte über die Schulter und sah, wie Rainman die Stufen hoch verschwand. Er konnte den Regenbogen unmöglich sehen.

»Was tun wir mit dieser Wasserschale?«, fragte Anita.

Der Professor nahm sie vorsichtig in die Hand. »Bringen wir Sunshine ihre Medizin. Schaden kann sie bestimmt nicht. Vielleicht erleben wir in unserem Sanatorium noch ein Wunder, was denken Sie, Anita?«

»Welches Wunder?«

Der Professor schmunzelte. »Heilung.«

Fünf Minuten später klopfte er an ihre Tür, trat ein und überreichte Sunshine Rainmans Geschenk.

»Regenwasser?«, rief sie entsetzt. »Was für ein Geizkragen! Wissen Sie, wie viel mich die Nutte gekostet hat? Und er, er schenkt mir Regenwasser?«

Behutsam stellte der Professor die kleine Schale mit dem Wasser auf das Sideboard in ihrer Suite. »Immerhin hat er sich die Mühe gemacht, es selbst zu sammeln. Er stand dafür lange im Regen.«

»Was interessiert mich das?«

»Er war komplett durchnässt.«

»Sein Fehler.«

»Der Regen hier oben in den Bergen ist kalt.«

»Sie sind Arzt. Geben Sie ihm eine Spritze gegen Erkältung.«

Der Professor schmunzelte. »Sie stehen oft am Fenster.«

Sunshine fuhr herum. »Mir fehlt die Freiheit. Vor allem nach einer Nacht im Sicherheitszimmer.«

»Wir sind kein Gefängnis.«

»Sie wissen, wer da draußen auf mich wartet, sollte ich versuchen zu fliehen. Er wird mich zurückbringen oder Schlimmeres.«

»Haben Sie Angst?«

»Angst? Angst ist eine Erfindung des Gehirns, um den Körper zu schützen, nicht? Mich hat die Angst nie beschützt, also habe ich sie abgeschafft.« Lachend verwarf sie die Hände. »Meine fröhliche Natur ist es, die mich hat überleben lassen. Es fällt anderen schwer, Menschen etwas anzutun, die lachen, wissen Sie? Wie kann man jemandem böse sein, der bezaubernd lächelt?«

Die Aussage ließ den Professor schaudern. Sunshine war kein Dummchen, sie war eine Überlebenskünstlerin. »Lachen sollte von Herzen kommen.«

Sie schüttelte vehement den Kopf. »Nein, muss es nicht. Es geht nicht, wenn da kein Herz mehr ist. Lachen kann man sich antrainieren. Wow, für diesen Satz sollten Sie einen Bonus verdienen. Gute Arbeit, Doc, Sie haben mich voll erwischt und durchschaut. Jetzt kennen Sie mein Problem, für das es leider keine Heilung gibt. Was nicht existiert, kann nicht geheilt werden, also lassen Sie mich meine Wochen hier oben in Ruhe genießen.«

»Wie sieht Ihr Leben aus, wenn Sie zurückgehen?«

»Ich gehe nicht zurück.«

Der Professor wusste, was diese Aussage bedeutete. Sie würde es erneut versuchen. Nächstes Mal kämen sie eventuell zu spät. Die einzige Möglichkeit, ihr Leben zu retten, war, ihr Herz zu reanimieren. Sie brauchte einen Elektroschock, einen emotionalen Elektroschock. »Wie gefällt Ihnen die Aussicht?«

»Was?«

»Rainmans Suite liegt der Ihren gegenüber.«

»Ja, und?«

»Wie wäre es heute Abend mit einem Nachtessen im kleinen Salon? Nur Sie beide. Sie könnten sich entschuldigen und aussprechen.«

»*Mamma mia!* Gehen Sie jetzt unter die Kuppler? Ich dachte, das hier sei ein seriöses Haus, wo Männer und Frauen getrennt unterkommen, und kein Love-Hotel für Promis.«

»Was spricht gegen ein Abendessen?«

»Mein Ehemann. Er bringt mich um, sollte er das erfahren.«

»Ich bin an die Schweigepflicht gebunden.«

Sunshine trat vor den Professor. »Wird das ein Date?«

»Nein. Eine Aussprache.«

»Rainman wird nicht kommen.«

»Er wird.«

»Werden Sie uns dabei beobachten?«

»Nein.«

»Warum nicht?«

»Nennen wir es ein Experiment. Ich fühle das Universum vibrieren, wenn Sie beide aufeinandertreffen. Schauen wir, was passiert.«

»Ist das eine seriöse Therapieform?«

»Konventionelle Heilmethoden helfen bei Ihnen beiden nicht.«

Sunshine zeigte auf die Schale mit dem Regenwasser. »Hat sein Zauber Sie verhext? Ich habe das in einer Fernsehserie gesehen. Die Südkoreaner lieben Schamanen, die mit Glöckchen läuten und Zaubersprüche in roter Farbe auf gelbe Zettel schreiben, die man versteckt.«

»Sie schauen koreanische Serien? Seit wann?«

Sunshine verzog den Mund. »Seit Kurzem.«

Amüsiert kratzte sich der Professor das Kinn. »Sagen wir, Sie bringen Rainman das Lachen bei und er Ihnen ein Stück Traurigkeit.«

Sunshine hob den Zeigefinger. »Sind Sie ein Sektenführer? Was kommt morgen? Gruppentherapiesex?«

»Sind Sie oft auf das Sexuelle fixiert?«

»Hey, für wen halten Sie mich?«

»Sie haben damit begonnen. Schon vergessen? Die Escortdame. Weshalb?«

Sunshine setzte sich seufzend aufs Bett. »Er ist so prüde, so steif und so verklemmt.«

»Ist das schlecht?«

»Es macht mich wütend.«

»Warum?«

»Weil es ihn unschuldig macht.«

»Und was stört Sie daran?«

»Neid.«

7

Eine Stunde später trat Lisi in Sunshines Suite. »Du meine Güte! Wie sieht es hier aus? Haben Sie den ganzen Schrank ausgeräumt?« Die Kleider lagen verstreut auf dem Boden, und Sunshine saß in Unterwäsche auf dem Bett. »Ich wollte Sie holen und zum kleinen Salon bringen. Warum sind Sie nicht angezogen?« Lisi begann, die Kleidungsstücke aufzuheben. Auf dem Sideboard lagen mehrere Oberteile. Mit einer ruckartigen Bewegung hob Lisi diese hoch, übersah dabei die Porzellanschale. »Ups, ist das Wasser? Was macht denn diese Schale hier? Die steht üblicherweise im Lesezimmer.«

Sunshine sprang vom Bett auf. »Oh nein, Lisi, Sie haben das Wasser verschüttet.« Behutsam nahm Sunshine die Schale in die Hand, hielt sie unter den Rand des Möbelstücks und versuchte, das verschüttete Wasser mit der Handfläche zurückzuschieben.

»Was ist das?«, fragte Lisi.

»Regenwasser.«

»Regenwasser?«

»Es ist kostbar. Noch nie hat mir jemand etwas geschenkt, das man nicht kaufen kann.«

»Das Regenwasser war ein Geschenk?«

Sunshine strahlte und trug die Schale zu ihrem Nachttisch, wo sie sie sorgfältig platzierte. »Hier ist sie sicher. Nicht anfassen, Lisi, ja?«

Lisi drehte sich weg und verzog irritiert den Mund. Bei Sunshine herrschte definitiv ein Chaos im Kopf. Sie räumte die ersten Kleider in den Schrank, als sie ein Schluchzen hörte. Lisi drehte sich um und trat neben Sunshine. »Was haben Sie denn jetzt?«

Tollpatschig wischte sich Sunshine Tränen aus den Augen. »Nichts, das ist es ja, ich habe nichts anzuziehen.«

»Sie haben mehr Kleider im Schrank, als ich in meinem ganzen Leben tragen werde.«

»Die hat mir Andrea gekauft. Die kann ich nicht zu einem Date mit einem anderen Mann tragen.«

»Ein Date? Sie haben eine Therapiesitzung im kleinen Salon.«

»Hat das der Professor gesagt?«

»Ja.«

»Macht er oft Sitzungen im kleinen Salon?«

»Nein, eigentlich nie.«

Sunshine sprang auf die Beine. »Leihen Sie mir Ihre Sachen! Nein, besser noch, wir tauschen. Ich schenke Ihnen eines meiner italienischen Designerkleider, und Sie geben mir, was immer Sie heute getragen haben, als Sie zur Arbeit kamen.«

»Ich? Ich bin heute mit einem alten Rock und einer beigefarbenen, zugeknöpften Bluse zur Arbeit gekommen. Die Kleider sind uralt und passen Ihnen bestimmt nicht.«

Sunshine jubelte. »Perfekt! Wir haben die gleiche Größe, das passt schon. Los, Lisi, schnell, bringen Sie mir den Rock und die Bluse und suchen Sie ein Teil aus, das Ihnen gefällt. Oder nehmen Sie gleich alle Kleider mit nach Hause. Ich will sie nicht mehr.«

***

Respekt vor den Älteren wurde einem in Südkorea als Kind eingetrichtert. Es war eine Sünde, einem älteren Menschen einen Wunsch oder Befehl auszuschlagen, also ergab sich Rainman in sein Schicksal. Er war nie rebellisch oder respektlos gewesen, und so konnte er dem Professor den Wunsch nicht ausschlagen, sich im kleinen Salon mit dieser Verrückten zu treffen. Anscheinend wollte sie sich bei ihm entschuldigen. Er brauchte keine Entschuldigung. Er brauchte Ruhe. Es war lästig, ständig an sie denken zu müssen, und weit unangenehmer war es, ihr gegenüberzustehen. Aber er würde dem Professor den Wunsch erfüllen, sich die Entschuldigung anhören und danach zurück auf sein Zimmer gehen.

Rainman wählte seinen schwarzen Anzug, dazu ein dunkelgraues Hemd.

»Schick«, bemerkte Emil, als er ihn abholte und zum kleinen Salon brachte. Vor der Tür hielt er inne. »Ich bleibe hier draußen im Flur. Wenn etwas ist, rufen Sie mich. Sunshine wartet bereits auf Sie.«

»Und der Professor?«

»Verspätet sich.«

»Ich warte hier auf ihn. Sie ist gefährlich.«

Emil schüttelte den Kopf, grinsend. Er öffnete die Tür und schob Rainman regelrecht ins Zimmer. Sofort schloss er die Tür hinter ihm.

Die Frau, die da am Fenster stand, konnte unmöglich Sunshine sein, dachte Rainman. Sie wandte ihm den Rücken zu. Ihr blondes Haar war zu einem Zopf geflochten. Sie trug eine schäbige farblose Bluse, der Faltenrock reichte ihr bis zu den Knöcheln, und ihre Füße steckten in alten Turnschuhen.

Was Rainman irritierte, war der Tisch. Zwei Gedecke lagen darauf und zwei Teller mit einer Wärmehaube darüber. Es gab Mineralwasser zu trinken. In der Mitte des Tisches lag ein Blumengesteck, daneben brannte eine Kerze.

»Es ist Vollmond«, sagte sie. »Man sieht ihn über den Alpen, obwohl es noch nicht dunkel ist.«

Es war unverkennbar die Stimme von Sunshine. Was plante sie diesmal? Reflexartig drehte Rainman sich um und wollte das Zimmer verlassen.

»Bin ich so abstoßend, dass du schon wieder gehen willst?«

Er blieb an der Tür stehen und blickte über die Schulter zurück.

Sie drehte sich zu ihm um. Make-up trug sie dezent, einzig ihre Lippen glänzten.

»Warum duzt du mich?«, fragte er und ließ den Türgriff los.

»Weil ich älter bin? Ist das in eurer Kultur nicht so? Die Älteren duzen die Jüngeren? Aber ich bin unkompliziert. Du kannst auch Du zu mir sagen oder *Nuna*, so nennt ihr Frauen, die ein paar Jahre älter sind, richtig? Ältere Schwestern oder gute Freundinnen. Unglaublich, wie viel man durch eine Fernsehserie über eine fremde Kultur lernen kann. Ich habe einen

Bärenhunger«, wechselte sie abrupt das Thema und musterte den gedeckten Tisch. »Schon komisch. Ich hatte noch nie ein Abendessen mit einem anderen Mann.«

»Ich esse nichts.«

»Ja, das habe ich schon gehört. Bald müssen sie dich zwangsernähren. Du bist zu dünn.«

»Mir geht es gut.«

»Sorry«, nuschelte sie.

Rainman legte fragend den Kopf schief und lehnte sich an die Tür. »Sorry?«

»Die … ähm … die Escortdame. Ich dachte, sie könnte dich aufheitern.«

»Denkst du echt, ich bin ein Mann, der sich die Liebe erkauft?« Rainman fühlte, wie ihm das Blut in den Kopf schoss. Sofort verkrampfte er sich.

»Gibt es Männer, die das nicht tun, wenn sie Lust darauf haben?«

Ungläubig zischte Rainman Luft zwischen seinen Zähnen hindurch.

Sunshine trat näher. Sie senkte den Kopf und machte einen Schmollmund. »Danke«, murmelte sie.

Rainman kippte den Kopf auf die andere Seite. »Danke?«

»Für dein Geschenk. Es war – erfrischend.«

»Du hast es getrunken?«

»Was?«

»Das Regenwasser. In der Schweiz schmeckt es süß und frisch. Nicht wie in Seoul, da ist es sauer, wegen –«

»Nein, ich habe es nicht getrunken. Es steht auf meinem Nachttisch.«

»Was macht es dort?«

»Ähm, weiß nicht. Es ist ein guter Platz für ein Geschenk.« Sie trat noch näher.

Rainman massierte sich verunsichert den Nacken. »Ist das Vivienne Westwood?«

»Was?«

»Dieser Grunge-Look.«

»Du kennst dich mit Design aus?«

»Seit ich sechzehn bin, kleidet man mich mit Designermode ein.«

»Und da trägst du immer nur monochrome Farben?«

»Früher nicht.«

»Seit wann?«

»Seit Februar.«

»Warum?«

Rainman schwieg.

Sie richtete ihm den Kragen seines Jacketts. Da er bereits an der Tür stand, konnte er nicht weiter zurückweichen. »Schwarz trägt man auf Beerdigungen.«

Er atmete flach.

»Lisi«, sagte Sunshine mit einem Schmunzeln im Gesicht.

»Was?«

»Die Designerin, sie heißt Lisi, nicht Vivienne Westwood.«

»Kenne ich nicht. Kommt sie aus der Region?«

»Sie ist neu in der Branche. Wird groß rauskommen.« Sunshine strahlte und drehte sich im Kreis. »Gefällt dir der Look? Ich fühle mich wunderbar frei darin. Ist das nicht toll?«

Rainman rümpfte die Nase. »Ich zweifle an den Erfolgschancen dieser Lisi.«

»Spießer«, sagte sie enttäuscht.

»Ich gehe.« Er griff nach der Türklinke.

»Warum?«

»Du hast dich entschuldigt und bedankt, und der Professor hat keine Zeit.«

»Bleib«, sagte sie leise.

»A-ahsch«, knurrte Rainman, rührte sich aber nicht.

»Du solltest essen.«

Als er sich umdrehte, saß Sunshine bereits am Tisch und hob die Wärmeglocken. »Es gibt Steak, grüne Bohnen und Reis. Iss.«

Rainman fühlte, wie sich sein Magen zusammenzog, als der Duft des Essens in seine Nase strömte. Seine Kehle verschloss sich.

»Hast du ein Problem zu essen? Viele meiner Beinahe-Freundinnen leiden an Anorexie und Bulimie. Ich nicht. Ich kann essen wie ein Ochse und nehme nicht zu.« Sie klopfte sich auf den Bauch. »Zum Glück. Ich bin nämlich ein echter Sportmuffel, bis auf Tanzen, das liebe ich. Ich kann ganze Nächte durchtanzen.«

»Ich habe keine Essstörung.«

»Du bist ein schnuckeliger Trotzkopf, weißt du das? Zum Knuddeln.«

»Ich bin nicht schnuckelig.«

Sie zeigte euphorisch auf ihn. »Da! Schon wieder. Du schmollst wie ein Kindergärtner. Bist du echt volljährig? Ich will kein Verfahren am Hals wegen Unzucht mit einem Minderjährigen.«

»Unzucht?« Rainman wurde rot.

»Wie alt bist du noch gleich?«

»Ich bin ein Mann, kein Kind.«

Sunshine stützte die Ellbogen auf dem Tisch ab und legte das Kinn in ihre Hände. Sie musterte ihn unverfroren. »Ja, den Body hast du von einem Mann, aber dein Gesicht ist das eines kleinen Jungen. Ich mag es. Es ist ein schönes Gesicht.«

Rainman wandte sich erneut von ihr ab, um endlich diesen Raum zu verlassen.

»Komm und iss«, befahl sie. »Weißt du, dass ich für dieses Essen hier mit dir gerade mein Leben riskiere? Aber ich will wenigstens eine schöne Erinnerung mitnehmen, bevor ich sterbe.«

Aus einem Reflex heraus zuckte er zusammen, bevor er sich langsam zu ihr umdrehte. »Du stirbst?«

Sie nickte entschieden.

Mit zwei großen Schritten trat Rainman an den Tisch und setzte sich Sunshine gegenüber. »Warum?«

»Hä?«

»Warum stirbst du?«

Sie zögerte, Messer und Gabel in der Hand. »Wow, plötzlich so begeistert? Kannst du es nicht erwarten, bis du mich los bist? Bitte schön. Ich werde demnächst wegen Andrea sterben. Ach ja, Andrea ist mein Ehemann.« Sie hielt sich das Messer an den Hals. »Er ist eifersüchtig.« Mit einer ruckartigen Bewegung deutete sie einen Schnitt quer über die Kehle an.

Rainman entspannte sich. »Es gibt keinen Grund für Eifersucht.«

Sie spießte mit der Gabel das Fleisch auf und schnitt mit dem Messer ein Stück ab. Blut floss aus dem Steak. »Warum? Bin ich nicht dein Typ Frau?«

»Nein.«

»Stehst du auf Männer?«

»Hey!«

»Ist okay. Ich glaube, ich bin auch etwas bi, vor allem, wenn ich zu viel getrunken habe. Oder weil es Andrea gefällt. Ich weiß nicht. Liebe ist kompliziert. Sex ist einfach.«

Rainman fasste sich an die Stirn und starrte zu Boden.

»Bin ich zu alt für dich?«

Er schüttelte den Kopf.

»Gut. Ich dachte schon, das sei das Problem.«

Er schaute auf, ein Gefühl der Traurigkeit überkam ihn. »Du bist mir nicht zu alt, du bist mir gleichgültig. Du bist … bist sinnlos, ohne Bedeutung für meine Zukunft. Tut mir leid.«

»Wow! Du bist ekelhaft direkt.« Sie warf die Gabel mit dem Stück Fleisch auf den Teller und stand auf. »Weißt du, ich bin es gewohnt, beleidigt zu werden. Ich kann auch Schläge gut einstecken. Aber diese Worte aus deinem Mund, aus dem Mund des Mannes, der mir das erste Geschenk gemacht hat, das man nicht mit Geld kaufen kann, die sind der Tiefpunkt in meinem jämmerlichen Dasein als Frau.«

»Es war nur kaltes Regenwasser.«

»Genau. Scheiß auf das Regenwasser!« Sie griff nach dem vollen Wasserglas neben ihrem Teller und schmiss Rainman den Inhalt an den Kopf.

Er schoss vom Stuhl auf und umklammerte die Tischkante, das Gesicht platschnass.

Reflexartig zuckte Sunshine zusammen und hielt sich sofort schützend die Arme vor den Kopf, so, als erwartete sie Schläge.

Rainman versuchte sich zu entspannen. Er atmete dreimal tief durch. »Geht es dir gut?«, fragte er vorsichtig.

Sie schaute zwischen ihren Armen hindurch zu ihm auf.

»Was tust du da?«, fragte er leise.

»Was?«

»Diese Abwehrhaltung wie ein armseliger Boxer vor der Niederlage.«

»Ich, ähm …«

»Ich schlage keine Frauen.«

»Ich habe dir Wasser an den Kopf geschmissen.«

»Zu Recht. Ich habe dich gekränkt. Mein Fehler, entschuldige.« Er griff nach einer Serviette und trocknete sich das Gesicht ab.

»Warum entschuldigst du dich?« Sie ließ ihre Arme sinken.

»Tut mir leid.«

»Was für ein Mann bist du?«

»Morgen.« Er drehte sich ab und ging zum Fenster. Draußen begann es einzudunkeln.

»Morgen?«

»Morgen ist Vollmond, nicht heute Nacht.«

Sie trat neben ihn, vorsichtig. »Du kennst dich mit Mond und Sternen aus?«

Er hob den Finger. »Da oben, siehst du, das ist Kassiopeia, die fünf Sterne, die im Zickzack angeordnet sind, wie ein flaches W. Kassiopeia war laut der griechischen Mythologie die Frau von König Kepheus. Gemeinsam hatten sie eine Tochter: Andromeda. Aber Kassiopeia war eitel und zog den Zorn der Götter auf sich. Poseidon sandte deshalb ein Meeresungeheuer aus, um das Land zu verwüsten. Nur wenn das Königspaar ihre Tochter Andromeda dem Ungeheuer opferte, konnten sie ihr Land von dem Fluch befreien. Also ketteten sie Andromeda an einen Felsen und überließen sie einem grausamen Tod.«

»Wow, du bist echt gut darin, Horrorgeschichten zu erzählen.«

Er drehte sich zu ihr um und versuchte zu lächeln. Es fühlte sich steif an. »So ist das Leben, und der Tod ist unser ständiger Begleiter.«

»Woher weißt du, dass ich wie Kassiopeia bin?«

»Ich habe dir nur eine Geschichte erzählt. Warum denkst du, dass du wie Kassiopeia bist?«

»Vergiss es.« Sunshine blickte hinaus in den Sternenhimmel. »Ich kenne nur den Großen Wagen, aber keine Geschichte dazu. Vielleicht ist das der Wagen, mit dem die Heldin den gefangenen Prinzen rettet und ihn an einen schönen Ort bringt.«

»Siehst du dich lieber als Heldin denn als eine Prinzessin, die gerettet werden will?«, fragte Rainman, ohne ihr in die Augen zu sehen. »Kassiopeia war aber keine Heldin. Sie war eine Mörderin.«

»Dürfen Mörderinnen keine Träume und Wünsche haben?«

»Ja, vielleicht. Darüber habe ich mir noch nie Gedanken gemacht.«

»Hm, ich glaube, ich wäre am liebsten eine Heldin in einem Prinzessinnenkleid, das klingt gut. Ich mag die Rolle der Antagonistin nicht. Und du? Bist du ein Held oder lieber der Prinz, der nach Hilfe ruft?«

»Ich bin eher der hässliche Gollum, der an einem dummen Schatz festhält und sich in eine dunkle Höhle verkriecht.«

Sunshine packte beide seine Wangen mit Daumen und Zeigefinger. »Na, hässlich bist du bestimmt nicht, dumm vielleicht, aber an welchem Schatz hältst du dich fest? An deinem Ruhm, deinem Reichtum?«

»Lass das.« Rainman befreite sich aus ihrem Griff und massierte sich die Wangen. »Nein. Ruhm und Reichtum sind wertlos. Ich denke, ich halte an meinem Leben fest.«

»Ist doch gut.«

»Sinnlos.«

»Vielleicht hast du recht. Was, glaubst du, kommt nach dem Tod? Ist der Himmel ein schöner Ort? Ich denke, ja. Ich glaube, Gott macht uns das Paradies als Geschenk. Ich denke aber nicht, dass ich es verdient habe.«

»Himmel und Hölle gibt es nicht«, sagte Rainman. »Wenn, dann die Wiedergeburt.«

»Echt? Als was willst du wiedergeboren werden? Als Held?«

»Als Qualle.«

Sie boxte ihm gegen den Oberarm.

»Autsch! Was soll das?«, protestierte er.

»Wer will als glibberige Qualle wiedergeboren werden?«

»Ich.«

»Ha!« Sie giggelte. »Da! Da ist er wieder, dieser trotzige, kindliche Ausdruck auf deinem Gesicht, wenn du die Unterlippe vorschiebst. Das ist so süß.«

»Ich bin nicht süß.«

»Doch, bist du. Aber weshalb willst du eine Qualle sein?«

»Quallen haben kein Gehirn.«

»Weshalb willst du gehirnlos existieren? Dann kannst du nichts fühlen.«

»Eben. Kein Gehirn, keine Gefühle, keine Gedanken, kein Schmerz und keine Angst.«

»Aha.« Sunshine packte wieder seine Wangen, diesmal zwischen ihren Handflächen. »Quallen haben vielleicht kein Gehirn, aber Schmerzen können sie bestimmt fühlen. Dein Plan geht also nicht ganz auf, mein Süßer.«

Rainman konnte sich nicht rühren. Sunshines Hände waren heiß wie glühende Sonnenstrahlen. »F… falsch«, stotterte er. »Quallen haben kein Nervensystem und somit … somit auch keine schmerzempfindlichen Rezeptoren.«

»Klugscheißer«, hauchte sie.

Er schüttelte sie ab. »Fass mich nicht an.«

»Warum?«

»Es brennt.«

»Brennt?«

»Vergiss es.« Rainman stürmte zur Tür, riss sie auf und eilte in den Flur hinaus.

***

Sunshine blieb verdutzt zurück und schaute auf den gedeckten Tisch. Rainman hatte sein Essen nicht angerührt. War er im Hungerstreik? Sie war sich nicht sicher, was sie gerade fühlte. Mitleid? Sorge? Zuneigung? Oder einen Mutterinstinkt? Sie fasste sich reflexartig an den Bauch. Rainman war verstörend. Weshalb hatte er ihr eine Geschichte erzählt, in der Eltern ihr Kind an ein Monster opferten? War sie so schrecklich? Weil sie eine Kindsmörderin war? Wusste er es?

Sunshine ließ sich auf den Stuhl fallen und schrie ihren Schmerz aus ihren Lungen.

8

Sunshine hatte am nächsten Morgen blendende Laune. Es musste Monate her sein, seit sie das letzte Mal um sechs Uhr aus dem Bett gestiegen war. Heute war so ein Tag. Ein wundervoller Sommertag. Die Sonne schien einzig für sie. Regenwahrscheinlichkeit bei null Prozent.

Eilig schlüpfte sie in ein schlichtes, aber dennoch teures Kleid, leider auch eines, das ihr Andrea gekauft hatte. Im Rock eingenäht war eine große, praktische Tasche. Sie griff nach dem Gegenstand auf dem Sideboard, den sie vorbereitet hatte, und steckte ihn in diese Tasche, bevor sie aus dem Zimmer schlich. Noch schliefen die anderen Gäste. Die Dame am Empfang sah sich eine Fernsehserie an, während Sunshine vorsichtig an der Rezeption vorbeihuschte. Sie rannte zur Tür hinaus und eilte über den Vorplatz zum Garten. An der Mauer des Ostflügels blieb sie stehen und schaute hoch zu Rainmans Suite gegenüber. Sein Blick, den sie zu fühlen glaubte, entsprang bestimmt ihrer Einbildung. Was an dem Mann zog sie dermaßen in seinen Bann? Waren die Asiaten so anders im Vergleich zu den italienischen Machos, die sie kannte? Oder war es seine Schweizer Herkunft, die sie mit ihm verband?

Sie ging weiter zu den Blumenbeeten. Aus der Tasche ihres Rockes zog sie die leere PET-Flasche. Zuvor hatte sie diese gründlich ausgewaschen und das Etikett entfernt. Sunshine suchte im Garten nach frischen Gräsern und Kräutern und nach einem Geschenk für Rainman, eines, das man nicht kaufen konnte. Zwar musste sie sich dafür nicht komplett durchnässen lassen, aber die Erd- und Grasflecken ruinierten das Designerkleid auf noch brutalere Weise. Ein gutes Gefühl, so als ob sie Andrea eine Ohrfeige verpassen könnte. Neben einem Rosenstock, der frisch gepflanzt war, ging sie in die Knie. Der Boden war noch feucht von dem gestrigen Regen, aber egal, sie machte sich an die Arbeit.

Eine halbe Stunde später wischte sich Sunshine die schmutzigen Hände an dem Rock ab, steckte die PET-Flasche in ihre Tasche und machte sich auf den Rückweg.

Auf dem Vorplatz hielt gerade ein Taxi.

Die Hexe war zurück, dachte Sunshine und blieb demonstrativ mit den Händen in den Hüften vor dem Wagen stehen. Bei ihr war es der dominante Ehemann, der sie in den Tod trieb, bei Rainman musste es die herrische Mutter sein, die für seinen Erfolg bestimmt über Leichen ging, das verriet zumindest die Körpersprache, als sie mit abschätzigem Blick an Sunshine vorbeigehen wollte.

»Hey!«, rief sie der Asiatin hinterher, rannte ihr nach und stellte sich vor sie. »Ist es Ihnen gleichgültig, wie sehr er leidet?«

»Wie bitte?«

Wie jetzt? Die verstand also auch Deutsch. »Rainman braucht Ruhe, die bekommt er nicht, wenn Sie ihn ständig beobachten.« Vielleicht sprach sie vielmehr von sich und Andrea. Wie auch immer, sie wollte eine Heldin sein, also würde sie Rainman beschützen. »Es ist noch nicht einmal sieben Uhr am Morgen. Lassen Sie ihn wenigstens ausschlafen.«

»Und wer sind Sie noch gleich?« Die Frau musterte sie von Kopf bis Fuß und rümpfte die Nase.

Sunshine hob stolz das Kinn, das bisschen Dreck konnte keine Prinzessin beschmutzen. »Ich bin sein Sonnenschein, seine Freundin.«

»Freundin?« Die Stimme klang eine Oktave höher.

»Wir hatten gestern ein Date.«

Die Frau stolperte einen Schritt zurück.

Sunshine doppelte nach. »Ein romantisches Date. Wir hatten Spaß.«

»Sie … wagen Sie es nicht, dem Ruf meines Sohnes zu schaden.«

»Aha, darum geht es, was? Der gute Ruf. Was in seinem Herzen abgeht, interessiert Sie einen Dreck.«

»Wie können Sie so über uns reden? Sie kennen uns nicht.«

Sunshine verschränkte die Arme. »Da haben Sie recht, ich

will Sie nicht kennenlernen. Aber wenn Sie Rainman wieder verstören und aufs Dach treiben, bekommen Sie es mit mir zu tun. Ich werde ihn retten, ganz gleich, ob vor einer Hexe, einem Drachen oder einem Anti-Fan.«

Sunshine wirbelte herum. Sie hatte genug gesagt. Zufrieden hüpfte sie die Stufen hoch ins Sanatorium. Die Frau musste sich wohl erst sammeln, bevor sie Rainman unter die Augen treten konnte. Ziel erreicht.

Emil stand bereits mit den Händen in den Hüften hinter der Flügeltür. Sie trat mit gesenktem Kopf und Schmollmund vor ihn. »Ich wollte nur im Garten spazieren gehen. Ehrlich. Es ist so ein schöner Tag, und Bewegung tut mir gut, sagt der Professor.« Sie strahlte und tätschelte ihm den muskulösen Oberarm. »Ich mache keine Dummheiten, versprochen. Nicht heute.«

Emil brummte wortlos.

»Ach ja, da kommt gleich eine Hexe hereingestürmt, besser, Sie halten sie auf.«

»Wovon sprechen Sie?«

Sunshine winkte ab. »Sie werden sehen. Nur Geduld.«

Der Professor kam die Stufen herunter. »Sunshine! Einen wunderschönen guten Morgen. Haben Sie gut geschlafen?«

Sie eilte ihm entgegen. »Wunderbar! Einfach wunderbar. Ihre Therapie scheint zu wirken. Sie sind ein wahrer Magier.«

Der Professor rückte seine Brille zurecht. »Wie ich hörte, waren Sie draußen. Ihr Kleid ist schmutzig. Darf ich fragen, weshalb Sie so früh am Morgen und ohne Begleitung in den Garten gingen?«

»Hach, Professorchen«, sie hakte sich bei ihm unter, »ich habe mich gestern brav bei Rainman entschuldigt und auch bedankt.«

»Haben Sie?«

»Ja sicher. Aber ich denke, das war noch nicht genug. Ich möchte mich revanchieren.«

Der Professor schmunzelte. »Wie das?«

»Ich möchte ihm auch ein Geschenk machen, das man nicht

kaufen kann und wofür ich etwas opfern musste. Rainman wurde nass, um das Regenwasser zu sammeln. Ich wurde schmutzig beim …« Sie zog die PET-Flasche hervor. »Können Sie ihm mein Geschenk überreichen?«

Der Professor nahm die Flasche an sich. »Und Sie denken, er freut sich über eine Plastikflasche voller Dreck und Gras?« Verdutzt starrte er auf den Inhalt.

»Ja, bestimmt. Es sind Geschöpfe Gottes dadrin. Drei Stück, sie sind scheu, darum zeigen sie sich nicht gerne. Leider keine Quallen, die sind in den Bergen schwer zu finden, aber ich glaube, diese Regenwürmer haben auch kein Gehirn, oder schon? Wissen Sie das? Sie sind der Psychodoc, Sie müssen es wissen. Haben die Gehirne? Wenn ja, müssten diese sehr klein sein, ihr Kopf ist winzig. Wenn es eine Wiedergeburt gibt, wer weiß, vielleicht ist einer der drei ja Elvis – oder Kurt Cobain, der hatte auch so seine mentalen Probleme.«

Der Professor drehte die Flasche in seinen Händen und suchte nach den Würmern. »Ich weiß nur wenig über Regenwürmer. Sie sind blind, taub und stumm, gehören wie die Schnecken zu den Zwittern und atmen durch die Haut. Würmer haben ein Zentralnervensystem, aber kein richtiges Gehirn. Beim Thema Wiedergeburt halte ich mich zurück. Sie stellen viele ungewöhnliche Fragen an einem so jungen Morgen.«

»Ja, so arbeitet nun mal mein Gehirn. Ich bin neugierig, wissen Sie? Nicht sehr gebildet, aber neugierig.« Sie strahlte. »Dann gehe ich mich mal brav waschen und umziehen fürs Frühstück. Ich habe einen Bärenhunger.« Sie eilte davon, drehte sich aber erneut um. »Und nicht vergessen, ihm mein Geschenk zu bringen, ja? Und besser gleich, bevor die Hexe es an sich reißt.«

»Welche Hexe denn?«, fragte der Professor.

***

Rainman starrte auf die PET-Flasche, die auf dem Beistelltisch stand. Der Professor hatte sie ihm vorhin vorbeigebracht.

Ein Geschenk? Wie konnte so etwas Ekliges ein Geschenk sein? Was hatte er ihr angetan, dass er so eine Strafe verdiente?

Aus dem Bad holte er ein Handtuch und warf es über die Flasche, damit er den Inhalt nicht ansehen musste.

Es klopfte an seiner Tür. Seine Mutter rauschte ins Zimmer, leichenblass.

Sie fächerte sich Luft zu und setzte sich aufs Bett. »Ich hole dich sofort von hier weg. Die ist wahnsinnig.«

»*Eomma*, was ist passiert?« Rainman setzte sich neben sie. Es kam selten vor, dass seine Mutter verstört war.

Sie wedelte mit der Hand. »Da draußen war schon wieder diese Wahnsinnige, schmutzig von Kopf bis Fuß. Belästigt sie dich? Du musst das melden.«

Rainman blickte auf die PET-Flasche unter dem Handtuch. »Was hat sie gesagt?«

»Dass ihr zwei ein Date hattet und dass sie dich vor einer Hexe beschützen will.« Seine Mutter erzählte jedes Detail des Gespräches.

Sunshine wollte ihn beschützen? Rainman konnte sich ein Grinsen nicht verkneifen, das gleich der Wut wich, die ihn überkam. Wie konnte sie es wagen, seine Mutter zu belästigen. »Beruhige dich. Sunshine ist harmlos. Sie denkt, wir sind Freunde, weil wir am gleichen Tag hier ankamen. Sie hat es schwer im Leben, ihr Ehemann misshandelt sie, glaube ich.«

»Mein Sohn, sei vorsichtig. Solche Frauen suchen sich einen anderen Mann, um den eigenen loszuwerden.«

»Du schaust zu viele Fernsehdramen. Das hier ist kein Psychothriller, bloß ein langweiliges Sanatorium, wo wir uns zu erholen versuchen.«

Seine Mutter blieb noch eine halbe Stunde bei ihm, danach musste sie los zum Flughafen. Er hielt sie zum Abschied lange in den Armen. Man wusste nie, wann es das letzte Mal sein könnte.

Nachdem sie weg war, wickelte er die Flasche ins Handtuch ein und eilte aus der Suite. Dem Professor hatte er versprochen, im Saal zu frühstücken, aber dieses Versprechen konnte er unmöglich halten. Er war wütend. Sunshine war zu weit gegangen, seine Mutter zu beschuldigen. Und dieses eklige Geschenk. Sollte sie die Viecher doch bei sich im Zimmer bewundern.

So unauffällig wie möglich ging Rainman am Empfang vorbei, aber statt in den Speisesaal rannte er die Stufen hoch zum Ostflügel. Um diese Zeit war es leicht, unbemerkt in den zweiten Stock hochzugehen und den Flur entlang zu Sunshines Suite zu laufen. Es gehörte zu der Philosophie des Sanatoriums, dass keine Türen der Gäste abgeschlossen werden durften. Aus Sicherheitsgründen.

Rainman klopfte an, bekam aber keine Antwort und trat ein.

***

Er isst auch heute Morgen nichts, dachte Sunshine. Sie saß allein an einem Tisch im Speisesaal, der Platz ihr gegenüber war gedeckt, und sie hatte Rainman Toast, Käse und Trockenfleisch bereitgelegt. Er würde demnächst verhungern. War das seine Art von Suizid? Auf diese Idee wäre sie nie gekommen, dafür liebte sie das Essen zu sehr. Tabletten schlucken, Pulsadern aufschneiden, vom Dach springen, hatte sie alles versucht, aber sich zu Tode hungern? Wie grausam.

Sie machte ein Käsesandwich und wickelte es unauffällig zusammen mit einem Apfel in ihre Sommerstrickjacke, die sie mitgebracht hatte. Sie stand auf. Niemand beachtete sie, als sie den Speisesaal verließ.

Der Empfang war unbesetzt. Rasch rannte Sunshine die Stufen zum Westflügel hoch in den zweiten Stock. Sie klopfte an, öffnete, ohne eine Antwort abzuwarten, die Tür und trat ein. Rainman war nicht hier. »Wow, was für eine Unordnung.«

Aus ihrer Jacke wickelte sie das Toastsandwich und den Apfel und legte beides auf den Salontisch beim Sofa. Vorsichtig hob sie ein Hemd vom Boden auf und schnupperte daran. Es roch nach nichts. Benutzte er kein Parfum? Sie faltete es ordentlich zusammen und legte es in den Schrank. Dann schüttelte sie die Bettwäsche auf. Sie blickte sich um, konnte ihr Geschenk aber nirgends entdecken. Hatte der Professor es ihm nicht überreicht? Auf den alten Mann war kein Verlass. Sie würde ihm nachher gehörig die Meinung sagen.

Sunshine setzte sich aufs Sofa und wartete. Nach wenigen Minuten wurde es ihr zu langweilig. Die Luft war stickig. Sie öffnete das Fenster. Seltsam, ihre Suite von hier aus zu sehen. Sie atmete tief die würzige Sommerluft ein.

Etwas Glänzendes erregte ihre Aufmerksamkeit. Da war jemand in ihrer Suite. Es war zu früh für den Zimmerservice. Erschrocken hielt sie sich die Hand vor den Mund. Schaute Tony nach ihr? Oder war Andrea zu Besuch? Was, wenn er nach ihr suchte und sie im Zimmer eines anderen Mannes vorfand? Rasch duckte sie sich. Er durfte sie nicht sehen. Warum hatte sie weder Tony noch Andrea kommen sehen? Auch keiner ihrer Wagen stand auf dem Parkplatz. War das Absicht? Eine Falle? Sie musste zurück, umgehend, sagen, sie sei beim Frühstück gewesen und danach kurz an der frischen Luft. Ja, das würde sie sagen. Sie rannte aus Rainmans Suite, ihr Herz laut schlagend, die Knie weich wie die Tentakelfäden einer Qualle. Was suchten die verfluchten Quallen in ihren Gedanken?

***

Stutzig blickte Rainman hinüber zum Westflügel. War sein Fenster nicht geschlossen gewesen, als er sein Zimmer verlassen hatte? Es war zu früh für das Zimmermädchen. Üblicherweise wurde seine Suite vor dem Mittag gereinigt. Womöglich suchte Emil nach ihm, weil er erneut nicht beim Frühstück erschienen war.

Rainmans Magen zog sich zusammen. Allein der Gedanke an Essen ließ ihn würgen. Er starrte auf die PET-Flasche, die er neben die Schale mit dem Regenwasser auf Sunshines Nachttisch gestellt hatte. Mehr als die Hälfte des Wassers war verdunstet. Er warf einen Blick auf seine Armbanduhr. Worauf wartete er? Längst hätte er gehen sollen, konnte sich aber nicht dazu aufraffen. Unschlüssig setzte er sich auf die Bettkante. Kurz nur, dachte er, nur kurz ausruhen. Er war müde. Die ganze Nacht hatte er kein Auge zugetan. Die Kopfschmerzen waren zurück. Er ließ sich rücklings aufs Bett fallen und schloss die Augen, konzentrierte sich auf seinen Atem und versuchte, sich die Schmerzen wegzudenken.

»Ich bin da!«

Die hohe Stimme riss Rainman aus seiner Meditation, oder war er eingeschlafen? Er setzte sich wie von der Tarantel gestochen auf.

»Du?« Sunshine starrte ihn an. »Warum liegst du in meinem Bett?«

»Ich – tue ich nicht.« Er sprang auf die Füße und entfernte sich hastig einige Schritte vom Bett.

Sie schloss sorgfältig die Tür und lehnte sich daran. Eine sexy Pose, die sie beherrschte, dachte er. Bauch rein, Brust raus, Hals freigelegt. Es wurde heiß im Raum.

»Hast du mich vermisst?«, fragte sie.

»Vermisst? Uff, bestimmt nicht. Ich bringe dir die Dinger zurück.«

»Dinger?« Ihr Blick fiel auf die Flasche. »Gefallen sie dir nicht?«

»Gefallen? Die sind eklig.«

»Das sind Regenwürmer. Sehr nützliche Tiere. Tiere ohne ein richtiges Gehirn, aber sie haben Nervenzellen, sagt zumindest der Professor.«

»Ist das eine Andeutung, dass ich als Regenwurm wiedergeboren werden soll?«

Sie kam auf ihn zu. »Ich würde dich gut behandeln, dir ein Terrarium bauen und jeden Tag frische Erde nachfüllen, in der du wühlen kannst.«

»Du bist unmöglich.«

Sie schürzte ihre Lippen. »Ich bin extra um sechs Uhr früh aufgestanden, um sie höchstpersönlich für dich auszugraben.«

»Ich weiß. Meine Mutter hat mir erzählt, dass eine mit Dreck bekleckerte Verrückte sie verbal angegriffen hat.«

»Ich habe dich verteidigt.«

»Gegen meine Mutter? Warum? Ach, vergiss es. Du spinnst, bist schmutzig und erfindest Geschichten. Ich will nichts mit dir zu tun haben.«

»Ich bin nicht schmutzig.«

Energisch griff er nach ihren Händen und drehte die Handinnenflächen nach oben. »Nicht gewaschen, siehst du. Da ist noch Erde unter den manikürten Fingernägeln.«

Sie entriss ihm die Hand. »Ich habe die Hände dreimal gewaschen. Und was ist mit dir? Deine Suite ist ein Saustall, aber du beschwerst dich über ein wenig Dreck unter meinen Nägeln.«

»Weshalb weißt du das … Moment mal, hast du in meinem Zimmer das Fenster geöffnet?«

»Ich habe dir Frühstück hochgebracht. Du verhungerst, wenn ich nicht nach dir sehe. Diese Art von Folter lasse ich nicht zu. Da kennst du Sunshine aber schlecht.«

»Folter? Wie? Durch Verhungern? Nonsens. Ich esse.« Er presste die Lippen aufeinander. »Aber nur, wenn ich allein bin.«

»Du lügst.«

»Tue ich nicht.«

»Beweise es.« Sie ging zum Sideboard, öffnete eine Schublade und holte eine Schachtel Pralinen hervor. Sie wählte eine mit Mandelsplittern aus und hielt sie ihm vor den Mund. »Aufmachen.«

Er presste die Lippen fester aufeinander.

Sie griff nach seinem Kinn und drückte die Wangen gegen seine Backenzähne. »Aufmachen. Iss!«

»Autsch! Lass los.«

Sunshine nutzte den Moment und schob rasch die Praline in seinen Mund. »Kauen«, sagte sie, »und schlucken.«

»Ich mag keine Schokolade«, protestierte Rainman mit der großen, runden Praline auf der Zunge.

»Das ist Schweizer Schokolade, die mag jeder. Genieße sie. Guter Junge.«

»Ich bin kein Junge.«

Sie seufzte. »Dann eben guter junger Mann. – Guter junger gut aussehender Mann.« Sie schüttelte den Kopf.

Es klopfte an der Tür. »Anna!«

Sunshine verlor alle Farbe aus ihrem Gesicht. »Wir sind tot«, flüsterte sie.

»Warum sind wir das?«, fragte Rainman, noch auf der Kalorienbombe kauend.

»Wenn Tony dich hier vorfindet, sind wir so was von tot.«

»Wer ist Tony?«

»Mein Bodyguard. Schnell, versteck dich.« Sie packte ihn am Arm und schaute sich in der Suite um. »Wo? Wo? Wo?«

Rainman war unfähig, sich zu rühren. Solche Situationen gab es nur in K-Dramen.

»Ins Bad. Nein, warte, unters Bett. Oder in den Schrank?«

»Niemals.«

»Anna! Bist du im Zimmer?«

»Nur einen Moment«, rief Sunshine. »Ich bin nicht angezogen.« Sie riss den Schrank auf und holte den Koffer heraus. »Los, rein da.«

»Ich gehe sicher nicht in den Schrank.«

Sie zog ihn an der Hand. »Willst du von der Mafia erschossen werden?«

»Was? Mafia?« Er starrte sie ungläubig an.

»Ja, ich bin eine Mafiabraut. Und nun ab in den Schrank. Als Tänzer bist du bestimmt gelenkig, und dünn bist du auch. Da passt du schon rein.«

Er wollte protestieren, aber sie ließ ihm keine Wahl und zwängte ihn in den Schrank. Unter ihren aufgehängten Kleidern kauerte er sich zusammen. Er fluchte auf Koreanisch vor sich hin, als er seine Knie anzog und umklammerte.

»Warte!« Sunshine lief zum Nachttisch und holte die Flasche mit den Würmern und die Schale mit dem Regenwasser. Beides drückte sie Rainman in die Hände.

Er verzog angeekelt den Mund.

»Nichts von dem Wasser verschütten, ja? Das ist kostbar.«

»Anna, ich komme jetzt rein«, rief Tony.

Sie schnappte sich ein Kleid von der Stange im Schrank just in dem Moment, als Tony die Tür aufstieß. Sie wirbelte herum und schloss dabei energisch die Schranktür.

»Du bist ja angezogen«, hörte Rainman diesen Tony sagen.

Sunshine kicherte. »Schon, aber ich kann mich so schlecht entscheiden. Soll ich besser dieses Kleid tragen?«

»Le donne«, murmelte Tony. »Weshalb steht der Koffer mitten im Raum? Du willst doch nicht verreisen?«

»Ach der, der hat wegen meiner vielen Schuhe keinen Platz im Schrank.«

Rainman schloss die Augen. Das war absurd. Sie hatten nichts verbrochen. Weshalb musste er sich vor ihrem Bodyguard verstecken? Weshalb hatte sie überhaupt einen Bodyguard hier oben? Und was sollte die Bemerkung über die Mafia? Rainman versuchte, so flach wie möglich zu atmen. Lange würde er diese Position nicht aushalten können. Er war kein Schlangenmensch.

Nach drei Minuten begann die Schale in seiner Hand zu beben. Nach weiteren fünf Minuten attackierten Ameisen seine Beine. Der erste Krampf im Fuß kam nach fünfzehn Minuten.

Rainman hörte, wie Tony telefonierte und sich von Sunshine einen Kaffee zubereiten ließ.

Sie lachte.

Immerzu lachte sie.

Er biss sich auf die Zähne und legte seinen Kopf auf die Knie. Die Kopfschmerzen waren zurück und unerträglich.

Die Dunkelheit bot keinen Schutz.

Er hörte eine weitere Stimme. Dr. Tribelhorn?

Nicht enden wollende Diskussionen. Streit?

Sunshines Lachen würde Rainman in seinen Alpträumen verfolgen.

Endlich die Tür.

Endlich Ruhe.

Endlich Licht.

Sunshine strahlte heller als zehn Sonnen. Rainman kniff die Augen zu. Das Licht schmerzte, und er stöhnte leise.

Sie ging vor ihm auf die Knie. »Du armer Kerl, komm da raus.«

Rainman rührte sich nicht. Es gab kein Blut mehr, das durch seine Beine floss. »Krampf.«

Sie nahm ihm die Flasche und die Schale ab und zog ihn unter den Armen aus dem Schrank. »Wie viele Kilos wiegst du? Vierzig?«

Rainman war nicht in der Stimmung zu widersprechen. Sie legte ihn auf den Boden und streckte langsam seine Beine aus, massierte die Waden, schüttelte die Füße und ließ ihn jammern. »Das wird schon, keine Angst. Ich kriege dich wieder auf die Beine. Tony ist eine Kakerlake, die man nicht loswird. Besser? Du musst gehen. Bei Tony weiß man nie, wann er zurückkommt. Los, steh auf.« Sie half ihm hoch. Erst stand er wackelig auf den Beinen und hielt sich an ihrer Schulter fest, als sie ihn zur Tür brachte. Sie öffnete diese einen Spalt und schaute hinaus. »Tony ist weg. Los, geh!«

Rainman hielt sich den Kopf und trat aus der Suite. Ohne ein Wort und ohne sich umzudrehen, ging er den Flur entlang zur Treppe.

***

Sunshine schaute ihm nach. Erst jetzt bemerkte sie, wie ihre Hände zitterten. Sie brauchte ein Valium, dringend. Besser zwei. Es war das erste Mal in ihrem Leben, dass sie Angst vor dem Tod verspürt hatte. Was stimmte nicht mit ihr? Ermordet zu werden war besser, einfacher und sicherer, als Selbstmord zu begehen. Außerdem standen so ihre Chancen auf einen Platz im Paradies ganz gut.

9

Rainman ging nicht zurück zu seiner Suite. Er brauchte frische Luft. Eine ganze Weile schlurfte er nachdenklich auf dem Vorplatz auf und ab. Die Taubheit in seinen Beinen schwand langsam. Was für ein verrückter Morgen. Gehörte Sunshine tatsächlich einer Mafiafamilie an?

Die Antwort kam postwendend. Ein roter Ferrari mit italienischem Nummernschild parkte vor dem Eingang. Ein Mann Mitte vierzig stieg aus, groß, gut gebaut mit breiten Schultern, attraktiv, schwarzes Haar, mit modischer Sonnenbrille im Gesicht. Er trug einen dunklen Designeranzug und ein weißes Hemd, das weit offen stand und Blick auf seine Brusthaare bot. Seine Schritte waren zielorientiert. Er beachtete Rainman nicht, als er an ihm vorbei ins Sanatorium marschierte und eine schwere Parfumwolke zurückließ. Das musste Andrea sein, dachte Rainman, Sunshines Ehemann. Dass er wütend war, war leicht zu erkennen. Weshalb? Ahnte er, dass Sunshine einen anderen Mann im Schrank versteckt hatte? Er erinnerte sich an das Treffen im kleinen Salon, wie sich Sunshine das Messer vor die Kehle gehalten hatte. Ruckartig drehte er den Kopf. Der Italiener würde unmöglich im Sanatorium …

Oder doch?

***

Sunshine platzierte die Schale mit dem Regenwasser und die Flasche mit den Würmern auf ihrem Nachttisch. Sie war traurig, weil Rainman ihr Geschenk abgelehnt hatte und es eklig genannt hatte. Aber sie war auch erleichtert, dass er im Schrank nicht aufgeflogen war. Tony behandelte sie zwar gut, aber er war aufmerksam und Andrea gegenüber loyal. Sie wäre längst tot, hätte er Rainman entdeckt, und nicht auszudenken, was Tony mit ihm angestellt hätte. Sie war zu weit gegangen. Sie sollte sich von Rainman fernhalten, wollte sie ihn nicht erneut in Gefahr bringen. Auch wenn Tony nichts von ihm ahnte, weshalb hatte er so viel Zeit in ihrer Suite verbracht? Gut, hatte Dr. Tribelhorn es bemerkt und darauf bestanden, dass er ging. Seine Kontrollbesuche waren normalerweise von kurzer Dauer. Wollte er sie hinhalten? Warum? Sie nagte an ihrem Fingernagel. Wo lag der Fehler? War sie beobachtet worden, wie sie mit Rainman allein im kleinen Salon Zeit verbracht hatte? Aber wie war das möglich? Hatte Andrea sie verwanzt? Zuzutrauen wäre es ihm. Sie legte sich aufs Bett, rollte auf die Seite und zog die Knie an, eine Hand unter ihrem Kopf. Warum konnte Andrea ihr nicht einmal im Sanatorium Ruhe gönnen, ein wenig Freiheit nur?

Sie schrie auf, als die Tür mit einem Ruck aufgestoßen wurde.

***

»Sie hätten das nicht tun sollen.« Dr. Tribelhorns Blick war strafend. »Wir dürfen nicht mit den Gefühlen der Patienten spielen. Außerdem wissen Sie, aus welchem Umfeld Sunshine kommt. Für sie kann es gefährlich werden.«

Der Professor saß hinter seinem Arbeitstisch und presste die Fingerspitzen nachdenklich gegeneinander. »Es war ein Experiment. Wie in der Mathematik. Minus mal Minus ergibt Plus. Ich dachte, die beiden verletzten Seelen könnten sich gegenseitig stützen. Sie verbindet etwas, da bin ich mir sicher, bloß was? Es ist ein Gefühl, das mich nicht loslässt.«

»Psychische Probleme verbinden sie. Die haben alle unsere Gäste.« Dr. Tribelhorn ging im Büro auf und ab. »Sie hat Rainman tatsächlich Regenwürmer geschenkt? Wie sollen wir das deuten?«

Der Professor zog seine Brille von der Nase und polierte die Gläser mit einem Tuch. »Keine Ahnung. Die beiden sind skurril, das gebe ich zu.«

»Dass Sunshine kein einfaches Leben hat, verstehe ich. Sie kann nicht aus ihrem Umfeld ausbrechen. Ihr Mann ist mächtig und besitzergreifend. Aber Rainman? Er ist erfolgreich und vermögend. Ja, er ist überarbeitet, ausgelaugt, müde, aber deshalb einen Suizid begehen? Ich verstehe diese reichen Menschen nicht. Viele andere leben unter dem Existenzminimum und halten durch.«

»Wir kennen nicht seine ganze Geschichte«, sagte der Professor. »Sie sollten nicht vorschnell urteilen.«

»Ich bin auch nur ein Mensch. Wie gehen wir weiter vor? Welche Therapie schlagen Sie gegen Regenwasser und Würmer vor?«

»Wie wäre es mit einem Ausflug? Wandern?«

»Mit den beiden?« Dr. Tribelhorn strich sich die Haare hinter die Ohren. »Ist das nicht zu gefährlich?«

»Suchen wir eine Wanderroute ohne Abgrund.«

»Sie ist unaufhaltsam draufgängerisch und er ermüdend mutlos. Der Ausflug kann heiter werden.«

Der Professor überlegte. »Ich bezweifle, dass bei Rainman der fehlende Mut das Problem ist.«

***

Andrea stand über ihr. Breitbeinig. Sie hatte nicht einmal die Zeit gefunden, vom Bett aufzuspringen, so schnell war er in ihre Suite gestürmt. Er packte sie an den Haaren und riss sie auf die Beine. Sie schrie vor Schmerzen auf.

»Puttana!« Sein Gesicht war hochrot.

Krampfhaft hielt sie die Tränen zurück, die würden ihn nur rasender machen, das wusste sie. Sie zitterte.

Die Bestrafung, wofür auch immer, folgte eine Sekunde später. Seine flache Hand schleuderte auf ihre Wange, als ob ein Brandeisen sie niederstreckte. Sunshine schmeckte Blut im Mund.

Er packte sie am Oberarm und zog sie vom Bett herunter in die Mitte des Zimmers. Panisch fiel ihr Blick auf die Schale mit dem Regenwasser und die Flasche mit den Würmern auf ihrem Nachttisch. Andrea würde daraus Schlüsse ziehen, die sie womöglich nicht überleben würde. Oder wusste er es bereits? Wusste er von Rainman im Schrank? Hatte Tony sie hingehalten, damit Andrea Zeit fand hochzufahren, um sie höchstpersönlich zu ermorden?

Mord also. Eine kleine Chance auf das Paradies.

Womit würde er sie erledigen? Eine Kugel wäre gut. Zu laut? Es gab Schalldämpfer. Sie sah keine Waffe am Hosenbund, wo er sie üblicherweise trug. Ein Messer? Sie wollte nicht verbluten. Und ein Schnitt durch die Kehle musste schmerzhaft sein. Sie versuchte, sich aus seinem Griff zu befreien. Erfolglos. Er packte sie mit einer Hand an der Schulter, die andere zog einen Gegenstand aus der Innentasche. Er war klein. Eine Tablettenschachtel? Eine Giftspritze?

Falsch. Es war ein Papier, das Andrea ihr vor die Augen hielt. »Was soll das?«

Sie starrte darauf, erkannte aber nichts außer Zahlen. »Zahlen«, stotterte sie.

»Du dummes Huhn!« Andrea holte mit der rechten Hand über seinem Kopf aus.

Sie duckte sich.

Zu spät.

Der heftige Schlag ließ ihren Kopf zur Seite schleudern. Sie hielt sich die brennende Wange und leckte Blut von ihren geplatzten Lippen. Diesen Geschmack kannte sie nur zu gut.

»Das ist die Abrechnung der Kreditkarte. Du hast neunhundert Franken an einen Escortservice bezahlt. Hast du dir einen Callboy aufs Zimmer geholt?«

Sie starrte ihn erschrocken an. »Andrea, nein, so war das nicht. Es war nur … nur ein Streich.«

Seine Finger legten sich um ihre Kehle und drückten zu. »Ein Streich?« Er beugte sich zu ihr hinunter.

Sie keuchte. »Andrea, bitte, ich kriege keine Luft.« Erwürgen. War das ihre Todesart? Der Kampf würde lange und grausam werden. Auf diese schreckliche Weise wollte sie nicht sterben. Nein. Sie wollte leben. Heute wollte sie leben.

***

Das Telefon auf dem Arbeitstisch des Professors klingelte. Er nahm den Anruf entgegen.

Anita vom Empfang war in der Leitung. »Professor Bernard, hat der Ehemann von Sunshine seinen Besuch angekündigt?«

Der Professor schaute Dr. Tribelhorn an. »Wissen Sie vom Besuch von Andrea Morrone?«

»Besuch? Heute? Nein.«

»Anita«, sprach der Professor ins Telefon, »wo ist er jetzt?«

»Er stürmte direkt hoch in den Ostflügel. Der Mann macht mir Angst.«

»Haben Sie Emil gerufen?«

»Emil ist draußen mit anderen Patienten am Spazieren. Er braucht fünf Minuten, bis er zurück ist.«

»Die Zeit haben wir nicht«, sagte der Professor und legte auf. »Dr. Tribelhorn, jetzt können Sie beweisen, dass Sie Mut besitzen. Gehen wir in Sunshines Suite. Beten Sie, dass wir nicht zu spät sind, denn ich habe ein mieses Gefühl bei der Sache.«

***

In Sunshines Ohren rauschte das gestaute Blut, das vergeblich einen Weg zu ihrem Gehirn suchte. Andreas erbarmungsloser Griff um die Kehle drückte die Hauptschlagadern ab. Ihre Sicht war bereits verschwommen. Sie hörte gedämpft, wie jemand an die Tür klopfte, bevor diese aufgestoßen wurde. Kam Rettung? Niemand konnte sie vor Andrea retten. Erstaunlicherweise lockerte sich sein Griff, die Hand wanderte zu ihrem Nacken, bevor er sie fest an seine Brust zog, sie umarmte und ihr mit der Hand über den Kopf strich. Sunshine keuchte, auch wenn sie an Andreas muskulöser Brust kaum mehr Luft bekam.

»Raus hier«, polterte Andrea den Besucher an.

»Ich will nach meiner Patientin sehen.« Es war die Stimme eines Engels.

Andrea lockerte den Griff weiter. Sie wand sich aus seiner

Umarmung und drehte sich zu der Stimme um. Er trug einen weißen Arztkittel und hielt einen Kugelschreiber in der Hand, den er sich lässig hinters Ohr steckte.

Das war unmöglich. Unmöglich konnte er sich so lässig und mutig Andrea in den Weg stellen.

»Wer sind Sie?«, fuhr Andrea ihn an. Es war keine Frage, sondern eine Drohung.

»Ich bin Dr. Kim, der behandelnde Arzt von Sunshine.«

Andrea stürmte mit ausgestreckten Armen auf ihn los, als würde er Rainman gleich erwürgen.

Sunshine presste die Hand auf ihren Mund, um einen Schrei zu unterdrücken. Andrea war einen halben Kopf größer als Rainman und starrte auf ihn hinunter, nur eine Handbreit von ihm entfernt. Sie wusste, wie diese dominante Geste Andreas Gegnern Furcht einflößte, aber Rainman gab sich unbeeindruckt. Er ignorierte sein Drohgebaren, wich mit schwingender Hüfte aus und stolzierte um ihn herum auf Sunshine zu. Andrea ließ er unbeachtet im leeren Raum stehen. Rainmans Stimme klang eine Oktave höher als üblich, als er seine Hand leicht an ihren Oberarm legte und den Kopf zu ihr senkte. »Wie fühlen Sie sich heute, meine Liebe?«

Meine Liebe, dachte Sunshine verdattert.

»Ich wollte Sie zu Ihrer Therapiestunde abholen. Am Morgen ist keine Besuchszeit, das wissen Sie.«

Ihre Hand zitterte, als sie diese langsam vom Mund nahm. »Ähm, ja … ähm, Dr. Kim, das ist … ist mein Ehemann.«

Rainman drehte sich langsam um, schaute Andrea schnippisch in die Augen, blieb dabei aber nah neben Sunshine stehen. »In unserem Sanatorium sind unangekündigte Familienbesuche nicht gestattet. Unsere Patienten und Patientinnen brauchen Ruhe, um sich zu erholen.«

Sie sah, wie Andreas Augen sich gefährlich verengten. »Ich kenne Sie nicht. Sie sind niemals ihr Arzt. Sind Sie überhaupt volljährig?«

Rainman lächelte kokett, auf eine sexy Art divenhaft. Das konnte unmöglich der steife, wortkarge, scheue Rainman sein, dachte Sunshine, deren Blick zwischen ihm und Andrea hin- und herwanderte.

»Das liegt an den Genen«, sagte Rainman und wischte sich mit dem Zeigefinger eine Haarsträhne aus der Stirn. »Ich habe meinen Doktortitel vor vier Jahren erworben.« Er lächelte Sunshine an. »Gehen wir. Ihre Therapiestunde beginnt in fünf Minuten.«

»*Un momento!* Sie gehen mit meiner Frau nirgendwohin.«

»Herr Morrone«, ertönte eine Stimme von der Tür her.

Andrea wandte den Blick langsam von Rainman ab und drehte sich um. »Ah, *il professore*. Wollen Sie ebenfalls meine Frau mitnehmen?«

Neben dem Professor stand Dr. Tribelhorn. Sie starrte Rainman an.

Andrea zeigte mit dem Finger auf ihn. »Sagen Sie Ihrem Dr. Kim, dass er meine Frau hierlassen soll. Die Therapiestunde fällt aus. Wir haben Familiäres zu klären.«

Der Professor verschränkte die Arme. »Das kann ich leider nicht. Ich habe Dr. Kim persönlich damit beauftragt, Ihre Frau abzuholen. Am Morgen ist keine Besuchszeit. Bitte kommen Sie am Abend wieder.«

»Sie setzen mich nicht vor diese Tür!« Andreas Stimme vibrierte, was Sunshine enger neben Rainman treten ließ. »Ich bezahle ein Vermögen, damit meine Frau in Ihrem Sanatorium geheilt wird. Also bestimme ich, wann ich sie besuche.«

Rainman drückte kurz ihren Arm, trat vor Andrea und blickte zu ihm auf. »Ihrer Frau geht es bei uns gut. Wir kümmern uns um sie.« Er legte mit einer fast zärtlichen Berührung Andrea eine Hand auf die Schulter. Angewidert sprang dieser einen Schritt zurück. So verunsichert hatte Sunshine ihren Mann noch selten erlebt. »Eheliche Probleme behindern ihre Genesung«, fuhr Rainman unbeirrt fort. »Dasselbe gilt für die täglichen Kontrollbesuche ihres Bodyguards. Die Stippvisiten sind unerwünscht. Wenn Sie Ihre Frau lieben, gehen Sie nach Hause. Ein wöchentlicher Telefonanruf reicht vollkommen aus. Sollte etwas mit ihr sein, werden wir Sie umgehend informieren.« Rainman lächelte wie eine Wetterfee im Fernsehen, die Fingerspitzen vor seinem Bauch aufeinandergelegt, sodass die Finger ein Dreieck bildeten.

Andrea fluchte laut vor sich hin, warf Sunshine einen bösen Blick zu und stürmte aus der Suite.

Zitternd blieb sie stehen, die Lippen aufeinandergepresst.

Rainman zog den Arztkittel aus und reichte ihn Dr. Tribelhorn. »Sie muss verarztet werden«, sagte er, verneigte sich kurz vor ihr und dem Professor und verließ den Raum, ohne sich noch einmal nach Sunshine umzudrehen. Sie wollte ihm nachrennen, konnte sich aber nicht rühren.

Dr. Tribelhorn starrte ihm ebenfalls hinterher. »Hatte er in Südkorea auch Schauspielunterricht?«

»Ich glaube, er hat sogar in einer Fernsehserie mitgespielt«, antwortete der Professor. »Wir sollten uns diese Serie anschauen, was denken Sie? Aber später. Kümmern wir uns erst um Sunshine.«

Wie gelähmt hörte sie dem Gespräch zu, gefangen in ihrer Angst, unfähig zu reagieren. Sie hasste Andrea.

Sunshine verbrachte den restlichen Tag im Bett und versuchte vergeblich zu schlafen. Eine Stunde vor dem Abendessen stand sie auf, duschte und zog sich an. Sie saß mit nassen Haaren vor dem Spiegel im Bad. Unzählige Male war sie von Andrea misshandelt und geschlagen worden, hatte Todesängste und Höllenqualen gelitten. Was neu war, war die Tatsache, dass sie von einem anderen Mann gerettet wurde. War Rainman lebensmüde oder nur furchtlos? Er hatte heute Morgen eine völlig neue Seite von sich gezeigt. Rainman war einen halben Kopf kleiner als Andrea und wog höchstens die Hälfte an Körpergewicht, aber er war Andrea gegenübergetreten wie ein Boxer im Ring – siegesbewusst und selbstsicher. Okay, vielleicht nicht wie ein Boxer, eher wie eine Diva bei einem Battle auf der Showbühne.

Sein Selbstvertrauen gab ihr Mut.

Sie starrte sich im Spiegel an. Ihre langen blonden Haare fielen ihr bis fast zu den Hüften. Wie sie diese Haare hasste.

Sie ging ins Zimmer und wählte Lisis Nummer. »Sie müssen mir etwas besorgen, dringend.«

***

Rainman saß im Speisesaal. Auf dem Teller vor ihm lagen gekochtes Gemüse und eine Tranche gedämpfter Lachs. Er griff nach der Gabel und steckte sich ein Stück Brokkoli in den Mund. Er schmeckte leicht bitter. Genusslos kaute Rainman darauf herum und zwang sich, den Brokkoli zu schlucken. Danach legte er die Gabel hin und wartete, bis sein Magen sich beruhigt hatte. Zu lange hatte er keine richtige Mahlzeit mehr zu sich genommen. Er versuchte es wenig später mit einem Stück Lachs. Der Fisch schmeckte nach Zitrone und Dill.

Neben dem Teller lag ein Blatt Papier mit Notizen, Ideen zu seinem neuen Song. Es sollte eine Ballade in e-Moll werden, und auch wenn ihm einige brauchbare Satzfetzen in den Sinn kamen, war er unschlüssig über die wahre Bedeutung, die der Song ausdrücken sollte. Ging es um den Schmerz des Lebens? Um den Tod? Um den Kampf gegen ein Schicksal, das mit einem spielte? Um die Bedeutung der Existenz? Um Abschied? Es waren zu vage Formulierungen. Seine Gedanken schweiften ab, und sein Körper fuhr unbewusst fort, sich Essen in den Mund zu schieben. Er war ausgehungert. Hunger … Hunger wonach? Sollte der Song von der Suche handeln? Wonach suchte er? Nach dem Licht, das ihn aus dieser Dunkelheit führte? Zu klischeehaft und zu kitschig. Was war mit der Entscheidung? Welche Entscheidung musste er treffen? Er hatte keine Ahnung.

Sein Teller war halb leer, als ein Schatten über ihn fiel. Rainman schaute auf. Fast hätte er sie nicht erkannt. Sie trug eine Jeans und einen leichten dunkelblauen Pullover, dazu einen Schal um den Hals gebunden, der vermutlich die Würgemale verdecken sollte. Sie lächelte ihn mit den geschwollenen Lippen an und griff nach einer ihrer Haarsträhnen. »Sie sind jetzt braun. Gefallen sie dir?«

Rainman starrte Sunshine an und blickte schließlich verlegen auf den Teller, um eine Babykarotte auf die Gabel zu stecken. »Ja, Braun steht dir.« Langsam legte er die Gabel neben den Teller, die Karotte noch aufgespießt, stand auf und verließ den Speisesaal.

»Andrea hasst braune Haare«, rief sie ihm hinterher.

10

Tony fuhr mit der schwarzen Limousine der Morrones von Interlaken zurück zur Pension Seeblick. Es war nach zehn Uhr und begann einzudunkeln. Die Tage waren lang im Berner Oberland. Überhaupt war alles anders in der Schweiz. Er hatte für die 'Ndrangheta einige Jahre in Frankfurt gearbeitet und sprach passabel Deutsch, aber mit dem hiesigen Dialekt war er überfordert, wie auch mit dem Redeschwall von Frau Rösi Abegglen, welche die Pension mit den vier Zimmern und der Honeymoon-Suite am Hang hoch über Iseltwald führte. Das rustikale Chalet lag auf halbem Weg zwischen dem Dorf und dem Sanatorium. Andrea hatte darauf bestanden, dass Tony dort ein Zimmer bezog. Sich dem Befehl eines Morrone zu widersetzen kam einem Todesurteil gleich, auch wenn Tony in dem zu kurzen Bett mit der zu weichen Matratze keinen Schlaf fand. Durch die dünnen Holzwände hörte er das amerikanische Liebespaar unsittliche Akte vollziehen, und der alte Mann im anderen Zimmer holzte nachts ganze Regenwälder ab. Einzig der Asiate, der über ihm logierte, verhielt sich anständig still.

Am Mittag hatte Tony ausgecheckt, weil er dachte, dass sie zurück nach Italien fahren würden. Andrea hatte sich umentschieden und wollte länger bleiben, nach dem Ärger, den er heute mit seiner Frau hatte. Also zurück zur Pension.

Tony parkte den Wagen, stieg aus, strich sich über die Glatze und richtete sein Hemd. Er musste zugeben, dass zumindest die Aussicht grandios war.

Tony arbeitete erst seit einem knappen Jahr für Andrea Morrone und war als persönlicher Bodyguard für seine Frau engagiert worden. Eigentlich ein leichter Job, hatte er geglaubt, was ihm nach der ganzen Action in Frankfurt, wo er sich mitten im Kugelhagel zwischen der 'Ndrangheta und der Camorra vorgefunden hatte, gelegen kam. Wut machte sich breit, als er an den Abend im letzten Sommer zurückdachte, der fast in einer Katastrophe geendet hatte. Geistesabwesend massierte er sich sein rechtes Ohr, dem seither eine Ecke fehlte.

Und jetzt war er in der friedlichen Schweiz damit beauftragt, eine weniger friedliche Mafiabraut unter Kontrolle zu halten.

Er klingelte, da die Pension um diese Zeit ihre Türen bereits geschlossen hatte. Rösi Abegglen öffnete ihm mit Lockenwicklern in den Haaren und einem Schlafanzug der 49ers. Woher kannte sie das American-Football-Team aus San Francisco?, wunderte sich Tony. Die Gastgeberin war Mitte sechzig, und er glaubte nicht, dass sie weit in der Welt herumgekommen war. Sie wirkte bodenständig. Vermutlich hatte ein amerikanischer Tourist das Shirt liegen lassen.

»Oh, der Herr Grimaldi«, grüßte sie ihn. »Um diese Zeit? Sie haben am Mittag doch ausgecheckt.«

»Ja, aber meine Pläne haben sich geändert. Ich bleibe einige Nächte länger.«

»Leider ist Ihr Zimmer aber schon wieder besetzt.«

»Das kann nicht sein, ich verlangte ausdrücklich, Sie sollen es bis heute Abend für mich reservieren, für alle Fälle. Ich habe für die Reservation bezahlt.«

Frau Abegglen schmunzelte unbeirrt. »Ich habe das Zimmer bis zwanzig Uhr reserviert. So war es abgesprochen.«

Tony fühlte seine Waffe unter dem Jackett. Kurz zögerte er, ließ sie aber stecken. »Schmeißen Sie die neuen Hotelgäste aus meinem Zimmer.«

»Nein.«

Nein? Sie hatte tatsächlich den Mut, ihm mit einem schlichten Nein zu antworten? Tony war zwei, eher drei Köpfe größer, wog das Vierfache und war zwanzig Jahre jünger.

Frau Abegglen stützte die Hände in die Hüften. »In drei Tagen wird ein Zimmer frei.«

»Ich gehe hier nicht weg.« Tony fühlte sich trotzig wie ein Zweijähriger, aber Andrea würde nicht akzeptieren, dass er sich abwimmeln ließ. Im Notfall könnte er die gute Frau Abegglen fesseln und knebeln, in den Keller sperren und in ihrem Bett schlafen.

Sie schaute auf den Parkplatz. »Wie Sie möchten. Sie können im Wagen schlafen. Ich bringe Ihnen eine Decke.«

Im Wagen? Tonys Beine jammerten schon beim Autofahren, weil sie zu lang waren für jedes Vehikel, das nicht mindestens ein Bus war.

In diesem Moment kam der Asiate zur Tür herein. *»Good evening«*, grüßte er höflich Frau Abegglen und verneigte sich anständig.

»Ah, Mr. Park. How was your day? Oh, just a moment. May I introduce you to Mr. Grimaldi from Italy. This is Mr. Park from South Korea.« Frau Abegglen sprach erstaunlich gut Englisch, wenn auch mit schwerem Schweizer Akzent.

Tony hatte wenig Interesse daran, den Typen näher kennenzulernen, doch Frau Abegglen schien begeistert. »Herr Grimaldi, Sie könnten heute Nacht mit Herrn Park das Zimmer teilen.«

»Was?« Ganz sicher nicht.

Frau Abegglen klärte sie beide in einem Mix aus Englisch und Deutsch darüber auf, dass Herr Jun-ho Park die Honeymoon-Suite erhalten hatte, da alle Zimmer belegt waren, aber unter der Bedingung, dass er ausziehen oder umziehen müsse, sollten andere Gäste das rustikale Traumzimmer wünschen.

Tony verwarf die Hände. »Mit dem *stronzo* verbringe ich bestimmt keine Nacht in einer Honeymoon-Suite.«

Alles Zetern war zwecklos. Rösi Abegglen war von der Idee begeistert und ließ keinen Widerspruch zu.

***

Jun-ho senkte peinlich berührt den Blick, als Tony eine halbe Stunde später mit nacktem Oberkörper aus der Dusche kam. Er sah aus wie ein Bär. Männer mit Brusthaaren gingen gar nicht. Jun-ho hatte sich in dem Doppelbett auf der Türseite eingerichtet, nur für alle Fälle, sollte er Hals über Kopf fliehen müssen. Er las in einem Buch, nein, vielmehr starrte er auf die Buchstaben, denn er konnte sich unmöglich auf den Text konzentrieren, nicht mit diesem grimmigen Bären im Zimmer. Frau Abegglens Bitte hatte er nicht abschlagen können. Es wäre unhöflich gewesen, wenn eine ältere Frau so nett nach einem Gefallen fragte. Aber musste es ausgerechnet dieser Italiener sein, der wie ein Mafiagangster daherkam? Sie hatten sich vorhin minimal unterhalten. Auf Englisch, mehr oder weniger.

»*Beer?*«, fragte Tony, als er sich nur lausig abgetrocknet auf die Bettkante setzte, zwei Dosen Bier in der Hand.

»*Oh, thank you.*« Jun-ho wollte kein Bier. Er hatte sich bereits die Zähne geputzt, aber in seiner Kultur war es ebenfalls unhöflich, Alkohol abzulehnen, wenn jemand Älteres einem diesen offerierte. Mit beiden Händen nahm er das Bier entgegen und neigte den Kopf zum Dank.

Tony öffnete geräuschvoll seine Dose, trank einige Züge, schwang die Beine aufs Bett und schaute zur Decke.

Jun-ho folgte seinem Blick. Über ihnen hingen weiße Stoffbahnen aus Chiffon, mit Trockenblumen geschmückt. Romantischer hätte kein Raum eingerichtet sein können. Verspielte Kerzenhalter, unzählige Dekoherzen in allen Variationen, sogar der flauschige Fellteppich neben dem Bett auf dem rustikalen Bretterboden besaß eine Herzform.

Tony seufzte laut. »Ich hätte eine heiße Braut mitbringen sollen. Gott, ich hasse die Berge.« Er stürzte den Inhalt der Bierdose die Kehle hinunter. »Ich will schlafen. Mach das Licht aus«, befahl er auf Englisch.

»*Ah, ne*«, antwortete Jun-ho auf Koreanisch, als hätte der CEO von First Class Entertainment, bei dem Rainman unter Vertrag stand und der Jun-hos Boss war, persönlich einen Befehl erteilt.

***

Sunshine wälzte sich im Bett. Sie fand keinen Schlaf. Ihr Hals schmerzte, ebenso die geschwollenen Lippen. Andrea war bestimmt noch rasend vor Wut. Sie war überzeugt zu sterben, sobald sie dieses Sanatorium verließ. Die wenige Zeit, die ihr blieb, wollte sie nutzen, um glücklich zu sein. Es gab einige Dinge, die sie vor ihrem Tod erleben wollte. Sie war zum Beispiel nie bei Vollmond barfuß spazieren gegangen. Das war ihre Nacht. Sie sprang aus dem Bett, zog sich Jeans und T-Shirt über und huschte mit nackten Füßen aus der Suite. Durch die Flügeltüren am Empfang konnte sie das Gebäude nicht verlassen, da sie abgeschlossen waren. Sie musste aus einem Fenster im Erdgeschoss klettern, aber die meisten waren vergittert. Jenes im Lesesaal war es nicht, allerdings befand sich der im hinteren Teil des Gebäudes, und dort fiel das Gelände steil ab. Der Sprung aus dem Fenster würde einigen Mut benötigen. Zudem war es danach unmöglich, durch dieses Fenster wieder ins Haus zu gelangen. Sie musste warten, bis jemand am Morgen die Haupttür aufschloss.

Die schwere Eichentür knarrte leise, als sie sie aufstieß und den Lesesaal betrat. Es war drei Uhr nachts. Auf einem der Tische brannte eine kleine Lampe, aber zu sehen war niemand. Sie schloss vorsichtig die Tür und schlich durch den Saal zum Fenster hin. Unter ihren Fußsohlen fühlte sie den kalten Steinboden.

Der Fenstergriff war zu hoch, als dass sie ihn erreichen konnte. Das war das Problem bei diesen alten Prachtbauten. Sunshine haderte nicht lange und schob einen der Lesetische unter das Fenster. Sie stieg auf den Tisch und drehte den Fensterknauf. Es sprang ohne Probleme auf. Frischer Wind wehte ihr ins Gesicht. Sie hätte eine Jacke mitnehmen sollen. Das Sanatorium befand sich auf knapp eintausend Metern Höhe. Es war kühl, obwohl es Juli war. Sie schaute in die Nacht hinaus. Der Vollmond stand senkrecht am Himmel und spendete mehr Licht als eine Taschenlampe.

Sie setzte sich auf den Fenstersims und ließ die Beine über die Außenwand baumeln. Gut eineinhalb Meter musste sie nach unten springen. Das Problem waren die Brombeerstauden entlang der Hausmauer. Sie würden ihre Spuren hinterlassen.

»Kommst du wieder zurück?«, fragte eine Stimme hinter ihr.

Sunshine schrak so heftig zusammen, dass sie die Balance verlor. Wie ein Kartoffelsack fiel sie aus dem Fenster und landete bäuchlings in den Brombeerstauden. »Autsch.« Sie blieb liegen, wagte es nicht, sich zu bewegen. Die Dornen würden nur tiefer in ihre Haut eindringen.

»Kein guter Fluchtplan«, hörte sie ihn von oben sagen.

Sie drehte langsam den Kopf und schaute hoch. Er blickte aus dem offenen Fenster auf sie herab. Sein Gesichtsausdruck unlesbar.

»Hilf mir«, sagte sie.

»Kein Interesse. Ich lese gerade ein gutes Buch.« Er verschwand aus ihrem Blickfeld und schloss das Fenster.

Sunshine fluchte vor sich hin und rappelte sich vorsichtig auf. Die Brombeerstauden waren nicht hoch, aber mit nackten Füßen darin herumzulaufen war kein Vergnügen. Auf die Zähne beißend, stand sie auf. Sie war schlimmere Schmerzen gewohnt. Erneut schaute sie hoch, es gab aber kein Zeichen von Rainman. Er hatte kein Interesse an der Rolle des edlen Retters. Egal. Sie wollte ihn eh nicht sehen. Sie würde heute Nacht Spaß haben. Sollte er doch über seinem Buch versauern. Sunshine kämpfte sich langsam die Böschung hinunter. Nach ein paar schmerzhaften Schritten wichen die Brombeerstauden dem feuchten Gras. Geschafft.

Sie setzte sich auf einen Baumstrunk und begutachtete ihren Körper. An Händen und Armen hatte sie Kratzer von den Dornen. Ihre Füße bluteten leicht. Es tat weh, war aber zu überleben. Also los. Sie kannte den Pfad über die Wiese, vorbei an einigen prächtigen Apfelbäumen, der sie zur Vorderseite des Sanatoriums brachte.

Als sie den englischen Rasen betrat, der seitlich vom Ostflügel zum Blumengarten führte, atmete sie erleichtert aus. Sie pfiff eine leise Melodie vor sich hin, weniger aus guter Laune, sondern um Kälte, Angst und Schmerzen zu verdrängen. Der Moment war alles andere als magisch. Über drei Stunden würde sie aussitzen müssen, bevor um sechs die Tür zum Sanatorium geöffnet wurde. Ihre kurze Freiheit schien nicht so toll zu sein, wie sie sie sich vorgestellt hatte. Oft hasste sie sich dafür, dass sie nicht den Mut und die Entschlossenheit fand abzuhauen, weg von Andrea. Nicht dass sie es nicht versucht hätte, aber der Mafia zu entkommen war unmöglich. Die 'Ndrangheta war eine der gefährlichsten kriminellen Organisationen weltweit und hatte die Macht, eine Abtrünnige innert kürzester Zeit ausfindig zu machen und zurückzubringen. Zudem besaß Sunshine kein eigenes Geld, hatte keine Ausweise bei sich. Wie konnte sie allein überleben?

Sie lief zwischen den Rosenbeeten auf und ab, starrte zwischendurch hoch in den Himmel. Der Mond überstrahlte die Sterne. Sie versuchte Kassiopeia auszumachen, entdeckte das Sternbild aber nicht. Wer wollte schon eine Mördermutter sehen? Sie setzte sich ins Gras, um die Fußsohlen zu entlasten. Der Boden war feucht. Heftig rieb sich Sunshine die Arme, es half wenig gegen die Kälte.

»Hier.«

Sie drehte den Kopf herum.

Rainman stand vor ihr, trug einen dunklen Trainingsanzug und Sportschuhe. Er schmiss eine Tasche neben sie auf den Boden. »Eine Decke, heißer Tee, Desinfektionsspray und Socken. Meine Schuhe passen dir nicht.«

»Du … wie?« Sie stand auf und verzog das Gesicht.

»Von allen möglichen Fluchtwegen aus dem Sanatorium hast du dir den dümmsten ausgesucht. Deine Entscheidung. Viel Spaß.«

»Warte! Willst du mich hier zurücklassen?«

»Ja.« Er schob die Lippe vor wie ein unschuldiges Kind.

»Das geht nicht.«

Er zuckte mit den Schultern. »Ich habe dafür gesorgt, dass du weder erfrierst noch verdurstest noch an einer Blutvergiftung stirbst. In wenigen Stunden öffnet das Frühstücksbuffet. Den Hunger solltest du bis dahin überleben. Ich kann also mit gutem Gewissen zurück ins Bett.« Rainman wandte sich ab und marschierte davon.

»Es ist für eine Frau, allein und schutzlos, nachts draußen gefährlich.«

»Wir sind in der Schweiz, die Gefahr hält sich in Grenzen.« Weg war er, um die Ecke des Ostflügels verschwunden.

Ratlos blieb Sunshine stehen. Es dauerte keine zwei Minuten, bis sie die Decke auspackte und sich darin einmummelte. Sie besprühte ihre Wunden mit dem Desinfektionsspray und zog die schwarzen Socken über. Der Pfefferminztee war stark, süß und wärmte sie von innen. Rainman war wachsamer als Tony. Oder war er ein Stalker und deshalb stets bei ihr, wenn sie Hilfe brauchte? Sie wurde aus ihm nicht schlau. Mal war er lieb und beschützend, dann wieder eiskalt und gleichgültig. Komischer Vogel. Sie war fest entschlossen, das Rätsel um diesen Mann zu lösen – und sollte es das Letzte sein, was sie in ihrem Leben tat. Sie hatte eine Aufgabe gefunden, die sie vom Warten auf den Tod ablenkte. Gut so.

***

Rainman kauerte seit über zwei Stunden an der Hausmauer und starrte die Sterne an, die langsam in der Morgendämmerung verblassten. Ihm war kalt. Er hätte eine zweite Decke mitbringen sollen. Schlotternd stand er auf und rieb sich die Hände. Zum gefühlt hundertsten Mal blickte er um die Ecke. Sie saß noch da im Gras, summte ein Lied und spielte mit einer Blüte, die sie vom Rosenstock abgerissen hatte. Er schaute auf das Display seines Handys. In zwanzig Minuten würden die Türen des Sanatoriums öffnen. Er wollte nichts als zurück in seine Suite. Der Sprung aus dem Fenster der Herrentoilette im Untergeschoss war leicht gewesen, aber das Fenster lag zu hoch, um zurückzuklettern. Er musste wie Sunshine ausharren, wollte er keine Aufmerksamkeit auf sich ziehen. Aufmerksamkeit war eine Bestie, mit der er seit seinem Debüt im K-Pop-Business leben musste. Er hasste sie. Und für Sunshine war Aufmerksamkeit ebenfalls gefährlich. Wow, er hatte sich mit einer Mafiabraut angelegt. Herr Gu würde toben, sollte das an die Öffentlichkeit gelangen.

Einmal mehr vergewisserte sich Rainman, dass Sunshine in Sicherheit war, und ging einige Schritte auf und ab, um sich warm zu halten. Er war ihr dankbar, ihn zumindest für einen Moment von seinem eigenen Elend abzulenken. Er dachte an die anstehende Konzerttournee, an seine Fans, an seine Mutter, an Jun-ho und Manager Gu. Er dachte an seine Verpflichtungen, an die laufenden Verträge, an die Zukunft, die untragbar geworden war. Die Angst war zurück, schlug ein wie ein Blitz. Er zitterte heftig, keuchte, lehnte sich an die kalte Mauer, um nicht umzufallen, schloss die Augen, versuchte zu atmen, was zur Qual wurde, weil sein Herz raste und die Lunge sich zusammenzog. Wie er diese Panikattacken hasste. Sie wurden mit jeder Woche schlimmer. Er sank in die Knie und erstarrte. Er konnte weder weinen noch schreien. Es gab nur das mörderische Rauschen in seinem Kopf.

***

Der Professor trommelte nach dem Frühstück seine Gäste im großen Saal zusammen. Er strahlte. »Wir haben morgen traumhaftes Wetter, bei angenehmen fünfundzwanzig Grad. Dr. Tribelhorn und ich haben beschlossen, dass es Zeit wird, einen Ausflug zu unternehmen. Eine Wanderung mit Picknick. Wir werden zwei Gruppen bilden. Dr. Tribelhorn leitet jene Teilnehmer, die sportlich unterwegs sind und sich zehn Kilometer zutrauen. Ich werde die zweite Gruppe anführen. Unsere Route wird nur halb so lang sein. Zum gemeinsamen Picknick treffen wir uns bei der Alphütte Feuerlilie. Wer Lust hat, dabei zu sein, kann sich in eine der beiden Listen eintragen.« Er legte zwei Zettel auf den Tisch vor sich. »Nutzen Sie diese Chance, um dem Alltag zu entkommen und die traumhafte Schweizer Berglandschaft zu genießen.« Er lächelte und trat zur Seite. Sofort scharten sich die Gäste um den Tisch.

Dr. Tribelhorn stellte sich neben ihn. »Unser Plan geht nicht auf. Wissen Sie, weshalb Rainman und Sunshine heute Morgen nicht zum Frühstück erschienen sind?«

»Etwas muss in der Nacht vorgefallen sein. Emil sagt, dass Rainman noch schlafe. Er hat nach ihm gesehen. Und Lisi bestätigt ebenfalls, dass Sunshine nicht aus dem Bett zu kriegen sei. Sie hat Kratzwunden an der Wange und den Händen.«

»Kratzwunden?«

»Nicht tief. Wo hat sie die her?«

Dr. Tribelhorn griff nach ihrem Stift im Arztkittel. »Lassen wir die beiden schlafen und nehmen die Sache selbst in die Hand.« Sie ging zum Tisch und trug die Namen von Rainman und Sunshine in die Liste der Gruppe ein, die sie morgen persönlich anführen wollte. Wandern würde den beiden guttun.

***

»Wandern?« Sunshine saß im Grünen Zimmer dem Professor gegenüber. »Ich wandere nicht.«

»Die Teilnahme ist verpflichtend. Der Ausflug wird Ihnen gefallen.«

»Ich wandere höchstens in Absatzschuhen eine Einkaufsstraße entlang.«

»Damit können wir hier oben nicht dienen. Sehen Sie die Wanderung als Möglichkeit, die anderen Gäste des Sanatoriums besser kennenzulernen.«

»Andere Gäste? Sie meinen Dr. Kim?«

»Sprechen wir über den Vorfall. Wie geht es Ihnen?«

Sunshine stand vom Sessel auf und marschierte im Zimmer auf und ab. »Wie es mir geht? Rainman ist Patient, klaut sich einen Arztkittel und gibt sich als Doktor aus. Der darf das, ohne bestraft zu werden?«

»Interessante Schlussfolgerung«, murmelte der Professor in seinen Bart. Sie sprach über Rainman und nicht über ihre eigenen Verletzungen und die Schläge ihres Ehemannes.

»Es gibt Regeln.« Temperamentvoll verwarf Sunshine die Arme. »Würde ich mich als Ärztin verkleiden, würden Sie mich gleich wieder in die Gummizelle sperren.«

»Bei uns im Sanatorium gibt es keine Gummizellen. Sind

Sie wütend, weil ich Rainman diesen schauspielerischen Akt durchgehen lasse?«

»Das ist unfair.«

»Sind Sie nicht dankbar, dass Rainman Ihnen geholfen hat?«

»Nein! Das war meine Chance auf den Himmel.«

Der Professor stöhnte innerlich auf. »Ich mache mir Sorgen um Sie. Es gibt Wege, der häuslichen Gewalt zu entkommen. Sie können Anzeige erstatten. Wir sind Zeugen und helfen Ihnen.«

Sie ließ sich auf den Sessel fallen. »*Impossibile.* Ich habe nichts, wissen Sie, keine Ausbildung, kein Geld, keine Rechte. Ich bin nichts als eine schöne Hülle, die sich fügt, damit sie nicht entsorgt wird. Ich habe keine Freiheit ... nein, falsch, ein klein wenig Freiheit habe ich. Ich kann entscheiden, wann ich sterben will, aber ich glaube, ich bin zu blöd dazu.« Sie richtete sich wütend auf und zeigte mit dem Finger auf den Professor. »Aber ich habe ein Gewissen und zeige Verantwortung. Wenn ich mich von Andrea trenne, wie Sie vorschlagen, wird Andrea nicht nur mich töten, sondern im Sanatorium ein Blutbad anrichten. Sie wollen ihn nicht erleben, wenn er wirklich sauer wird. Das gestern war bloß ein kleiner Lufthauch seines Zorns.«

»Wir sind hier in der Schweiz, nicht in Süditalien.«

»Er ist gut vernetzt und hat die richtigen Kontakte. Bis die Schweizer Polizei eintrifft, sind er und seine Handlanger längst weg und der Speisesaal mit Leichen gesät.«

Der Professor wusste nicht, ob er ihre Worte ernst nehmen sollte oder ob sie nach all den Jahren der Misshandlung ihren Ehemann als allmächtig und unbesiegbar ansah. »Trennen Sie sich deshalb nicht von ihm? Um Ihre Mitmenschen zu schützen?« Er bekam keine Antwort. »Was ist mit Ihrer Schwester? Sophie, richtig?«

»Sophie vergöttert Andrea. Sie ist ihm hörig, das Dummchen. Er nutzt das aus.«

»Wie? Hat er gedroht, Ihrer Schwester etwas anzutun, sollten Sie ihn verlassen oder anzeigen?«

»Professorchen, Sie sind ein lieber Kerl, wirklich, aber Sie haben keine Ahnung, was in der Welt da draußen abgeht. Also gehen Sie morgen mit Ihren Gästen auf diese friedliche Wanderung und sperren Sie mich am besten in die Gummizelle, wo ich keine Dummheiten anstellen kann und vielleicht den Tag überlebe. Lassen Sie mich keine Freiheit schnuppern, das tut nur weh.«

11

Rainman liebte das Wandern. Seine Eltern hatten ihn als Kind oft in die Berge mitgenommen. Wandern galt in der Schweiz wie in Südkorea als Volkssport. Mit seinem Vater wanderte er durch das Berner Oberland, mit seiner Mutter in den Ferien durch den Gyeryongsan-Nationalpark. Als sein Vater starb, seine Mutter mit ihm nach Seoul zog und er mit vierzehn Jahren als Trainee bei First Class Entertainment unterzeichnete, wurde Wandern aus seinem Leben gestrichen. Es blieb keine Zeit für Hobbys und private Ausflüge. Heute, zwanzig Jahre später, schnürte er sich endlich wieder einmal die Wanderschuhe an die Füße. Jun-ho hatte ihm gestern extra ein Paar in Interlaken gekauft und sie ihm mit besorgtem Blick überreicht. »Es ist zu gefährlich. Sag die Wanderung ab.«

»Nein.«

»Es ist das Risiko nicht wert.«

»Es ist Leben.« Damit war für Rainman das Gespräch beendet.

Die Gruppe, welche Dr. Tribelhorn anführte, war klein. Nur sieben weitere Gäste hatten sich eingetragen. Sunshine war nicht dabei. Rainman haderte mit sich, ob er erleichtert oder enttäuscht darüber war. Er warf einen Blick hoch zu ihrer Suite und glaubte, von dort einen Lichtreflex zu sehen. Stand sie am Fenster? Er überlegte, Dr. Tribelhorn darauf hinzuweisen, dass es gefährlich war, Sunshine im Sanatorium zurückzulassen, zumal auch Emil und Lisi an der Wanderung teilnahmen. Er ließ es bleiben. Das war nicht seine Angelegenheit. Und es gab andere Ärzte und genug Betreuungspersonal, die im Notfall einspringen konnten.

Seit vorletzter Nacht hatte er Sunshine nicht mehr gesehen. Er war ihr bewusst aus dem Weg gegangen, hatte die meiste Zeit in seinem Zimmer gesessen und an seinem Song gearbeitet. Sie brachte zusätzliche Probleme in sein Leben, dabei konnte er mit seinen eigenen kaum umgehen.

»Sie will nicht mitkommen«, sagte Dr. Tribelhorn und stellte sich neben Rainman. »Wir haben vergeblich versucht, sie zu überreden. Zwingen können wir sie nicht.«

Er zuckte mit den Schultern, als wäre es eine belanglose Nebensache, die ihn nicht interessierte.

»Gut, gehen wir. Die Gruppe von Professor Bernard ist bereits unterwegs.« Sie ging vor und nahm den Wanderweg, der hinter dem Sanatorium den Berg hochführte. Rainman bildete das Schlusslicht.

Das Wetter war traumhaft. In drei Stunden, zur Mittagszeit, sollten sie bei der Alphütte Feuerlilie eintreffen, wo der Professor und seine Gruppe das Picknick vorbereitet haben sollten. Rainman schaute hinunter ins Tal. In der Ferne sah er, wie ein schwarzes Fahrzeug hinter einem Traktor die Serpentinenstraße hochfuhr. Auch wenn er das Nummernschild nicht lesen konnte, ahnte er, dass es eine italienische Nummer sein musste. Tony. Oder noch schlimmer, der Ehemann?

Rainman zögerte nur Sekunden. »Dr. Tribelhorn, ich komme gleich zurück. Gehen Sie vor!«

Sie drehte sich verblüfft um. »Wo wollen Sie hin?«

Er antwortete nicht, sondern rannte zurück zum Sanatorium. Hastig riss er die Glastüren auf, ignorierte die Worte der Frau am Empfang und hechtete die Stufen des Ostflügels hoch. Er klopfte nicht an die Tür der Suite, sondern stieß sie auf und trat ein.

Sunshine stand am Fenster und starrte ihn an. Sie war nicht überrascht, also hatte sie ihn beobachtet. Sie trug ein schlichtes weißes Kleid mit Blumenmuster und edle Sneakers.

»Was?«, fragte sie.

Er sagte nichts, machte drei große Schritte auf Sunshine zu, packte ihr Handgelenk und zog sie hinter sich her aus der Suite. Sie protestierte nur verbal. Auf der Treppe blieb er stehen und warf einen Blick durchs Fenster. Der schwarze Wagen fuhr bereits auf den Vorplatz. Das italienische Nummernschild war deutlich zu lesen. Sunshine bemerkte das Auto nicht, da sie ihn ununterbrochen anstarrte. »Die Herrentoilette«, sagte er.

»Was willst du mit mir auf der Herrentoilette? Ich bin nicht –«

»Ruhig«, sagte er. »Vertrau mir.«

Der Frau am Empfang gab er ein Zeichen zu schweigen. Diese folgte seinem Blick zur Limousine auf dem Vorplatz und nickte. Der Angriff des Ehemannes auf Sunshine musste sich unter der Belegschaft herumgesprochen haben. Vermutlich auch seine Rettungsaktion als Dr. Kim. Rainman führte Sunshine rasch nach hinten, am Speisesaal vorbei zur Herrentoilette. Hastig prüfte er, ob sie unbesetzt war, zog Sunshine hinein und schloss die Tür.

»Was wird das?«, fragte sie.

»Rettung. Du hast die Wahl.« Er drehte sich zu ihr um und fasste sie an den Schultern. »Einen Cervelat mit mir bei der Alphütte Feuerlilie oder lieber eine Pizza del Padrone mit dem Mafiagatten?«

»Andrea ist hier?« Sie schrak unweigerlich zusammen und fasste sich an den Hals, der nach wie vor Blutergüsse aufwies.

»Er oder dieser Tony«, antwortete Rainman. »Ich weiß nicht, wer. Vielleicht beide. Sie müssten jetzt am Empfang sein.«

»Cervelat«, schoss es aus Sunshine heraus.

Rainman nickte, stieg auf die WC-Schüssel und öffnete das Fenster darüber. »Los, du zuerst. Unten ist nur weiches Gras, keine Brombeerstauden.«

»Warum hast du mir das letztens nicht gesagt?«

»Du hast nicht gefragt.«

»Blödmann.«

Er half ihr aus dem Fenster, zog sich selbst hoch und sprang hinaus. Rasch rappelte er sich auf, griff nach Sunshines Hand und rannte mit ihr den Hang hinauf. Nach dreihundert Metern gab es eine kleine Kuppe, hinter welcher sie aus dem Blickfeld des Sanatoriums verschwinden würden.

***

Obwohl vor einer akuten Gefahr gerettet, begann für Sunshine ein neuer Leidensweg. Sie bekam schon nach zwei Kilometern die ersten Blasen an den Füßen. Sie hasste Wandern, und in neuen Designersneakers, die bloß bequeme Sportschuhe imitierten, war jeder Schritt ein Tritt ins Feuer. Und da waren ja auch noch die Kratzer, die sie sich in den Brombeerstauden eingefangen hatte. Der Weg war steil, und ihr fehlte die Luft in den Lungen. Das Tempo war ihr zu schnell. Die Sonne stand bereits hoch, es musste kurz vor Mittag sein. Sunshine hatte empfindliche Haut, ohne Sonnencreme würde sie morgen rot wie ein Krebs aus dem Bett kriechen. Sie humpelte der Gruppe hinterher, eine andere Wahl hatte sie nicht. Ihr war nicht nach Pizza del Padrone. Nach ihrer heldenhaften Rettung hatte Rainman kein Wort mehr mit ihr gesprochen, hatte sie Dr. Tribelhorn übergeben wie einen unnützen Regenschirm bei Prachtwetter und sich an die Spitze der Gruppe vorgearbeitet. Er schaute nie zurück, Sunshine wusste das genau, weil sie ihn keine Sekunde aus den Augen ließ, obwohl sie keuchte, schwitzte und sich lautstark selbst bemitleidete.

Dr. Tribelhorn musste oft stehen bleiben und auf sie warten. »Nächstes Mal ziehen Sie Wanderschuhe an.«

Sunshine zeigte nach vorne zu Rainman. »Er hat mich entführt. Ich wollte nicht wandern gehen.«

»Er tat Ihnen einen Gefallen.« Dr. Tribelhorn zwinkerte ihr zu. »Er meint es gut und gibt auf Sie acht. Seien Sie lieb zu ihm.«

»Lieb? Ich bin immer lieb.« Sunshine schnaubte. »Ich brauche keinen weiteren Aufpasser.«

»Wie wäre es stattdessen mit einem Freund?«

»Das geht nicht.«

»Sagt wer? Ihr Mann?«

Sunshine schwieg.

»Sehen Sie, da vorne ist die Alphütte. Rauch steigt bereits auf. Der Professor und seine Gruppe grillen bestimmt die Cervelats über dem Feuer. Es gibt dort einen kleinen Bach mit Gletscherwasser, das tut Ihren Füßen gut. Und der Professor hat Pflaster für die Blasen in seinem Rucksack.« Dr. Tribelhorn ließ Sunshine stehen und eilte nach vorne zu Rainman.

Waren die beiden neuerdings beste Freunde?, wunderte sich Sunshine.

Sie erreichte als Letzte die Alphütte. Der Professor war hocherfreut, sie zu sehen, kritisierte aber gleich ihr Outfit. Sie beschloss, die freundliche Schelte wegzulächeln, setzte sich abseits der anderen ins Gras und pumpte Luft in ihre Lungen. Eine Frau brachte ihr eine Flasche Mineralwasser. Sunshine hatte sie im Sanatorium gesehen, aber nie mit ihr gesprochen. Gierig trank sie die halbe Flasche leer und suchte den Picknickplatz nach Rainman ab, entdeckte ihn aber nicht. Emil und Lisi verteilten Pappteller mit gegrillten Cervelats und Kartoffelsalat. Sie mussten mit dem Jeep hochgefahren sein, der neben der Holzhütte geparkt stand. Gut. Das war ihre Fahrt zurück ins Sanatorium. Bestimmt waren Andrea und Tony bis dann wieder weggefahren.

Sunshine zog die Schuhe aus und ging barfuß zum Bach, der hinter der Hütte vorbei ins Tal floss. Vorsichtig trat sie erst mit einem, danach mit dem anderen Fuß hinein. Das Wasser war eisig und raubte ihr den Atem, aber es betäubte den Schmerz und wusch das Blut von ihren Füßen. Sie blieb eine Weile stehen und genoss den Augenblick. Es war friedlich. Ungefährlich. Lebenswert …

»Hast du Hunger?«

Sie öffnete die Augen und drehte sich zu hastig um. Da war sie wieder, die Gefahr, wenn auch auf eine ihr unbekannte Art. Sie verlor die Balance in dem glitschigen Bachbett. Rainman bekam sie kurz vor einem peinlichen Sturz mit einer Hand am Oberarm zu fassen, in der anderen balancierte er zwei Pappteller wie ein professioneller Kellner. Sie fand mühsam Halt und stieg aus dem Bach auf die sichere Wiese. Sofort ließ sie sich ins Gras fallen. Ihre Füße waren gefrorene Eisblöcke.

Rainman setzte sich neben sie. »Gewöhn dich nicht daran.«

»Woran?«

»Dass ich dich rette.«

»Pha, ich brauche keinen Retter. Ich habe Hunger.« Sie griff nach jenem Teller, der mit zwei Cervelats beladen war. Gierig biss sie in die Wurst.

Rainman legte seinen Teller neben sich ins Gras.

»Isst du nichts?«, fragte sie.

»Vielleicht später.«

»Vielleicht? Vielleicht rettest du mich vor blöden Situationen, aber ich rette dich zumindest vor dem Hungertod. Wie kannst du diesen Berg hochlaufen und danach nichts essen?« Sie griff mit der rechten Hand nach dem zweiten Cervelat auf ihrem Teller und mit der linken nach Rainmans Kiefer. »Iss.«

Er presste trotzig die Lippen aufeinander.

»Mund auf.« Sie drückte mit Daumen und Zeigefinger fester gegen seine Wangen. »Das hatten wir schon. Hat mit der Schokolade funktioniert, wird auch mit der Wurst gehen. Iss!«

Er blieb diesmal stur.

Sie lehnte sich zu ihm vor. »Wie du willst. Du hast die Wahl: Entweder du machst den Mund auf und beißt in die Wurst – oder ich küsse dich jetzt gleich auf deine verspannten sexy Lippen.«

Sein Kiefer sackte nach unten. Sunshine zögerte nicht und schob ihm das eine Ende des Cervelats in den Mund. »Guter Junge, und jetzt schön kauen.« Sie tätschelte ihm die Wange. Er kaute. Na also, dachte sie, ging doch. »Siehst du, und schon sind wir quitt, indem ich auch dein Leben rette. Und meine Kussdrohung gilt, bis dein Teller leer gegessen ist, *capito*?«

***

Rainman aß die ganze Wurst und den Kartoffelsalat, um die akute Bedrohung abzuwenden. Er wusste, der Kuss würde ihn umbringen, und langte sich bei dem Gedanken instinktiv an den Kopf. Er musste weg von ihr. Wie konnte es auf dieser Höhe in den Bergen bloß so schwül werden? Entschlossen stand er auf.

»Wo willst du hin?«, fragte sie. »Wir haben noch eine halbe Stunde Pause.«

Weshalb schillerten ihre Augen im Sonnenlicht wie türkisfarbene Pailletten? Er wandte den Kopf ab. »Ich gehe spazieren.«

»Spazieren? Ist das ein Witz? Wir sind auf einer Wanderung.«

»Das macht keinen Unterschied.« Er steckte sich Kopfhörer in die Ohren und ging los. IUs »Love Poem« lief auf der Playlist. Ihre Stimme klang samtweich, süß und traurig wie ein fallender Stern.

»Sei rechtzeitig zurück, Kleiner!«, rief sie ihm nach. »Ich will nicht nach dir suchen müssen.«

Kleiner? Er war einen Kopf größer als sie. Sie benahm sich schlimmer als seine Mutter. Er ging quer über die Weide, die oberhalb der Alphütte lag. In der Ferne sah er eine Rinderherde, die graste. Was war bloß mit ihm los? Er fuhr sich mit der Hand mehrmals über den Kopf. Heute schien da oben alles gut zu sein, aber die Brust schmerzte. Das war neu. Er atmete dreimal tief durch und blickte hinunter ins Tal. In der Ferne sah er den Brienzersee und weiter links den Thunersee in der Mittagssonne glitzern. Interlaken lag dazwischen. Seine Heimat. Er konnte sich gut an die Schulzeit erinnern. Es waren schöne Jahre gewesen. Unbeschwerte Jahre. Er war wie ein normales Kind aufgewachsen. Die Kontakte zu seinen ehemaligen Mitschülern waren längst abgebrochen. Konnte er Interlaken noch seine Heimat nennen? Er hatte keine Verwandten hier. Sein Vater war ein Einzelkind gewesen, seine Großeltern früh verstorben. Er starrte auf die beiden Seen. Das Wasser hatte die Farbe von Sunshines Augen. Weshalb funkte sie ihm ständig in seine Gedanken? Er sollte sich auf die Zukunft konzentrieren. Es gab viel zu organisieren. Er musste die Sache endlich in die Hand nehmen. Eine Frau hatte keinen Platz in seinem Leben, denn seine Zukunft war wertlos …

Von Weitem hörte er seinen Namen rufen. Die Gruppe war in Aufbruchsstimmung. Rainman ging zurück. Der Professor war mit seiner Gruppe bereits losgezogen, und Dr. Tribelhorn wartete ungeduldig auf ihn. »Los geht's. Wir wollen rechtzeitig zum Abendessen zurück sein.« Sie nahm ihn zur Seite. »Haben Sie ein Auge auf Sunshine, ja? Sie ist das Wandern nicht gewohnt.«

Rainman wollte protestieren, aber Dr. Tribelhorn ließ ihn stehen und folgte den anderen Gästen.

Sunshine saß noch am Brunnen, der vor der Alphütte stand, die Schuhe in der Hand. Rainman ging zu ihr hin. »Barfuß zu wandern ist keine gute Idee.«

»Das ist deine Schuld. Schau dir meine Füße an. Sie sind wund gescheuert und geschwollen. Wie soll ich damit zurück zum Sanatorium wandern? Die Mitfahrgelegenheit mit dem Jeep habe ich verpasst.«

Seufzend setzte er sich auf den Brunnenrand und untersuchte ihre Füße. »Du hast die Wunden schon versorgt. Das sollte gehen. Los, zieh die Schuhe an. Ich warte nicht ewig.« Er ging langsam los, hörte, wie sie hinter ihm auf Italienisch fluchte.

Dr. Tribelhorn und die Gruppe gewannen an Vorsprung. Rainman drehte sich um und sah, wie Sunshine mit verzerrtem Gesicht auf ihn zuhumpelte. Er blieb stehen und wartete ungeduldig.

Sie jammerte, als sie zu ihm aufschloss. »Das ist Folter. Wie weit ist der Rückweg?«

»Fünf Kilometer.«

»Fünf – was?« Sunshine schluchzte. »Das überlebe ich nicht.«

Du hättest einen weiteren Angriff deines italienischen Ehemannes nicht überlebt, hätte ich dich dort gelassen, dachte Rainman. »Nach ein paar Minuten wird es besser.«

»Aha – und das weißt du?«

Er ging weiter, sie hielt mit. »Ja. Seit ich zehn bin, nehme ich Tanzstunden. Tänzer haben ununterbrochen wunde Füße.«

»Stimmt! Ich habe deine Musikvideos gesehen. Du bist ein anderer Mensch vor der Kamera, wenn du tanzt und singst. Echt cool und sexy. Wo ist diese Version von dir nur abgeblieben? Alles bloß Show für deine Fans?«

Rainman blieb stehen. »Du weißt, wer ich bin? Wie –«

»Internet. Ich bin schlau, merk dir das. Taifun, das ist dein Künstlername. Verrätst du mir auch deinen echten?«

»Taifun.«

»So heißt du?«

»Kim Tae-poong. Tae-poong bedeutet Taifun.«

»Wow, ich wünschte, meine Eltern hätten mir auch so einen bedeutenden Namen gegeben. Willst du wissen, wie ich heiße?«

»Nein.«

»Besser so. Mein Name ist langweilig.«

Das konnte unmöglich sein, dachte Rainman.

»Sag mal, bist du homosexuell?«

Die Frage traf ihn wie ein Hammerschlag. Er schoss herum. »Was?«

»Na, du zeigst absolut kein Interesse an mir, wie das Männer üblicherweise tun, was Andrea jeweils in Rage versetzt, obwohl ich überhaupt nichts tue. Und deine Vorstellung als Dr. Kim war oscarwürdig.«

»Ich bin nicht …« Er konnte das Wort nicht einmal aussprechen. Über solche Themen redete man in Südkorea nicht mit Fremden.

Sie tätschelte seine Schulter. »Ist doch alles gut. Keine Panik. Hast du eine Freundin?«

»Nein.« Er schnaubte laut und beschleunigte seine Schritte, um Abstand zu gewinnen. Für eine lange Zeit drehte er sich nicht nach ihr um. Der Wanderweg ging an dieser Stelle in einer Zickzacklinie steil abwärts, mitten durch Kuh-Territorium. Rinder grasten um sie herum. Weiter unten sah er die Gruppe und Dr. Tribelhorn heftig winken. Wollten sie ihm etwas mitteilen? Sunshine! Es war verdächtig still geworden hinter ihm. Rainman blickte zurück.

Unglaublich. Sunshine saß ein Stück weiter oben im Gras und ließ den Kopf hängen. Wütend verwarf er die Hände und gab Dr. Tribelhorn ein Zeichen, dass er sich um den langsamen Plagegeist kümmern würde. Er ging den Weg zurück. »Was soll das? Wartest du auf ein Helikoptertaxi?«

Sie biss sich auf die Lippen, ihr Blick jämmerlich. »Ich sterbe vor Schmerzen.«

»*Aigoo.*« Rainman setzte sich neben sie. »Zeig her.«

Sunshine ließ sich das nicht zweimal sagen. Sie streckte ihm ihre Füße hin. Konnte es sein, dass sie schauspielerte und mit ihm flirten wollte? Rainman blieb wachsam. Vorsichtig band er die Schnürsenkel auf und zog ihr die Schuhe aus. Die Pflaster waren verrutscht. Die offenen Blasen bluteten. Er wollte Dr. Tribelhorn zurufen, aber sie war hinter einer kleinen Hügelkuppe aus dem Blickfeld verschwunden. Er seufzte und drehte Sunshine in der Hocke den Rücken zu. »Na los, spring auf. Ich werde dich ein Stück tragen.«

»Ich soll was?«

»Auf meinen Rücken.« Das war sein Tod, dachte er.

»Du willst mich tragen? Huckepack?«

»Ist bei uns normal. Wir Koreaner trinken gerne und viel Bier und Soju, Reiswein, nach einem Vierzehn-Stunden-Arbeitstag. Da muss man sich gegenseitig schon mal heimtragen. Mach also keine große Sache daraus. Noch nie eine koreanische Serie geguckt? Huckepack kommt mindestens einmal darin vor.«

»Du trägst mich bestimmt nicht huckepack. Das ist peinlich.«

»Dann lauf.« Er stand auf und ging los.

»Stopp! Bist du denn stark genug, um mich … Ich meine, ich bin ein Fliegengewicht, aber du bist so – dünn.«

Er drehte sich zu ihr um. »Ich bin nicht dünn. Mein Körper besteht nur aus Knochen und Muskeln und keinem Gramm Fett. Als Star unterschreibt man einen Vertrag, in dem in Paragraf eins steht, dass Fettzellen verboten sind.«

»Und was steht in Paragraf zwei?«

»Keine Freundin.«

»Wow. Gut, dass sich eine Mafiabraut nicht um Gesetze und Verträge kümmert, sondern diese täglich missachtet. Gib ihn schon her, deinen Rücken.«

»Ah, jetzt plötzlich?«

»Ja, Andrea würde mich hier oben erschießen und liegen lassen, wenn ich zu einer Last werden würde.«

»Würde ich auch, hätte ich eine Waffe dabei«, knurrte Rainman.

Sunshine kicherte. »Mensch, du kannst ja witzig sein. Kannst du auch lachen? Ich habe dich noch nie lachen gesehen. Du bist ein echter Miesepeter, weißt du das?«

»Du redest zu viel.«

»Gut. Ich halte die Klappe.« Sie strahlte. »Huckepack geht klar. Darf ich wenigstens singen, während du mich trägst?«

Er hob drohend die Hand. »Ein Ton von dir, und ich lasse dich fallen.«

Sunshine legte ihren Zeigefinger an die Lippen, die im warmen Sonnenlicht rot glänzten. »Ich werde schweigend genießen.« Sie sprang ungelenk auf seinen Rücken, die Schuhe in ihren Händen.

Er brauchte einen Moment, um die Balance zu finden, bevor er losging. Sie hielt ihr Versprechen und schwieg. Es war ihr Atem, der sein rechtes Ohr im Takt streifte, der ihn irritierte. So nah waren ihm nur selten Frauen gekommen. Ein Idol hatte keine Zeit für die Liebe und durfte die romantischen Träume der weiblichen Fans mit ihrem Star nicht zerstören. Zudem schoben die Manager Panik, dass eine Frau nach einem Techtelmechtel mit schmutzigen Anschuldigungen die Karriere ihres Superstars beenden konnte. Finger weg von den Ladys, hieß es in den Verträgen, natürlich in Fachjargon verfasst. Deshalb hatte er bisher nie eine Frau huckepack getragen, er kannte es ebenfalls nur aus dem Fernsehen.

***

Sunshine genoss die Aussicht. Und sie genoss das Gefühl, dass sich jemand um sie sorgte und ihr half. Es war neu für sie. Begeistert schlang sie die Arme enger um Rainmans Brust, welche unter seinem schwarzen T-Shirt zwar hager, aber erstaunlich muskulös war. Er war der Tänzer, nicht der Bodybuilder wie Andrea. Entspannt bettete sie ihr Kinn auf seine Schulter. Sein Haar kitzelte ihre Nase. Sie blies die Strähne weg, die widerspenstig zurück auf ihrer Nasenspitze landete. Ein schlechtes Gewissen befiel sie. Sie musste schwer sein. Der Pfad war steil und die Kieselsteine rutschig. Rainman kämpfte bei jedem Schritt um sein Gleichgewicht. Bald würde sein Rücken mehr schmerzen als ihre Füße. Sie fühlte, wie er langsamer wurde. Er rutschte aus, konnte sich aber geschickt auffangen.

»Alles okay da unten?«, fragte sie. »Machen wir eine Pause?«

»Keine Zeit.« Er war außer Atem.

Ihre Wange berührte die seine leicht. Er schwitzte. »Rainman, lass mich runter. Genug getragen. Ich kann wieder gehen.«

Er reagierte nicht auf ihre Bitte.

Sunshine glaubte zu fühlen, wie er leicht ins Torkeln kam. Sie hob den Kopf und sah ihn von der Seite an. Sein Gesichtsausdruck war verkrampft. Erschöpfung? Es sah eher nach Schmerz aus. »Rainman, halt an.« Sie klopfte ihm mit der flachen Hand auf die Brust.

Erneut stolperte er. Diesmal konnte er sich nicht rasch genug auffangen. Er fiel zu Boden. Sie sprang sofort von ihm runter, in letzter Sekunde, bevor er seitlich umkippte. Sie rollte ein paar Meter nach unten. »Autsch!« Kieselsteine bohrten sich in ihre Schulter. Sie rappelte sich auf und schaute nach Rainman, der weiter oben neben dem Wanderweg regungslos im Gras lag. »Alles okay?« Hastig stand sie auf und humpelte barfuß zu ihm hoch. Neben ihm ging sie in die Knie und fasste ihn an der Schulter. Er rührte sich nicht. »Hey, nicht schlappmachen, ja?« Sie drehte ihn auf den Rücken. Seine Augen waren geschlossen.

Er ist tot, war der erste Gedanke, der sie wie ein Blitzeinschlag traf. Ich habe ihn umgebracht. Sie klatschte ihm mehrmals leicht mit der Hand auf die Wange. »Rainman?«

Keine Reaktion.

Sie beugte sich zu ihm vor und überprüfte seinen Atem, legte ihre Hand auf seine Brust. »Hey, wach auf. Du kannst mich nicht hier oben zu einer Mörderin machen.« Warum nur hatte sie ihr Handy in der Suite zurückgelassen?

***

Rainman erwachte mit heftigen Kopfschmerzen. Das Sonnenlicht bohrte sich wie eine Speerspitze durch seine geschlossenen Lider ins Gehirn. Die Attacke kam diesmal völlig unvorbereitet. Eine verzerrte Stimme drang zu ihm durch. Es klang wie ein Gebet auf Italienisch. Er öffnete die Augen und blickte direkt in Sunshines Gesicht, das keine fünf Zentimeter von seinem entfernt war. Er fühlte ihre Hände an seinen Wangen.

»Gott sei Dank, du bist wach. Was war das? Du bist plötzlich ohnmächtig zusammengeklappt. Geht es dir gut? Ich habe nicht einmal ein Handy dabei, um Hilfe zu rufen, und deines kann ich ohne das Passwort nicht öffnen. Und die anderen –«

»Sunshine …«

»Hm?«

»Sei still.«

»Okay.«

Sie blieb still, ließ aber seine Wangen nicht los. Er atmete tief durch. Die Kopfschmerzen ließen langsam nach. Die Attacke war vorüber. Vorsichtig versuchte er sich aufzusetzen, konnte aber nicht, da Sunshine seinen Kopf hielt und niederdrückte. Er hob seine Arme und zog ihre Hände von seinen Wangen weg.

Sie half ihm beim Aufsitzen. »Ich war zu schwer«, jammerte sie mit gesenktem Blick.

Du hast ja keine Ahnung, dachte Rainman, schwieg aber.

»Die anderen haben uns zurückgelassen.«

»Wir kommen klar. Gib mir noch eine Minute.«

»Diesmal trage ich dich.«

Fast hätte er gelacht.

»Zumindest laufe ich selbst.« Sie hob trotzig das Kinn. »Blasen bringen mich nicht um. Ein Sturz von deinem Rücken ist viel gefährlicher.«

Er warf ihr einen bösen Blick zu, der den Anflug des Lächelns niederstreckte. Mit zittrigen Beinen stand er auf. Sie wollte ihm helfen, aber er schüttelte sie ab.

»Bist du wütend auf mich?« Sie starrte ihn mit ihren großen Augen an. »Ist ja gut. Lass mich meine Schuhe finden und anziehen. – Ah, einer liegt da oben. Ich hole ihn.«

Rainman entdeckte den anderen Schuh weiter unten und ging hin, um ihn zu holen. Er wollte danach greifen, als ein Schatten auf ihn fiel. Verdutzt blickte er auf und starrte direkt in die Augen eines braunen Biestes.

»Keine Angst«, hörte er Sunshine rufen. »Nicht bewegen. Bleib ruhig. Ich komme zu dir.«

Rainman bewegte bloß seine Augäpfel und schielte zu Sunshine hoch, die den Pfad zu ihm herunterhumpelte. Sie sprach ruhige, monotone Worte vor sich her, blieb stehen und riss ein Büschel Gras aus. Sie machte einen Bogen um das Vieh und stellte sich schützend vor Rainman. Sie streckte den Arm aus. »Du bist aber eine Hübsche«, sagte sie und reichte dem Tier das Gras aus der Hand. »Ein Rind«, flüsterte sie Rainman zu. »Die sind lieb. Etwas übermütig manchmal. Gefährlich sind meist nur die Mutterkühe, aber auf dieser Weide habe ich keine Kälber gesehen.«

Das Rind schnupperte neugierig an Sunshines Hand, dann schnellte die lange Zunge vor und umschlang das Gras mitsamt den Fingern. Sunshine lachte herzlich und strich dem braunen Rind über den Kopf, als es genüsslich auf dem Gras kaute. Sie kraulte ihm den Hals und umarmte das Rind wie eine beste Freundin, welche die Streicheleinheit sichtlich genoss. »Ja, du bist eine ganz Liebe, was? Warum hast du meinen Freund so erschreckt, hm? Du musst vorsichtig mit ihm sein. Er hat Panikattacken und fällt leicht ins Koma.«

12

Sunshine humpelte hinter Rainman her, der seit der Begegnung mit dem Rind kein Wort gesprochen, sich nicht einmal zu ihr umgedreht hatte. Wie ein Zombie lief er den Weg zurück zum Sanatorium. Was hatte sie diesmal falsch gemacht? Dass er Angst vor Kühen hatte, war eine Sache, aber sie hatte ihn vor dem braven Rind beschützt, wie ein Bodyguard es getan hätte. Weshalb war er sauer?

Sie hätte erleichtert sein sollen, als sie dem Sanatorium näher kamen, war es aber nicht. Die schwarze Limousine stand noch auf dem Vorplatz. Wer immer nach ihr suchte, er hatte gewartet. Sunshine hoffte, dass es bloß Tony war, mit ihm würde sie fertigwerden. Ein Treffen mit Andrea war lebensgefährlich. Andererseits wäre Andrea bestimmt mit seinem Ferrari hochgefahren.

Sie versuchte, zu Rainman aufzuschließen, denn sie brauchte vielleicht wieder seine Hilfe. Würde er sich erneut als Dr. Kim ausgeben und sie beschützen? Nein. Er zeigte kein Interesse, sondern steuerte direkt auf den Eingang zu und ging schnurstracks hinüber zum Westflügel.

Sunshine blieb sprachlos am Empfang stehen.

»Ihre Schuhe, ist das Blut?«, fragte eine Betreuerin, die an ihr vorbeiging.

Langsam folgte Sunshine ihrem Blick hinunter zu den Füßen. Die weißen Sneakers hatten sich rot verfärbt. *Merda!*

»Der Professor erwartet Sie«, sagte die Frau. »Ich soll Sie gleich zu ihm bringen.«

»Ist er bei ihm?«, fragte Sunshine.

»Wer?«

Sie zeigte zu der Limousine. »Ist mein Mann hier?«

»Ach, der Besuch. Nein. Ihre Schwester. Sie sitzt im Café, den ganzen Tag schon. Der Professor besteht darauf, dass er sich zuerst mit Ihnen unterhält.«

»Darf ich vorher duschen und mich umziehen?«

»Nein. Er meinte ausdrücklich sofort.«

Na dann. Sunshine humpelte in sein Büro. Sie ließ sich auf den Sessel vor dem Arbeitstisch fallen.

Der Professor saß an seinem Tisch, einen Kugelschreiber in der Hand. »Hat Ihnen unser Ausflug gefallen? Wir sollten das öfter tun, was denken Sie?«

Sunshine lachte schrill. »Dieser Ort hier ist ein Witz! Das ist keine Klinik, keine psychiatrische Heilanstalt und kein Wellnesshotel. Was treiben Sie hier wirklich?«

»Ich kümmere mich um Menschen.«

»Nein. Sie sind nichts anderes als ein Möchtegern-Guru, der auf Lehrbücher pfeift und sein eigenes Ding durchzieht. Sie geben sich als Philanthrop aus, knöpfen den Gästen aber Unsummen ab. Sie machen uns nicht gesund, Sie foltern uns.«

»Es ist in Ordnung, wenn Sie Ihre Wut an mir auslassen. Was ist heute passiert? Schmerzen Ihre Füße?«

»Ha, als ob Sie das interessiert.«

»Ihre Schwester will Sie sprechen.«

»Falsch. Andrea hat sie geschickt, mir eine Nachricht zu überbringen. Sie traut sich nicht zurück, bevor sie ihre Mission erfüllt hat, deshalb ist sie noch hier, nicht weil sie mich vermisst oder sich um mich sorgt.«

Der Professor beugte sich vor. »Ich stelle Ihnen eine Frage und will eine ehrliche Antwort. Ist Ihr Leben in Gefahr?«

Sunshine kopierte die Geste. »Mein Leben ist in Gefahr seit dem Tag, an dem ich Andrea über den Weg lief. Aus einem Ferienflirt wurde ein Psychospiel, in dem ich gefangen bin. Ist es da ein Wunder, dass ich als Wahnsinnige und geistig Gestörte hier gelandet bin? Leben Sie einmal neunzehn Jahre verheiratet mit einem Psychopathen. Sie würden es keine Woche überstehen.«

***

Jun-ho fuhr mit dem Mietwagen auf den Parkplatz des Sanatoriums. Es war früher Abend. Er hatte am Nachmittag mit

Rainmans Manager, Herrn Gu, und dem CEO von First Class Entertainment ein Onlinemeeting abgehalten. Die Vorgesetzten in Seoul wurden nervös. Und sie waren wütend. Sie drohten, Tae-poong abzusetzen, wenn er nicht bald zurückkäme. Jun-ho konnte sie hinhalten, weil er wusste, wie treu die Halos ihrem Taifun waren. Für First Class Entertainment war er nach wie vor ein Goldesel. Sie hatten ja keine Ahnung. Es wurde Zeit, dass Rainman eine Entscheidung fällte. Jun-ho war der Einzige, der sein Geheimnis kannte, ein Geheimnis, das ihm schlaflose Nächte bereitete und ihn um den Verstand brachte. Er konnte es nicht ertragen, und sein schauspielerisches Talent versagte zu oft, wenn er Rainman gegenüberstand. Aber er hatte seinem Freund versprochen, darüber zu schweigen und das Problem wegzulächeln, als würde es nicht existieren. Es war eine zu schwere Bürde, die er trug.

Er stieg aus dem Wagen und atmete die klare Luft ein, eine Luft, die es in der Fünfundzwanzig-Millionen-Einwohner-Metropole rund um Seoul nicht gab. Feinstaubmesswerte waren hier in den Berner Alpen überflüssig.

»Hey, verfolgst du mich?«, fragte eine derbe Stimme auf Englisch.

Jun-ho drehte sich um. »Oh. Sie? *Annyeonghaseyo*«, grüßte Jun-ho und verbeugte sich, wie er es gewohnt war.

»Lächerlich«, murmelte Tony und spuckte einen Kaugummi aus, der auf Jun-hos Mietwagen landete.

Er wollte protestieren, verlor bei Tonys finsterem Blick aber die Courage, fand in seiner Hose einen nutzlosen Quittungszettel eines Supermarktes, kratzte damit den Kaugummi von der Seitentür und entsorgte diesen ordentlich im Abfalleimer vor dem Eingang.

»Was für eine Witzfigur bist du denn?«, rief ihm Tony nach.

Außer dass sie die letzten zwei Nächte gemeinsam in der Honeymoon-Suite bei einer Dose Bier verbracht hatten, hatte Jun-ho mit Tony keine Nettigkeiten austauschen können, weder Grußworte noch Small Talk noch Gespräche über Umweltpolitik, Religionsfreiheit oder Modetrends. Sport wäre eine

Option gewesen, Jun-ho liebte Autorennen und Fußball, und als Italiener liebte Tony den Sport vermutlich auch, aber Jun-ho war nicht mutig genug gewesen, über das Red-Bull-Team oder den AC Milan zu schwärmen. Was, wenn Tony ein Anhänger von Ferrari und Inter Mailand war?

Jun-ho blickte die Fassade des Sanatoriums hoch. Darüber könnten sie sprechen. Es konnte kein Zufall sein, dass sie beide hier waren. Er zeigte zum Gebäude und sprach den Italiener auf Englisch an. »Kennen – kennen Sie jemanden, der hier – na ja …«

»Geht dich nichts an.«

Wie Jun-ho die unhöfliche Redensart der westlichen Zivilisation hasste. »Sind Sie vielleicht selber –«

»Blödmann, ich doch nicht. Ich bin Personenschützer.«

»Ah, ein Bodyguard? Okay, okay.«

»Na, du Spargeltarzan offensichtlich nicht.«

»Ich bin der persönliche Assistent von …« Nein, Jun-ho würde keinen Namen bekannt geben. »Wir arbeiten beide für prominente Personen.« Er versuchte es mit einem herzlichen Lächeln. Jun-ho konnte das gut. Er war der freundliche, nette, hilfsbereite, anständige Junge von nebenan. Junge traf nicht ganz zu, er war vierunddreißig, aber er hätte äußerlich als Highschool-Schüler durchgehen können.

Tony kam in Plauderlaune. »Mein Schützling ist keine Prominente. Sie ist eine quengelige, anstrengende, hyperaktive, durchgeknallte Ehefrau, die nichts als Ärger macht.«

Es war das längste Gespräch, das Jun-ho bisher mit Tony geführt hatte.

Er wagte sich näher an den bulligen Mann heran. Ein Klischee tauchte auf: Vielleicht steckte in der furchteinflößenden Hülle ein gutherziger Kern. Jun-ho blieb dennoch mit Sicherheitsabstand stehen. »Tae… ich meine Rainman, ist anders. Für ihn würde ich durchs Feuer gehen. Er hat ein schweres Leben. Ich hoffe, er kann sich hier erholen.« Jun-ho schossen Tränen in die Augen.

»Heulst du etwa?«

»Nein.« Energisch wischte Jun-ho sich die Augen trocken.

»Rainman, so heißt dein Boss?«

»Er ist nicht mein Boss. Wir sind Freunde. Ich arbeite für ihn.«

Tony griff in seine Hosentasche, zog eine Packung Kaugummi heraus und hielt sie Jun-ho hin. Dieser nahm dankend mit beiden Händen einen Kaugummi an.

»Wird euch das nicht zu blöd, das ständige Verbeugen?«, fragte Tony. »Bekommt man davon nicht Rückenprobleme? Und was ist mit eurem Stolz? Kennt ihr keinen?«

Jun-ho richtete sich auf. Er war ein lieber Kerl, aber er konnte wütend werden, wenn Ausländer seine Kultur und die Traditionen in Frage stellten. »Wir haben Respekt, das fehlt euch arroganten Machos.«

»Oho! Der Kleine wird frech.«

»Ich passe mich bloß dem Benehmen meines Gegenübers an.«

Mit einem stampfenden Schritt stand Tony vor ihm und blickte auf Jun-ho hinab. »Meine Sunshine mag es nicht, wenn ich mich mit anderen prügle. Du hast also Glück gehabt.«

»Sunshine? So nennt sich die Frau, die du beschützt?« Hatte Tae-poong nicht neulich von einer Sunshine erzählt? »Vielleicht kennen sich die beiden?«

»Besser nicht«, sagte Tony, diesmal nicht verärgert, sondern besorgt. »Besser, sie hat keinen Kontakt mit einem anderen Mann. Er würde es erfahren.«

»Wer ist er? Ihr Ehemann?«

Tony legte den Arm um Jun-hos Schultern und drückte diese, was keinesfalls freundschaftlich daherkam. »*Stronzo*, sorge dafür, dass dein Regenmann sich nicht an meinem Sonnenschein verbrennt. Wasser verdampft bei einhundert Grad, weißt du.« Mit der rechten Hand machte er eine theatralische Bewegung in die Luft. »Verdampft zu nichts im Universum. Weg ist es.«

Jun-ho fühlte, wie sein Herz sich verkrampfte. »Verdampftes Wasser steigt hoch in den Himmel, bildet Regenwolken und kommt mit Blitz und Donner zurück auf die Erde«, entgegnete er trotzig.

»Klugscheißer.« Tony stolperte einen Schritt zurück. »Drohst du mir gerade?«

»So ist das Leben. Ein Kreislauf. Alles kommt zurück, das Gute und das Böse.«

***

Sophie sah blendend aus, dachte Sunshine neidisch, als sie das kleine Café neben dem Empfang betrat, welches die Besucher nutzen konnten, um sich mit Patienten und Patientinnen zu treffen. Zeitgleich mit ihrem Zerfall war ihre kleine Schwester erblüht. Sie gab sich reizend, unschuldig, devot, scheu und zierte sich auf eine Art, die Sunshine unheimlich war. Als kleines Kind war Sophie ebenso rebellisch gewesen wie sie selbst. Sie trennten vier Jahre, nicht genug, um sich fremd zu sein, aber zu viel, um sich wirklich nahezustehen.

Sophie stand auf, als Sunshine an den Tisch trat. »Du hast mich den ganzen Tag warten lassen.« Offensichtlich hielt Sophie eine Begrüßung für unnötig.

Umständlich setzte sich Sunshine auf den Stuhl. Ihr Körper schmerzte. Nach dem Gespräch mit dem Professor war sie auf ihr Zimmer gegangen, hatte ausgiebig geduscht und sich umgezogen. Lisi hatte ihre Füße versorgt, die jetzt in Flip-Flops steckten. »Hat dich Andrea zu mir geschickt?«

Sophie antwortete nicht, lächelte nur zurückhaltend. Sie war ihm längst hörig. Es war ein offenes Geheimnis, dass sie das Bett mit ihm teilte. Wie dumm Sophie doch war.

Sie wusste, dass er Sunshine misshandelte, wusste, dass er auch andere Frauen beglückte, wenn ihm danach war. Sunshine wunderte sich bloß, weshalb er Sophie bisher nie geschlagen hatte. So dumm konnte sie anscheinend nicht sein. Ihre Schwester wusste genau, wie sie sich zu benehmen hatte, um Prügelattacken rechtzeitig abzuwehren. Sunshine hatte das nie gekonnt. Sie ging immer gleich auf Kollisionskurs, ungeachtet der Niederlage, die sie einstecken würde. Es waren viele, viele schmerzhafte Niederlagen gewesen. »Was will er?«

Sophie strich sich ihr schwarzes Versace-Kleid glatt und schwang die Beine übereinander, um ihre italienischen Designerpumps in Szene zu setzen. »Andrea macht sich Sorgen um dich.«

»Aha, und die zeigt er, indem er mich würgt?« Sunshine zeigte auf die Blutergüsse an ihrer Kehle.

»Anna, du weißt, er ist impulsiv und emotional. Du darfst ihn nicht reizen und herausfordern. Ist das so schwierig zu verstehen? Die Familie muss respektiert werden.«

»Er ist ein Arsch!«

Sophie hob das Kinn und tat so, als ob sie die Bemerkung überhört hätte. »Wir sind noch bis morgen Mittag in Interlaken.« Sie legte eine Visitenkarte des Hotels auf den Tisch. »Ich habe die Zimmernummer aufgeschrieben. Ruf ihn an und entschuldige dich.«

Sunshine starrte die Karte an. »Teilt ihr ein Hotelzimmer?«

»Nein. Aber ich kümmere mich um meinen Schwager.«

Ein Schatten fiel auf den Bistrotisch. Sunshine blickte auf in Rainmans ausdruckslose Augen, als er an ihnen vorbeiging. Er hatte offensichtlich geduscht, trug seinen Anzug, dazu glänzende Lederschuhe. Sein schwarzes Haar war modisch zurückgekämmt. Er setzte sich an den Tisch, der hinter Sophie stand, die ihn nicht beachtete. Sein Blick blieb auf Sunshine gerichtet.

Weshalb mischte er sich ständig in ihre Angelegenheiten? Sie versuchte, sich auf das Gespräch mit Sophie zu konzentrieren und Rainman zu ignorieren, eine schwierige Aufgabe. »Du bist also hier, weil mein Mann eine Entschuldigung von mir will?«, fragte sie laut genug, damit er es hören musste. Sie sah, wie sich seine Schultern versteiften. »Ich soll mich dafür entschuldigen, dass er mich erwürgen wollte?«

»Du hättest ihn nicht reizen sollen.«

»Weshalb bin immer ich die Böse?«

Sophie griff nach Sunshines Hand. »Ich bin deine Schwester, ich sorge mich um dich. Nicht nur ich. Es war nicht Andrea, der mich heute zu dir geschickt hat. Er wollte nicht, dass ich mit dir rede.«

»Du hast dich seinem Befehl widersetzt? Unglaublich!« Sunshine entriss ihr die Hand.

Sophie schüttelte den Kopf. »Nicht Andrea schickt mich. Es war Gianni.«

Bei dem Namen schreckte Sunshine zusammen. Sie schnappte heftig nach Luft und fühlte ihr Herz rasen. Panisch starrte sie Rainman an, sein Anblick gab ihr Sicherheit.

Er starrte zurück, die Augenbrauen hochgezogen, jede Muskelfaser angespannt, so, als wollte er gleich aufspringen und – ja was? Sie retten? Wegrennen?

»Gianni will, dass du zurückkommst«, fuhr Sophie fort. »Andrea soll dich heimbringen, schon morgen. Wir holen dich am Mittag ab.«

Sunshine sprang vom Stuhl auf. »Niemals. Vorher bringe ich mich um, als dass ich zurückgehe.«

Sophies Blick wurde eiskalt. »Bist du diese erfolglosen Selbstmordversuche nicht satt?«

»Du hast recht.« Sunshine beugte sich drohend vor. »Weshalb sollte ich vom Dach springen? Ich bringe die ganze Familie Morrone um, das ist die Lösung. Und wenn ich dabei draufgehe, ist das auch eine Art Selbstmord, nicht? Aber wenigstens sterbe ich nicht umsonst.«

Sophie griff nach Sunshines Arm. »Tu das nicht, Schwester. Du brauchst die Morrones. Sie sind deine Familie. Wenn du nicht mit zurückkommst, zieht Andrea die Zahlung für deinen Aufenthalt im Sanatorium zurück. Dir bleibt nichts, Anna, du hast kein eigenes Geld, und deine Ausweise liegen bei Andrea im Hotelsafe. Wo willst du hin, hm? Wovon willst du leben? Denkst du, die Familie lässt dich gehen? Niemals. Du weißt zu viel. Du bist eine von uns, Anna.«

»Von euch? Du bist lieber eine von ihnen als meine Schwester.« Sunshine konnte die Tränen nicht zurückhalten. »Bedeutet dir Freiheit denn gar nichts? Freiheit und das Recht, selbst über dein Leben zu bestimmen?«

»Das tue ich. Du hast uns die Eltern genommen, schon vergessen? Aber du hast mir auch eine neue Familie gegeben, deshalb bin ich noch bei dir. Ich brauche die Sicherheit der Morrones. Sie beschützen mich. Sie sind stark und vermögend. Und weil ich ein Teil von ihnen bin, bin auch ich stark und vermögend. Rede also nicht über eine sinnlose Freiheit. Du hast dir im Paradies dein eigenes Gefängnis gebaut und dich dort eingesperrt. Was für eine Verschwendung.«

»Wie kannst du nur so dumm sein?« Sunshine zitterte am ganzen Körper.

»Du bist von uns beiden die Dumme.« Sophie lächelte abschätzig. »Du könntest alles haben, Reichtum, Macht, eine starke Familie, aber du bist zu blöd, das zu verstehen. Intelligenz war nie deine Stärke.«

Sunshine klatschte Sophie eine Ohrfeige mit voller Wucht ins Gesicht. Diese brauchte einige Sekunden, um sich von dem Schlag zu erholen, dann strich sie ihr glänzendes Haar hinter die Ohren und hob stolz den Kopf, keine Spur mehr von der devoten Sophie. Sie beugte sich näher zu Sunshine vor. »Du hättest sie nicht braun färben dürfen. Andrea liebt deine blonden, langen Haare. Er wird wütend sein, sehr wütend. Warum musst du ihn permanent reizen? Es ist deine Schuld, dass du unglücklich mit ihm bist.« Ohne ein weiteres Wort stolzierte sie davon.

Sunshine fiel heulend auf den Stuhl zurück. Sie sollte nicht in Selbstmitleid verfallen, aber gerade konnte sie nicht anders. Durch einen wässrigen Tränenfilm sah sie Rainman, der noch am hinteren Tisch saß. Er schaute nicht auf, rührte nur in seinem schwarzen Kaffee. Idiot!

Sunshine stand auf, wirbelte herum und rannte zurück zu ihrer Suite.

***

Rainman brauchte einen Moment, um seine Gedanken zu sammeln. Langsam stand er auf und ging an dem Tisch vorbei, an dem Sunshine mit ihrer Schwester gesessen hatte. So unauffällig wie möglich griff er nach der Visitenkarte, die auf dem Tisch lag, und steckte sie in die Innentasche seines Anzugs.

***

»Konnten Sie das Gespräch mitanhören?«, fragte Dr. Tribelhorn.

Lisi schüttelte den Kopf. »Leider nein. Es gab Streit.«

»Und sie hat nichts zu Abend gegessen?«

»Sie liegt im Bett und weint fürchterlich.«

»Was machen wir nur mit ihr?« Dr. Tribelhorn war ratlos. Sie wusste, dass Sunshines Leben in Gefahr war. Ihr Mann hatte sie heute abgemeldet. Die Suite war nur bis morgen bezahlt. Aber wenn sie sie gehen ließen ...

»Rainman saß am Tisch dahinter«, sagte Lisi. »Er hat bestimmt etwas aufgeschnappt, aber wir können keinesfalls andere Gäste zum Spionieren auf–«

»Holen Sie ihn her. Sofort.«

Lisi verließ ihr Büro.

Dr. Tribelhorn wusste, dass Sunshine finanziell abhängig von ihrer Familie war. Sie wusste auch, dass Rainman als K-Pop-Star ein beachtliches Vermögen besaß. Und sie wusste, dass es zwischen den beiden eine Anziehung gab, die stark genug sein könnte, um Sunshines Leben zu retten. War es fair, dadurch Rainman in Gefahr zu bringen? Sie schlug hart mit der Hand auf ihren Arbeitstisch. Im Sanatorium hatte sie sich eine zweijährige Auszeit nehmen wollen, um Abstand zu den schwierigen Fällen in der psychiatrischen Klinik in Bern zu finden, wo sie vorher gearbeitet hatte. Das Sanatorium war reichen Gästen mit psychischen oder Suchtproblemen vorbehalten, die medizinische Unterstützung, Trost, Ruhe und ein offenes Ohr benötigten. Weshalb machten ihr Sunshine und Rainman das Leben schwer?

Sie schaute auf die Wanduhr. Es war bald acht Uhr. Warum dauerte das so lange? Dr. Tribelhorn griff nach ihrem Handy und rief Lisis Nummer an. »Wo bleiben Sie?«

»Entschuldigung, aber wir können Rainman nirgendwo finden. Er ist nicht auf seinem Zimmer. Emil sucht gerade den Garten nach ihm ab.«

Dr. Tribelhorn stöhnte innerlich. Die beiden machten nur Ärger. »Suchen Sie weiter.« Sie legte auf und stürmte aus ihrem Büro, hinüber zum Ostflügel.

Kurz klopfte sie an die Tür von Sunshines Suite und trat ein. Sie lag im Bett, komplett in die Decke eingewickelt. Dr. Tribelhorn setzte sich auf die Bettkante und legte ihre Hand dorthin, wo sie Sunshines Schulter vermutete. Sie griff ins Weiche. Hektisch sprang sie auf und riss die Decke zurück. Nichts außer Kissen lag auf der Matratze.

13

Es waren über drei Kilometer vom Sanatorium bis hinunter nach Iseltwald. Sunshine folgte nicht der Serpentinenstraße, sondern nahm den Wanderweg. Rainman beobachtete sie, hielt aber Abstand. Ihre Schritte waren unregelmäßig. Sie hatte ihn bisher nicht bemerkt, da sie in ihrer eigenen Wut gefangen war, die sie mit jedem stampfenden Fußtritt ausdrückte. Das Gespräch mit ihrer Schwester schien Sunshine derart in Rage gebracht zu haben, dass sie ihre wunden Füße offenbar nicht spürte.

Besorgt hatte Rainman gesehen, wie sie das Sanatorium vom Personal unbemerkt verlassen hatte. Sie wollte doch nichts Dummes anstellen? Der Entschluss, ihr zu folgen, war unüberlegt gefallen. Er kam sich mehr vor wie ein Stalker denn wie ein Beschützer. Was tat er hier?

Sein Blick ruhte auf ihr. Sie trug weiße Sportleggins einer Designermarke, dazu das passende Shirt und hochwertige Sportschuhe. Ihre Kleidung passte eher in ein Fitnesscenter und war auf einem Wanderweg deplatziert. Sie war wütend, aber zumindest modisch wütend, dachte Rainman. Er war nicht besser gekleidet für eine Wanderung, trug nach wie vor seinen schwarzen Anzug und die Lederschuhe, die nach diesem Spaziergang ruiniert sein würden. Schade drum. Rainman machte sich nichts mehr aus Materiellem. Es war zur Nebensache in seinem Leben geworden. Wertlos.

Nicht so Sunshine, musste er sich eingestehen. Nicht dass es ihn etwas anging, aber sie war suizidgefährdet. Gut, ehrlicherweise musste er zugeben, dass er es ebenfalls war, aber nicht heute. Er blickte hoch in den Himmel. Hinter ihm stauten die Viertausender die warme Sommerluft und ließen die Feuchtigkeit zu prachtvollen Wolkengebilden auftürmen. Mit der Hand schlug er eine Fliege weg, die sich hartnäckig an sein rechtes Ohr heftete. Er beobachtete, wie Sunshine mit ihren stampfend-humpelnden Schritten die Balance auf dem mit Wurzeln durchzogenen, engen Pfad verlor.

»Ups!« Er blieb stehen und biss sich auf die Lippen, um nicht laut zu lachen. Das war nicht fair ihr gegenüber, aber urkomisch. Sie landete wenig elegant auf ihrem Hintern, blieb einen Moment sitzen, schlug mit den Händen auf den Weg ein und rappelte sich auf, tanzte wie Rumpelstilzchen im Kreis und machte kreative Hüftbewegungen, die keine Bauchtänzerin hinbekommen hätte.

Rainman erkannte gleich das Dilemma. Nicht eine Wurzel war schuld an dem Ausrutscher gewesen, sondern ein würziger Kuhfladen. Der zeichnete sich in einem Braungrünton auf ihrem Allerwertesten ab. Sie hätte keine weißen Leggins anziehen sollen. Nach ihrer dritten Runde im Kreis, wobei sie die Arme verwarf, in der Art, wie auch eine Ballerina es niemals getan hätte, erstarrte sie und schaute zu Rainman hoch, der rund fünfzig Meter oberhalb von ihr stand.

»Was?«, schrie sie.

Er seufzte und versuchte, lässig zu ihr aufzuschließen. Seit wann machte ihm Schadenfreude Spaß? Mit Sunshine war alles neu, nicht nur die komischen Situationen, sondern auch die Gefühle. Die letzten zwanzig Jahre in seinem Leben waren durchgeplant gewesen, vom Morgengrauen bis nach Mitternacht. Täglich. Spontaneität war ihm neu. Die Welt mit Sunshine war aufregend, das musste er zugeben, wie ein kleines Abenteuer. Er wollte den Mund öffnen und etwas sagen, aber sie fuhr ihn zornig an.

»Ein Wort und du bist tot.«

Rainman sagte nichts, zog sein schwarzes Jackett aus und reichte es Sunshine. »Meine Hose gebe ich dir nicht.« Er verzog einen Mundwinkel und wusste, dass sich dabei ein Grübchen in seiner Wange zeigte. Es waren die berühmtesten Wangengrübchen Südkoreas.

Sunshine riss ihm das Jackett aus der Hand und band es sich um die Hüften.

»Das Teil ist somit ruiniert«, sagte Rainman ohne emotionale Regung, was ihm für einmal schwerfiel.

»Stalkst du mich?«

»Deine Schwester ist –«

»Sprich nicht von Sophie. Sie ist eine miese Verräterin. Oh, sie ist so ein Biest. Und blind, die blöde Kuh. Sie sieht nur das Geld, den Schmuck, die teuren Kleider. Sie verkauft ihre Seele an diese Teufel und ist noch stolz darauf.«

»Du nicht? Du bist mit ihm verheiratet.«

Sunshine erstarrte, blinzelte mehrmals. Dann drückte sie Rainman den Zeigefinger auf die Brust und schubste ihn im Takt ihrer Worte leicht an. »Urteile nicht über mich. Du hast keine Ahnung von meinem Leben.«

»Erzähle mir davon. Ich habe Zeit.«

»Aber ich nicht.« Sie klatschte ihm mit der flachen Hand auf die Brust. »Ich habe keine Zeit, weil ich sterben muss, deshalb.«

Rainman zuckte bei ihren Worten zusammen. Es war, als implodierte ein toter Stern in seinem Kopf, als breitete sich ein schwarzes Loch in seinem Gehirn aus und riss jedes Gefühl mit sich ins Nichts. Der stechende Schmerz war zurück. Er griff sich an die Schläfen. Nicht heute, dachte er.

»Was?« Sie bemerkte seinen Schock nicht, schlug erneut mit der flachen Hand auf seine Brust. »Liegt dir etwas an meinem Leben? Wow. Mache dir keine Hoffnungen. Ich will mich am liebsten gleich jetzt umbringen, bloß gibt es auf diesem nutzlosen Berg keine Stelle, wo ich tief genug stürzen kann, viel zu flach das Gelände. *Merda!* Wenn ich mich morgen weigere, mit Andrea zurück nach Italien zu fahren, lande ich mit einer Kugel im Kopf in einem Straßengraben. Ist auch eine Art Selbstmord, nicht? Aber hey, es gibt noch eine dritte Option. Ich führe weiterhin das Leben einer gut gekleideten, verwöhnten Untoten, erdulde die Schläge und Demütigungen und werde in naher Zukunft erlöst, spätestens wenn sich die ersten Fältchen in meinem Gesicht zeigen und Andrea nach einer jüngeren, fügsamen Braut Ausschau hält.« Sie drehte ihm den Rücken zu, vermutlich damit er ihre feuchten Augen nicht sehen konnte.

Aber Rainman hatte mit seinen eigenen Problemen zu kämpfen. Er atmete bis tief in den Bauch, langsam, zählte bis fünf, atmete aus, so, wie er es in der Therapie gelernt hatte. Er konnte sie besiegen, die Panik. Nicht heute, dachte er, bitte nicht jetzt.

Es war Sunshines Magen, der knurrte und ihn ruhiger werden ließ. »Du hast Hunger«, sagte er und wischte sich Schweiß von der Stirn. »Gehen wir essen.«

Sunshine kam durch den abrupten Themawechsel kurzzeitig aus dem Konzept. »Essen? Du?«

»Kennst du im Dorf ein gutes Restaurant?«, fragte Rainman und griff in seine Hosentasche. Er zog eine Hunderternote heraus. »Mehr habe ich nicht dabei. Das muss reichen.«

Sunshine strahlte. »Fondue!«

»Im Sommer?«

Sie nickte.

Essen war offenbar eine Geheimwaffe, mit der man sie ködern konnte. Rainman würde sich das merken.

»Wann hast du das letzte Mal eines gegessen?«, fragte sie begeistert und schien Ehemann und Schwester komplett vergessen zu haben.

»Am dritten März vor zweiundzwanzig Jahren.«

»Wow, das weißt du so genau? Das ist lange her.«

»Fondue war das Lieblingsessen meines Vaters. Er hatte am dritten März Geburtstag. Ich war damals zwölf. Eine Woche später starb er. Ein Arbeitsunfall. Er war Vorarbeiter auf einer Baustelle. Das Baugerüst war nicht richtig zusammengebaut worden. Er stürzte zehn Meter in die Tiefe und war auf der Stelle tot.«

»Tut mir leid.«

Es wunderte ihn selbst, wie einfach er mit ihr darüber hatte reden können. Normalerweise mied er jedes Gespräch, das seinen Vater betraf. »Ist lange her. Meine Mutter litt sehr.«

»Deine Mutter … Du sagst, dein Vater war Vorarbeiter auf einer Baustelle? Ihr wart damals nicht reich?«

Rainman konnte ein trauriges Schmunzeln nicht verbergen. »Nein, wir waren ganz normale Bürger. Das Geld kam mit meiner Karriere.«

»Wollte deine Mutter, dass du berühmt wirst?«

»Nein. Sie wollte, dass ich Betriebswirtschaft studiere, warum?«

»Ach, nur so.«

Täuschte sich Rainman, oder plagte Sunshine ein schlechtes Gewissen?

»Im Sommer nach dem Tod meines Vaters zog meine Mutter mit mir nach Busan, in ihre Heimatstadt. Sie brauchte den Landeswechsel. Hier erinnerte sie zu viel an meinen Vater.«

»Wie oft warst du seither in der Schweiz?«

»Nie.«

»Aber du bist hier aufgewachsen und zur Schule gegangen?«

»Ja. In Interlaken.«

»Hast du deine Heimat nie vermisst?«

»Mit vierzehn wurde ich bei einem Talentwettbewerb entdeckt und zog in ein Internat nach Seoul. Als Trainee und später als Idol hatte ich nicht einmal die Zeit, in Ruhe zu essen, einen Tag freizumachen oder in die Ferien zu gehen. Wie hätte ich da Zeit finden sollen, meine Heimat zu vermissen?«

»Ich habe mir schon gedacht, dass deine koreanischen Gene dominant sind.«

»Ja, oberflächlich bin ich der Koreaner.«

»Und wer steckt unter der Hülle?«

Rainman zuckte leicht mit den Schultern. »Ich glaube, den Typ darunter kenne nicht einmal ich. Was ist mit dir? Du scheinst ganz die Italienerin geworden zu sein, gemessen an deinem Temperament.«

Sie schnalzte dreimal mit der Zunge. »Falsch. Da fließt reines Schweizerblut durch meine Adern. Ich bin ein echtes Berner Modi. Meine Eltern stammten aus Iseltwald, weißt du. Hier bin ich aufgewachsen. Ich habe noch eine Tante, die im Dorf lebt, aber der Kontakt ist abgebrochen, seit damals, seit meine Schwester und ich nach Italien durchgebrannt sind.«

»Willst du deine Tante besuchen?«

Sunshine schüttelte ihre braunen Haare. Rainman gefiel die Farbe. Sie passte besser zu ihr. »Nein, ich will nur ein himmlisches Fondue essen.«

Er entschied sich, das Grübchen auf seiner anderen Wange zu zeigen. »Ich denke, das könnte problematisch werden.«

»Warum? Weil ich einen stinkenden Arsch habe?«

Impulsiv prustete Rainman laut heraus.

»Hey, du kannst lachen. Wow!« Sunshine klatschte in die Hände. »Dass ich einen stinkenden Arsch präsentieren muss, damit du aus deiner Trübsal erwachst, hätte ich nicht gedacht.«

Rainman beschloss, seine spontane Fröhlichkeit umgehend wegzusperren, ignorierte ihre Andeutung und ging vor. »Es wird chaotisch werden in Iseltwald. Mache dich auf Action gefasst.«

Sunshine folgte ihm. »Ha, denkst du, die Oberländer erkennen einen alternden K-Pop-Star?«

»Meine Fans werden dort sein.«

»Blödsinn.«

»Wetten?«

»Abgemacht. Der Verlierer zahlt.« Rainman wusste, dass er gewinnen würde, aber ob es eine gute Idee war, dort aufzutauchen? Definitiv nicht. Wollte er Sunshine etwas beweisen? Was? Oder vermisste er den Kontakt zu seinen Fans? Morgen würde halb Korea wissen, wo er sich aufhielt. Vielleicht wurde es Zeit, aus seinem Versteck zu kriechen und sich der Wahrheit zu stellen. Er konnte die Entscheidung nicht mehr lange von sich schieben. Er drehte sich zu ihr um und ging rückwärts weiter den Weg hinunter. »Wenn ich mit vierunddreißig ein alternder Popstar sein soll, was bist dann du? Wie alt bist du, *Nuna*?«

»Uralt. Gerade fühle ich mich uralt. Das ich dich *Oppa* nenne, geht wohl nicht.«

»Nein, da ich offenbar jünger bin, kannst du mich nicht *Oppa* nennen.«

»Schade. Ich finde, eure höfliche Anrede einem älteren Mann gegenüber klingt sexy. Tut es jedenfalls in den Fernsehserien.«

***

Auf dem hölzernen Schiffslandesteg in Iseltwald herrschte Kreischalarm. Sunshine verstand die Welt nicht mehr. Woher kamen plötzlich die vielen koreanischen Fans? Klar war der Brienzersee ein beliebtes Ausflugsziel für Touristen, schließlich war das hier eine Traumlandschaft, die in jedem Reiseführer erwähnt wurde. Aber die Szene, die sich vor ihr abspielte, war surreal. Sunshine zählte mindestens zwanzig vorwiegend junge Koreanerinnen, die sich Rainman im Moment an den Hals schmissen. Eine Frau lag sogar halb bewusstlos im Gras neben dem Steg und fächerte sich mit der Hand hektisch Luft zu. Rainman verteilte geduldig und lächelnd Unterschriften auf jeden Untergrund, der beschreibbar war und ihm hingehalten wurde. Er hatte sich unzählige Male bedankt und verbeugt. Die Handys der Fans liefen im Videomodus. Wie einen Gott beteten sie ihn an, hüpften ungläubig auf und ab, hyperventilierten und schrien sich heiser. Rainman würde blaue Flecken davontragen.

Sunshine hatte sich zurückgezogen und an den Rand des Stegs gesetzt, das Spektakel aus der Ferne beobachtet. Zehn Minuten hielt sie durch, dann stand sie auf, machte in die Ärmel des Jacketts um ihre Hüften einen Doppelknoten, streckte die Arme durch, richtete die Nackenwirbel und holte tief Luft. Es wurde Zeit, dass Superwoman Rainman von den Belästigungen erlöste. Energisch schritt sie den Steg zurück, brachte die Ellenbogen in Stellung und wusste, dass ihr würziges Parfum mit der Note nach frischem Gras und verdautem Heu ihr Helfer sein würde. »Stopp!«, rief sie. *»That's enough!«* Sie schubste zwei besonders hartnäckige Schönheiten mit sportlichem Sonnenhut und Minirucksack beiseite und stellte sich an Rainmans Seite. Sie griff nach seinem Arm und hakte sich unter. *»Darling«*, hauchte sie. *»Let's go. I'm hungry.«*

Die Fans verstummten und starrten Sunshine mit offenem Mund an, bevor die Eifersucht in ihren Augen aufblitzte. Dabei waren die Südkoreaner doch ein so höfliches und respektvolles Volk, dachte sie. Weit gefehlt. Eine junge Frau zerrte Sunshine am Shirt. *»Go away«*, sagte sie böse.

»Kim *Tae-poong-ssi, saranghaeyo!*«, schrie eine andere.

Noch dreister war ein Mädchen mit frechem Pagenschnitt. *»Tae-poong-oppa, I love you!«*

Sunshine war sich sicher, in den nächsten Minuten geviertelt, gerädert, ausgeweidet und verbrannt zu werden, oder ersäuft, da es in der Nähe kein Feuer, aber den gut gefüllten Brienzersee gab.

Rainman packte ihre Hand. »Lauf«, flüsterte er in ihr Ohr und rannte los.

Sie verfluchte ihn. Wusste er denn nicht, dass sie auf gehäuteten Fußsohlen lief?

Iseltwald war ein kleines Dorf mit weniger als fünfhundert Einwohnern, schmucken Chalets und engen Pflastersteingassen. Ein autofreier Ort und ein Ort ohne Versteckmöglichkeiten. »Wohin?«, fragte er im Laufen, ohne zurückzublicken. Sie wussten, dass sie von der Schar Fans verfolgt wurden.

»Zum Schloss Seeburg!« Als Kind hatte sie mit ihrer Schwester dort oft gespielt. Sie kannte auf dem Weg hinter einer Hecke in einer durch Efeu gut verborgenen alten Mauer ein Loch, in dem sie sich verstecken konnten. Die tobenden Fans würden sie dort niemals finden. Das Loch in der Mauer lag gleich um die Ecke. Sie fand den Eingang, zog Rainman durch die Hecke und kauerte sich mit ihm in dem Loch zusammen. Sie hörten, wie die Fans durchdrehten, weil ihr Popstar sich in Luft aufgelöst hatte.

Sunshine lehnte sich an die kühle Natursteinwand und atmete heftig.

»Wir werden uns hier eine Weile verstecken müssen«, sagte Rainman, der eng neben ihr saß.

»Was war das eben? Hast du im Internet gepostet, dass du in Iseltwald eine Autogrammstunde gibst? Haben sich die Fans aus Seoul hierherteleportiert? Gibt es bei euch eine neue Technologie, von der ich noch nichts weiß? Das waren über zwanzig Landsleute von dir.«

»Iseltwald ist in Südkorea sehr bekannt.«

»Mein Iseltwald?«

»Dein Iseltwald? Du warst ewig nicht mehr hier.«

»Stimmt. Aber warum Iseltwald und nicht Interlaken?«

»›Crash Landing on You‹.«

»Was willst du?«

Er lachte.

Mann, konnte Rainman sexy lächeln. Atemberaubend. Sunshine realisierte, dass er eine echte Berühmtheit war. Wie hatte sie es geschafft, sich einen Star zu angeln? Beschämt erinnerte sie sich daran, welch üblen Duft sie ausströmen musste, und wünschte, sie könnte auf Abstand gehen.

»Nicht ich«, stellte er richtig.

War sie enttäuscht?

»So heißt eine Filmserie. Es ist eine romantische Komödie, oder eher ein Drama. Einige Szenen wurden in der Schweiz gefilmt. Der Hauptdarsteller, Hyun Bin, ein berühmter südkoreanischer Schauspieler, spielt auf einem Klavier, das draußen auf dem Holzsteg steht, während eine junge Koreanerin auf dem Kursschiff vorbeifährt. Sie ist in der Schweiz, um sich das Leben zu nehmen, aber sie hört seine Musik, ist verzaubert und entschließt sich weiterzuleben.«

»Blödsinn.«

»Was?«

»Du erzählst ein Märchen, damit ich mich nicht erneut vom Dach des Sanatoriums stürze. Guter Versuch.« Sunshine starrte Rainmans Profil an. Sein Lachen hatte sich in die Untiefen seiner geheimnisvollen Seele zurückgezogen.

Er zog die Augenbrauen tief und starrte zu Boden. »Die Fernsehserie gibt es. Er ist ein nordkoreanischer Soldat, sie eine südkoreanische Geschäftsfrau, die dummerweise, wegen eines – eines Taifuns in Nordkorea mit einem Fallschirm notlanden muss.«

»Ha! Dein Märchen wird bizarr. Jetzt bringst du auch noch einen Taifun ins Spiel? Und zwei unterschiedliche Nationalitäten … Phuuu, du hättest Märchenonkel werden sollen.«

»Glaub doch, was du willst. Sie läuft auf Netflix. Schau sie dir an – oder nicht. Deine Entscheidung.«

»Bist du beleidigt?« Einen Moment schwieg Sunshine. »Und? Geht er mit ihr nach Südkorea?«

»Er bringt sie zurück, folgt ihr aber nicht.«

»Sie trennen sich?«

»Ja.«

»Traurig. Liebende sollten sich nicht trennen. Darum schaue ich keine Liebesdramen. Ich heule immer gleich los, und Andrea wird wütend, wenn er mich weinen sieht. – Ach, vergiss es.«

Rainman drehte den Kopf ruckartig zu ihr herum. Sie bemerkte, wie er seine Hände zu Fäusten ballte.

»Hey, relax. Mir geht es gut, ehrlich. Im Moment geht es mir gut. Wie geht die Geschichte aus?«

»Er erfährt, dass sie in Lebensgefahr ist, und reist ihr nach. Es ist ein Hin und Her zwischen Nord- und Südkorea.«

»Hat das Märchen ein Happy End?«

»Hmm, ja und nein.«

»Was jetzt? Es gibt kein Ja-Nein-Happy-End.«

»Schau die Serie.«

»Und sind deshalb so viele Landsleute von dir in Iseltwald?«

»Ja. Die Serie war ein Hit, auch international, und seither ist Iseltwald ein Pilgerort der Fans. Es werden sogar zusätzliche Buslinien hierher eingesetzt. Der alte Schiffslandesteg ist ein berühmtes Fotomotiv geworden.«

»Gut, steht das Klavier nicht mehr dort.«

»Warum? Spielst du Klavier?«, fragte er.

Sie zuckte unweigerlich zusammen. »Ich hasse es.« Sunshines Magen knurrte. »Aus dem gemütlichen Fondue wird wohl nichts.«

»Ich hab's gesagt. Du schuldest mir ein Essen. Gehen wir zurück ins Sanatorium?«

Sie legte müde den Kopf an die Steinwand, dabei fühlte sie seine Schulter, welche die ihre leicht berührte. Ein flaues Gefühl breitete sich in ihrem Magen aus, das wohl nichts mit dem gestrichenen Fondue zu tun hatte. Sie starrte auf ihre Füße. »Gehen? Ich gehe keinen Schritt mehr.«

»Soll ich die Ambulanz rufen?«

»Nein.«

»Tony?«

Sunshine starrte ihn entsetzt an, aber Rainman legte flüchtig eine Hand auf ihren Oberarm. »Ich rufe ein Taxi. Wir müssen wohl dennoch hoch zum Parkplatz laufen.«

Er wollte nach seinem Handy greifen, aber sie hielt ihn an der Hand zurück. Seine Hand war warm und erstaunlich kräftig, aber auch zärtlich, als er fast unmerkbar ihre Finger drückte und mit dem Daumen einige Millimeter über ihren Handrücken strich. »Warte«, sagte sie. Ihre Kehle war trocken. »Es sind nur wenige Meter zum Chalet meiner Tante, wenn sie noch dort wohnt. Das sollte machbar sein, trotz wunder Fußsohlen und liebeshungriger Fanzombies.«

»Willst du wieder huckepack getragen werden? Sag das doch gleich.«

Sie schubste seine Hand weg. »Sicher nicht. Da oben ist es lebensgefährlich. Du kippst bei einem Fliegengewicht, wie ich es bin, um, als sitze ein Elefant auf deinem Rücken. Da laufe ich lieber auf Kohlen.«

Sunshine bereute ihre Entscheidung. Dennoch schafften sie es schleichend und geduckt bis zu dem Chalet, das in ihr ein mulmiges Gefühl hervorrief.

»Marie Gruber« stand auf dem Briefkasten, eine Miniaturform des Chalets, zu dem er gehörte, mit Schindeldach, Schornstein und einem Storchennest darauf, welches in der Originalversion nicht existierte. Rote Geranien schmückten die Fenster.

»Lange bleiben wir nicht von den Fans unentdeckt«, sagte Rainman und blickte sich um.

Sunshine sah das genauso. Sie öffnete das Gartentor, das auf das Grundstück führte, welches direkt am See lag, und marschierte an den Gartenzwergen vorbei, die Spalier standen, zum Eingang hin.

***

Die Sonne war längst hinter den hohen Berggipfeln verschwunden. Lästige Mücken eroberten die Abenddämmerung. Amseln zwitscherten munter im Geäst der mächtigen Eiche neben dem Haus. Rainman hörte, wie die Wellen ans Ufer plätscherten, erzeugt vom nostalgischen Raddampfer »Lötschberg«, der soeben abgelegt hatte. Melancholie machte sich in ihm breit, und Erinnerungen kamen hoch, Erinnerungen an eine unbeschwerte, glückliche Kindheit ohne Gesangsunterricht, ohne schweißtreibende Tanz- und Akrobatikstunden, ohne nächtelanges Brüten über Schulbüchern, ohne die Scheinwerfer, ohne den übervollen Terminplan, ohne den Druck, stets perfekt abzuliefern. Er erinnerte sich an unendlich viel Freizeit, an Langeweile, an sinnloses, unbeschwertes Herumhängen mit seinen Freunden, deren Gesichter längst verblasst waren, an die Wanderungen mit seinem Vater und die gemeinsamen Abendessen zu Hause. Es waren schöne Gedanken an eine Heimat, die er hätte vermissen sollen, ebenso wie seinen Vater.

Er wartete hinter Sunshine, welche sich Zeit ließ, die Klingel zu drücken. Als sie den Mut fasste, dauerte es keine fünf Sekunden, und die Tür wurde aufgerissen. Die Frau war um die sechzig, klein und stämmig, trug ein geblümtes Sommerkleid und eine rote Vintage-Butterfly-Brille, wie sie in den Fünfzigern in Mode war. Sie hatte kurze, gelockte Haare, die passend zur Brille rot gefärbt waren. Ihr strahlendes Lächeln wich einem Staunen, bevor die Wut kam.

Als ob ein Gewitter über Sunshine hereinbrach, klatschte eine Hand gegen ihre Wange und löste in Rainman eine unkontrollierbare Explosion aus. Er packte Sunshine reflexartig an den Schultern, zog sie von der Tür weg, trat einen Schritt vor und schob Sunshine hinter seinem Rücken in Deckung. Die zweite Ohrfeige bekam seine eigene rechte Wange ab. Sein Kopf ging in Flammen auf.

Die Zeit blieb stehen.

Sunshine zupfte ihn am Hemdärmel. Er fühlte ihren Atem an seinem Ohr. »Das ist Tante Marie«, flüsterte sie. »Ich hätte dich warnen sollen. Ihr Temperament ist unberechenbar.«

Musste in der Familie liegen, dachte Rainman, rieb sich seine Wange, machte zwei Schritte von der Tür weg und schubste Sunshine hinter seinem Rücken mit sich auf Distanz.

Tante Marie schnaubte wie ein Hengst, ging zurück ins Haus und knallte die Tür zu.

Überfordert mit der Situation drehte Rainman den Kopf nach Sunshine um. »Bist du okay? Was war das denn? Deine Tante scheint dich nicht vermisst zu haben.«

»Klar hat sie. Es ist ihre Art, es zu zeigen.« Sunshine trat aus der Deckung hervor. »Sie hat sich Sorgen gemacht.«

»Sie hat uns geschlagen.«

»Du warst ein Versehen. Du hättest nicht eingreifen sollen.«

»Als ich dich vor deinem mordlüsternen Ehemann gerettet habe, hast du auch nicht protestiert.«

»Tante Marie ist anders. Eigentlich ist sie lieb. Die Ohrfeigen habe ich verdient.« Sunshine holte tief Luft und wollte wieder an die Tür treten, aber Rainman versperrte ihr den Weg.

Sie schob ihn zur Seite.

Er hielt dagegen.

»Lass mich«, protestierte sie. »Ich werde die Schelte überleben.«

Rainman fasste sich an den Kopf. Ja, sie vielleicht, dachte er, war aber nicht überzeugt, dass dies auch auf ihn zutraf.

Sunshine klingelte Sturm. Nach dem gefühlt hundertsten Versuch riss Tante Marie die Tür auf und drückte Sunshine eine riesige Plastiktasche in die Hand. »Hier, gib das Sophie.«

»Was ist das?«

»Ihre Geburtstagsgeschenke der letzten neunzehn Jahre.«

»Keines für mich, Tantchen?«, fragte Sunshine.

Tante Marie hob die Faust. »Dir gebe ich mit Vergnügen zwanzig Faustschläge.«

»Du hast mir gefehlt. Wir haben dir viel Kummer bereitet. Es tut mir leid, das ist meine Schuld. Ich war damals dumm und nicht zurechnungsfähig.«

Langsam senkte Tante Marie die Hand. »Ist er das?« Sie

starrte Rainman an, der sich sofort pflichtbewusst tief verneigte. »Ist das dein prügelnder Ehemann? Er sieht nicht sehr stark aus. Hast du einmal versucht, dich zur Wehr zu setzen?« Sie trat vor Rainman und musterte ihn von oben bis unten. Er hielt seinen Kopf gesenkt. »Wie ein Süditaliener sieht er aber nicht aus. Und schon gar nicht wie ein arroganter, egoistischer Macho, eher wie ein braves Hündchen.«

Hündchen! Noch nie war Rainman mit einem Hund verglichen worden. Das war die schlimmste Beleidigung, die er je gehört hatte.

»Das ist Rainman«, stellte ihn Sunshine vor, bevor er zu bellen beginnen konnte. »Er ist nicht mein Ehemann.«

Ruckartig drehte sich Tante Marie zu ihr herum. »Du bist mit deinem Liebhaber durchgebrannt? Wird in den nächsten Stunden die Mafia mein Chalet stürmen?«

»Wie wäre es mit einer Tasse Kaffee?«, fragte Sunshine. »Hast du noch den selbst gebrannten Pflaumenschnaps?«

Seit einer halben Stunde saß Rainman wie ein Zinnsoldat auf dem Sofa in Tante Maries gemütlicher Stube und wurde von ihrem Cockerspaniel beäugt, der neben ihm auf dem Sofa lag. Er hielt sich aus dem hitzigen Gespräch der Frauen heraus, schnappte aber Satzfetzen auf und versuchte sich ein Bild von Sunshines Vergangenheit zu machen. Ihre Eltern kamen bei einem Autounfall ums Leben, da war Sunshine erst fünfzehn Jahre alt. Tante Marie nahm die beiden Schwestern bei sich auf. Offenbar war Sunshine eine Rebellin, und es kam oft zum Streit zwischen ihr und Tante Marie. Mit siebzehn verliebte sich Sunshine Hals über Kopf in einen Italiener, der hier in den Sommerferien war. Einen Tag nach ihrem achtzehnten Geburtstag reiste sie ihm im Herbst nach Kalabrien nach. Sophie war damals erst vierzehn Jahre alt, wollte aber unbedingt mitgehen. Was als Ausflug geplant war, endete ein paar Monate später mit einer Hochzeit. Weder Sunshine noch Sophie waren jemals in die Schweiz zurückgekehrt, was Tante Marie Ärger einbrachte, da sie für die minderjährige Sophie verantwortlich war, welche noch zur Schule ging. Sunshine fehlte noch ein Jahr bis zum Abschluss der Matura.

Tante Marie stellte die Porzellantasse mit dem Kaffee scheppernd auf den Unterteller und schenkte Pflaumenschnaps nach. Ihr Gesicht war weich und rund, mit roten Wangen und Lachfältchen unter der Brille. Würde Rainman ihr Temperament nicht fürchten, würde er sie vermutlich mögen.

»Ich war dreimal in Reggio Calabria, um nach euch zu suchen«, sagte sie. »In mein Hotelzimmer wurde eingebrochen, und ich wurde auf der Straße überfallen und bedroht.«

Sunshine sank im Sofa zusammen und nickte beschämt. »Andrea hat es mir erzählt. Ich wollte dich warnen, aber er hat mir den Kontakt zu dir verboten.«

»Die Behörden haben euch auch gesucht, aber in Süditalien waren sie machtlos.«

Rainman glaubte, in einem Mafiafilm festzustecken, aber das hier war real. Und er beklagte sich, weil sein Manager ihm nur wenige Ferientage gönnen wollte? Vielleicht waren Sunshines und sein Leben gar nicht so unterschiedlich. Beide wurden sie von einer Organisation kontrolliert und bevormundet, beide lebten sie von deren Geld.

Tante Marie seufzte. »Du bist also endlich von ihm losgekommen?«

Sunshine schüttelte den Kopf. »Nein. Das ist unmöglich. Die Familie lässt kein Mitglied gehen. Ich muss morgen zurück nach Kalabrien. Andrea wird mich am Mittag vom Sanatorium abholen. Sophie ist bei ihm.«

»Sophie? Geht es ihr gut? Kommt sie mich besuchen?«

»Nein. Sie ist eine echte Morrone geworden, auch wenn sie bisher nicht geheiratet hat. Der Clan hat ihr Gehirn gewaschen.«

»Das ist deine Schuld«, sagte Tante Marie unverblümt. »Du hast das Sanatorium erwähnt. Bist du dort zur Kur?«

»Ja. Ich …« Sie schaute Rainman an. »Wir lassen uns dort behandeln. Aber Andrea will meinen Aufenthalt beenden. Also sind wir abgehauen, aber nur für diese eine Nacht.«

Tante Marie starrte Rainman an. »Versteht er kein Deutsch?«

»Natürlich, er ist Schweizer-Koreaner und in Interlaken aufgewachsen.«

Rainman wusste nichts zu sagen, ließ seine Grübchen sprechen und beugte das Haupt.

»Ich mag ihn«, sagte Tante Marie. »Er ist still und höflich, aber wenn es darauf ankommt, hält er die Wange für dich hin.«

Überrascht schaute Rainman auf. Das hingegen war eines der schönsten Komplimente, das er je bekommen hatte. Üblicherweise lobten ihn die Fans für sein attraktives Gesicht, für seinen schlanken, durchtrainierten Körper, für seine samtweiche Stimme oder die sexy Hüftschwünge, aber niemals für seinen Mut oder Beschützerinstinkt. Besaß er den? Er begriff, dass er im Laufe seines Lebens nie jemanden hatte beschützen müssen. Bisher war es stets andersherum gewesen; Bodyguards, Manager, Assistenten, Stylisten – die Liste war endlos – hatten ihn geschützt und abgeschirmt. Er sah sich selbst vielmehr als einen Feigling, der den Anweisungen anderer folgte, um deren Einkommen zu sichern.

»Ihr könnt heute Nacht im Kinderzimmer schlafen«, sagte Tante Marie.

»Das gibt es noch?«, rief Sunshine freudig.

»Ja. Es stehen einige Kartons mit Ramsch herum, stellt sie beiseite. Ich bringe euch frische Bettwäsche.«

Rainman wusste nicht recht, was er davon halten sollte. Schliefen Sunshine und er heute Nacht in einem Kinderzimmer? Unmöglich. Sie waren praktisch Fremde. Und Sunshine war verheiratet. Verheiratet mit einem brutalen Kerl. Eine Nacht mit einer Mafiabraut in einem Kinderzimmer ging gar nicht. Das war sein Todesurteil. Er schaute sie möglichst unauffällig an. Sunshine kippte gerade den Pflaumenschnaps ihre Kehle hinunter. Konnte er das Risiko eingehen? Er konnte Sunshine ja schlecht allein bei Tante Marie lassen. Was, wenn die Mafia in der Nacht unerwartet einbrach? Rainman zweifelte, dass er gegen die Typen viel ausrichten könnte, aber er wollte bleiben, schließlich hatte er gerade herausgefunden, dass er der Beschützertyp war. Und einige Taekwondo-Kicks hatte er noch drauf.

***

»Relax. Ich werde dich heute Nacht nicht abmurksen. So ein Psycho bin ich nicht«, sagte Sunshine, als sie ihn ins Kinderzimmer führte. »Siehst du, da hängt noch mein altes Eminem-Poster an der Wand.« Sie warf sich auf ihr Bett. Es stand unter dem Fenster in der Dachschräge. Der Duft von Täfer war himmlisch. Sie trug eine rote Trainingshose mit weißen Seitenstreifen, dazu ein weißes T-Shirt. Die Klamotten hatten in ihrem Schrank gelegen. Zwanzigjährige Sportkleider. Wenigstens war sie nach der Dusche den Kuhfladengeruch los. Und Tante Maries Käsewähe hatte ihren Magen beruhigt.

Sie drehte den Kopf zu Rainman um, der sich vorsichtig aufs Bett gegenüber setzte, in welchem Sophie früher geschlafen hatte. »Ich dachte, du seist ein sexy Popstar«, bemerkte Sunshine grinsend, »zumindest wackelst du in deinen Musikvideos ganz schön frech mit deinem Po. Aber jetzt sitzt du auf der Bettkante wie ein Angeklagter vor seinem Todesurteil. Entspann dich.«

Sie stand auf und streckte die Glieder durch. »Atme zumindest. Ich werde dich nicht fressen, versprochen. Und Andrea wird uns hier nicht finden – denke ich zumindest. Rausgehen können wir auch nicht. Deine Fans irren noch draußen herum, obwohl es bereits eindunkelt.«

»Hat deine Tante kein anderes Zimmer? Ich kann auf dem Sofa im Wohnzimmer schlafen.«

»Das Sofa teilt der General nicht mit dir.« Der General war Tante Maries neuer alter Cockerspaniel. Sunshine kannte nur seinen Vorgänger, der damals bereits alt gewesen war und ebenfalls das Sofa als sein Revier verteidigt hatte wie ein Löwe.

Sie zeigte auf den dunkelblauen Pyjama von Tante Marie, der neben Rainman auf dem Bett lag. »Klar, es ist kein Herrenmodell, kein Designerstück und die Hosenbeine bestimmt zu kurz, aber willst du nicht duschen und dich umziehen?«

»Ich schlafe im Anzug.« Rainman blieb stur. »Oder besser noch, ich gehe heute Nacht zurück ins –«

»Nein!«, rief Sunshine. Sie setzte sich neben Rainman auf die Bettkante. Nah neben ihn. Es fühlte sich sicher an. Fast gemütlich. Ein Gefühl, das sie bei Andrea nicht kannte. »Lass mich heute Nacht nicht allein.«

»Du hast Tante Marie.«

»Die deftige Ohrfeigen verteilt.«

Nach einem Moment des Schweigens zeigte Sunshine auf Eminems Porträt. »Ihn fand ich echt heiß.«

Rainman nickte. »›Lose Yourself‹ ist ein genialer Song.«

»Du erinnerst dich daran?«

»Ich habe ihn auf und ab gehört, nach dem Tod meines Vaters.«

»Und ich, als ich mit Sophie im Zug nach Kalabrien reiste.« Sunshine hatte eine Idee. »Wir sind ja fast als Nachbarn aufgewachsen. Glaubst du, wir sind uns in der Jugend einmal über den Weg gelaufen?« Sie griff mit beiden Händen nach seinem Kopf und drehte ihn zu sich, musterte seine schlanken Augen mit dem Monolid, die starken Augenbrauen, die gerade Nase, seine vollen Lippen und seine prägnante Kinnlinie. Sie strich ihm mit der Hand durch sein schwarzes Haar. Es fühlte sich gesund und kräftig an, nicht wie ihre durch jahrelanges Bleichen kaputten Haare.

»Was machst du da?«, fragte er vorsichtig und kniff die Augen seltsam zusammen.

»Nein, ich glaube nicht, dass wir uns schon begegnet sind. Dieses Gesicht hätte ich nie vergessen können. Du bist schön, weißt du das?« Sie ließ seinen Kopf los. »Schade. Vielleicht hätten wir uns damals verliebt, und ich wäre Andrea nicht nach Italien nachgefahren. Mein Leben sähe anders aus. Oder nicht? Nein, vielleicht nicht. Du hättest trotz unserer Liebe mit deiner Mutter wegziehen müssen, du warst ja noch ein Kind damals. Drei Jahre Altersunterschied sind viel. Zu viel für eine erste Liebe. Denkst du, es war Schicksal, dass wir uns im Sanatorium trafen? Zwei traurige Seelen, die sich Rainman und

Sunshine nennen, die ihr Leben beenden wollen, sich Regen und Regenwürmer schenken, durchbrennen, eine gemeinsame Nacht in einem Kinderzimmer verbringen und –«

»Kannst du still sein?« Rainman rutschte von ihr weg.

Sunshine seufzte. »Reden lenkt mich von morgen ab.«

»Warum? Willst du morgen wieder vom Dach springen?«

Sie sah, wie er den Atem anhielt, als er die Worte aussprach. »Nein, das wird Andrea für mich erledigen, nachdem er mich windelweich geprügelt hat, weil ich die Nacht mit dir verbracht habe.«

Rainman öffnete den Mund, schloss ihn wieder und ließ den Kopf sinken. Mit den Händen drückte er gegen seine Schläfen.

»Was ist? Geht es dir nicht gut?«

»Wir hätten nicht herkommen sollen. Ich will nicht, dass du –«

»Es war meine Entscheidung, und es war die richtige.« Sie legte ihre Hand auf seine Schulter. »Raus damit, was stimmt nicht mit dir?«

»Kopfschmerzen. Lass uns schlafen, ja?«

»Oh.« Sunshine fühlte sich mies. Sie hatte nur über sich geredet und nicht an Rainman gedacht. »Willst du eine Schmerztablette?«

»Die helfen nicht mehr, die Migräne ist schon zu stark.« Er legte sich hin, mit dem Gesicht zur Wand, und rollte sich wie ein Baby zusammen.

Sunshine blieb unschlüssig auf der Bettkante sitzen. Drückte er sich vor einem Gespräch? Hatte er Angst, dass sie mehr von ihm wollte? Oder hatte er echte Kopfschmerzen? Sie musste wieder an seine Ohnmacht auf der Wanderung denken. »Hast du die oft, die Kopfschmerzen?«

»Ja.« Seine Stimme klang schwach.

Sunshine versuchte, den Zusammenhang zu begreifen. Ein schrecklicher Gedanke kam ihr. »Du hast aber keinen inoperablen Hirntumor, oder? Ein anderer Grund für deinen Selbstmordversuch kommt mir nicht in den Sinn.«

»Nein, kein Hirntumor«, sagte Rainman. »Die Migräne ist stressbedingt.«

Wie konnte ein Kinderzimmer in einem rustikalen Chalet direkt am Brienzersee bei Rainman eine Migräne auslösen? War nicht die Umgebung schuld, sondern ihr Geplapper? Bin ich ein Stressauslöse-Faktor für ihn?, fragte sie sich. Zugegeben, sie hatte heute Abend viel geredet. Beschämt biss sie sich auf die Lippen und schwieg. Leise zog sie die Bettdecke über ihn. Er reagierte nicht. Auf Zehenspitzen schlich sie zur Tür, wo sich der Lichtschalter befand. Im Dunkeln dribbelte sie zurück zu ihrem Bett, stieß sich zweimal an Kartons, die herumstanden, die Zehen an und erreichte fluchend ihr Ziel. Sie legte sich nicht hin, haderte gefühlte drei Jahrhunderte, ging hinüber zu Rainman und setzte sich vor seinem Bett auf den Boden. Sie hörte, wie er sich umdrehte.

»Es ist unbequem am Boden«, sagte er leise.

»Unbequem ist okay. Nicht die Einsamkeit. Ich will meine letzte Nacht nicht einsam verbringen. Schlaf du. Ich verspreche, ich werde nur hier sitzen bleiben.«

»Das ist nicht deine letzte Nacht.«

»Die Chancen stehen gut, morgen mit den Engeln zu plaudern.«

Sie hörte ein Rascheln. Dann fühlte sie seine Hand an ihrem Oberarm. »Komm ins Bett.« Er zog sie zu sich auf die Matratze.

Sunshine hatte nie mit einem anderen Mann in einem Bett gelegen. Ihr Puls raste. Sie kroch hastig zu ihm unter die Decke, bevor er es sich anders überlegte. Er strahlte unglaubliche Wärme aus.

»Besser?«, fragte er.

»Ja.«

»Schlaf gut.« Er bot ihr nicht seine Brust oder eine Umarmung an. Er drehte sich um, zurück zur Wand. Sie bekam nichts von ihm als seinen Rücken.

Egal.

Sunshine wollte nicht gierig sein, aber ein Feigling war sie nicht, auch nicht prüde. Entschlossen schmiegte sie sich an seinen Rücken, legte ihren Arm über seine Schultern und strich mit den Fingern über seinen Kopf. Sie wünschte, sie könnte ihm die Kopfschmerzen nehmen, aber das war unmöglich. Das war ihr Problem, sie konnte absolut nichts für ihn tun. Sie fühlte, wie sich ihr Atem mit dem seinen synchronisierte. Tiefe, lange Atemzüge. Sie drückte sich enger an ihn. Er griff nach ihrer Hand, zog sie zu seiner Brust und umschlang ihre Finger mit den seinen.

Wärme und Geborgenheit, mehr brauchte sie nicht.

14

Der Professor saß allein im Speisesaal. Das Frühstück war längst vorüber, seine Gäste waren zurück in ihren Zimmern oder gingen ihren Lieblingsbeschäftigungen und Therapien nach. Bis spät in die Nacht hatten er und sein Team nach den beiden Ausreißern gesucht. Für Dr. Tribelhorn war die Sache eindeutig: Rainman und Sunshine suchten Privatsphäre für ihre heimliche Liaison. Der Professor glaubte, zwischen den beiden so etwas wie eine Freundschaft gespürt zu haben, dass sie sich gleich stürmisch ineinander verliebten, war nie sein Plan gewesen. Zumindest stand außer Frage, dass Sunshine und Rainman das Sanatorium verlassen hatten. Geschickt waren sie den Überwachungskameras ausgewichen, was kein großes Kunststück war. Sein Sanatorium war keine Hochsicherheitsanstalt, und er wollte keine Vermisstenanzeige aufgeben. Sie waren Erwachsene, freie Bürger. Doch Sunshines Ehemann würde Ärger machen, sollte sie nicht rechtzeitig vor dem Mittag zurück sein. Fast mehr Sorgen bereitete dem Professor, dass er noch keine Lösung gefunden hatte, um sie vor der häuslichen Gewalt zu schützen, die ihr zweifelsohne drohte, sobald sie zurück in Italien war.

»*Buongiorno*, Professorchen. Kriege ich einen Kaffee? Es war eine lange Nacht.«

Überrascht und erleichtert, dass sie zurück war, bot er Sunshine einen Stuhl an und holte einen Kaffee von der Kaffeemaschine neben dem Buffet. Er servierte ihn galant. »Wir haben Sie vermisst. Geht es Ihnen gut?«

»Gut? Gut geht es mir seit Jahren nicht mehr.« Sie rührte nachdenklich im Kaffee.

»Wo waren Sie?«

Sie presste die Lippen aufeinander. »Bitte nicht böse sein, wenn ich es Ihnen lieber nicht verraten möchte.«

Er musterte sie. Sie trug einen altmodischen roten Trainingsanzug, der bestimmt nicht aus ihrem Kleiderschrank stammte. Sonst war nichts auffällig an ihr. Die Haare hatte sie zu einem Pferdeschwanz am Hinterkopf zusammengebunden. Make-up trug sie keines. Sie sah müde aus. Niedergeschlagen. Hatte die Nacht mit Rainman nicht ihre Erwartungen erfüllt? Oder sie übertroffen, und erst jetzt wurde ihr die Bedeutung ihres Handelns bewusst? Der Professor beschloss, sie vorerst in Ruhe zu lassen, aber eine Frage musste er stellen. »Wissen Sie, wo Rainman ist?«

Sie schaute verwundert auf. »Ist er nicht zurückgekommen?«

»Sollte er?«

Sunshine nickte.

»Er wird bestimmt bald auftauchen. Ruhen Sie sich in Ihrer Suite ein wenig aus.«

Antwort bekam er keine. Sunshine war in Gedanken versunken.

Der Professor ging zum Empfang und fragte erneut nach Rainman. Anita meinte, sie habe ihn noch nicht gesehen. Das beunruhigte ihn. Eine Beziehung zu Sunshine könnte Rainman auch tiefer in seine Depression treiben, da wenig Hoffnung auf ein Happy End bestand.

Emil kam auf ihn zu. »Ich bin nicht der Einzige, der sich Sorgen um Rainman macht, habe ich recht?«

Ein Auto erregte ihre Aufmerksamkeit, das draußen auf den Vorplatz fuhr. Ein schwarzer Wagen mit einem Berner Kennzeichen. Zwei Männer in dunklen Anzügen stiegen aus. Die konnten nicht zu Andrea Morrone gehören. Ein ungutes Gefühl machte sich breit. »Ich denke, wir werden gleich wissen, was passiert ist.« Der Professor ging nach draußen, Emil folgte ihm.

»Meine Herren, wie kann ich Ihnen helfen?«

Sie musterten den Professor von oben bis unten. Der eine zog aus der Tasche seines Jacketts einen Ausweis. »Kriminalpolizei Bern. Ich bin Herr von Allmen, das ist mein Kollege Herr Feuz.«

Der Professor wusste, dass ihn sein Bauchgefühl selten im Stich ließ. Einmal musste dieser Tag kommen. Der erste vollendete Suizid eines Patienten. »Ist er tot?« Seine Stimme war heiser, als er die Frage direkter stellte, als ihm lieb war.

Von Allmen hob überrascht seinen Kopf. Er war um die vierzig, dünn und groß, mit einer auffälligen Adlernase. »Sie wissen es schon?«

»Nur eine traurige Vermutung«, sagte der Professor und kam leicht ins Wanken. »Wie …« Er konnte den Satz nicht beenden. Wie konnte das passieren? Hatte er versagt? Es war seine Aufgabe, seine Patienten und Patientinnen vor solchen traurigen Aktionen zu beschützen. Warum hatte er den erneuten Suizidversuch bei Rainman nicht kommen sehen? Wie hatte er sich so in einem Menschen täuschen können?

Emil legte ihm die Hand auf die Schulter. »Herrje, ich kann es nicht fassen.«

»Sein Tod ist Gegenstand der laufenden Ermittlungen«, erklärte Feuz. »In diesem Zusammenhang müssen wir dringend mit Frau Anna Morrone sprechen.«

»Natürlich. Die Arme, sie wird …« Der Professor fühlte, wie die Welt sich drehte. Wie hatten er und Dr. Tribelhorn nur so komplett falschliegen können? Von wegen Liebesnacht. Der Professor vergrub das Gesicht in seinen Händen.

»Alles in Ordnung?«, fragte Feuz. Er war um die sechzig, sportlich und attraktiv, auch wenn die Strenge in seinen Gesichtszügen ihn leicht arrogant wirken ließ.

Emil trat vor. »Das ist ein schwerer Schlag für uns. Wo haben Sie ihn gefunden?«

»Am Bahnhof Interlaken West«, sagte von Allmen. »Kannten Sie ihn gut?«

Der Professor schüttelte den Kopf. »Nein, nicht wirklich.«

»Weshalb haben Sie mit seinem Tod gerechnet?«

»Er war depressiv.«

»Interessant.« Feuz machte sich Notizen.

»Sunshine –«

»Wer?«, unterbrach von Allmen den Professor.

»Ach, natürlich, Anna Morrone, war sie –«

»Das möchten wir sie persönlich fragen. Ist sie hier?«, fragte von Allmen.

»Ja«, antwortete Emil, »sie ist oben in ihrer Suite.«

»Suite«, wiederholte von Allmen abschätzig.

»Ich bringe Sie hin.« Emil ging vor.

Feuz folgte ihm, aber von Allmen drehte sich noch einmal zum Professor um. »Frau Morrone ist im Sanatorium in Behandlung. Weshalb?«

»Auch ich habe meine Schweigepflicht.«

»Verstehe.«

Der Professor brauchte allen Mut, um die nächste Frage zu stellen. »Kam er unter den Zug?«

Von Allmen verzog den Mund. »Ich darf keine weitere Auskunft geben.«

Natürlich, dachte der Professor. Er kannte bereits die Antwort. Suizid auf dem Bahngleis war leider viel zu verbreitet. Er ging zurück in sein Büro und rief Dr. Tribelhorn zu sich. Er musste sich einen Moment sammeln, bevor er vor Sunshine trat.

***

Emil musste Sunshine aus einem tiefen Schlaf wecken. Sie rieb sich die Augen und starrte ihn an. »Was wollen Sie in meinem Zimmer? Warum ist nicht Lisi …?« Sie zog die Bettdecke bis unters Kinn.

Emil setzte sich auf die Bettkante und griff nach Sunshines Hand. »Hören Sie zu. Da sind zwei Männer von der Berner Kriminalpolizei. Sie möchten mit Ihnen sprechen. Es ist etwas passiert.«

Sunshine war zu verwirrt, um eine Reaktion zu zeigen. »Die Berner Kriminalpolizei? Bullen? Was hat mein Mann diesmal angestellt?«

Emil führte von Allmen und Feuz ins Zimmer. »Es geht um Rainman«, sagte Emil, nachdem er die Herren vorgestellt hatte.

»Rainman kam letzte Nacht in Interlaken am Bahnhof West ums Leben. Tut mir leid. Die Herren von der Kriminalpolizei haben einige Fragen.«

»Rainman?«, fragte Sunshine fassungslos.

»Rainman?«, wiederholte von Allmen irritiert.

Es war still in der Suite.

Sunshine sprang mit einem so heftigen Schrei aus dem Bett, dass Emil und die Polizisten zusammenzuckten. »Nein! Niemals.« Sie stürmte an den Kriminalbeamten vorbei und aus dem Zimmer. Emil war von ihrer Reaktion überrumpelt. Sehr nahe konnte sie Rainman nicht stehen, sie kannte ihn ja kaum.

»Was war denn das?«, fragte Feuz und blickte Sunshine nach, die im Flur verschwand. »Wo will sie in ihrem Pyjama hin?«

»Ich nehme an, in Rainmans Suite«, sagte Emil.

»Rainman, ist das sein Alias?«, fragte von Allmen. »So wie Sunshine? Er hat hier eine Suite?«

»Ja, drüben im Herrentrakt.« Emil holte sein Handy hervor und wählte eine Kurzwahlnummer. »Professor, ich denke, Sunshine braucht psychologische Betreuung. Sie ist aus der Suite gestürmt, als ich ihr vom Tod von Rainman erzählt habe.« Der Professor versprach ihm, gleich zu kommen, um sich um Sunshine zu kümmern.

»Seit wann hatte das Opfer eine Unterkunft hier im Sanatorium?«, fragte Feuz.

»Die beiden kamen zusammen am gleichen Tag hier an. Vor gut einer Woche. – Moment, was sagten Sie? Opfer?«

Feuz nickte. »Ja, leider.«

Emil kratzte sich das Kinn. »Opfer? Es war kein Suizid?«

»Nein. Es war Mord, ein kaltblütiger Mord.«

***

Das war eine Lüge! Rainman lebte. Er konnte nicht tot sein. Unmöglich. Sie hatte ihn in der Nacht festgehalten, als er sich wegen der Kopfschmerzen im Bett gekrümmt hatte. Irgendwann waren sie beide eingeschlafen, aber als Sunshine am

Morgen erwachte, lag er nicht mehr im Bett. Er war spurlos verschwunden.

Und jetzt sollte er tot sein?

Am Bahnhof von Interlaken?

Andrea konnte unmöglich so schnell von der Nacht erfahren haben.

Sunshine rannte barfuß und nur mit ihrem Schlafanzug bekleidet die Stufen des Ostflügels hinunter, raste am Empfang vorbei und eilte die Treppe des Westflügels hoch. In ihrem Kopf tobte ein Sturm. Die Erlebnisse der letzten Nacht, der Schlafmangel, die Schlaftablette, die sie vorhin geschluckt hatte ... die Vitalwerte ihres Körpers waren an einem Tiefpunkt angelangt. Sie stolperte, hielt sich am Treppengeländer fest und zog sich die nächsten Stufen hoch. Der endlos lange Flur lag vor ihr.

Rainman.

Rainman.

Rainman.

Sie rezitierte seinen Namen wie ein Gebet vor sich her, als wollte sie ihn allein durch die Aussprache am Leben erhalten. Hinter sich hörte sie Schritte und blickte sich um. Emil folgte ihr, im Schlepptau die beiden Polizisten, weiter hinten entdeckte sie den Professor und Dr. Tribelhorn.

Sie lief schneller.

Bilder blitzten auf. Erinnerungsfetzen.

Rainman, mit der Gitarre auf der kleinen Bühne.

Rainman, mit Regenwasser und Regenwürmern im Schrank.

Rainman, der sie huckepack den Berg hinuntertrug.

Rainman, in Iseltwald belagert von seinen Fans.

Rainman, der seine Wange für sie hinhielt, als Tante Marie ihre Wut zum Ausdruck brachte.

Rainman in ihren Armen.

»Neeein!«, schrie sie und zwang sich vorwärts. Sie musste zu ihm, bevor Emil und die Polizisten sie in eine Zwangsjacke steckten und in der Gummizelle einsperrten. Nur noch wenige Meter, und sie erreichte seine Suite. Zum Anklopfen blieb keine Zeit. Sie stieß die Tür auf und stürmte hinein.

Dunkelheit empfing sie. Die Vorhänge waren zugezogen.

Da stand das Bett. War es leer?

»Rainman, bitte nicht.« Sie hörte, wie Emil hinter ihr in die Suite trat.

»Nein«, wimmerte sie und warf sich aufs Bett. Panisch umklammerte sie die Bettdecke und krallte ihre Finger in die Daunen, die seinen Geruch trugen.

Einen Moment war es totenstill im Raum.

Sie fühlte eine Bewegung. Sie war nicht allein. Nicht allein im Bett. »Rainman?«

Das Licht ging an. Emil stand neben dem Schalter und starrte auf das Bett. »Das ist doch … wie?«

Rainman lag im Bett, fest umschlungen von Sunshine. Seine Augen waren weit aufgerissen. Er schnappte nach Luft. »Was? Wie? W-was? Wo …?« Er starrte Sunshine an, ihr Gesicht war nur Zentimeter von seinem entfernt.

»Du lebst?«, fragte sie.

Er blinzelte mehrmals. »Nicht? Bin ich tot?« Irritiert schaute Rainman sich um.

Sie warf ihre Arme um seinen Hals und zog ihn, so fest sie konnte, an sich. »Du lebst.«

Der Professor und Dr. Tribelhorn stürmten in die Suite.

»Rainman?«, riefen sie gleichzeitig.

Er löste sich sachte aus Sunshines Umarmung und setzte sich auf, schaute all die Menschen an, die in seiner Suite standen.

»Idiot!« Mit der flachen Hand schlug sie gegen seine Brust. »Wie konntest du mir das antun?«

»Was denn?«, stammelte er und griff nach ihren Handgelenken, da sie immer wieder gegen seine Brust schlug. Sunshine verlor all ihre Kraft und sank erschöpft gegen seine Schulter.

Von Allmen trat vor. »Das verstehe ich nicht. Wenn das Ihr Ehemann ist, Frau Morrone, wer ist dann der Tote am Bahnhof, dessen Ausweis auf den Namen Andrea Morrone lautet?«

Es wurde für eine lange Zeit still in der Suite.

Langsam löste sich Sunshine von Rainmans Brust und starrte von Allmen an. »Andrea ist tot?«

Rainman zuckte bei den Worten zusammen. »Dein Mann ist tot? Wie –«

»Das wüsste ich auch gerne«, sagte von Allmen. »Wer sind Sie noch gleich?«

Rainman blickte zu den beiden auf. »Und wer sind Sie?«

Die Verwirrung war komplett.

Der Professor klärte die Kriminalbeamten über das Missverständnis und die Identitäten seiner Gäste auf.

Kopfschüttelnd machte Feuz Notizen.

Sunshine kletterte aus dem Bett. »Sie sagen, mein Mann ist tot? Andrea Morrone lebt nicht mehr?«

Von Allmen bestätigte ihre Frage. »Ja. Andrea Morrone wurde heute Morgen um fünf Uhr unter den ersten Zug gestoßen, der durch Interlaken fuhr.«

Ruhig ging Sunshine ans Fenster und starrte hinaus in die Mittagssonne. »Andrea ist tot«, murmelte sie. »Ermordet. Er wird mich heute Mittag nicht abholen und nach Italien bringen.«

»Was sagen Sie da?«, fragte von Allmen.

Sie ignorierte den Polizisten und schaute Rainman an, der verwirrt und mit zerzaustem Haar im Schneidersitz im Bett saß. »Andrea wird nicht kommen«, wiederholte sie. Dann lachte sie laut heraus, nur um einige Sekunden später mit einem Weinkrampf in die Knie zu gehen.

Dr. Tribelhorn kam zu ihr, nahm Sunshine tröstend in den Arm und half ihr hoch.

»Ich bin Witwe? Ist das so? Ich habe keinen Ehemann mehr?« Sunshine starrte die Polizisten an, die ihr kondolierten.

***

Eine Viertelstunde später saß Sunshine mit dem Professor und den beiden Polizisten im Grünen Zimmer. Sie konnte sich schwer auf das Gespräch konzentrieren.

»Unser herzliches Beileid zum Tod Ihres Mannes«, sagte von Allmen erneut, »leider müssen wir ungemütliche Fragen stellen. Haben Sie ein Alibi für die Tatzeit? Es ist reine Formsache. Waren Sie letzte Nacht hier im Sanatorium? Gibt es dafür Zeugen?« Er schaute den Professor an.

Dieser beobachtete besorgt Sunshine. Anzeichen ihrer PTBS zeigten sich. Sie kratzte sich mit den Fingernägeln die Fingerkuppen blutig. Ihr Atem ging schnell und flach. Er versuchte die Antwort auf diese Frage aufzuschieben, indem er von Allmen eine Gegenfrage stellte. »Wie geht es der Schwester von Sun… von Frau Morrone?«

Feuz schaute auf seine Notizen. »Richtig, Frau Sophie Gruber? Ja, ja. Sie wird gerade von einer Kollegin von uns befragt.«

Der Professor atmete erleichtert aus, spürte aber keine Reaktion bei Sunshine.

»Können wir das Gespräch nicht verschieben?«, fragte er. »Frau Morrone steht unter Schock.«

Von Allmen griff nach einem Kugelschreiber auf dem Tisch. »Nur ein paar Fragen, ja? Frau Morrone muss uns sowieso begleiten. Sie muss die Leiche identifizieren.«

»Wie … wie ist es passiert?«, fragte Sunshine. Ihre Stimme bebte.

»Er wurde vor den Zug gestoßen«, wiederholte von Allmen.

»Könnte es ein Selbstmord gewesen sein?«, fragte der Professor.

»Das dachten wir zuerst auch, aber die Legalinspektion vor Ort hat ergeben, dass Herr Morrone vor seinem Tod verprügelt worden ist. Beim Aufprall mit dem Zug war sein Kopf nicht betroffen, aber er … Ersparen wir uns die Details. Wir warten auch noch auf die Auswertung der Videoüberwachung.«

Sunshine stand abrupt von ihrem Stuhl auf und blieb mitten im Zimmer stehen, wie zur Salzsäure erstarrt.

»Was ist?«, fragte Feuz. »Möchten Sie etwas sagen?«

Sunshine sagte nichts. Sie schrie sich die Seele aus ihrem Leib.

***

Im Zimmer gegenüber hörten sie den Schrei. Dr. Tribelhorn hielt sich die Hand vor den Mund. Sie sah, wie Rainman in den Hosentaschen seine Hände zu Fäusten ballte. Sie trat neben ihm ans Fenster und schaute hinunter ins Tal. Heute war ein trüber Tag. Es regnete leicht. Der Brienzersee hatte sein Türkis verloren. »Wo waren Sie letzte Nacht? Weshalb sind Sie und Sunshine fortgelaufen?«

Rainman hämmerte mit dem Kopf leicht gegen die kalte Fensterscheibe. »Dr. Tribelhorn, ich brauche Ihr Handy.«

»Wie bitte?«

Rainman streckte die Hand aus. Diese Entschlossenheit in seinen Augen war ihr bisher nie aufgefallen. Sie zögerte und zweifelte an ihrer Menschenkenntnis. War der Mann, der vor ihr stand, der wortkarge, scheue, depressive Rainman, den sie bisher vergeblich versucht hatte zu behandeln?

»Ihr Handy«, sagte er mit solch einer Kälte, dass sie zurückschrak. »Ich kann meines nicht benutzen.«

Aus einem Impuls heraus gab sie ihm das Telefon.

Er wählte eine Nummer, sprach schnell und energisch auf Koreanisch. Das Gespräch dauerte keine Minute. Er legte auf und löschte die Nummer und den Anruf aus dem Speicher des Handys, das er ihr zurückreichte. »Dieses Telefonat hat nie stattgefunden.«

»Ähm …«

»Gehen wir.« Er verließ ihr Büro und steuerte über den Flur direkt auf das Grüne Zimmer zu.

***

Der Professor reichte Sunshine gerade ein Glas Wasser, als Rainman leise ins Grüne Zimmer trat. Sie saß auf dem Sofa, Tränen in den Augen.

Sie hatten ihn noch nicht bemerkt. Von Allmen drehte einen Kugelschreiber um Daumen und Zeigefinger. »Weshalb galt Ihr erster Gedanke diesem Rainman und nicht Ihrem Ehemann, als wir von dessen Tod sprachen? Was verbindet Sie mit Rainman?« Er schaute den Professor an. »Wie heißt der Mann mit richtigem Namen?«

»Ohne einen richterlichen Beschluss darf ich keine Informationen über unsere Gäste herausgeben.«

»Ich heiße Kim Tae-poong.« Rainman trat ins Zimmer.

»Darf ich Sie bitten, draußen zu warten«, sagte Feuz verärgert. »Wir werden später mit Ihnen sprechen.«

Rainman ignorierte ihn, steuerte auf Sunshine zu und nahm sie in den Arm. »Wir waren letzte Nacht zusammen. Wir sind von hier weg, da der Professor im Sanatorium keinen, wie soll ich sagen, es ist untersagt, im Zimmer eines anderen Gastes zu übernachten.«

Sunshine ließ den Kopf hängen und reagierte nicht auf seine Worte. Sie zitterte und drückte sich enger an Rainman.

»Gibt es dafür Zeugen?«, fragte von Allmen.

»Ja«, antwortete Rainman. »Park Jun-ho und Tony Grimaldi.«

Sunshine hob den Kopf und starrte ihn an. Er lächelte und strich ihr die Tränen von den Wangen.

Feuz wiederholte die Namen. »Wer sind die Herren?«

»Herr Park ist mein persönlicher Assistent und Herr Grimaldi Sunshines Leibwächter.«

»Und die beiden geben Ihnen ein Alibi für eine intime Nacht, in welcher ausgerechnet ihr Ehemann ermordet wird?«, fragte von Allmen.

Rainman antwortete unbeirrt: »Jun-ho und Tony teilen sich unten in der Pension Seeblick die Honeymoon-Suite. Ich habe sie gebeten, uns die Suite für eine Nacht zu überlassen.«

Feuz zog die Augenbrauen tief. »Die Herren teilen sich eine Honeymoon-Suite? Und die haben sie Ihnen überlassen?«

»Die beiden arbeiten für uns.« Rainman hob den Kopf und gab den arroganten Superstar. »Natürlich überlassen sie uns die Suite.«

»Die arbeiten für Sie, soso. Wo haben die Herren übernachtet?«

»Vor der Pension. In ihren Wagen.« An Feuz' abschätzigem

Gesichtsausdruck konnte Rainman ablesen, dass dieser reiche, verwöhnte Menschen verabscheute. Das war sein kleinstes Problem.

»Was ist mit dem Personal. Hat Sie jemand gesehen?«, fragte Feuz.

»Nein. Allerdings waren wir zuvor am Abend in Iseltwald spazieren.« Die Polizei würde es eh herausfinden, dachte er. Er wurde gestern von seinen Fans gefilmt und fotografiert. Die News hatten sich verbreitet, was ihm auch Jun-ho am Telefon vorhin bestätigt hatte. Und sein Manager Herr Gu tobte bereits.

»Rainman ist in Südkorea berühmt«, erklärte der Professor. »Er ist Musiker.«

»Aha, ein Superstar also?«, sagte Feuz verachtend.

Von Allmen übernahm. »Gut, wir werden Herrn Park und Herrn Grimaldi zu der Nacht befragen. Bitte warten Sie drüben in Dr. Tribelhorns Büro, bis wir mit der Befragung von Frau Morrone fertig sind.«

»Sie können sie in diesem Zustand nicht befragen«, sagte Rainman. »Ihr geht es nicht gut.« Er drückte sie enger an sich, legte seinen Mund an ihre Schläfe, drückte einen Kuss darauf und flüsterte ihr seinen Plan ins Ohr, ohne dass die Kriminalbeamten es mitbekamen. »Sunshines Ehe war eine Tortur«, fuhr er danach fort, »deshalb kam sie zur Behandlung hierher. Ihr Mann schlug und demütigte sie. Der Professor kann das bezeugen. Sie wollte sich von ihrem Mann trennen. Wir trafen uns hier oben und …« Seine Stimme zitterte. Gut, hatte er in der Ausbildung Schauspielunterricht genossen. Die Träne war hartnäckig, aber fiel letztlich mit perfektem Timing über den Rand seines rechten Augenlides und kullerte die Wange hinunter. »Wir alle haben unsere Probleme, wenn wir herkommen.«

»Sie haben sich also hier oben kennengelernt und sich gleich verliebt und die Nacht zusammen verbracht«, sagte von Allmen, wenig von der Träne beeindruckt. »Wie und wann kamen Sie am Morgen zurück ins Sanatorium?«

»Getrennt. Tony brachte Sunshine mit seinem Wagen hoch. Ich bin Frühaufsteher und verließ um fünf Uhr die Pension.

Ich lief zu Fuß zurück, nahm aber einen Umweg, um nachzudenken.«

»Kann Frau Morrone bezeugen, wann Sie die Honeymoon-Suite verlassen haben?«

»Nein. Sie hat tief und fest geschlafen.«

Von Allmen tippte mit dem Kugelschreiber auf die Tischplatte. »Sie hätten also Zeit gehabt, nach Interlaken zu fahren und –«

»Nein. Ich habe kein Auto. Öffentliche Verkehrsmittel fahren nicht um diese Zeit, und hätte ich ein Taxi genommen, würden Sie es herausfinden.«

»Sie sagten, Ihr Assistent hat einen Wagen.«

»Einen Mietwagen mit neuestem Navigationssystem, welches beweisen wird, dass sich der Wagen seit gestern Abend keinen Meter bewegt hat.« Rainman grinste die Polizeibeamten herablassend an. Es zeigte Wirkung. Ihre Aufmerksamkeit galt ihm und nicht mehr Sunshine. Er drückte ihr einen weiteren Kuss auf die Stirn.

Von Allmen stieg die Röte ins Gesicht, eher aus Wut denn aus Verlegenheit. »Herr Kim, bitte verlassen Sie den Raum. Sie –«

»Nein, ich lasse Sunshine nicht allein.«

»Ein schönes Alibi, das Ihr Liebhaber Ihnen da gibt«, knurrte von Allmen. »Sagen Sie, Frau Morrone, wie sieht sein Assistent noch gleich aus, dieser Park Jun-ho?«

Sunshine hob den Kopf, ihre Augen funkelten zornig. »Sie sind wohl angepisst, weil Sie den Fall nicht so leicht als erledigt ablegen können, was? Sie hätten mich lieber in Handschellen abgeführt. Die irre Ehefrau, psychisch instabil und eine Ehebrecherin dazu. Wow!« Sie trocknete ihre Tränen und klammerte sich an Rainmans Hand fest. »Sie liegen richtig«, fuhr sie fort. »Ich trauere nicht um meinen Mann. Er war brutal, gewalttätig und gefährlich. Er hat mich wie eine Leibeigene behandelt, mich erniedrigt und misshandelt. Sehen Sie die Würgemale an meinem Hals und meine geschwollene Lippe? Nicht einmal hier oben hat er mich in Ruhe gelassen. Ich war seine Gefangene, all die Jahre. Wegen ihm hatte ich drei Fehlgeburten.«

Rainman hielt die Luft an, starrte auf ihr wütendes Profil, dann auf ihre Hand, welche die seine so fest umklammerte, dass ihre Knöchel weiß wurden.

»Klingt nach einem brauchbaren Motiv«, sagte von Allmen.

Sie atmete heftig durch. »Sie machen wohl gerne Opfer zu Tätern, was? Ich habe mir tausendmal in meinen Träumen ausgemalt, auf welche Art ich ihn töten könnte. Ich tat es nie. Ich war zu feige dazu, und die Familie hätte mich danach gejagt und gelyncht.«

Von Allmen lehnte sich vor. »Vielleicht konnten Sie es letzte Nacht, gemeinsam mit ihm?« Er zeigte auf Rainman, der nicht auf die Anschuldigung reagierte.

»Seien Sie bloß vorsichtig bei Ihren Ermittlungen«, sagte Sunshine.

»Vorsichtig?«, wiederholte Feuz. »Ist das eine Drohung?«

Sunshine lachte schrill und laut, es war wie ein Lachen kurz vor einem mentalen Zusammenbruch. »Oh nein, ich drohe Ihnen nicht, ich warne Sie. Sie müssen sich vor Andreas Familie in Acht nehmen. Er ist der Sohn eines der mächtigsten Mafiabosse in Kalabrien. Dieser Mord wird hohe Wellen schlagen in den friedlichen Berner Alpen. Blut wird fließen. Viel Blut. Also seien Sie gewarnt.«

»Mafia?«, wiederholte Feuz schockiert.

»Die Anhänger der 'Ndrangheta sind schon hier, wussten Sie das nicht? Na dann, viel Spaß!«

***

Jun-ho hockte auf seinem Bett, ratlos. Als persönlicher Assistent eines Idols war er es gewohnt, heikle Angelegenheiten zu regeln, aber einen Mord? Wenn es Probleme wegen Geld, Ruhm oder schmutzigen News gab, war das okay, aber er konnte Probleme, die mit dem Tod zu tun hatten, nicht ausstehen.

Die Tür zur Honeymoon-Suite wurde ruckartig aufgestoßen und krachte laut gegen die Wand. Tony stürmte herein, steuerte auf seinen Aktenkoffer zu, der neben dem Bett stand, schmiss ihn auf die Matratze und öffnete das Zahlenschloss. Jun-ho konnte nicht sehen, was in dem Aktenkoffer lag, er hoffte, nicht das, was er vermutete. »Mein Beileid«, sagte er nervös auf Englisch. »Ihr Chef –«

Wie ein Orkan fuhr Tony herum und richtete den Lauf einer Pistole auf Jun-hos Kopf.

»W-was haben Sie damit vor?« Blöde Frage, dachte Jun-ho. Er sollte besser um sein Leben betteln oder den Mund halten.

»Ich bringe sie um.«

»Mich? A… aber ich habe nur kondoliert. Ich kenne Ihren Chef nicht.«

»Nicht Sie!«, schrie Tony. »Sie. Anna, das Miststück. Dass sie so weit geht, hätte ich ihr nicht zugetraut.«

»Wer ist Anna?« Jun-ho bekam nicht die nötige Zeit, die er gebraucht hätte, um Angst zu fühlen.

Tony senkte die Waffe. »Sunshine.«

»Ach, sie heißt Anna.«

Tony kontrollierte die Ladung der Waffe. Sie schien in Ordnung.

Instinktiv packte Jun-ho ein Kissen und hielt es sich vor die Brust. Es gab ihm Sicherheit. »A-aber Sunshine hat ihren Mann nicht ermordet.«

Tony hob die Waffe erneut, kam auf Jun-ho zu und drückte ihm den Lauf gegen die Stirn. »Warum nicht? Sie hat ein Motiv. Und sie ist übergeschnappt.«

Jun-ho fühlte sich wie in jenen seltenen Momenten, in denen er hinter dem Steuer eines Rennwagens saß und das Gaspedal bis zum Boden durchdrückte. Er fühlte das Adrenalin, die Angst und den Mut. Es war ein Reflex, eine Zuckung seiner Nerven oder bloß sein Unterbewusstsein, das seinen Autopiloten einschaltete, der übernahm. Vielleicht schlummerte ein Alter Ego in ihm, das in Lebensgefahr Besitz von ihm ergriff. Sein Fuß schnellte hoch und landete zwischen Tonys Beinen.

»Autsch!«, schrie dieser auf und krümmte sich mit verzogenem Gesicht.

»Denk erst einmal nach, bevor du wie ein Stier, der rotsieht, losstürmst.« Jun-ho schoss vom Bett auf und packte Tony am Hemdkragen, was gelang, weil dieser in gekrümmter Haltung vor ihm stand. »Sunshine kann ihren prügelnden Gatten nicht ermordet haben. Sie hat ein Alibi.« Erst jetzt wurde Jun-ho bewusst, dass dieses Alibi ihr vermutlich nicht weniger Ärger einbringen würde.

»Was laberst du da, *stronzo*?«, knirschte Tony zwischen seinen Zähnen hervor und riss sich von Jun-hos Griff los. Langsam richtete er sich auf, ging aber einen Schritt auf Distanz.

»Sie ist nicht die Mörderin.« Jun-ho kam in Fahrt, ließ den ganzen Frust, den er in den letzten Monaten in sich hineingefressen hatte, an Tony aus. Er war ein guter Sündenbock. Stark, groß und robust genug. »Auch wenn sie es gewesen wäre, sie hatte jedes Recht dazu. Ihr verfluchter Mann hat sie eingesperrt, verprügelt und misshandelt. Weshalb sollte sie das für den Rest ihres Lebens erdulden? Hättest du eine Tochter, würdest du dies akzeptieren oder den Scheißkerl nicht gleich eigenhändig erledigen?«

Tony klärte seine Stimmbänder, sagte aber nichts.

Jun-ho fuhr fort. »Aber sie war es nicht, ich weiß es. Also denk nach, wenn unter deiner Glatze brauchbarer Grips vorhanden ist. Dein Chef ist ein Mafiaboss. Glaubst du nicht, dass hinter Sunshine mindestens ein Dutzend Feinde Schlange stehen, um ihn zu erledigen?«

Tony zog die Schultern zurück. Sein Kopf war rot und schweißbedeckt. »Du …« Er zeigte mit der Waffe auf Jun-ho. »Warum weißt du überhaupt, wer ihr Mann ist?«

»War«, korrigierte Jun-ho. »Du bist Sunshines Bodyguard, solltest du ihr da nicht zur Seite stehen, statt sie ermorden zu wollen? Vielleicht ist auch sie in Gefahr, schon daran gedacht?« Jun-ho versuchte alles, damit er die heimliche Nacht von Rainman und Sunshine in dem Chalet in Iseltwald nicht preisgeben musste. Er hatte nicht schlecht gestaunt, als Rainman ihn vorhin am Telefon, von einer ihm unbekannten Nummer aus, darüber informierte und ihm Anweisungen gab, was er zu tun hatte. Tony stand ganz oben auf der To-do-Liste.

Nachdenklich setzte sich dieser aufs Bett und legte die Waffe auf das Kopfkissen. »Erzähl.«

Jun-ho versuchte sich an alles zu erinnern, was Rainman ihm während des kurzen Telefongespräches gesagt hatte. »Was ist mit Sophie?«

»Sophie? Von ihr weißt du auch?«

»Du hast sie persönlich ins Sanatorium gefahren. Sie hat Sunshine gedroht, wusstest du das? Was lief zwischen Sophie und dem untreuen Ehegatten?«

Tony schwieg.

»Willst du so einen Mann in Schutz nehmen? Du solltest dich um Sunshine kümmern.« Jun-ho ging in die Offensive. Vielleicht täuschte er sich in Tony, aber er war kein so übler Kerl. Etwas langsam im Kopf und impulsiv, aber sein Herz war noch nicht komplett versteinert, sonst würde er nicht so emotional reagieren. »Sie braucht dich jetzt. Erledige deinen Job.«

»Ich soll sie beschützen?«

Jun-ho setzte sich mit einem gewinnenden Lächeln neben Tony aufs Bett. »Wir müssen ihnen helfen.«

»Dazu ist es zu spät. Er wird bald eintreffen«, sagte Tony.

»Wer wird eintreffen?«

»Gianni Morrone, ihr Schwiegervater. Der Capo.«

Jun-hos Puls beschleunigte sich. Der Auftritt des Paten stand bevor. Er kam sich vor wie in einem Mafiafilm. Vincenzo hätte gewusst, was zu tun war. Jun-ho wusste es auch, schließlich hatte er sich die Fernsehserie dreimal reingezogen. Er liebte den koreanischen Mafioso Vincenzo, und den Hauptdarsteller Song Joong-ki hatte er bei den Blue Dragon Film Awards sogar einmal persönlich getroffen. »Arbeiten wir zusammen, um unsere Schützlinge vor Racheakten und auch vor der Polizei zu beschützen. Unsere Aussagen müssen abgestimmt sein.«

»Welches Alibi hat Sunshine?«

Jun-ho klopfte Tony auf den Rücken. »Das ist heikel. Versprichst du, ruhig zu bleiben? Ich meine, ihr Mann war ein echtes Scheusal, da ist es verständlich, dass sie –«

Tonys Augen weiteten sich. »Sie war mit einem anderen … Moment. Sie war mit deinem Promi zusammen?«

»Ja, aber nicht so, wie du denkst. Sie –«

Tonys Pranken legten sich schlagartig um Jun-hos Hals. Immerhin waren seine Lungen bei seinem letzten Atemzug mit frischer, gesunder, würziger Alpenluft gefüllt, dachte Jun-ho und wünschte sich einen Vincenzo an seiner Seite.

Aber Vincenzo kam nicht. Wenigstens seine Taube Inzaghi hätte ihre Vogelarmee schicken können, um Tony die Augen auszupicken.

15

Am nächsten Mittag setzte Gianni Morrone seine braunen Lederschuhe auf den nassen Kies vor dem Sanatorium. Der Himmel zuckte zusammen und stieß Blitz und Donner aus. Die Erde bebte, als der Capo auf den Eingang zuging. Gab es ein Schicksal, das mit den Leben auf Zeit von Rainman und Sunshine spielte, so hatte es nicht mit dem italienischen Mafiaboss gerechnet, der soeben das Sanatorium betrat.

Er war ein unkontrollierbarer Lebenszeitfresser, eine nicht berechenbare Variable, welcher der Tod anhaftete.

Gianni Morrone widerlegte jedes Klischee. Die Lederschuhe waren abgewetzt, seine dunkle Bundfaltenhose altmodisch. Er trug einen grauen Pullover und darüber einen handgestrickten Cardigan mit Zopfmuster, den ihm seine Haushälterin vor fünf Jahren geschenkt hatte. Er war groß und hager, die Schultern nach vorne gefallen, als trage er einen Rucksack voller Goldbarren vor der Brust. Sein Kopf war lang und die Haut zu bleich für einen Süditaliener. Das Haar war weiß, an den Seiten lang und unfrisiert, der Oberkopf kahl. Er trug auf der adlerförmigen Nase eine quadratische Metallbrille mit getönten Gläsern.

Sein Chauffeur schloss hastig die Wagentür hinter ihm und führte ihn zum Eingang des Sanatoriums. Er sah nicht aus wie ein Mann, der um seinen verstorbenen Sohn trauerte. Er sah aus wie ein Mann, der den Zorn still und leise in sich aufsog, um im richtigen Moment zu explodieren.

Er sah aus wie ein gefährlicher Mann.

Er sah nicht nur so aus, er war es.

***

»Tony ist auf unserer Seite«, sagte Jun-ho und räumte unbewusst Rainmans Zimmer auf.

»*Jinjja?* Wie hast du das angestellt?«

»Talent. Allerdings hat es mich fast mein Leben gekostet. Tony hat getobt, als er hörte, dass Sunshine mit dir ... ich meine, dass ihr zusammen –«

»War ich nicht.«

»Was?« Jun-ho hielt eine Socke von Rainman in der Hand. »Was warst du nicht?«

»Bei ihr.«

»Ihr habt nicht zusammen in dem Chalet der Tante übernachtet? Ich dachte, ich durfte das nicht sagen, um die Tante nicht in Gefahr zu bringen.«

»Doch, wir haben dort übernachtet.«

Wild fuchtelte Jun-ho mit der Socke durch die Luft. »Ja, was jetzt? Sag nicht, sie ist ...«

Rainman setzte sich aufs Bett und hielt sich den Kopf. »Zur Tatzeit waren wir nicht zusammen. Ich bin früher gegangen.«

»Wie früh?« Frustriert schmiss Jun-ho Rainman die Socke an den Kopf. »Mach mir nicht noch mehr Ärger.«

Rainman zog die Socke von seinem Haar. »Um vier Uhr. Ich bestellte ein Uber Taxi und fuhr nach Interlaken.«

»Das ist nicht dein Ernst! Warum beichtest du mir das erst jetzt?« Jun-ho setzte sich neben Rainman. »Weiß es Sunshine?«

»Keine Ahnung, wann sie es bemerkt hat. Aber als sie am Morgen aufwachte, lag ich nicht mehr neben ihr, so viel ist klar. Sie kam allein zurück. Wegen der Polizei hatte ich noch keine Gelegenheit, mit ihr unter vier Augen zu sprechen. Sie musste gestern Abend für die Einvernahme nach Bern, und auch, um ihren Mann zu identifizieren. Emil sagte, dass sie in der Nacht eine Schlaftablette wollte und heute Morgen noch nicht aufgewacht sei.«

»Verflucht!«

Erstaunt blickte Rainman ihn an. »Dich hört man selten fluchen.«

Jun-ho fasste seinen Freund an den Schultern. »Wenn ich könnte, würde ich dich durchschütteln.«

»Willst du mich umbringen?«

»Das ist nicht lustig. Ein Mafioso wurde ermordet. Was hast du in Interlaken gemacht, um diese Zeit?«

»Ich war in der Notaufnahme des Spitals Interlaken und danach kurz am Grab meines Vaters.«

Jun-hos Puls beruhigte sich keinesfalls. »So schlimm?«

»Die Kopfschmerzen waren unerträglich. Ich brauchte Medikamente.«

»Hast du deine Pillen gegen die Angstzustände nicht genommen?«

»Nein, denn dann laufe ich herum wie ein Zombie und ende wieder auf einem Dach mit tödlicher Fallhöhe.«

Jun-ho strich Rainman über den Kopf, als wäre er ein kleiner Junge.

»Lass das. Die Kopfschmerzen sind fast weg.«

»Weil du wegen des Ärgers mit Sunshine keine Zeit hast, in deiner eigenen Todesangst zu schwelgen.« Jun-ho wandte sich ab und wischte sich eine Träne aus den Augen. »Aber wenn du auf der Notaufnahme warst, hast du ein Alibi. Du solltest es der Polizei sagen.«

»Ich war nur kurz dort. Wenn ich der Polizei erzähle, dass ich in der Notaufnahme war, hat Sunshine kein Alibi mehr, und es würde sich herausstellen, dass du und dieser Tony gelogen habt. Das würde Ärger geben. Zudem will ich nicht, dass Sunshine erfährt, dass ich im Spital war.«

»Du kannst dein Geheimnis nicht mehr lange bewahren. Du musst endlich darüber sprechen. Deine Mutter …«

»… wird einen Herzinfarkt bekommen, wenn ich ihr die Wahrheit beichte.« Rainman schaute Jun-ho an. »Danke, dass du es niemandem erzählt hast.«

»Das ist nicht fair.« Jun-hos Kinn zitterte. »Ich fühle mich, als liefe ich mit einer Handgranate in der Hand herum.«

»Bloß dass ich die Handgranate bin, was?«

Die Wahrheit konnte grausam sein, dachte Jun-ho.

»Bis jetzt explodierte sie nicht. Vielleicht hält sie noch ein paar Monate oder Jahre still.«

»Du darfst dich nicht aufregen, versprich es mir. Kein hoher Blutdruck, weder durch Mafiagangster noch bezaubernde Witwen, kein Sport und keine hastigen Bewegungen.«

»Wie soll ich so leben, hm?«

»Wenn es nach mir ginge, müsstest du einen Helm tragen und dürftest das Bett nicht verlassen.«

»Ich soll dahinvegetieren? Welchen Sinn ergibt das?« Rainman stand auf und trat ans Fenster. Er schaute hinüber zu Sunshines Suite.

»Sag endlich die Konzerte ab«, forderte Jun-ho. »Du kannst unmöglich auftreten. Sie sind tödlich für dich. Deine Fans werden es verstehen. Ruh dich aus, schreibe einige Songs, iss anständig, geh spazieren ...«

Rainman starrte auf den Vorplatz hinunter.

»Tae-poong-a, sieh mich an.« Jun-ho stand auf und trat vor Rainman. »Das Aneurysma in deinem Kopf kann jeden Moment platzen. Du musst vorsichtiger sein.«

Er legte ihm die Hände auf die Schultern. »Das Aneurysma wird platzen, früher oder später. Du weißt, es kann nicht operiert werden, es ist zu groß für einen Eingriff und an einer Stelle, wo ich eine Operation nicht ohne gravierende Folgen überstehen würde, wenn überhaupt. Kein Arzt traut sich da ran, und ich will nicht in Narkose auf einem OP-Tisch verbluten oder ein Leben mit einer geistigen und körperlichen Behinderung weiterführen. Seit ich im Februar die Diagnose bekommen habe, hat sich das Blutgefäß nicht weiter ausgedehnt. Ich bin zuversichtlich, dass es nicht gleich heute platzen wird. Ich will die Zeit nutzen, die mir bleibt.« Rainman drehte sich wieder zum Fenster um. »Wofür steht RC?«, fragte er. »Da steht ein Auto, das ich nicht kenne.«

»Was?« Jun-ho schaute sich den Wagen und das Kennzeichen an und suchte die Antwort im Netz. »Reggio Calabria. Kalabrien. Das ging schnell«, flüsterte er und fühlte, wie das Adrenalin in sein Blut schoss.

»Was?«

»Der Capo«, sagte Jun-ho, »der Capo ist eingetroffen.« Sofort griff er nach dem Telefon.

»Wen rufst du an?«, fragte Rainman besorgt.

»Tony.«

»Seid ihr auf einmal beste Kumpel? Kannst du dem Glatzkopf vertrauen? Er gehört zu ihnen.«

»Haben wir eine Wahl?« Nein, die hatten sie nicht, wollten sie Sunshine helfen.

***

Sunshine beobachtete, wie er vom Wagen zum Eingang marschierte. Rasch zog sie die Vorhänge zu, rannte zu ihrem Bett und verkroch sich unter der Bettdecke. Die Daunen boten keinen Schutz vor der Panik, die über sie kroch wie ein unsichtbares Monster, sich in ihrem Nacken festsetzte, ihr die Kehle zudrückte, damit sie keinen Ton von sich gab. Sie boten keinen Schutz vor ihrem Schwiegervater. Ihre Muskeln verkrampften sich. Sie bekam keine Luft.

Sie sprang kopflos wieder aus dem Bett. Sie musste sich anziehen. »Keine schwarzen Kleider. Ich habe kein einziges schwarzes Kleid.« Panisch rupfte Sunshine ihre Designerstücke aus dem Schrank und warf sie durchs Zimmer. Ihre Hände zitterten heftig, als sie eine dunkelblaue Bluse hochhielt. Sie kam der Farbe Schwarz am nächsten, aber die Schmetterlinge ... es waren bunte Schmetterlinge aufgedruckt. Schmetterlinge! Andrea hasste Ungeziefer. Er hasste alles, was nicht mindestens eintausend Euro wert war. »Ahhh!« Sunshine schmiss die Bluse ebenfalls auf den Boden und krallte ihre Hände in die Haare. Als sie den Kopf hob, starrte sie direkt in den Spiegel über dem Schminktisch neben dem Kleiderschrank und schrak zurück. Sie trug bloß Unterwäsche. Die schwache, dünne Person, die sie anstarrte, war ein Geist, totenbleich. Das war nicht schlimm. Es half ihr, die trauernde Ehefrau zu spielen. Aber die Haare? Warum hatte sie diese braun gefärbt?

Er würde Verdacht schöpfen.

Er.

Ihr Schwiegervater.

Der Capo.

Sunshine hätte heimlich Schauspielunterricht nehmen sollen. Die Rolle der trauernden Witwe war eine Liga zu hoch für sie. Gianni wusste von den Eheproblemen. Wusste er von ihrem Alibi? Wusste er, dass sie in der Mordnacht nicht im Sanatorium war? Natürlich wusste er es. Seine Augen und Ohren waren überall.

Vermutlich wusste er ebenfalls von Rainman.

Wie viel Zeit blieb ihr, bis Gianni in ihre Suite trat? Fünf Minuten? Vermutlich weniger. Sie griff wahllos nach pinkfarbenen Sportleggins auf dem Boden, wählte ein übergroßes gelbes T-Shirt mit Engelaufdruck und schlüpfte in ihre Sneakers. Das Handy ließ sie zurück und rannte zur Tür, riss sie auf – und prallte gegen eine Brust.

Sunshine wollte schreien, aber er drückte ihren Kopf gegen seine Schulter und erstickte den Schrei. »Schhht«, sagte er. »Komm mit.«

Die Stimme war, als ob ein Engelschor ihr Mut zusang. Sie schaute auf in Rainmans dunkle Augen.

»Wir können nicht hinunter«, sagte er leise. »Er ist schon auf der Treppe. Gehen wir hoch auf die Terrasse. Da sie heute geschlossen ist, werden wir allein sein.«

Sie war nicht fähig, ein Wort zu sagen, und ließ zu, dass Rainman ihre Hand nahm und mit ihr die Treppe hochrannte.

Sunshine hörte Giannis tiefe Stimme. Ihre Beine wollten versagen, aber Rainman hielt sie noch fester und zog sie entschlossen mit sich. Oben auf der Terrasse blies ihr frischer Wind ins Gesicht. Sie roch den Schnee darin. Die Luft musste direkt vom Gletscher herunterwehen.

***

»Wir verstecken uns hier oben, bis er weg ist«, sagte Rainman.

»Er wird uns suchen.«

»Jun-ho lenkt ihn ab.«

»Was?«

Rainman führte sie zur Mauer der Dachterrasse und schaute hinunter. Jun-ho rannte zu seinem Mietwagen, stieg ein, ließ den Motor aufheulen und legte eine Hundertachtzig-Grad-Wende hin, wie sie nur ein Profirennfahrer hinkriegte. Seine Leidenschaft waren Amateur-Sportwagenrennen. Rainman hätte nicht geglaubt, dass er Jun-ho einmal für sein Hobby dankbar sein würde. Natürlich beobachtete der Chauffeur des Capos die Aktion. Er griff sofort nach seinem Handy. Gut so, dachte Rainman. Er zog Sunshine näher zu sich. Sie zitterte am ganzen Körper. Rainman führte sie auf der Terrasse ganz nach hinten, wo er sich hinter der Getränketheke mit ihr auf den Boden hockte.

Sie weinte leise.

»Hey, hey.« Er nahm ihr Gesicht in seine Hände, strich mit den Daumen über die Wangen und zwang sich ein Lächeln auf, das traurig daherkommen musste. »Komm her.« Er griff ihr ins Haar und zog sie sanft gegen seine Brust. Sie klammerte sich an seinem Hemd fest und heulte wie eine Fünfjährige. Rainman legte seine Arme um sie. In der einen Hand hielt er sein Handy und blickte auf das Display. Jun-ho hatte ihm soeben eine Textnachricht geschrieben, dass er nicht verfolgt wurde. Das bedeutete, dass Gianni den Köder nicht geschluckt hatte und weiterhin im Sanatorium nach seiner Schwiegertochter suchte. Rainman schrieb zurück: »Was ist mit Tony?«

Jun-ho antwortete nicht gleich.

Zweifel kamen auf, ob Tony tatsächlich auf ihrer Seite war.

Es dauerte einige Minuten, bis Sunshine sich beruhigte. Rainman wusste, dass sie ihren Mann gefürchtet hatte, aber vor ihrem Schwiegervater schien sie eine panische Angst zu haben. Er wollte sich nicht ausmalen, was sie in den letzten zwanzig Jahren bei den Morrones erlebt und gesehen hatte. Er musste sich überlegen, wie er sie aus deren Fängen befreien konnte. Warum hatten sie ausgerechnet in Andreas Mordnacht in Iseltwald übernachten müssen? Ein blöder Zufall? Rainman hätte gestern Morgen nicht nach Interlaken fahren sollen. Was hatte er sich nur dabei gedacht? Wären sie im Sanatorium geblieben, wäre Sunshine jetzt frei, mehr oder weniger.

Sie schniefte ein paarmal und löste sich langsam aus seiner Umarmung. »Ich muss zurück.«

»Das geht nicht.«

»Ich muss, sonst wird Gianni noch misstrauischer. Es geht schon, die Panik ist vorbei. Tränen beruhigen.«

Rainman gefiel der Gedanke nicht. »Ich kann dich nicht beschützen, wenn du bei ihm bist. Wenn er glaubt, dass wir ein –«

Beide schreckten herum, als sie hörten, wie die Tür zur Dachterrasse aufgestoßen wurde.

Eine tiefe Stimme rief nach ihr.

Gianni.

Rainman hörte, wie er auf Italienisch Anweisungen in sein Handy sprach. Hier oben gab es wenig Versteckmöglichkeiten, und zurück konnten sie nicht. Sie saßen in der Falle, das war seine Schuld.

Er folgte Sunshines Blick zur Mauer, welche die Terrasse säumte, die rund dreißig Zentimeter breite Mauer, auf der sie vor knapp zwei Wochen gestanden hatte.

Sie holte tief Luft. »Ich habe eine Idee.«

»Was?«

»Nutze dein Schauspieltalent auch ohne weißen Kittel. Rette mich, Dr. Kim. Gianni darf nicht erkennen, wer du wirklich bist.« Ohne weitere Erklärung stand sie auf und rannte zur Mauer, außer Sichtweite von Gianni.

Als Rainman sah, wie sie auf die Mauer kletterte, blieb ihm die Luft weg. Sofort rannte er ihr hinterher. Sie wollte sich doch nicht vom Dach stürzen?

»Sunshine, nicht!«, rief er.

»Halt!«, schrie sie ihm zu, als sie sich zu ihm umdrehte und dem Abgrund den Rücken zeigte. Langsam streckte sie seitlich die Arme aus. »Keinen Schritt weiter, Dr. Kim, oder ich springe.«

Er blieb stehen.

Sie hob die Arme höher, wie ein Vogel, der seine Flügel spreizte. »Ich meine es ernst, ich springe.«

Rainman schielte zur Seite und sah, wie Gianni auf ihn zukam. »Nein, Sunshine, nicht«, sagte er schnell, die Stimme eine Oktave höher. »Lassen Sie uns reden.« Er hoffte, dass Gianni das Zittern in seiner Stimme nicht heraushörte. Sie spielte mit dem Feuer. Ein stärkerer Windstoß bloß, und Sunshine würde in den Abgrund gerissen werden.

»Anna!«, rief der Capo, der zu Rainman aufgeschlossen hatte.

Rainman drehte sich zu ihm um. »Halt, kommen Sie nicht näher. Wenn wir Sunshine bedrängen, wird sie springen. Es ist nicht ihr erster Selbstmordversuch.«

»Wer sind Sie?«, fragte Gianni in Deutsch mit einem starken italienischen Akzent, sein Blick war finster und misstrauisch.

»Ihr behandelnder Arzt, Dr. Kim. Und wer sind Sie?«

»Ihr Schwiegervater.«

»Bitte treten Sie zurück.« Entschlossen schaute Rainman in die kleinen, kalten Augen hinter der getönten Brille. »Überlassen Sie das mir.« Rainman musste Sunshine so rasch wie möglich von der Mauer herunterbekommen. Er trat einen Schritt vor. »Bitte, meine Liebe, lassen Sie uns reden. Selbstmord ist keine Lösung. Sie sind nicht allein. Wir helfen Ihnen.«

Tränen liefen ihr über die Wangen. »Andrea wurde ermordet.« Ihre Stimme zitterte. *»Andrea è morto.«* Sie starrte ihren Schwiegervater an.

»Anna, vieni qui.«

Sie verdrehte die Augen, sank in die Knie und ließ sich nach vorne fallen. Rainman sprintete los und bekam sie im letzten Moment zu fassen, bevor sie auf dem Betonboden der Dachterrasse aufschlug. Bewusstlos oder nicht, sie lag in seinen Armen, atmete flach und hatte die Augen geschlossen.

Dr. Tribelhorn stürmte auf die Terrasse. »Was ist passiert?« Sie starrte Rainman an.

»Ein erneuter Suizidversuch«, erklärte er. »Bringen wir Sunshine in mein Behandlungszimmer. Ich werde ihr eine Beruhigungsspritze geben. Wir müssen sie unter Beobachtung halten. Sie verkraftet den Tod ihres Ehemannes nicht. Sie braucht Ruhe. Frau Kollegin, bringen Sie bitte den Herrn hinunter in die Cafeteria.«

Dr. Tribelhorn legte den Kopf schief und hob eine Augenbraue. »Ich – bringe den Herrn in die Cafeteria. Natürlich – Dr. Kim. Und ich werde den Professor informieren. Er soll ebenfalls nach Sunshine sehen.«

»Danke.« Mehr sagte Rainman nicht, hob Sunshine hoch, die schlaff in seinen Armen lag, und trug sie von der Terrasse hinunter, weg von Gianni Morrone.

Rainman wusste in dem Moment, dass er sein kurzes Leben nicht mit Jammern verbringen würde.

Er hatte eine Aufgabe gefunden. Er würde Sunshine ihren Traum erfüllen. Er würde sie befreien. Und mit jedem Schritt, den er sie vom Capo weg und in Sicherheit brachte, mit jedem Schritt wurde seine Entschlossenheit stärker. Die Kopfschmerzen waren weg. Weil er keine Angst mehr vor dem eigenen Tod hatte. Weil es Wichtigeres gab, um das er sich kümmern musste.

Er trug Sunshine einen Stock tiefer in ein Behandlungszimmer, schloss die Tür und legte sie auf die Liege. »Du kannst die Augen öffnen, wir sind allein.« Vorsichtig bettete er ihren Kopf auf das kleine Kissen. Sie reagierte nicht. »Sunshine?«

Rainman drehte sich um, als die Tür aufgerissen wurde.

»Was machen Sie da?«, fragte Emil.

»Mann!«, schnauzte ihn Rainman an. »Schließen Sie die verdammte Tür.«

»Was? Hey, Sie haben hier keinen Zutritt.«

Rainman hörte, wie im Flur der Capo näher kam. Dr. Tribelhorn versuchte vergeblich, ihn aufzuhalten.

Am Kleiderständer im Zimmer hing ein Arztkittel. Rasch zog Rainman ihn sich über.

»Das geht nicht«, protestierte Emil.

»Hören Sie«, Rainman schloss die Tür und zog Emil zur Seite, »Sunshine ist in Lebensgefahr. Die Mafia will sie sich holen. Der Capo hat seinen Sohn durch einen Mord verloren und sucht nach dem Täter. Sunshine ist seine Verdächtige Nummer eins.«

Emil stemmte die Hände in die Hüften. »Und deshalb spielen Sie den Arzt? Was ist mit Sunshine? Ist sie bewusstlos?«

»Ja. Der Schock und die Angst waren zu viel.« Rainman ging ans Fenster. »Der Lieferwagen der Bäckerei ist vorgefahren. Das ist unsere Chance zu fliehen.«

»Wir können sie hier beschützen«, sagte Emil. Sein Misstrauen blieb.

»Nein, können Sie nicht. Sunshine ist nicht Ihre Gefangene, aber sie ist eine Gefangene der Mafia. Wenn der Capo sie mitnehmen will, kann niemand etwas dagegen tun. Und er wird sie mitnehmen, das steht fest.«

Emils Augen rollten hin und her, als er überlegte. »Gut. Was soll ich tun?«

»Können Sie Gianni Morrone für einige Minuten aufhalten? Er darf nicht ins Zimmer kommen. Sagen Sie, Sunshine werde gerade von ihrem Arzt untersucht. Erfinden Sie eine Geschichte. Wir brauchen die Minuten.«

»Emil, bitte tun Sie das.« Sunshine setzte sich auf und rieb sich die Stirn. »Ich will heute nicht sterben.«

»Himmelherrgott!«, fluchte Emil. »Ich schaue, was ich tun kann.« Er riss die Tür auf und trat hinaus.

Sofort verriegelte Rainman sie hinter ihm. Er ging zu Sunshine und half ihr auf.

Sie lächelte müde. »Hat mir Dr. Kim schon wieder das Leben gerettet?«

»Das hier ist kein billiger Arztroman. Wir können später plaudern. Los, wir müssen weg. Kannst du rennen?«

Sie nickte.

Er griff nach ihrer Hand, die sich kalt und schwach anfühlte. Sie nahmen den hinteren Durchgang, der in ein weiteres Behandlungszimmer führte, und dort schlichen sie aus dem Zimmer, den einen Meter der Wand im Flur entlang und gleich um die nächste Ecke. Rainman wagte einen Blick zurück und sah, wie der Capo sich im Flur mit Emil stritt. Gut so, er war abgelenkt und hatte ihre Flucht nicht bemerkt.

Leise huschten sie die hintere Treppe nach unten und rannten den Gang entlang, der zur Küche führte. Dort gab es einen Lieferanteneingang. Rainman hoffte, dass der Lieferant der Bäckerei noch hier war.

War er. Draußen stand sein Lieferwagen, die hinteren Flügeltüren weit offen. »Los, da rein.« Rainman half Sunshine auf die Ladefläche. Hinten standen mehrere Kartonboxen, welche Rainman ein Stück nach vorne zog, damit sie beide dahinter Schutz fanden. Sunshine setzte sich an die Innenwand des Wagens, und Rainman drückte sich eng neben sie, damit sie vom Lieferanten nicht entdeckt wurden. Die Minuten des Wartens zogen sich in die Länge. Sunshine zitterte neben ihm. Er nahm sie in den Arm und zog sanft ihren Kopf auf seine Schulter.

Endlich hörte er das erlösende Geräusch, als die Türen geschlossen wurden. Dann Schritte. Motorenlärm. Langsam rollte der Lieferwagen los. Rainman hätte gerne noch einmal das Sanatorium gesehen, wie es vor der Bergkulisse von Eiger, Mönch und Jungfrau am Hang thronte. Er hatte eine Vorahnung, dass er nie mehr hierher zurückkommen würde. Um diesem Gefühl zu entkommen, drückte er Sunshine enger an sich und vergrub sein Gesicht in ihrem Haar.

Sie mussten sich festhalten, als der Lieferwagen in zügigem Tempo die kurvige Straße hinunter ins Tal fuhr. Ihr Abenteuer hatte eben erst begonnen, aber Rainman wusste bereits, wie es für ihn enden würde. Er hob den Kopf. Sunshine schaute zu ihm auf. Tränen hatte sie keine mehr in den Augen. Ihre Wangen waren leicht gerötet. Eine widerspenstige Strähne fiel ihr in die Stirn. Er strich sie behutsam hinter ihr Ohr. »Alles okay?«

Sie lächelte tapfer. »Ja. Mir geht es gut.« Sie legte ihre Hand auf seine Wange. »Habe ich dir schon gesagt, dass ich katholisch bin?«

Er hob überrascht eine Augenbraue. Weshalb brachte sie

gerade jetzt ihren Glauben ins Spiel? Religion hatte für Rainman keine Bedeutung.

Sie kniff ihm in die Wange. »Ich bin überzeugt, Gott hat mir einen Schutzengel geschickt.«

Er wollte antworten, kam aber nicht dazu. Sunshines Hand wanderte entschlossen hinter seinen Nacken und zog seinen Kopf zu sich herunter. Überrumpelt starrte er auf ihre roten, feuchten, leicht geöffneten Lippen, versuchte dagegenzuhalten, ergab sich aber ihrer Führung. Sie küsste ihn sanft, jede Berührung auskostend, öffnete den Mund, zog ihn näher an ihren Körper, suchte mit so viel Verlangen nach seiner Liebkosung, dass Rainman schwindlig wurde. Er schloss die Augen und hielt sie fest umschlungen.

Ihr Kuss endete erst, als der Lieferwagen abrupt hielt und der Fahrer den Motor abstellte. Widerwillig löste sich Rainman aus Sunshines Umarmung. Sie schauten sich einen Moment in die Augen. Er sah Glück darin, Traurigkeit, Angst und Hoffnung.

Der Lieferant öffnete die Türen und trug Kisten aus dem Wagen. Kaum war die Luft rein, kletterten Sunshine und Rainman hinaus und rannten auf dem Trottoir davon. Sie hatten keine Ahnung, wo sie waren, irgendwo in einem Wohnquartier. Rainman führte sie um eine Hausecke und drückte sie an die Wand. Er zog sein Handy hervor und telefonierte auf Koreanisch. »Ich habe Jun-ho soeben unsere Koordinaten durchgegeben. Er wird gleich hier sein«, erklärte er nach dem Gespräch.

»Denkst du, Gianni hat unsere Flucht bemerkt?«

»Bestimmt. Vielleicht ist er sogar dem Lieferwagen gefolgt. Wir müssen hier weg.« Er löste sich von Sunshine und spähte um die Ecke. Er hasste es, wenn er recht behielt. Soeben parkten zwei schwarze Limousinen neben dem Lieferwagen. »Er hat Verstärkung dabei. Lauf«, flüsterte er, griff nach ihrer Hand, und zusammen rannten sie einen kleinen Fußweg zwischen zwei Wohnblocks entlang, auf dem ihnen kein Auto folgen konnte. Rainman telefonierte erneut mit Jun-ho, dann steckte er das Handy weg. »Da vorne ist ein Taxi. Nehmen wir es.«

»Aber dein Assistent –«

»Er wird mit dem Wagen an Gianni vorbeifahren. Sie werden ihn nach Interlaken verfolgen, weil sie glauben, dass wir darin sitzen.«

»Ist das nicht gefährlich?«

Rainman grinste, als er Sunshine die hintere Tür des Taxis aufhielt. »Gegen Jun-ho kommt kein Fahrer an.«

»Wo möchten Sie hin?«, fragte der Taxichauffeur und schaute verwundert Rainman und Sunshine an, die regelrecht in die Rücksitze versunken waren. Sie mussten ein seltsames Paar abgeben, er mit Arztkittel und sie mit pinkfarbenen Leggins und gelbem Oversize-Shirt.

»Meiringen«, sagte Rainman. Er hatte nicht viel Bargeld dabei, aber Meiringen dürfte für den Anfang weit genug weg sein, um sich für eine Nacht zu verstecken.

»Gerne. Bitte anschnallen.«

***

Sunshine hätte laut herauslachen können. Anschnallen? Wie konnte die Fahrt auf dem Rücksitz eines Taxis gefährlich sein im Vergleich zu dem, was sie gerade erlebt hatten? Sie schaute Rainman an. Der Kuss war himmlisch gewesen. Er musste ihr Schutzengel sein. Nie zuvor hatte sie bei einem Kuss so ein irres Gefühl verspürt. Lag es am Adrenalin? Sie bezweifelte es. Rainman zu küssen war anders gewesen, aufregend und beruhigend zugleich, süß und würzig, sanft und zärtlich und voller Verlangen. Sie brauchte mehr. Es machte süchtig, schon nach einem Mal. »Hey, du verrückter Taifun.«

Er drehte den Kopf zu ihr um. »Du meinst nicht zufällig mich?«

»Komm her. Ich brauche mehr.«

»Mehr wovon?«

»Davon.« Sie packte ihn entschlossen am Kragen des Arztkittels und zog ihn zu sich herunter in den Sitz. »Kannst du mich noch einmal so küssen wie im Lieferwagen?«

»Hier?« Rainman schielte zum Fahrer nach vorne.

»Wie kann ein Mann, der so schüchtern ist, bloß so sexy sein?« Sie ließ ihm keine Wahl, entschlossen, ihn die ganze Fahrt bis nach Meiringen zu küssen. Sie brauchte seine Lippen, ganz dringend. So himmlisch musste sich ein glückliches Leben anfühlen.

16

Im Zentrum von Meiringen stiegen sie aus dem Taxi. Rainman war schwindlig. Das war mit Abstand der längste Kuss in seinem Leben gewesen. Ein Kuss von Interlaken bis nach Meiringen, ein Dreißig-Minuten-Kuss, und sein Blutdruck war im roten Bereich, aber ihm war es egal.

Das Taxi fuhr weiter, und er und Sunshine standen unschlüssig am Straßenrand. Sie hielt seine Hand fest in ihrer. Ein Lächeln huschte über seine Lippen, die sich taub anfühlten.

Sie stupste ihn mit der Schulter an. »Du verrückter Kerl. Weißt du, dass du mich heute Nachmittag vor den Augen der 'Ndrangheta entführt hast?« Sie strahlte. »Du musst lebensmüde sein.«

Nicht lebensmüde, dachte Rainman. Es war andersherum. Er war lebenshungrig und fühlte sich großartig. Endlich war diese Kraft zurück, die ihn all die Jahre angetrieben hatte. »Da drüben ist ein Gasthof«, sagte er. »Lust auf eine heiße Schokolade?«

»Ich dachte, du magst keine Schokolade.«

»Heute habe ich Lust darauf. Und ich habe Hunger.«

»Nicht dein Ernst. Du hast im Sanatorium selten gegessen, und nach dieser Fluchtaktion knurrt dein Magen? Wow, deine Nerven möchte ich haben.«

»Meine Nerven sind relaxed wie seit Monaten nicht mehr.« Er führte sie über die Straße in den heimeligen Gasthof. Am Stammtisch saßen einige Männer beim Jassen und diskutierten hitzig über ein politisches Thema. Sie verstummten augenblicklich, als Rainman und Sunshine eintraten, und musterten die Fremdlinge kritisch. Hinter dem Buffet stand eine ältere Frau und zapfte Bier. Rainman führte Sunshine an einen ruhigen Tisch in der Ecke, von wo er den Eingang sehen konnte, aber nicht gleich von neuen Gästen entdeckt wurde. Vorsicht war gut, auch wenn er sie beide im Moment in Sicherheit wähnte.

Er rief Jun-ho an, während Sunshine zwei Gläser Rotwein und zum Zvieri ein Käse- und Hobelfleisch-Plättli bestellte.

Rainman beendete seinen Anruf.

»Und?«, fragte Sunshine. »Holt er uns ab?«

»Nein. Jun-ho ist auf dem Weg nach Zürich. Sie verfolgen ihn noch immer.«

»Oh nein. Sie werden ihn verletzen.«

Rainman schüttelte zuversichtlich den Kopf. »Sie werden ihn niemals kriegen. Keiner ist besser hinter dem Steuer als Jun-ho. Er ist Amateurrennfahrer. Und er hat den schwarzen Gürtel in Taekwondo.«

»Du sprichst von deinem Assistenten, den du mir bisher nie persönlich vorgestellt hast? Ich habe ihn nur aus der Ferne gesehen, wenn er zu Besuch war.«

»Er ist ganz schön mutig, wenn es darauf ankommt. Er lockt die Verfolger zum Flughafen.«

»Sie sollen glauben, dass wir mit dem Flieger aus der Schweiz flüchten wollen? Das kauft Gianni ihm nicht ab. Er weiß, dass ich keine Ausweise bei mir habe.«

»Es ist einen Versuch wert. Im Schengenraum kannst du auch ohne Ausweis mit Self-Check-in ins Flugzeug gelangen. Das verschafft uns Zeit.«

Sie überlegte. »Wir können nicht zurück ins Sanatorium, oder?«

»Nach dieser Aktion? Eher nicht.« Zum ersten Mal kamen Rainman Zweifel, ob es eine gute Idee gewesen war, Hals über Kopf zu fliehen. Aber er hatte Sunshine unmöglich ihrem Schwiegervater überlassen können. Er hätte sie umgehend nach Italien gebracht, dann hätte Rainman sie nie mehr gesehen, nie mehr etwas von ihr gehört. Sie wäre einfach verschwunden …

Sie griff nach seiner Hand. »Ich habe kein Geld dabei, keine Kreditkarte, nichts, und nur diese alberne Kleidung, die ich wahllos angezogen habe.« Sie zog an ihrem gelben T-Shirt und blickte auf die pinkfarbenen Leggins. »Und du? Wie lange willst du den Arztkittel noch anbehalten?«

Rainman nahm es gelassen. »Steht er mir nicht? Dr. Kim ist echt cool, was denkst du?«

»Er wird mir zu überheblich. Ist er wenigstens vermögend genug, mir eine Nacht in Meiringen zu spendieren?«

»Absolut. Ich habe knapp dreihundert Franken in der Hosentasche. Das reicht für das Essen und eine Nacht in einem billigen Hotel. Jun-ho wird uns morgen abholen. Wir finden eine Lösung, wie es weitergehen soll, keine Angst.«

»Angst?« Sunshine giggelte. »Ich fühle mich so lebendig wie seit meiner Kindheit nicht mehr.«

Die Getränke und das Essen wurden serviert. Sunshine griff nach einem Stück Käse und hielt es Rainman hin, der diesmal bereitwillig den Mund öffnete. Der Alpkäse schmeckte herb und leicht scharf. Endlich verspürte er wieder einmal dieses Gefühl von Hunger. Es war herrlich.

»Wow, deine Grübchen in den Wangen sind *meravigliose*, wenn du lachst.«

»Flirtest du gerade mit mir?«

»Ich versuch's. Bin leicht aus der Übung.«

»Und du denkst, ich habe Erfahrung darin?«

»Ah, stimmt, die zweite Vertragsklausel. Keine Freundin, nur platonische Liebe zu deinen Fans, stimmt's?«

»Stimmt.«

Sie griff nach dem Rotwein und nippte daran. »Bin ich ein schlechter Mensch, weil ich nicht um meinen verstorbenen Ehemann trauere?«

Rainman griff ebenfalls nach dem Weinglas. »Hat er dir in deinem Leben etwas Gutes getan, was es wert macht, um nach seinem Tod um ihn zu trauern?«

»Die schwarze Kreditkarte ohne Limit zählt nicht?«

»Nein.«

»Gut. Dann habe ich keinen Grund zu trauern.« Sie leerte das Glas in einem Zug.

Er stellte es ab, ohne den Wein gekostet zu haben. »Iss, sonst steigt dir der Alkohol zu Kopf. Ich will dich nicht huckepack in ein Hotelzimmer tragen müssen.«

»Du hast recht, ich will mich nicht noch einmal auf deinem Rücken in Lebensgefahr bringen müssen.«

Schweigend verspeisten sie die Kalte Platte und bestellten zwei heiße Schokoladen im Anschluss. Rainman verlangte nach der Rechnung, als die Servicefachangestellte die Tassen abräumte. »Sagen Sie, haben Sie hier auch Hotelzimmer?«

»Natürlich. Zwei Einzelzimmer oder ein Doppelzimmer? Einhundertfünfzig Franken die Nacht für das Doppel- und neunzig für die Einzelzimmer.«

»Zwei Einzelzimmer?« Rainman schaute Sunshine an.

»Nein. Wir sind knapp bei Kasse und nehmen das Doppelzimmer. Gibt es ein King-Size-Bett?«

Die Frau zwinkerte ihr zu. »Ja, das Zimmer hat ein Doppelbett, aber es ist nicht wirklich King Size, eher schmal gehalten.«

»Super! Das nehmen wir.«

Rainman hob eine Augenbraue. Diese Direktheit war er sich bei Frauen nicht gewohnt. In Südkorea waren mehrere Dates üblich, bevor es überhaupt zum ersten Kuss kam. In der Schweiz war das Flirten unkomplizierter, das wusste er. Sein Leben lief gerade auf der Überholspur, raste mit hohem Tempo auf das Ende zu, da war ein enges Doppelbett keine Hürde, die er umfahren wollte. Er würde sich fügen und Sunshine den Fahrersitz überlassen.

***

Nachdem sie das Zimmer betreten hatte, warf sich Sunshine gleich auf das Bett. Die Matratze war weich, die Kissen flauschig und die Daunendecke unnötig. Es war heiß unter dem Dachstock. Rainman blieb neben der Tür stehen und beobachtete sie. Sie liebte seine Zurückhaltung in intimen Momenten. Andrea war nie so gewesen. Sie hatte nie bestimmen dürfen. Er hatte sich einfach genommen, was er wollte – gefügige Frauen. Das wollte sie nie mehr sein: gefügig. Sie setzte sich auf und streckte die Hand aus. »Komm her.«

Rainman kam nach einem Zögern auf sie zu und reichte ihr

seine Hand. Sie zog ihn neben sich auf das Bett. Er setzte sich im Schneidersitz hin, sein Kinn leicht gesenkt.

»Du bist aber keine Jungfrau mehr, oder? Steht in deinem Vertrag auch, dass Sex verboten ist?«

Sein Blick traf sie wie ein Blitzeinschlag. »Musst du so hässlich direkt sein?« Seine Stimme war tief, heiser und unglaublich sexy. Da waren sie, die Grübchen. »Nein, ich bin keine … ich meine, ich –« Seine Ohren wurden rot.

Sie drückte ihm hastig den Zeigefinger auf die Lippen. »Darf ich mir vorstellen, dass du noch Jungfrau bist?«

»Wmpf«, zischte Rainman zwischen den geschlossenen Lippen hervor.

Sie lachte laut heraus und nahm die Hand von seinem Mund. »Ist ja gut, war nur ein Scherz. Gott, ist das herrlich, wenn ich dich in Verlegenheit bringe.«

Auf seine Reaktion war Sunshine nicht vorbereitet. Er sprang aus seinem Schneidersitz auf, packte sie an den Schultern, warf sie sanft, aber bestimmt auf die Matratze, lag plötzlich über ihr, rollte langsam zur Seite und zog sie mit sich, bis sie auf ihm lag. Er lachte über ihren erstaunten Gesichtsausdruck. Liebevoll strich er ihr eine Haarsträhne hinter das Ohr und grinste neckisch.

Sie setzte sich rittlings auf ihn und starrte ihn an. »Warum werde ich aus dir nicht schlau? Mal bist du der schüchterne Schuljunge, dann wieder Superman. Ich dachte, ich sei diejenige mit Schauspieltalent. Wer bist du wirklich?«

Er streckte entspannt die Arme hoch über seinen Kopf. Die Hände versanken in dem weichen Daunenkissen. »Kein Schauspiel. Ich bin bloß ein interessanter, vielschichtiger Typ. Superman hatte ja auch zwei Persönlichkeiten.«

»Wow, gerade zeigst du eine dritte. Du liegst wie Casanova unter mir, obwohl ich rittlings auf deinem …« Sie schaute an sich hinunter. »Oh, er ist wohl aufgewacht und will mitspielen.«

***

Mit der Entspanntheit war es vorbei. Es gab nichts, was Rainman gegen die Röte in seinem Gesicht tun konnte.

Sie beugte sich vor und packte seine glühenden Wangen zwischen Daumen und Zeigefinger. »Glaubst du an Märchen?«

Er wollte es. Verflucht, heute Abend wollte er an Märchen glauben. Er wollte Sunshine lieben, ohne dabei an den zu hohen Blutdruck zu denken, der sein Hirn fluten könnte. Konnte er ihr beichten, dass Sex für ihn lebensgefährlich war? Oder sollte er schweigen und riskieren, dass sie am Morgen neben einer Leiche erwachte? Er wollte nichts lieber als das Risiko eingehen, sie lieben, als ob es kein Morgen gäbe, sie glücklich machen und hoffen, dass das Schicksal ihm einen Aufschub gewährte. Er konnte passiv bleiben, sie führen lassen, sie in den Himmel heben, sie glücklich sehen – und einfach genießen.

Er rührte sich nicht, als sie ihm langsam den Arztkittel auszog und das Hemd aufknöpfte. Ihre Finger waren warm, als sie seine nackte Brust wie Neuland erforschte, die Daumen über seine harten Nippel strichen. Rainman schloss die Augen. Ihr Atem ließ ihn schaudern, als sie mit der Zunge sein Ohrläppchen liebkoste. Suchend wanderten ihre feuchten Lippen über seine Wangen und forderten das Glück ein, als sie ihr Ziel erreichten, er den Mund öffnete und die Leidenschaft ihn wie ein Sturm überrollte. Nein, Rainman war keine Jungfrau mehr, aber er hatte noch nie bei einer Frau dieses Verlangen gespürt, eins mit ihr zu werden, nicht aus Lust, sondern weil sein Herz danach lechzte. Er umschlang sie, zog sie sanft, aber voller Begierde auf seine nackte Brust. Der Kuss war heiß, innig, er war pures Leben.

***

Sie keuchte. Gott, sie wollte Rainman in sich aufsaugen, ihn nie mehr loslassen. Ihre Lippen brauchten mehr, wanderten von den seinen über das Kinn, den Hals entlang immer tiefer, trafen auf seine Brust. Seine Haut war unglaublich zart und weich, die Muskeln darunter angespannt. Er duftete wie ein dampfender Regenschauer im Sommer, nach Apfelbäumen, frisch gemähtem Alpengras, nach Bergseewasser und Feuerlilien. Er duftete nach Heimat. Er duftete nach ehrlicher Liebe.

Von ihren Gefühlen überwältigt schossen Sunshine Tränen in die Augen. Sie wollte lächeln, aber es gelang ihr nicht. Sie begann zu zittern. Seine rechte Hand strich ihr über den Kopf. Sanft. Liebevoll. Seine linke Hand tastete sich ihre Wirbelsäule hinab und schob sich langsam unter ihr Shirt. Sie war warm und zärtlich, als sie auf ihrer nackten Haut wieder den Rücken hoch zurückwanderte und zwischen ihren Schulterblättern liegen blieb.

»Sunshine.« Wie sie diese ruhige und samtweiche Stimme liebte.

»Hm?« Sie vergrub ihr Gesicht in seiner Brust. Sie konnte doch in diesem magischen Moment nicht losheulen.

»Wir sind beide erschöpft«, sagte er. »Lass uns ein wenig schlafen.«

»Was?« Sie schnellte mit dem Kopf hoch und starrte ihn an. Wie konnte er in diesem Augenblick an Schlaf denken?

Seine Wangengrübchen waren zum Dahinschmelzen. Wie ein unschuldiger Junge schaute er sie an. Wie ein weiser, intelligenter, unschuldiger Junge. »Wir haben Zeit«, sagte er und legte eine Hand an ihre gerötete Wange, wischte mit dem Daumen die Tränen fort.

»Nein.« Sie schniefte. »Vielleicht nicht. Zeit ist …«

»Zeit spielt keine Rolle, nur der Moment zählt.« Er schob sie von sich herunter, legte sich auf die Seite und nahm sie fest in die Arme. »Lass uns so liegen bleiben, ja?«

Sunshine klammerte sich an ihn, als würde ihr Leben davon abhängen. Das tat es wohl auch, dachte sie. Sie waren auf der Flucht vor einem zornigen Capo, der sie jagen würde, und Sunshine hatte nichts, keine Ausweise, kein Geld, keine Beziehungen. Sie war machtlos. Wie sie dieses Gefühl hasste. Alles, was ihr blieb, war Rainman. War sie erneut von einem Mann abhängig? Das wollte sie nicht. Was viel schlimmer war, war die Tatsache, dass er wegen ihr in Gefahr schwebte. Bisher hatte sie den Gedanken verdrängt, weil sie egoistisch war. Aber das durfte nicht sein. Sie durfte ihn nicht mit sich ins Unglück stürzen. Es gab nur einen Weg, wollte sie ihn beschützen. Sie musste sich von ihm lösen, ob sie wollte oder nicht. »Nein«, flüsterte sie.

Er schaute sie verwundert an.

»Nein, Rainman, wir haben keine Zeit. Genau das ist es, was uns das Schicksal nicht gönnt.«

Unmöglich konnte sie seinen Blick deuten, der auf ihr ruhte. Sie kannte seinen mürrischen Ausdruck oder, wenn er wütend war, auch die Gleichgültigkeit in seinen Augen, ein wenig Kälte ebenfalls. Die Leblosigkeit hatte er ihr gezeigt. Lethargie auch. Und sein Lächeln, sein Mitgefühl, den Charme und seinen Sexappeal, nicht zu vergessen seinen trockenen Humor, Gott, wie sie den liebte. Sie kannte seine Unsicherheit, sein Misstrauen und seine kühle Arroganz, seine Weisheit und Bescheidenheit. Sie kannte all diese Facetten an ihm, aber noch nie hatte sie diese pure Angst in seinen Augen gesehen. »Rainman? Was ist los?«

Er schüttelte den Kopf, als wolle er die Angst aus seinem Hirn schleudern. Sein Atem ging heftig und stoßweise. Hatte er wieder Kopfschmerzen?, fragte sie sich.

»Du hast recht«, sagte er leise und nach langem Zögern. »Wir haben keine Zeit. Ich will dich, Sunshine, heute Nacht, ganz nah bei mir.«

Sie liebten sich in dieser Nacht bis in den Morgen hinein, in diesem kleinen Zimmer unter dem Dachstock, in diesem schmalen Bett, das keine Distanz zuließ, zwei nackte, ausgehungerte Körper und zwei verlorene Seelen, die vom Schicksal bloß ein wenig Zeit bekommen wollten.

17

Nachdem die Kriminalbeamten von Allmen und Feuz den Raum verlassen hatten, stand Gianni vom Sofa auf und trat ans Fenster seiner Hotelsuite in Interlaken. Den Blick auf die schneebedeckten Viertausender konnte er nicht genießen. Wütend biss er die Zähne zusammen und krallte seine Finger in den Vorhang. Er durfte die Trauer nicht zu nah an sich heranlassen. Noch nicht. Erst musste der Mörder oder die Mörderin gefasst und bestraft werden. Er drehte sich zu Tony um, der neben der Tür stehen geblieben war. »Du arbeitest noch nicht lange als ihr Bodyguard, deshalb bin ich nachsichtig mit dir. Die Polizei glaubt deine Geschichte, dass Anna mit diesem Asiaten die Nacht verbracht hat.« Giannis Stimme wurde leiser. »Sie hat in der Nacht meinen Sohn betrogen.«

Tony trat von einem Fuß auf den anderen.

Lügner zu erkennen war Giannis Spezialität. Er besaß eine Gabe, die ihn dorthin gebracht hatte, wo er heute war, an die Spitze der 'Ndrangheta. »Sie hat also die Mordnacht mit diesem Rainman in einer Honeymoon-Suite in der Pension verbracht, in der du logierst?« Tony wollte antworten, aber Gianni gab ihm ein Zeichen zu schweigen. »Ich erzähle dir, wie ich das sehe. Und wenn ich fertig bin, werde ich dir eine Frage stellen, eine einzige. Überlege dir gut, wie du antworten wirst. Setz dich.« Er zeigte auf das Sofa.

Tony zögerte, setzte sich vorsichtig, den Rücken kerzengerade, den Blick gesenkt.

Gianni ging auf und ab. »Andrea hat hier in diesem Hotel in der Suite nebenan logiert. Sophie war oft bei ihm, auch über Nacht, das hat das Hotelpersonal bezeugt, obwohl Andrea für sie ein anderes Zimmer gebucht hat. Sophie sagt, dass sie in der Mordnacht nicht bei ihm war. Ob sie lügt, wird sich zeigen. Meine Männer sind mit ihr bereits auf dem Weg zurück nach Italien, auch wenn die Berner Polizei ihr die Ausreise untersagt hat, aber das ist mir egal.« Gianni zupfte an seiner dünnen Strickjacke. Er war für die Jahreszeit zu warm angezogen. »Und du und dieser Assistent des Popstars behaupten, dass Anna in der Nacht in der Pension oben am Berg war. Was wollte Andrea so früh am Morgen am Bahnhof Interlaken? Er hasste Züge, er liebte seinen Ferrari, aber der steht noch in der Tiefgarage des Hotels. Laut der Kriminalpolizei wurde mein Sohn vor dem Todesstoß …«

Gianni schluckte schwer. Der Verlust des eigenen Kindes war unerträglich. Auch wenn Andrea nicht der erste Sohn war, den er Gott übergeben musste. Sein Ältester wurde bei einem Streit um eine Drogenlieferung erstochen. Und Andreas jüngere Halbschwester nahm sich vor einem Jahr das Leben. Gianni hatte viele Sprösslinge. Die *famiglia* war ihm heilig, und Nachwuchs sorgte für das Überleben der Blutlinie. Er hatte acht weitere Söhne und Töchter und vierzehn Enkel. Gianni war Witwer. Drei Ehefrauen musste er zu Grabe tragen. Seine erste Frau starb an Krebs. Seine zweite, Andreas Mutter, wurde bei einem Attentat Opfer eines Querschlägers. Die Kugel hatte Gianni gegolten. Und seine dritte Frau betrog ihn und veruntreute Geld. Sie musste die Konsequenzen für ihr Handeln tragen.

Heute war Gianni zweiundsiebzig. Er brauchte keine vierte Frau mehr, aber er brauchte einen fähigen Sohn, der sein Erbe antreten würde. Andrea wäre seine erste Wahl gewesen.

Mit der Hand fuhr er sich über die Stirn. Er musste konzentriert bleiben, wollte er den Mörder fassen und seiner gerechten Strafe zuführen. »Laut der Polizei wurde Andrea vor seinem Tod verprügelt«, fuhr er fort. »Sophie und Anna sind nicht stark genug dazu. Es muss ein Mann mit im Spiel sein.« Gianni starrte Tony an. »Ein starker Mann.«

Schweißperlen bildeten sich auf Tonys Glatze.

Natürlich, dachte Gianni. Er wusste, wann ein Mann lügt. »Ich kann Anna einen Seitensprung vergeben. Andrea war kein Mustergatte. Ich weiß, dass sie es schwer hatte, aber Mord? Sollte sie Hilfe gehabt haben, werden das alle in ihrem Umfeld mit dem Tod bezahlen. Das Sterben kann lange dauern und schmerzvoll sein, das weißt du, Tony.« Gianni stellte sich hinter ihn und legte ihm die Hände auf die Schultern. »Du hast gestern mit meinen Männern den Popstar, der mit Anna vor mir geflohen ist, bis zum Flughafen Zürich verfolgt. Wie konnte er euch dort abhängen? Anna kann nicht weit sein. Ihr Pass war bei Sophie und ist jetzt in meiner Hand.« Gianni ging um das Sofa herum und setzte sich Tony gegenüber in den Sessel. »Ich stelle dir die Frage nur ein Mal. Tony Grimaldi, hat Anna mit diesem Rainman in der Mordnacht in deiner Pension übernachtet?« Er ließ Tony die Zeit, die er brauchte, die richtige Antwort zu liefern.

»Nein«, antwortete Tony. »Ich habe weder Anna noch Rainman in der Mordnacht gesehen, sondern mit Rainmans Assistenten Jun-ho in der Pension geschlafen.«

Gianni lehnte sich im Sessel zurück. »Anna hat also kein Alibi, aber sich mit ihrem Liebhaber in der Nacht irgendwo herumgetrieben.« Er schnalzte mit der Zunge. »Meine Männer sind an ihr dran. Nach der Flucht mit dem Lieferwagen der Bäckerei stiegen die beiden in ein Taxi, das haben meine Männer heute Morgen herausgefunden. Dieser Jun-ho hat bloß ein Ablenkungsmanöver inszeniert. Wir haben die Aussage des Kioskbesitzers in der Quartierstraße, der sie gesehen hat, und bald wissen wir, mit welchem Taxi die beiden wohin gefahren sind. Ich gebe dir eine letzte Chance, Tony. Halte dich bereit. Wir holen Anna heim. Diesen Popstar erledigen wir noch in der Schweiz. Ich will Anna leiden sehen, bevor ich sie mir vornehme. Ich hoffe, die beiden hatten eine schöne Nacht zusammen, umso mehr wird ihr Herz bluten.«

***

Sunshine erwachte mit einem Lächeln im Gesicht. Sie wusste gleich, wo sie war und wer neben ihr lag. Noch bevor sie die Augen öffnete, atmete sie tief ein, um seinen Geruch zu genießen.

»Guten Morgen.« Seine Stimme war warm und weich.

Sie fühlte seine Finger auf ihrer Schläfe, die über die Wange bis zu ihren Lippen wanderten. Konnte sie ihn zum Frühstück verspeisen? Nein! Er war zu kostbar. Sie öffnete die Lider. Er lag auf der Seite neben ihr und schaute sie an. Sein Kopf ruhte auf seiner anderen Hand. Die Grübchen in seinen Wangen waren Canyons, das Funkeln in den Augen strahlendes Sonnenlicht. »Hey, Schlafmütze«, sagte sie.

»Falsch. Ich liege schon eine Stunde wach und bewundere die Aussicht.«

Sie drückte ihm einen Kuss auf die Lippen. Sie konnte nicht anders. Diese vollen, warmen, weichen Lippen waren eine größere Versuchung als alle Schweizer Schokolade auf dem Planeten. Nach dem Kuss leckte sie sich die eigenen Lippen ab, um nichts von seinem Geschmack zu vergeuden.

»Hunger?«, fragte er.

»Nein.« Die Antwort kam harscher als beabsichtigt rüber. Gott, für einen Augenblick hatte sie vergessen, was ihr heutiger Plan war. Sie drehte sich weg, schnappte sich ein Kissen, das neben ihr lag, und drückte es sich ins Gesicht. Sie hätte schreien können. Warum mussten diese magischen Stunden so schnell verfliegen? Warum musste es einen Morgen danach geben? Diese verfluchte Zeit …

Sie fühlte, wie er sich auf sie rollte. Reflexartig schlang sie die Arme um seinen nackten Oberkörper. Er zog ihr langsam das Kissen vom Gesicht. »Was ist? Hast du schon genug von mir?«

»Es war ein Fehler.« Sie musste ihm die Tatsache kalt ins Gesicht schleudern, anders würde sie es nicht übers Herz bringen.

Seine Augenbrauen zogen sich zusammen. Leicht zuckte er mit dem Kopf zur Seite. Warum nur sah jede seiner Bewegungen wie eine Verführung aus, der sie nicht widerstehen wollte? Sie schloss die Augen. »Rainman, nicht.«

Er setzte sich auf sie.

Sie öffnete ein Auge, dann das andere. *Merda*, sie musste eine Entscheidung treffen, und je länger sie diese hinauszögerte, desto schwächer wurde sie und desto näher kam Rainman seinem Tod. Ruckartig packte sie seinen Arm, zog ihn von sich herunter, hob die Hüften, um nachzuhelfen, und drehte sich von ihm weg. Er war auf ihre Abwehrreaktion nicht vorbereitet, reagierte zu spät und landete neben dem Bett auf dem Boden. Sie schoss auf und blieb auf den Knien auf der Matratze sitzen. »Oh, sorry.« Die Bettdecke war ebenfalls neben dem Bett gelandet, und sie präsentierte ihm unbeabsichtigt ihren nackten Körper. Rasch riss sie die Decke an sich und hielt sie wie einen Schutzschild vor sich.

Rainman rappelte sich langsam auf, rieb seine Hüfte und setzte sich im Schneidersitz hin, den Kopf zur Seite geneigt, der Blick schockiert. Seine Nacktheit kümmerte ihn nicht.

»Es … Es geht nicht«, stotterte sie. Was für eine lausige Erklärung. Krampfhaft hielt sie ihren Blick auf seine zerzausten Haare fokussiert, die ihr im Augenblick als der unschuldigste Teil seines Körpers erschienen. Seinem Blick konnte sie nicht standhalten, und beim bloßen Gedanken an seinen Schneidersitz und was … Nein! Denk nicht einmal daran.

Rainman hob perplex die Hände. »Was geht nicht?«

»Wir! Das mit uns. Es geht nicht.«

»Hat es dir nicht …?«

»Oh nein, es war aufregend, aber hey, es war nur Sex, ja?« Die Worte kamen im Takt und rasend schnell aus ihr heraus, als ob sie ein Maschinengewehr gegen ihn abfeuerte. »Das machen Erwachsene ständig so. Ist ganz normal. Von hier geht jeder von uns seinen Weg, sonst wird es kompliziert. Anziehen, genau. Wo sind meine Kleider?« Sie hob die Bettdecke, fand aber nirgendwo ihren Slip. Der BH lag über der Nachttischlampe. Sie packte ihn und hielt ihn vor ihre Brust. »Kannst du bitte die Augen schließen?«

»Was?«

»Ich will mich anziehen.«

»Jetzt?«

»Ich gehe sicher nicht nackt auf die Straße.«

»Es ist erst neun Uhr. Jun-ho wird uns am Mittag abholen.«

»Nicht mich.«

»Wo willst du hin?«

»Ähm … fort.«

»Fort?« Rainman stand auf, trat vor Sunshine und legte seine Hände auf ihre Schultern. Sie zuckte bei der Berührung zusammen, und er zog verstört die Hände zurück. »Kannst du durchatmen und dich beruhigen? Lass uns reden, ja?«

Sunshine hatte keine Ahnung, wie sie reagieren sollte. Sie entschloss sich, die Beleidigte zu spielen, verschränkte die Arme und schürzte die Lippen, versuchte dabei krampfhaft zu ignorieren, welchen Körperteil er ihr gerade vor dem Gesicht präsentierte. Wie hatte sie nur so falschliegen können. Verkrampft und scheu war Rainman nie und nimmer. »Reden nach einer Nacht mit Sex wird überbewertet. Lass es gut sein und zieh dir endlich was über.«

Er ging vor ihr in eine Hocke, welche nur Asiaten hinbekamen, und schaute zu ihr hoch. »Wovor hast du Angst?«

Warum war er so verdammt verständnisvoll und besorgt? Er machte es ihr dadurch fast unmöglich, standhaft zu bleiben. Sie wollte nichts lieber als in seine Arme sinken, stattdessen beschloss sie, ihn aus dem Hinterhalt eiskalt abzuschießen, nur so würde er überleben. Er durfte nicht an ihrer Seite sein, wenn Gianni sie holte, und das würde er, früher oder später. »Wir hatten Spaß, aber das mit uns wird nichts, es ist belanglos.«

»Wer sagt das?«

»Hast du deine Vertragsklausel Nummer zwei vergessen?«

»Die ist mir egal.«

Sie presste die Lippen zusammen und starrte an die Decke des Dachzimmers. »Also gut, du willst es nicht anders. Du weißt, dass ich zu der 'Ndrangheta gehöre.«

Rainman schreckte die Aussage nicht ab. »Du bist ein Opfer der Mafia.«

»Nicht nur«, antwortete sie.

Er schaute sie fragend an.

Dieses Gesicht, dachte sie, gab es ein hübscheres Gesicht im Universum? Unmöglich.

Sunshine holte Luft, um der jungen Liebe den Todesstoß

zu versetzen. »Ich bin kein Opfer. Ich bin eine von ihnen. Ich bin eine Dreifachmörderin. Der Platz in der Hölle ist für mich reserviert.«

»Was sagst du da?«

»Ich habe drei Leben auf dem Gewissen. Und? Willst du noch immer mit mir auf dem Bett herumturteln und Zukunftspläne schmieden?« Sie entdeckte ihren pinkfarbenen Slip unter dem Kopfkissen. Rasch beugte sie sich vor, um ihn an sich zu reißen, als Rainman nach ihrem Handgelenk griff und sie zu sich auf den Boden an seine Brust zog.

»Warum lügst du? Willst du mich loswerden? Weil du Angst hast? Weil du Angst hast, ich könnte der Nächste sein, der unter den Zug kommt?«

Wie hatte er sie so leicht durchschauen können? Warum ging er nicht auf Distanz? Warum stieß er sie nicht von sich weg? Sie atmete heftig, ihre Nase an seine nackte Brust gepresst. »Zwischen Himmel und Hölle gibt es keine Brücken.« Ihre Stimme klang heiser. »Genauso wenig wie Regen und Sonnenschein zusammengehören.«

Er strich ihr mit der Hand über den Kopf. »Dummchen. Regen und Sonne sind fähig, das Schönste auf der Welt zu erschaffen.«

»Was denn?« Die Tränen flossen.

»Wir brauchen einen Regenbogen.«

Sie krallte sich so fest an seinen nackten Oberkörper, als hinge sie über dem Abgrund ins Höllenfeuer.

***

Es war kurz vor Mittag, als das Taxi auf dem Parkplatz vor dem Eingang der Aareschlucht hielt. Sie stiegen aus, und Rainman rannte mit Sunshine an der Hand durch den Regen zum Westeingang, der in einem Gebäude untergebracht war. Es war windig und kühl, weshalb wohl keine anderen Besucher an der Kasse standen, vermutete Rainman.

Unter dem Vordach blieben sie einen Moment stehen und

schauten dem Regen zu. Rainman wischte Sunshine die feuchten Haare aus der Stirn. »Wir haben eine Stunde, bis Jun-ho uns beim Ausgang an der Ostseite der Schlucht abholt. Lass uns diese Stunde genießen, als wären wir wieder die Kinder von damals. Das letzte Mal war ich mit meinen Eltern hier, da war ich elf. Es war ein toller Ausflug. Wir haben viel gelacht, daran erinnere ich mich, als wäre es gestern gewesen.« Er zog sie enger an sich. »Ich habe mich noch immer nicht daran gewöhnt, zurück in meiner alten Heimat zu sein.«

»Wie war dein Vater so?«

»Ein typischer Schweizer eben. Groß, mit breiten Schultern und einem vollen Bart.«

»Bart?« Sie musterte ihn. »Du hast kein einziges Barthaar von ihm geerbt.« Mit den Fingerkuppen strich sie über sein perfektes Kinn, das zarter war als der Popo eines Babys.

Rainman wollte nicht zugeben, dass Hunderte von Gesichtsbehandlungen zu dieser perfekten Haut beigetragen hatten, eine Tatsache in der verrückten Welt des koreanischen Beautywahns, dem nicht nur die Promis bis zum Exzess verfallen waren.

»Lass mich raten, was in Paragraf drei deines Vertrages steht. Hmm … Babypopo-Haut ist Pflicht.«

Er spielte den Verärgerten. »Schlimmer ist Paragraf vier: Beauty-OPs vor dem Debüt und nach dem Militärdienst – und ab dreißig mindestens ein Lifting alle fünf Jahre.«

»Echt?«

»Nicht ganz, aber hat schon was. Zum Glück hat mich meine angeborene Schönheit bisher vor dem Skalpell gerettet.«

»Angeber.« Sie kniff ihm in die Wangen. »Wehe, du lässt dir auch nur ein Fältchen glätten.«

Er gab den Entsetzten. »Fältchen? Wo?«

Sie giggelte. »Wie fand denn deine Mutter den Bart deines Vaters?«

»Oh, sie hasste ihn. In Südkorea gilt ein Bart nicht als männlich und sexy, sondern als schmutzig und ungepflegt.«

»Ich mag Bärte.«

Rainman wuschelte ihr mit der Hand über den Kopf. »Ich tue fast alles für dich, aber mit Bart wirst du mich niemals sehen.«

»Was ich dich immer schon fragen wollte … Du bist hier geboren und gingst hier zur Schule. Warum haben deine Eltern dir keinen Schweizer Namen gegeben? Hat sich deine Mutter bei der Namenswahl durchgesetzt?«

»Ich hatte einen Schweizer Namen. Als ich als Trainee angenommen wurde, schlug die Agentur vor, meinen Namen zu ändern. So nahm ich den Nachnamen meiner Mutter und meinen zweiten Vornamen an.«

»Du hast deine Schweizer Identität aufgegeben?«

»Ja. Ich bin auch kein perfekter Mensch, was?«

»Verrätst du mir deinen Schweizer Namen?«

»Nicht heute.«

»Ich werde ihn rauskriegen.« Sie zwickte ihn in die Taille. »Wie ist deine Mutter so? Streng? Hat sie dich nach Seoul gebracht, weil sie einen Star als Sohn wollte?«

»Nein. Sie wollte zurück, weil die Schweiz sie an meinen Vater erinnerte. Sie hat seinen Tod nur schwer verkraftet. Die ersten Jahre waren schwer. Sie hat in Busan bis in die Nacht hinein in einem Restaurant gearbeitet, um mir die Ausbildung zu ermöglichen. Ich war ehrgeizig. Ich habe die Show geliebt, und ich wollte ganz groß rauskommen, damit meine Mutter ein schönes Leben genießen kann. Ich denke, das zumindest habe ich geschafft. Sie ist die beste Mutter, die ich mir wünschen konnte.«

»Oh? Tatsächlich?«

»Meine *Eomma* wirkt nach außen hin streng, aber sie hat ein riesiges Herz.«

Sunshine senkte den Kopf und murmelte Unverständliches.

»Was hast du gesagt?«

»Ach nichts.«

Er grinste und zog sie enger an sich. »Lass uns reingehen.« An der Kasse bezahlte er den Eintritt und kaufte gleich noch einen roten Regenschirm dazu. »Los geht's.«

Hinter dem Gebäude führte ein Kiesweg zur Schlucht.

Sunshine hüpfte an Rainmans Hand wie ein kleines Kind auf und ab und spielte mit den Regentropfen. Er hatte Mühe, den Schirm über sie zu halten. Sie trug wie gestern die pinkfarbenen Leggins und das gelbe T-Shirt. Es war kein Geld übrig gewesen, um Kleider zu kaufen. Nach dem Bezahlen des Eintrittes hatte er sich noch genau diesen Schirm leisten können.

»Wow! Das ist grandios. Sieh dir die Kalksteinfelsen an, die sind bestimmt zweihundert Meter hoch«, rief sie. Gischt spritzte von den Stromschnellen her hoch bis zum Steg aus Holzplanken, dessen eiserne Halterungen im senkrechten Felsen montiert waren. Sunshine klammerte sich ans Geländer, lehnte sich vor und schaute in das tosende Wasser unter ihr. Sofort spürte sie Rainmans Hände an ihrer Taille. »Keine Angst, ich springe nicht. Heute ist ein Tag, an dem ich leben will. Diese Schlucht ist wie ein verwunschenes Paradies.«

Er trat von hinten näher an sie heran und umschlang sie mit einem Arm, in der anderen Hand den Schirm schützend über sie haltend. Er fühlte ihre Wärme, ihre Energie. Das Leben war neu für ihn, wenn er mit ihr zusammen war, nicht durchgeplant, auf eine herrliche Art chaotisch, prickelnd und voller Überraschungen.

Rainman hatte die Sonne nie gemocht. In seinem Land war Sonnenlicht verpönt. Es zerstörte die Haut und ließ sie früh altern, aber er begriff, dass man Sonnenlicht brauchte, um zu überleben. Sunshine war zu seinem Rettungsanker geworden, gab seinem Leben einen Sinn, mit all ihren Fehlern.

Er glaubte ihr nicht, dass sie drei Menschenleben auf dem Gewissen hatte. Es war eine Lüge gewesen, um ihn von sich fernzuhalten, weil sie um seine Sicherheit besorgt war. Aber Sicherheit gab es in seinem Leben keine mehr. Er tanzte auf Messers Schneide. War er egoistisch, weil er trotzdem mit ihr zusammen sein wollte? Er würde Sunshine zurücklassen müssen. Konnte sie damit umgehen? Konnte er so grausam sein? Nein, jetzt noch nicht. Er durfte nicht gehen. Die Erinnerung daran, wie seine Mutter gelitten hatte, als sein Vater plötzlich aus dem Leben gerissen wurde, quälte ihn bis heute. Erst musste er Sunshine in Sicherheit wissen und für sie eine neue Zukunft aufbauen, dann würde er sich verabschieden und sich zurückziehen, mit den schönen Erinnerungen darauf warten, dass der Vorhang fiel. Ja, das war sein Plan. Noch befanden sie sich erst am Beginn des dritten Aktes.

»Warum so nachdenklich?«, fragte sie.

Er drückte sie fest an sich und legte sein Kinn auf ihre Schulter. »Komm mit mir zurück nach Seoul. Fliegen wir noch heute. Jun-ho wird uns den nächsten Flug buchen. Dort bist du sicher vor deiner Familie.«

Sie legte den Kopf zurück. »Ein schöner Gedanke, aber es geht nicht.«

»Warum?«

»Ich habe keinen Pass. Den hat vermutlich Gianni bei sich.«

»Machen wir einen Notpass.«

»Ich musste meine Schweizer Nationalität abgeben, als ich Andrea heiratete. Ich besitze nur einen italienischen Pass, da geht das nicht so einfach.«

»Wir können uns irgendwo in Europa verstecken, bis du deinen Pass machen kannst.«

»Ich habe weder einen Personalausweis noch Führerschein, die hat Andrea mir abgenommen, als ich ins Sanatorium ging.« Sie griff nach seiner Hand und führte ihn weiter durch einen Tunnelabschnitt im Fels, zurück auf den Steg. Eine junge Familie mit zwei Töchtern im Primarschulalter kam ihnen lachend und klatschnass, trotz der bunten Regenmäntel, entgegen. Die Kinder grüßten übermütig und verschwanden nach der nächsten Biegung in der Schlucht.

»Ich war mit meinen Eltern und meiner Schwester an meinem zehnten Geburtstag hier. Ich weiß noch, wie Sophie gemeckert hat, weil sie nicht laufen wollte.«

»Du hast dich mit deiner Schwester nie sehr gut verstanden, oder?«

»Nein. Als Kinder waren wir ganz okay miteinander. Ich war die wilde Anführerin, sie die liebliche, hinterhältige Intrigantin. Das konnte sie gut. Sie ist eine bessere Schauspielerin als ich. Nur mich konnte sie nie hinters Licht führen. Vielleicht war sie deshalb neidisch auf mich. Ich war Papas Liebling, sein Wildfang. Dann geschah der Unfall. Sophie gibt mir die Schuld am Tod unserer Eltern. Tat ich selbst auch, was ich mit meinen pubertären Anfällen überspielt habe. Tante Marie hat schon recht, die Ohrfeigen habe ich verdient. Ich war schrecklich damals.« Sie schaute Rainman an. »Wie hast du es bloß geschafft, mich zu zähmen?«

»Das habe ich nicht«, sagte er, »das ist das Geheimnis.«

Sie stupste ihn an. »Nicht nur ein schönes, sondern auch ein cleveres Köpfchen hast du. Und dir ist egal, dass ich eine Dreifachmörderin bin?«

»Bist du nicht.«

Sie blieb stehen. »Du denkst, ich lüge?«

Er zuckte mit den Schultern. »Wir alle haben unsere Geheimnisse.« Rainman konnte ihr bei diesem Satz nicht in die Augen sehen.

»Du auch?«, fragte sie und hob mit der Hand sein Kinn. »Welche Leichen hast du im Keller vergraben?«

Er schwieg.

»Am Morgen nach der Nacht bei Tante Marie in Iseltwald, da lagst du nicht mehr im Bett, als ich aufwachte. Warum?«

»Ich musste nachdenken.« Er blickte zur Seite.

»Du lügst. Ich weiß, wenn jemand lügt. Bist du nach Interlaken gefahren?«

»Nein.« Die Antwort kam zu schnell über seine Lippen.

»Doch, bist du. Warum? Wolltest du zu meinem Mann?« Sie griff nach seinen Schultern. »Sag mir die Wahrheit. Hast du dich mit Andrea getroffen? Sophie hat am Tag zuvor die Visitenkarte des Hotels mit der Zimmernummer auf den Tisch in der Cafeteria gelegt. Ich habe sie liegen lassen. Du musst es mitbekommen haben.«

Er trat einen Schritt zurück. »Ja. Du hast recht.« Die Antwort klang schroffer als beabsichtigt. »Ich fuhr an dem Morgen nach Interlaken.«

18

»*Siamo qui*«, sagte der Fahrer.

Gianni drehte den Kopf zu Tony. »Ein guter Ort. Die Gastwirtin in Meiringen hat es uns leicht gemacht. Du weißt, was du zu tun hast. Meine Männer warten am Osteingang, wo mich mein Fahrer auch hinbringen wird. Die Schlucht soll eng sein, und es gibt nur zwei Ein- beziehungsweise Ausgänge. Das ist deine letzte Chance, Tony. Nutze sie gut, um mein Vertrauen in dich nicht zu verlieren.« Er legte Tony väterlich die Hand auf die Schulter. »Holen wir meine Schwiegertochter heim.«

Tony nickte und öffnete die Tür.

»*Un momento*«, Gianni streckte ihm die offene Hand entgegen, »dein Mobiltelefon, das brauchst du nicht. Ich gebe es dir zurück, wenn der Job erledigt ist.«

Zögern wäre zwecklos gewesen. Tony griff in die Innentasche seines Jacketts, dabei streiften seine Finger kurz die Pistole, und übergab Gianni sein Handy. Als er zum Eingang der Aareschlucht marschierte, wusste er, dass es keine Alternative gab. Hinterging man die *famiglia*, war man ein toter Mann. Warum musste er sich persönlich um die beiden kümmern, und ausgerechnet heute bei diesem Regenwetter? Er hätte in seiner Jugend auf seine Mutter, Gott habe sie selig, hören und in Neuseeland Meeresbiologie studieren sollen, weit weg von den italienischen Mafiaclans, unter denen er und seine Familie aufgewachsen waren.

***

»Gut.« Sunshine drehte sich um und stampfte davon.

»Gut?« Rainman warf den Schirm zu Boden und folgte ihr. In dem Tunnel war es düster und rutschig. Er holte sie ein und fasste sie um die Taille.

Sie blieb regungslos stehen.

»Nichts ist gut«, flüsterte er in ihr Ohr. »Es ist nicht, wie du –«

»Sag es nicht. Es ist mir egal, ob du Andrea vor den Zug gestoßen hast oder nicht. Das Resultat bleibt das gleiche. Er ist tot, und wir sind auf einer aussichtslosen Flucht. Unsere Romanze hat keine Zukunft. Also lass mich gehen.« Sie konnte ihm nicht in die Augen sehen. »Flieg du nach Südkorea, am besten gestern schon. Dort wird Gianni dich nicht finden. Ich komme klar, wie immer. Ich bin anpassungsfähig, eine Überlebenskünstlerin.«

»Du willst zurück nach Kalabrien?«

»Ja. Gianni wird wütend sein, aber ich bin unschuldig. Er wird es nicht bei einer bloßen Vermutung belassen, sondern die Wahrheit über den Tod von Andrea herausfinden, vorher wird er mich nicht ermorden lassen. Ist meine Unschuld bewiesen, wird er sich bei mir entschuldigen und mir einen seiner anderen Söhne als Wiedergutmachung anbieten.« Sie drehte den Kopf und schaute ihn an. Ihre Lippen waren nur Zentimeter voneinander entfernt.

»Einen anderen Sohn?« Rainmans Augen weiteten sich entsetzt.

»Er kann mich nicht gehen lassen, ich weiß zu viel über die Geschäfte und Beziehungen. Und wenn ich durch eine weitere Heirat an die Familie gebunden bleibe, sind die Morrones und ich in Sicherheit. So ist das Gesetz der 'Ndrangheta. Ich werde ihn bitten, mich mit Davide zu verheiraten. Der Kleine steht auf mich, auch wenn er sieben Jahre jünger ist. Er ist dumm und kein Augenschmaus, aber leicht zu kontrollieren. Und er mag keine Gewalt, ist der ängstliche Typ. Ich werde ein langes, friedliches Leben haben, Giannis Geld in Luxusboutiquen ausgeben, und vielleicht sollte ich stricken lernen, er mag handgearbeitete Cardigans. Und Wollsocken im Winter, genau.« Sie wandte den Blick wieder nach vorne, schüttelte Rainmans Hände an ihrer Taille ab und trat einen Schritt vor. »Mach dir also keine Sorgen um mich. Mein Leben wird gut werden. Kümmere du dich um deine Fans und deine Karriere und vergiss die Schweiz. Eine verlorene Heimat kann man nicht zurückbekommen. Das ist ein dummer Wunschtraum. Wir sind beide vom Leben gezeichnet. Es war ein schönes Intermezzo, mehr nicht. Ferien vom Alltag. Nachts werde ich vielleicht manchmal an dich denken, aber nicht zu oft.«

Sie ging weiter, aus dem Tunnel hinaus in den Regen, aber Rainman eilte ihr nach, stellte sich ihr auf dem Holzsteg in den Weg. Er packte diesmal ihre Schultern und starrte sie wütend an. Wut stand ihm nicht. Zu emotional. Ihr war seine Kälte lieber. Dass er so hartnäckig sein konnte, hatte sie nicht erwartet. Hatte sie ein Verlangen in ihm geweckt, das sie nicht mehr kontrollieren konnte? Ihr Herz machte einen Sprung.

»Dir ist egal, ob ich deinen Mann ermordet habe?«

»Ja. Wenn du es getan hast, bin ich dir dankbar, dass ich seine Schläge nicht mehr ertragen muss. Hast du es nicht getan, bin ich froh, dass du wegen mir kein Mörder geworden bist.«

»Und was ist mit uns? Ich dachte, letzte Nacht –«

»Sie hat nichts bedeutet, das habe ich dir schon gesagt.«

Er biss sich auf die Lippen und schaute auf die Aare hinunter. Das Wasser rauschte mit hoher Geschwindigkeit durch die enge Schlucht an ihnen vorbei. »Mir schon«, sagte er, ohne den Blick von den Stromschnellen zu lösen.

»Beantworte mir eine Frage.« Ihr Herz pochte wild. »Ist es dir auch egal, dass ich eine Mörderin bin?«

»Du bist keine Mörderin.«

»Siehst du, du willst es nicht wahrhaben. Du kannst die Wahrheit nicht akzeptieren. Aber ich lüge nicht. Ich habe meine drei Kinder ermordet.« Sie krallte ihre Fingernägel in ihre Handflächen.

Rainman ließ seine Arme sinken und schaute sie an.

»Das jüngste war nur einundzwanzig Tage alt«, erklärte sie. Sie musste sich am Geländer festhalten. Bisher hatte sie nie mit jemandem darüber gesprochen. »Das mittlere war bereits fünfunddreißig Tage alt, und das älteste, mein erstes Baby, trug ich zweiundvierzig Tage unter meinem Herzen.« Sunshine wollte weinen, aber Tränenwasser war etwas, das sie meist nur vergießen konnte, wenn sie schauspielerte. »Glück ist etwas, das ich nicht kenne und nicht verdient habe.«

Rainman krallte sich ebenfalls am Geländer fest. Die Regentropfen waren eiskalt, als ob ein plötzlicher Winter mitten im Sommer über sie hereinbrach und die Gefühle einfrieren ließ, was wohl mehr ein Segen als eine Tortur war. Ein kaltes Herz litt bedeutend weniger. »Warum?«, flüsterte er.

»Warum ich abgetrieben habe? Mutterinstinkt. Mutterliebe. Egoismus. Nenn es, wie du willst. Sie wären in eine mächtige Mafiafamilie hineingeboren und bereits im Kindesalter zu Kriminellen und später zu Mördern erzogen worden – oder sie hätten sich früher oder später das Leben genommen. Mit Sicherheit wären sie nie frei gewesen. Ich wollte ihnen so ein Leben ersparen.« Sie zeigte mit dem Finger auf ihn. »Nein, beschuldige mich nicht, dass ich es nicht so weit hätte kommen lassen dürfen. Die Schwangerschaften waren nicht meine Schuld. Ich tat, was ich konnte, um sie zu verhindern. Mein Frauenarzt war ein guter Freund der Familie. Verhüten durfte ich nicht, da ich Nachwuchs liefern sollte.«

»Wie hast du …?«

»Das Erste habe ich … Ich habe Andrea so sehr gereizt, bis er mich spitalreif schlug. Dabei stellte ich sicher, dass er mir immer wieder mit seinen Schuhen gegen den Bauch trat. Als er mich am nächsten Tag mit einem Blumenstrauß am Spitalbett besuchte, sagte ich ihm, dass ich schwanger gewesen sei, aber das Baby leider verloren habe. Wäre die Schwester nicht im Zimmer gewesen, hätte er mich vermutlich gleich mit dem Kissen erstickt, so wütend war er, nicht über sich und seine Tritte, sondern über mich, weil ich es ihm verschwiegen hatte.« Ihre Stimme zitterte, aber sie fuhr fort. »Mein zweites Baby ließ ich mir heimlich in einem schmutzigen Keller aus mir herausreißen. Und das dritte habe ich vergiftet. Ich wollte mit ihm sterben, aber mein verdammter Körper ist so verflucht zäh und scheint manchmal unsterblich zu sein. *Che palle!* Warum erzähle ich dir das alles?« Es war keine Frage, es war ein verzweifelter Schrei nach Vergebung.

Rainman nahm sie in die Arme, drückte sie gegen seine Brust und strich ihr über das Haar.

Sie weinte ihr Elend an seiner Schulter aus. Also konnte sie es noch, ehrlich weinen.

»Ich wünschte, ich könnte versprechen, dass alles gut wird«, sagte Rainman. Im unpassendsten Moment meldete sich sein Handy.

»Geh ran«, flüsterte sie und löste sich aus seiner Umarmung.

Er schaute auf das Display. »Das ist Jun-ho. Er wird am Ostausgang auf uns warten.« Rainman nahm den Anruf entgegen. *»Yeoboseyo?«*

Sunshine bemerkte, wie Rainmans Gesichtszüge erstarrten, als er zuhörte. Er verlor alle Farbe aus dem Gesicht und atmete heftig. Als er auflegte, steckte er das Handy hastig mit zitternden Fingern zurück in seine Hosentasche, packte ihre Hand und sprintete mit ihr los, zurück zum Westeingang.

»Was ist passiert?«

»Gianni Morrone und seine Männer, sie stehen vor dem Ostausgang und sind auf dem Weg in die Schlucht.«

»Gianni ist hier?«

»Ja, sie haben uns gefunden. Jun-ho kann allein nichts gegen sie ausrichten. Sie sind zu viert.«

»Merda!« Sie befanden sich mitten in der Aareschlucht und rannten zurück durch die Tunnel und über die feuchten Holzplanken. Sunshine hörte Donnergrollen, das sich unter den trommelnden Lärm des Regens mischte. Der Steg war glitschig, sie mussten sich zwischendurch am Geländer festhalten, um nicht auszurutschen.

Nach der nächsten Biegung blieb Rainman abrupt stehen. Ihnen näherte sich eine bullige Gestalt.

»Tony!«, rief Sunshine. Sie wollte auf ihn zulaufen, aber Rainman hielt sie zurück. Verwundert schaute sie ihn an.

»Tony ist einer von ihnen.«

»Nein. Er ist mein Bodyguard, er ist auf unserer Seite. Er hat mir das Alibi …« Sie drehte sich langsam um. »Tony?«

Tony hielt eine Waffe auf sie gerichtet und kam mit schnellen Schritten näher. »Lauft!«, schrie er. »Sonst drücke ich ab. Rainman weiß, was ich tun werde.«

***

Gianni stieg aus dem Wagen. Der Regen hatte zugenommen. Sein Fahrer eilte mit einem Regenschirm herbei, doch der aufkommende Wind verfing sich darin und riss den Schirm nach oben. Nervös hantierte sein Fahrer damit, während die beiden Männer, die im anderen Wagen gesessen hatten, mit raschen Schritten auf den Osteingang zugingen, als ob der Regen inexistent wäre.

»Ein trostloser Tag«, sagte Gianni leise und kämpfte gegen die Wut und Trauer an. Er hatte sich in seinem langen Leben rationales Denken antrainiert. Gefühle durfte er nicht zeigen, sie waren bei den Geschäften hinderlich.

Der Fahrer hatte den Regenschirm endlich unter Kontrolle und hielt ihn Gianni über den Kopf, als dieser seinen Männern folgte. Es wurde Zeit, seine verrückte Schwiegertochter heimzubringen. Als trauernde Witwe musste sie der *famiglia* Respekt zollen. Ob sie Andreas Mörderin oder die Auftraggeberin war, würde sich zeigen. Auf jeden Fall würde die Sache im Familienkreis behandelt werden, um die Familie nach außen nicht zu schwächen.

***

Sunshine klammerte sich an seiner Hand fest. Rainman kreuzte seine Finger in die ihren. Niemals würde er loslassen.

Sie rannten um ihr Leben, weg von Tony, weg von der Waffe, auf eine Katastrophe zu, das wusste er mit Sicherheit.

Die Machtlosigkeit war das schlimmste Gefühl.

Rainman brauchte die Minuten, die ihnen blieben, bevor sie auf Giannis Männer treffen würden, um nachzudenken. Er blickte die Kalksteinfelsen hoch, die senkrecht in den Himmel ragten. Der Blick hinunter in die Aare war noch dramatischer.

Gischt spritzte auf, Wirbel strudelten wie in einem Kampf gegeneinander. Der Fluss war trüb und grau. Sunshine rutschte auf den Holzplanken aus. Er konnte sie im letzten Moment auffangen. Sie klammerte sich an seinen Hals. Jun-hos Worte dröhnten in seinem Kopf. Das war doch Wahnsinn! Er zog sie enger an sich und drückte ihr einen Kuss auf die Schläfe. Es blieb keine Zeit für eine Erklärung. »Komm, weiter. Irgendwo müssen wir uns verstecken können.«

Er wusste, es gab kein Versteck, keinen Fluchtweg.

»Springen wir«, schluchzte Sunshine. »Die Chancen sind größer, im Wasser zu überleben.«

»Nein, das ist zu gefährlich. Die Strömung ist zu stark, die Strudel würden uns in die Tiefe ziehen wie eine Walze.«

Er wollte weiterrennen, aber sie blieb stehen, zerrte ihn an der Hand und zwang ihn, ihr in die Augen zu sehen. Wunderschöne Augen hinter klaren Tränen, die vom Regen weggewaschen wurden. Ihr braunes Haar klebte ihr an der Stirn. »Ich gehe.«

»Was?«

»Ich gehe mit Gianni. Er wird dich verschonen, wenn ich freiwillig mit ihm gehe.«

»Ich soll zusehen, wie du in deinen Tod läufst?«

»Wir haben uns schon einmal beim Sterben zugesehen. Schon vergessen? Ich habe es dem Professor nicht gesagt, aber ich hatte dich auf dem Dach gesehen. Damals standest du im Regen, am Abgrund. Damals habe ich nichts unternommen, nur selbstsüchtig meinen eigenen Tod ersehnt. Nochmals tue ich das nicht. Ich rette dich.«

Das konnte sie nicht. Rainman kniff die Augen zusammen. Die Kopfschmerzen waren zurück. Lag das an der aufkeimenden Panik? Er schnappte nach Luft. Ihm war übel, und er würgte. Nicht jetzt, dachte er. Entschlossen griff er nach ihrer Hand und rannte mit ihr weiter, auch wenn sie sich sträubte. Er musste an Jun-hos Worte denken, die mehr als eine Warnung gewesen waren. Das konnte er doch unmöglich von ihm verlangen.

Sie rannten um die nächste Biegung, und da sahen sie die Männer: zwei große, starke Typen kamen ihnen mit entschlossenen Schritten entgegen.

Die Falle war dabei, zuzuschnappen.

Nie zuvor hatte er diesen starken Wunsch nach Leben verspürt, aber das Schicksal war ein launischer Begleiter. Mit einem Donnergrollen jagte es ihm den Todesstoß ins Gehirn. Rainman schrie auf und fasste sich mit beiden Händen an den Kopf. Seine Knie gaben nach, waren nicht mehr fähig, ihn zu tragen. Er klammerte sich ans Geländer, um nicht hinzufallen, besaß aber nicht die Kraft, sich zu halten, und sank zu Boden. Es wurde dunkel um ihn herum. Seine Augen versagten. Die nächste Schmerzwelle überrollte ihn wie ein Bulldozer, und er krümmte sich auf den nassen Holzplanken zusammen.

»Rainman!«

Er fühlte, wie Sunshine sich neben ihn kniete, spürte ihre nassen Hände auf seinem schmerzverzerrten Gesicht. »Was hast du? Was ist los? Oh bitte, sprich mit mir.«

Hektisch schnappte er nach Luft. Er durfte nicht hier und jetzt sterben und sie ihrem Schicksal überlassen. Nicht so. Rainman hoffte, dass nicht das Aneurysma, sondern die Panik diesen heftigen Migräneschub ausgelöst hatte. Er musste sie besiegen, die Angst, die Schmerzen, aber wie, wenn ihm schwarz vor Augen war? Er riss die Lider auf, aber da gab es nichts als Dunkelheit und den kalten Regen, der in sein Gesicht klatschte.

Ruhig, sagte er sich. Atme.

Konzentriere dich.

Du stirbst jetzt nicht.

Sunshine bewegte sich neben ihm, ließ sein Gesicht los und stand auf. »Tony!«, hörte er sie rufen. »Hilf ihm. Etwas stimmt nicht mit Rainman.«

Es war nicht Tony, der antwortete.

Männerstimmen.

Sie kamen rasch näher.

Rainman presste die Hände gegen die Schläfen und hoffte,

dass die Attacke bald vorbeiging. Sunshines Stimme klang aufgelöst. Sie sprach italienisch, vermutlich mit Giannis Männern. Es war vorbei, dachte er. Zu spät. Er hatte versagt. Es war nicht mehr möglich, in die Aare zu springen. Jun-ho hatte ihn gewarnt. Es gab nur diesen einen furchtbaren Ausweg … Rainman bekam richtig Schiss …

***

Sunshine stellte sich wie eine Löwin vor Rainman, die ihr Junges mit ihrem Leben beschützen würde. Sie versuchte, ihre Stimme so herrisch wie möglich unter Kontrolle zu halten, als sie Giannis Auftragskillern gegenüberstand. Sie kannte die beiden, Luca und Francesco. Francesco mochte sie nicht, aber mit Luca hatte sie manchmal einen Kaffee getrunken, wenn sie bei Gianni zu Besuch war. »Ich habe Andrea nicht ermordet«, sagte sie. »Auch nicht ermorden lassen. Ich weiß, dass ihr wütend seid und Befehle habt, und ich werde freiwillig mitkommen und meine Unschuld beweisen, aber er hat nichts damit zu tun.«

Francesco hörte sie nicht. Luca blieb kurz stehen, bevor er zu seinem Partner aufschloss.

»*Andiamo*«, sagte Francesco und wollte nach Sunshines Arm greifen, aber sie wich aus und trat einen Schritt zurück.

»Erst versprecht ihr, ihn in Ruhe zu lassen.«

»*Bene*, wir bringen ihn nicht um«, sagte Luca. »Unser Auftrag ist es, dich zurückzubringen.«

Sunshine traute der Aussage nicht. Das ging zu leicht. Sie stand neben Rainman, der sich langsam vom Boden aufrappelte, und reichte ihm die Hand. Er griff danach. Hatte sie sich vorhin getäuscht, als sie glaubte, dass er sie nicht sehen konnte? Seine kalten Finger in den ihren, zog er sich mit Hilfe des Geländers auf die Füße. Sofort stellte sie sich vor ihn. Sie drehte den Kopf nach ihm um, ließ Luca und Francesco für den Bruchteil einer Sekunde aus den Augen.

Rainman starrte sie an. Ein Blick, den sie nie vergessen würde.

Es war ein Abschied.

In diesem winzigen Augenblick, der sich wie in Zeitlupe in die Länge zog, glaubte Sunshine zum ersten Mal in ihrem Leben einen Blick auf die wahre Liebe erhaschen zu können. Sie sah eine Liebe in den Augen von Rainman, die so rein und ehrlich war, dass keine Religion, kein Märchen, kein Traum dieses Wunder beschreiben konnte. Es war das verfluchte Schicksal, das sich dem Wunder entgegenstellte, indem es die Zeit kontrollierte und den Augenblick mit solcher Brutalität niederschlug, dass Sunshine nicht einmal ihren Schmerz in die Welt hinausschreien konnte.

Luca fasste sie am Arm und zog sie weg. Francesco sprang vor, packte Rainman an den Schultern und ballte seine Rechte zu einer Faust.

Sunshine wusste, was gleich folgen würde. Wie eine Furie kämpfte und wand sie sich aus Lucas Griff, der nicht darauf gefasst gewesen war. Sie hechtete vor und klammerte sich mit ihrem ganzen Körpergewicht an Francescos rechtem Arm fest. Dieser drehte überrascht den Kopf nach ihr um und fluchte. Sunshine war ihm körperlich unterlegen, aber sie kannte da einige Tricks, und sie musste das Überraschungsmoment nutzen. »Tony!«, rief sie, dann schnellte ihr Knie hoch, das sie Francesco zwischen die Beine knallte. Lange würde der Tritt ihn nicht aufhalten. Noch hielt sie seinen Arm fest. Sie riss ihn zu sich, packte seine Faust und biss mit aller Kraft hinein, bis sie Blut schmeckte.

Francesco donnerte sein Repertoire an süditalienischen Fluchwörtern durch.

Luca griff ein, packte Sunshine erneut von hinten um den Bauch und zerrte sie von Francesco weg. Sie strampelte um sich, schrie sich die Wut und Verzweiflung aus dem Leib.

Francescos erster Faustschlag traf Rainman am Kinn. Sein Kopf wurde mit voller Wucht zur Seite geschleudert. Seine Beine gaben nach, aber Francesco hielt ihn an den Schultern fest. Rainman regte sich nicht. Hatte er das Bewusstsein verloren? Francesco wog bestimmt das Doppelte. Er holte aus für den nächsten Schlag, der Rainman in den Magen traf. Rainman krümmte sich und fiel nach vorne, würgte und schnappte nach Luft.

Sunshine kickte mit ihren Füßen gegen Lucas Schienbein, versuchte ihn zu beißen, aber er war vorbereitet.

»Gehen wir«, sagte er kühl. »Du musst das nicht mitansehen. Francesco wird nachkommen, wenn er mit dem *ragazzo* fertig ist.«

»Neeein! Lasst ihn in Ruhe! Nicht! Tony! Tony! Hilf ihm.« Sie starrte Tony an, der nicht näher kam, sondern regungslos zuschaute, wie Francesco seine Faust an Rainmans wunderschönes linkes Auge knallte. Die Faustschläge von Giannis Männern konnten tödlich sein, das wusste sie.

Luca zog sie weiter zurück, weg von Rainman.

Endlich bewegte sich Tony, starrte ihr in die Augen, danach auf Rainman, der am Boden lag und mehrere Fußtritte von Francesco über sich ergehen ließ.

Aber Tony kam ihm nicht zu Hilfe. Er hob seine Waffe und zog einen Schalldämpfer aus seinem Jackett, den er langsam auf den Lauf schraubte.

Luca hatte die Wahrheit gesagt, realisierte Sunshine und bäumte sich erneut mit all ihrer Kraft auf, aber gegen Lucas starke Arme hatte sie keine Chance.

Langsam zog sich Francesco zurück und machte Tony Platz, der sich vor Rainman hinkniete, ihn unter den Armen packte und aufsetzte, sodass er sich ans Geländer lehnen konnte. Ein Auge war komplett zugeschwollen, sein Gesicht blutverschmiert und nicht wiederzuerkennen.

Sunshine weinte, weinte mit dem Regen. Es gab keinen einzigen Sonnenstrahl mehr, der ihr Hoffnung gab, als sie hilflos zusah, wie Tony den Lauf der Waffe auf Rainmans Herz richtete. Nicht sein Herz, dachte Sunshine. Dieses Herz, das ihr Liebe und Wärme geschenkt hatte. Dieses Herz, das sie beschützte und das ihr eine Zukunft schenken wollte.

Luca zog sie immer weiter weg von ihm.

Er entglitt ihr.

Sie konnte nichts für ihn tun.

Warum erschoss Tony nicht auch sie?

»Tae-poong«, wimmerte sie. Er konnte sie unmöglich hören.

Aber er hob den Kopf und blinzelte sie mit einem Auge an. Es lag an ihrer dämlichen Phantasie, dass sie glaubte, er lächle sie an, so als wollte er sie trösten und sagen, dass alles gut wird. Sie sah keine Angst in seinem Auge.

Nur Trost.

Und Liebe.

Der gedämpfte Knall jagte brutal und leise als Echo durch die Aareschlucht.

Rainman zuckte kurz zusammen.

Leblos sackte sein Kopf nach vorne auf die Brust.

»Nein. Nicht.« Ihre Worte waren ein Flüstern. Das durfte nicht wahr sein. Sie starrte ihn an, ohne zu blinzeln, ohne zu atmen.

Rainman.

Rainman?

»Rainman!«

Sunshine schrie, als Luca sie über seine Schulter warf und zum Ostausgang trug. Sie schrie und schrie und hämmerte mit den Fäusten gegen seinen Rücken, denn sie wusste, in dem Moment, in dem sie verstummte, würden die Leere und Traurigkeit sie wie ein Strudel in ein Loch ziehen, aus dem es kein Entkommen gab. Sie schrie, weil sie die wenige Kraft, die ihr blieb, brauchte, um sich zu rächen, um Gianni in die Augen zu sehen und ihn mit ihrem Blick zu töten. Denn hatte er sie vollends gebrochen, hatte er gewonnen. Nein, sie würde sich ihren freien Willen nicht nehmen lassen, nicht, nachdem Rainman sich für sie geopfert hatte. Sie würde diesen winzigen Rest an Selbstbestimmung keimen und zu einem Monster heranwachsen lassen, das die Familie Morrone auslöschte.

Während sie schrie und schrie, zog sich der Regen zurück. Er hatte verloren. Die Kraft der wärmenden Sonnenstrahlen drängte die dunklen Wolken zurück. Das Licht reflektierte auf dem nassen Steg und blendete Sunshine.

Die Sonne war ihre Stärke.

Noch lebte sie.

Ihr Schreien änderte sich, wandelte sich in ein böses Lachen, das selbst Luca verstörte.

Als er Sunshine neben dem Wagen an Gianni übergab, sagte er nur: »Ich glaube, sie ist wahnsinnig geworden.«

***

Auch Tony hörte Sunshine schreien. Die Schlucht war wie ein Verstärker. Nicht einmal die Aare konnte ihre Wut und Trauer übertönen. Ihre Lungen waren kräftig, das war gut. Sie brauchte die Luft, um zu überleben. Er starrte Rainman an und seufzte. Langsam steckte er die Waffe in seinen Hosenbund und hob den koreanischen Popstar hoch wie eine Feder. Er konnte ihn nicht hier liegen lassen, sondern musste ihn wegbringen, so wie Gianni es ihm aufgetragen hatte. Gut, hatte er vorgesorgt und einen Weg gefunden, ihn am Ausgang vorbeizuschmuggeln, ohne dass jemand es mitbekommen würde. Er war schließlich ein Profi. Gut, waren an diesem hässlichen Tag keine Touristen in der Schlucht unterwegs.

Wenn der Job erledigt war, musste er zurück nach Italien. Er würde Anna in Donna Elena del Greco wiedersehen – sollte sie noch am Leben sein.

Atme, Mädchen, atme.

Während er Rainman aus der Schlucht trug, ging Tony im Kopf die Liste mit den Dingen durch, die er erledigen wollte. Da lag viel Arbeit vor ihm. Er musste sich beeilen, wollte er den Capo nicht enttäuschen.

19

Sophie reichte Gianni einen Espresso. Er hatte sein Frühstück nicht angerührt. »Setz dich zu mir an den Küchentisch«, sagte er.

Sophie gehorchte mit einem traurigen Nicken. Gianni nahm am liebsten hier seine Mahlzeiten ein. Seit seiner Kindheit lebte er in diesem historischen Haus auf dem Hügel am Dorfrand. Mit seiner Mutter hatte er in der Küche als kleiner Junge unbeschwerte Stunden verbracht. Sein Vater kümmerte sich um die Geschäfte und hatte selten Zeit für seine Kinder. Gianni hatte sich geschworen, sich besser um seine Sprösslinge zu kümmern, aber er hatte versagt. Wie rasch einen das Unternehmen in Beschlag nahm und die guten Vorsätze vergessen ließ.

Er schaute Sophie an, die mit hängendem Kopf und geröteten Augen dasaß, die Hände im Schoß gefaltet. Sie trug eine schwarze Hose und dazu eine schwarze hochgeschlossene Bluse, keinen Schmuck. Um Andrea trauerte sie fast mehr, als er es tat. Gianni hatte ihre heimliche Beziehung geduldet, weil er wusste, dass Sophie seinem Sohn guttat, sie sich um ihn kümmerte und seinem Temperament gewachsen war. Längst hatte Gianni sie durchschaut. Unter ihrer stillen, devoten Art steckte eine intelligente und berechnende Frau. Er hätte sich eine Schwiegertochter wie Sophie gewünscht, nicht so ein unkontrollierbares, verrücktes Huhn, wie Anna es war. »Tobt sie nach wie vor?«, fragte er.

»Sie ist nicht zu beruhigen.«

»Lassen wir sie noch einige Tage im Keller. Stelle sicher, dass sie sich nicht verletzen kann.«

»Sie hat nur eine Matratze am Boden und einige Kissen und Decken.«

Gianni musterte Sophie eine Weile. »Willst du ihr nicht beistehen? Sie ist deine Schwester.«

»Nur auf dem Papier. Wir standen uns nie nahe, und in den letzten Jahren haben wir uns weiter entfremdet.«

»Du hast mir nie gesagt, was der Grund dafür ist.«

»Unsere Eltern«, antwortete sie leise.

Überrascht hob Gianni eine seiner buschigen Augenbrauen unter der getönten Brille.

Sophie strich ihr glänzendes braunes Haar über die Schulter. »Anna war der Liebling unseres Vaters. Die beiden waren unzertrennlich, obwohl sie ständig Unsinn anstellte. Ich war die gute Tochter, die folgsame, die höfliche, aber mein Vater hat damit geprahlt, was für ein Wildfang seine Anna sei und dass sie es einmal zu etwas Großem bringen würde. Alle paar Monate hat sie ihre Zukunftspläne geändert, und unser Vater hat sie dabei unterstützt. Einmal wollte sie Schauspielerin werden, dann Tierärztin, Politikerin, Tänzerin, Modedesignerin, Pilotin. Ich war es, die die guten Schulnoten nach Hause brachte, aber ihre Träume waren Vaters Glück. Ich war nie die lustige Tochter, die fröhliche, die enthusiastische. Meine mangelnde Begeisterung hat ihn gestört.« Sie holte tief Luft. »Und dann kam der Autounfall. Sie sind wegen Anna gestorben.«

Gianni legte seine Hand auf die von Sophie. »Du hast mir die Geschichte vor Jahren einmal erzählt, aber ich habe sie vergessen.«

»Anna nahm Klavierunterricht und hatte ihr erstes Schülerkonzert.« Sophie zog ihre Hand zurück und legte sie wieder in den Schoß. »Es war Winter und schreckliches Wetter, aber unsere Eltern wollten unbedingt nach Interlaken fahren, um Annas Konzert zu hören. Es gab Streit zu Hause, weil ich nicht mitgehen wollte. Also ließen sie mich bei Tante Marie zurück. Sie kamen nur zwei Kilometer weit. Auf der Autobahn gab es eine Massenkarambolage, weil der Regen auf der kalten Fahrbahn gefror und sie zu einem Eisfeld wurde. Unsere Eltern überlebten nicht. Und während die Rettungskräfte ihre Leichen aus dem Autowrack bargen, gab Anna ihr Klavierkonzert und ließ sich vom Publikum bejubeln.«

»Du hast ihr nie verziehen?«

»Nein. Und sie hat sich selbst nie wirklich vergeben. Danach hat sie nie mehr eine Taste auf einem Klavier gedrückt.«

»Aber du bist mit ihr zu uns gekommen. Du hättest in der Schweiz bleiben können.«

»Darf ich ehrlich sein?«

Gianni nickte.

»Ich war noch ein Kind, aber ich wollte Anna einen Mann wie Andrea nicht gönnen. Ich war eifersüchtig, schon damals. Und in Iseltwald wollte ich nicht bleiben.«

»Du bist jetzt eine von uns.«

»Ja, das bin ich.«

Gianni trank seinen Espresso und stellte die Tasse ab. »Was soll ich mit Anna machen?« Er war gespannt auf die Antwort.

»Sie ist schuld am Tod von Andrea«, antwortete Sophie.

Gianni wollte keine voreiligen Schlüsse ziehen. »Es fehlen die Beweise, dass sie es getan hat. Meine Leute arbeiten daran, die Wahrheit herauszufinden.«

Heftig schüttelte Sophie den Kopf. »Wegen ihr war Andrea in Interlaken. Wäre sie nicht im Sanatorium zur Behandlung gewesen, wären wir nicht in die Schweiz gefahren, und Andrea würde noch leben.« Sie wischte sich eine Träne aus den Augen.

»Du weißt, dass ich seinen Mörder mit dem Tod bestrafen werde und dessen ganze Familie büßen muss.«

Sophie zuckte bei seinen Worten kurz zusammen, bevor sie nickte. »So muss es sein.«

Gianni stand auf. »Ich muss mich um die Geschäfte kümmern und Andreas Beerdigung vorbereiten, was schwierig ist, weil die Schweizer Behörden seinen Leichnam noch nicht freigegeben haben. Meine Anwälte sind nutzlos. Sieh zu, dass deine Schwester anständig isst. Ich will, dass sie bei Kräften ist, wenn ich mit ihr rede.«

***

Anna wanderte in dem Kellerloch hin und her. Es gab keine Fenster, bloß eine Neonröhre hinter einem Gitter an der Decke, die vierundzwanzig Stunden lang brannte. Sie musste schon Tage hier drinnen gefangen sein. Das Verlies hatte Wände aus Natursteinen, der Betonboden war schmutzig und voller Flecken von eingetrocknetem Blut. Anna wusste, was Gianni hier unten mit Abtrünnigen oder Mitgliedern anstellte, die ihn hintergingen. Es war Absicht, dass er sie in diesem Loch festhielt. Sie sollte Angst haben. Aber er wusste nicht, dass die Angst ihr half. Das Adrenalin in ihrem Blut zwang sie zu atmen. Längst hatte sie ihre Angst in Wut kanalisiert. Diese Gefühle ließen keine Trauer zu, denn dazu war Anna nicht bereit, sie würde es nicht verkraften.

Ihr Hals schmerzte. Sie hatte sich in den letzten Tagen das Elend aus ihrer Kehle geschrien, Gianni verteufelt und ihre Schwester verflucht. Auf die Matratze, die in der Ecke lag, hatte sie sich nie gelegt, sondern den kalten Betonboden vorgezogen, denn sie hatte keine Matratze verdient. Kaum schloss sie die Augen, kamen die grausamen Bilder zurück. Bilder von Rainmans Leiden. Bilder von seinem Tod. Und wenn das Schicksal so richtig fies sein wollte, zeigte es ihr Bilder von seinem Lächeln, seinen warmen Augen, seinem schwarzen Haar, seinen Grübchen in den Wangen, seinen vollen Lippen, die nach Zuckerwatte schmeckten. Sie fühlte seine Hände auf sich, seine sanften Finger, die sich die Wirbelsäule hochgetastet hatten. Hände, die ihren Kopf hielten und Trost spendeten. Hände voller Zärtlichkeit und Liebe, wie sie es in ihrem Leben nie zuvor erfahren hatte.

Und dann wieder: Bämmm!

Bilder von seinem blutüberströmten Gesicht, seinem geschwollenen Auge, wie er sich den Bauch hielt und gekrümmt am Boden lag.

Anna krümmte sich ebenfalls in ihrem Schmerz und schmetterte einen Schrei gegen die Natursteinwände. Sie hörte erst nicht, wie der Schlüssel gedreht wurde und jemand das Verlies betrat.

»Frühstück«, sagte eine Männerstimme.

Sie blickte ihn an. Der Scheißkerl hatte Mut, sich vor sie zu stellen. Reflexartig ballten sich Annas Hände zu Fäusten. Sie trat vor Luca und boxte ihm das Frühstückstablett aus den Händen. Scheppernd landeten der Kaffee und der Teller mit den belegten Brotscheiben auf dem Boden.

Luca schaute sich gleichgültig die Sauerei an. »Dann eben nicht.«

Fünf Minuten später erschien Sophie mit einem Wassereimer. Wie eine brave Hausfrau wischte sie das Essen und den Blechteller auf dem Boden zusammen.

Anna hockte sich im Schneidersitz auf den kalten Beton und lachte hysterisch. »Wow, du bist echt eine Nummer. Steigst du jetzt zu Gianni ins Bett, nachdem Andrea tot ist?«

»Denk doch, was du willst.«

»Zum tausendsten Mal. Ich habe Andrea nicht ermordet.«

Sophie blickte verstohlen auf. »Bist du dir da sicher?«

»Ich muss aufs Klo.«

»Luca!«, rief Sophie.

»Warum bringst du mich nicht hin, Schwesterherz?«

»Wir beide wissen, dass du die Stärkere bist.«

Luca erschien unter der Tür und brachte Anna hoch zur Toilette im Parterre, hielt sie dabei am Arm fest.

Sie versuchte vergeblich, sich aus seinem Griff zu winden. »Warum habt ihr ihn getötet?«

»Nicht wir«, antwortete Luca. »Tony hatte den Auftrag.«

»Warum?« Ihre Stimme zitterte. Sie durfte die Trauer nicht an sich heranlassen.

»So sind die Gesetze.«

»Seid ihr denn keine Menschen?« Sie blieb wütend stehen. »Mitgefühl, kennst du das?«

»Klar. Mir macht es keine Freude, dich in diesem Keller einzusperren.«

»Lügner.«

»Wir alle kennen die Regeln.«

Sie hätte Luca erwürgen können, aber sie war definitiv nicht stark genug dazu.

Als sie aus der Toilette kam, stand Gianni vor ihr. »Tony

kommt morgen zurück«, sagte er emotionslos. »Danach reden wir.«

Aus einem Impuls heraus spuckte Anna ihm ins Gesicht. »In Gedanken habe ich deinen prügelnden, untreuen Sohn eine Million Mal ermordet. Die Welt ist besser dran ohne ihn.«

Luca packte sie hart am Arm und flüsterte ihr ins Ohr, dass sie still sein solle. Also hatte er nicht gelogen und besaß ein winziges Stück Mitgefühl. Er sorgte sich um sie. Anna war das egal. Gianni zu reizen war eine gute Art, Selbstmord zu begehen, denn sie ließ die Option auf den Himmel offen, wo sie um jeden Preis hinwollte, in den Himmel über den Alpen. Es war ihre einzige Möglichkeit für ein Wiedersehen mit Rainman.

Aus seiner Hosentasche zog Gianni ein Stofftaschentuch und wischte sich das Gesicht ab. »Tony sagte am Telefon«, Giannis Stimme war ruhig und gelassen, »dass er die Leiche deines koreanischen Superstars in ein Jaucheloch geworfen habe, wo sie stinkend verrotten wird. Schade um den jungen Mann. Offensichtlich hatte er Talent und war ganz sympathisch. Er ist wegen dir gestorben, meine liebe Schwiegertochter.«

»Du verfluchter Hurensohn!« Anna holte zu einem Fußtritt aus, aber Luca packte sie von hinten um die Taille und zog sie von Gianni weg.

»Ich vermute, dieses Wissen ist für dich die schlimmere Strafe als der Tod«, sagte Gianni und wandte sich von ihr ab.

Sie war froh um die endlosen Stunden, die sie nach dem Zusammentreffen mit Gianni allein im Verlies verbringen durfte. Sie kauerte am Boden und hielt sich den Kopf. Endlich konnte sie weinen, die schmerzenden Hände halfen dabei. Sie hatte mit ihren Fäusten mehrmals gegen die Wand geschlagen, sich dabei Giannis Fratze vorgestellt. Als sie erschöpft, mit wunden Fingerknöcheln, auf den Boden fiel, war die Wut aufgebraucht, es folgte die Traurigkeit, schwer wie ein vereister Felsbrocken aus dem Jungfraumassiv. Wie viele Leichen säumten ihren Lebensweg? Erst die Eltern, dann die ungeborenen Kinder und jetzt Rainman. Bei dem Gedanken, dass sie ihn nie mehr sehen, nie mehr in den Armen halten, seine Stimme nie mehr hören würde, schmerzte ihre Brust so elend, dass sie glaubte, an dem gebrochenen Herzen zu sterben.

Nachdem sie sich ausgeweint hatte, mal lauter, mal leiser, wischte sich Anna die Augen trocken. Sie musste an Giannis Worte denken, dass Tony herkam. Das war gut. Sie schmiedete einen Plan. Sie wollte kein Opfer mehr sein, das seine Selbstbestimmung darin sah, sich das Leben zu nehmen. Es gab absolut nichts zu verlieren, weder eine Person, die sie liebte, noch ihr eigenes Leben, ja nicht einmal ihre Seele. Die hatte sie vor bald zwanzig Jahren der Mafia für ein Dach über dem Kopf und ein charmantes Lächeln verkauft. Sie musste an den Tag zurückdenken, als sie zum ersten Mal einen Fuß in diese Villa gesetzt hatte.

Es stürmte an dem Tag Anfang November. Der Herbstwind blies kräftig und krallte sich in Annas rot gefärbtem Haar fest. Sie hielt den alten Koffer in der einen und Sophies eisige Finger in der anderen Hand. So unfreundlich hatte sich Anna Süditalien nicht vorgestellt. Das Meer war kilometerweit entfernt. Es war eine schroffe Berglandschaft, tiefe Täler und bewaldete Hügel wechselten sich ab. Kleine Dörfer mit Steinhäusern klammerten sich an die Hänge.

»Bist du sicher, dass wir hier richtig sind?«, fragte Sophie. Sie schlotterte.

»Ja, das ist die Adresse.« Sie standen vor einem Haus, das mit einer Mauer umgeben war und leicht erhöht am Dorfrand stand. Eine Klingel gab es nicht, auch kein Namensschild.

»Ich verhungere.« Sophie quengelte schon seit Stunden.

Die Reise durch Italien war anstrengend gewesen. Mehrmals mussten sie den Zug wechseln.

»Suchen wir eine Telefonkabine und rufen Tante Marie an«, schlug Sophie vor.

»Ich habe weit und breit keine Telefonkabine gesehen.« Annas Handy war nutzlos. Mit ihrer SIM-Karte konnte sie im Ausland keine Anrufe tätigen. Sie war nervös. Ihr Herz pochte wie wild, eher aus Vorfreude denn aus Angst. Sie würde Andrea

wiedersehen. Seit er vor drei Monaten aus der Schweiz abgereist war, hatte sie keine Nacht schlafen können, ohne nicht von ihm zu träumen. Sie fühlte seine heißen Lippen auf den ihren, als er sie geküsst hatte, fühlte seine starken, fordernden Hände, die sich unter ihr T-Shirt geschoben hatten. Nie zuvor hatte ein Mann ihre Brust gestreichelt, ihre Hüften massiert, mit seinen Fingern den Weg zwischen ihre Schenkel erobert. »Phuu.« Der raue Herbstwind in den Bergen von Kalabrien war nicht kühl genug, um ihre Leidenschaft zu kühlen.

Sie hörte, wie sich ein Mofa näherte und mit letzter Kraft und mit Hilfe der Pedalen die kurvige Pflastersteinstraße hochratterte. Ein alter Mann mit Hut und einer Zigarre im Mundwinkel saß auf dem Sattel. Beherzt stellte sich Anna ihm in den Weg. »Scusi.« *Ihr Italienisch war lausig.* »Qui, la famiglia Morrone? Andrea Morrone?« *Sie zeigte auf das Haus hinter der Mauer.*

Der Mann knurrte Unverständliches zwischen seinen spröden Lippen hervor, schenkte ihr einen bösen Blick und quälte sein Mofa weiter die Straße hoch.

»Anna, es wird bald dunkel. Was machen wir denn jetzt?«

Sie waren erst mit dem Bus ab Reggio Calabria in die Berge gefahren, bis zum Nationalpark dell'Aspromonte. Die Straßen waren eng und kurvig. Per Autostopp ging es weiter bis zum Dorf Donna Elena del Greco. So charmant wie sein Name war der Ort keinesfalls. Er war unheimlich, als ob sie von Dutzenden Augenpaaren, die sich hinter zugezogenen Gardinen versteckten, beobachtet würden. Anna hatte keinen einzigen Krämerladen gesehen, in dem sie sich zumindest Brot und Wurst zu essen hätten kaufen können. Auch kein Hotel oder eine Pension. Es gab nur steinerne Häuser mit teils geschlossenen Fensterläden, Mauern, die Grundstücke abschirmten, und ganz oben eine schmucklose Kirche, die über das Dorf wachte. Zweifel kamen auf. Sie hatte mit Andrea einige Briefe ausgetauscht, aber nur einmal telefoniert. Er war zehn Jahre älter als sie. Was, wenn er verheiratet war? Sie hatten sich in der Schweiz auf Englisch unterhalten, aber ihre Fremdsprachenkenntnisse ließen zu wünschen übrig. Für die Liebe hatte das Vokabular gereicht.

»Hola!«, *rief plötzlich Sophie neben ihr.*

»Das ist spanisch, du Dummchen.«

»Wie ruft man denn auf Italienisch?«

Keine Ahnung. Aber Anna wusste eine Lösung. »Andrea Morrone!«

Sie musste den Namen fünfmal rufen, dann ging das schwere hölzerne Tor auf, und eine ältere Dame mit Kochschürze erschien. »Sì?«

»Es el casa del Andrea Morrone?«

Die Frau musterte sie kritisch und verschwand wortlos hinter der Tür, die sie sorgfältig abschloss.

»Siehst du, Anna, wir sind hier falsch.«

»Sie hat nicht Nein gesagt.«

»Und wenn er hier lebt, aber dich nicht sehen will?«

»Himmel, musst du so pessimistisch sein?«

Andrea war zu Hause. Er stürmte aus dem Tor, erstarrte für den Bruchteil einer Sekunde und drückte Anna so fest gegen seine breite Brust, dass sie in seinen Armen unsichtbar wurde.

Am Abend stellte er sie und Sophie dem Familienoberhaupt vor. Gianni Morrone tobte, aber Sophies scheues Lächeln beruhigte ihn. Sie machte sich gleich in der Küche nützlich, während Anna an Andreas Arm hing wie eine hübsche Armbanduhr. Die nächsten drei Monate waren die besten in ihrem Leben. Andrea vergötterte sie und weckte eine Leidenschaft in ihr, die ihr unbekannt war. Das äußerlich farblose Haus der Morrones war Tarnung. Im Inneren war es ein Schloss, mit Reichtümern ausgestattet, die Anna nur aus dem Fernsehen kannte. Sie entdeckte ihre Liebe zu schönen Dingen, und Andrea köderte sie täglich mit Accessoires und Designerkleidern, die sie in dem Dorf nicht zeigen konnte, damit aber stolz in der Villa umhertänzelte und Andrea auf ihre naive Art jede Nacht aufs Neue verführte. Sie liebte die Kleider und entschloss sich, Modedesign zu studieren, sobald ihre Italienischkenntnisse dazu ausreichten. Sophie hingegen stand jeden Tag in der Küche und perfektionierte ihre Kochkünste, sehr zur Freude von Gianni, der Sophie Anna zweifelsohne vorzog. Anna war das recht. Es war nur fair. Früher, da war sie Vaters Lieblingstochter gewesen, sollte Sophie nun Giannis Liebling sein. Sie selbst hatte Andrea, der seinen Vater nach Wochen der Überzeugungsarbeit so weit hatte, dass sie heiraten durften, was sie wohl ihrem Waisenstatus zu verdanken hatte, denn so leicht heiratete keine Fremde in die Familie ein. Arrangierte Ehen waren üblich, um die Macht und Beziehungen zu stärken, aber das realisierte sie erst Monate danach – als es zu spät war. Liebe macht blind, das Sprichwort hätte ihr die Augen öffnen sollen.

Anna ahnte, dass die Morrones mit unsauberen Geschäften Geld verdienten. Aber sie stellte sich Andrea lieber als intelligenten Geschäftsmann vor, der nach dem Gesetz handelte. In dieser Gegend von Italien gab es keine Gesetzbücher, keine politischen Autoritäten oder Staatsbeamte, die nach dem Rechten sahen, das lernte sie schnell. In Donna Elena del Greco regierte das Gesetz der Morrones, und das konnte brutal sein.

Zum ersten Mal fühlte sie Andreas starke Faust, als er herausfand, dass sie auch nach der Hochzeit die Pille weiterhin nahm. Sie war noch nicht bereit für Kinder, denn sie wollte studieren. Sie hatte Andrea davon erzählt. Er hatte ihren Wunsch weggelächelt und sie danach mit seiner Fingerfertigkeit zu einem doppelten Höhepunkt gebracht. Mehr zu reden gab es nicht. Er wusste ja, was sie wollte, und sie war befriedigt.

Der Abstieg in die Hölle begann schleichend, schrittweise, mit Zwischenhochs, die sie vergessen ließen, dass sie erst am Tag zuvor gelitten hatte. Andrea war Engel wie Teufel, sanft und fürsorglich, brutal und eiskalt. Während ihre Seele ausblutete, blieb Sophie in der Küche und zauberte perfekte Fileja alla 'nduja auf den Tisch, was sich weit über die Dorfgrenze herumsprach und Gianni stolz die Brust blähen ließ. Erst bekam Anna die Verwandlung ihrer kleinen Schwester nicht mit. Während sie sich hinter Make-up und Sonnenbrillen versteckte, erstrahlte Sophie auf eine klassische Art, die mit der Zeit auch Andrea in den Bann zog.

Sie war ein geduldiges, stilles Biest.

Als Anna realisierte, dass sie niemals studieren durfte und es ihre Pflicht war, für die Morrones einige Stammhalter zu produzieren, verfiel sie in eine Depression.

Mit dreiundzwanzig provozierte sie die erste Fehlgeburt.

Zwei Jahre später wagte sie den ersten Fluchtversuch. Sie kam nicht einmal bis Florenz und wurde danach in eine geschlossene Anstalt gesteckt, dessen Direktor den Morrones einen Gefallen schuldig war.

Mit achtundzwanzig wurde sie erneut schwanger. Ein Quacksalber schabte in einem schmutzigen Keller in Catania ihr Baby aus ihr heraus.

Mit dreißig machte sie den ersten Selbstmordversuch. Tabletten waren nicht zuverlässig. Zwei Jahre später war sie erneut in Erwartung. Sie besorgte sich bei einer Kräuterfrau eine Pflanze, die zum Abort führte. Danach verfiel sie den Drogen und wagte einen weiteren Suizidversuch. Sophie fand sie in der Badewanne, und der Hausarzt der Morrones verarztete die aufgeschnittenen Pulsadern rechtzeitig.

Mit den Jahren hatte sie gelernt, die Wahnsinnige zu spielen, doch eine Scheidung kam für die Morrones nicht in Frage. Zum einen, weil es gegen den katholischen Glauben war, zum anderen, weil eine geschiedene Frau bei den Behörden über die Machenschaften der Mafia aussagen könnte. Zumindest ließ Andrea sie immer öfter allein und vergnügte sich mit Sophie oder anderen Frauen. Anna war das recht. Als sie dieses Jahr im Frühling mitten auf der Flaniermeile in Reggio Calabria ausrastete und eine filmreife Szene machte, platzte Gianni der Kragen. Der Ruf der Familie stand auf dem Spiel, und für einmal bekam Andrea eine Faust ins Gesicht geschmettert. Es war Sophies Vorschlag, Anna ins Berner Oberland zur Kur zu schicken, wo sie zur Ruhe und Vernunft kommen sollte.

Ha!

20

Mit schmerzenden Beinen stand Anna auf. Sie musste Stunden am Boden gekauert haben, gefangen in ihren Erinnerungen. An diesem Ort, mit der kalten Neonröhre, gab es kein Zeitgefühl. Neben der Matratze stand das Tablett mit dem Bresaola-Panini und dem Glas Milch, das Luca ihr vor einer gefühlten Ewigkeit gebracht hatte. Obwohl sie jeden Bissen hinunterwürgen musste, zwang sie sich zu essen. Sie brauchte die Energie für das, was vor ihr lag. Sie leerte das Glas mit der Milch in einem Zug. Danach machte sie ein Nickerchen, um zu Kräften zu kommen. Sie schreckte aus einem Alptraum hoch, an dessen Inhalt sie sich nicht erinnern konnte. Um ihren Körper vorzubereiten, machte sie einige Kniebeugen und ein paar Liegestütze.

Dann wartete sie.

Sie kannte die Praktiken ihrer Familie. Es würde ein Verhör geben, gegen das Andreas gesammelte Schläge aus den letzten zwanzig Jahren vermutlich Streicheleinheiten gewesen waren. Konnte sie auf Rettung durch ihre Schwester hoffen? Besser, sie klammerte sich nicht an diesen Silberstreifen am Horizont.

Als Francesco kurz darauf einen Stuhl in den Keller brachte, kämpfte Anna gegen die Angst an. Sie musste stark bleiben und versuchte, die Übelkeit zu ignorieren. Ohne eine Aufforderung setzte sie sich demonstrativ auf den Stuhl und beobachtete, wie Gianni, Luca und drei weitere ranghohe Männer der Familie den Keller betraten. Tony war nicht dabei. Wo war der Dreckskerl?

Gianni nickte Francesco zu, der vortrat und Anna ohne Vorwarnung eine knallharte Ohrfeige verpasste. Sie biss sich dabei auf die Zunge, aber Schmerz fühlte sie keinen. Auch keine Angst mehr, als wäre diese mit dem Schlag aus ihrem Kopf geschleudert worden. Sie spuckte Blut vor Giannis Füße und lachte schallend. »*Dammi più forte!* Ist das alles?«

Die Antwort kam mit Francescos Linker. Gut so. Es war fair, dass sie mindestens so litt, wie Rainman gelitten hatte. Sie schnappte ein paarmal nach Luft, um den Schwindel zu besiegen, bewegte den Kiefer hin und her, er schien nicht gebrochen, und richtete sich im Stuhl mühsam auf, lehnte sich zurück und überkreuzte langsam die Beine. Sie wollte wie eine Königin untergehen, das würde Gianni den letzten Nerv rauben.

Sophie trat ein. Sie sagte kein Wort, blickte zu Boden und stellte sich hinter den Capo.

»Hast du endlich dein Ziel erreicht?«, fragte Anna bitterböse. »Wen wirst du heiraten, nachdem ich aus dem Weg geräumt worden bin? Alessandro? Er dürfte der neue Kronprinz der Familie Morrone werden.«

Sophie machte auf schüchtern und verlegen. Gott, sie war eindeutig die bessere Schauspielerin.

»Was hat meine Schwester dir erzählt?« Anna starrte zu ihrem Schwiegervater hoch. »Hat sie dir vorgejammert, dass ich Schuld am Tod unserer Eltern habe? Mit dieser Masche hat sie Andrea auf ihre Seite gezogen. Verflucht, und ich habe es nicht kapiert.«

Francesco wollte zu einem weiteren Hieb ausholen, aber Gianni hielt ihn auf. »Hast du Andrea ermordet?«, fragte er.

Anna verzog den Mund zu einem starren Grinsen. »Nein.«

»Hast du seinen Mord in Auftrag gegeben?«

»Nein.«

»Wer hat dann meinen Sohn getötet?«

»Frag mein Schwesterherz.«

Sophie ließ perfekte Tränen die rosigen Wangen hinunterkullern.

Wow, sie hätte einen Oscar verdient. »Hat sie dir erzählt, dass unsere Eltern ums Leben kamen, weil ich an einem Schülerkonzert in Interlaken spielte?« Anna empfand nichts als Ekel. »Die Straßen waren vereist, es war schreckliches Wetter, deshalb nahm ich den Zug.«

»Anna, sei still«, zischte Sophie. »Es geht um Andrea, nicht um unsere Eltern.«

»Wusstest du auch«, fuhr Anna fort, ohne Gianni aus den Augen zu lassen, »dass meine Eltern mit mir mit dem Zug fahren wollten? Es gab Streit zu Hause. Unsere Mutter fand heraus, dass Sophie in der Schule bei einem Test abgeschrieben hatte, nein, falsch, sie hatte eine Mitschülerin den Test für sie schreiben lassen.« Anna schnalzte dreimal mit der Zunge. »Die liebe, brave, fleißige Sophie hatte betrogen. Sie veranstaltete ein Drama, um von ihrer Tat abzulenken. Meine Schuld sei es, weil ich von meinen Eltern bevorzugt würde. Das war natürlich Blödsinn. Sie ist von Natur aus eine neidische kleine Schlampe.«

»Anna!« Röte stieg Sophie ins Gesicht.

»Deshalb folgten die Eltern eine Stunde später mit dem Wagen. Wegen eines Eisregens kam es zu einer Massenkarambolage auf der Autobahn. Woah, ich hatte den Abend meines Lebens, weil ein Junge, der nach mir sein Stück spielen sollte, nicht erschien. Also durfte ich zwei Lieder spielen. Ich genoss den Applaus, ohne zu ahnen, dass ich bereits zu einer Waise geworden war. Danach habe ich nie wieder ein Klavier angerührt.«

»Warum erzählst du das?« Sophies Stimme klang hysterisch.

»Ich habe es bisher niemandem erzählt, richtig. Weil du meine Schwester bist und es das Schicksal war, das es mies mit uns meinte. Ich habe dich mitgenommen, als du unbedingt mit mir nach Italien wolltest. Ich habe dich geliebt und dir nie Vorwürfe gemacht. Jeder streitet ab und zu mit den Eltern oder stellt Dummheiten an. Aber du? Du hast die verzerrte Geschichte vor Jahren Andrea erzählt. Als ich sie richtigstellen wollte, ließ er seine Wut an mir aus, weil ich schlecht über meine Schwester redete, und ich endete im Spital, während du dich mit ihm in Neapel übers Wochenende vergnügtest.«

»Du lügst!«

Anna lächelte, auch mit ihrer verletzten Zunge und dem Blut im Mund. »Gianni, du solltest dir die Leute genau ansehen, die du unter deinem Dach wohnen lässt. Stellst du mir jetzt bitte noch einmal die Frage, ob ich Andrea getötet habe?«

Er schwieg eine Weile, schaute zwischen Anna und Sophie hin und her, dann stellte er die Frage ein zweites Mal. »Hast du Andrea getötet?«

Sie schaute entschlossen hoch. »Nein.«

»Hast du Andrea betrogen?«

»Nicht, als er noch lebte. Solltest du die Frage nicht andersherum stellen? War Andrea ein treuer Gatte?« Sie wusste, dass Gianni die Antwort seit Jahren kannte.

Statt einer Antwort hörte sie Schritte.

Tony trat in den Keller. Er schaute ihr nicht in die Augen, sondern starrte geradeaus, wischte sich mit der Hand über seine Glatze und wartete, dass Gianni ihm Anweisungen gab. Annas Muskelfasern spannten sich an. Wie eine Furie sprang sie auf die Füße und wollte auf Tony losstürmen, ihm die Augen auskratzen, zwischen die Beine treten, die Gurgel herausreißen, aber Francesco hielt sie fest und drückte sie zurück auf den Stuhl. Sie konnte die Tränen nicht kontrollieren. »Du Mörder! Du verfluchter Scheißkerl. *Pezzo di cornuto! Faccia di culo!* Ich bringe dich um.«

»Genug!« Gianni trat vor, packte Anna an den Haaren und riss ihren Kopf zurück. »Wir wissen, dass du Andrea nicht ermordet hast.«

Sie brauchte einen Augenblick, um die Information zu verarbeiten. »W-was?«

»Tony hat mir heute Morgen erzählt, dass die Familie Laganà hinter dem Mordkomplott steht, um uns zu schwächen. Wir bereiten bereits den Gegenschlag vor.«

Anna fühlte ihre Knie zittern. Die Laganàs? Wie war das möglich? Bisher hatten die beiden Familien sich gegenseitig toleriert, auch wenn es ständig Unstimmigkeiten wegen der Hoheitsgrenze ihrer Ländereien gab, die sie kontrollierten.

»Wir übernahmen vor Monaten einige ihrer Dörfer«, erklärte Gianni. »Es gab Spannungen, aber mit dem Mord an Andrea haben sie einen Krieg heraufbeschworen.« Er ließ sie los. »Sie haben Andrea aus dem Hotel gelockt, ihn entführt, verprügelt und vor den Zug gestoßen.«

»Du wusstest, dass ich unschuldig bin?« Anna stolperte zurück. »Warum? W-warum hast du Rainman töten lassen?«

Gianni packte Anna am Hals und drückte zu. Sie hustete und rang verzweifelt nach Luft. »Weil du die Familienehre beschmutzt hast.« Er stieß sie von sich weg und warf sie zu Boden. Er drehte sich zu Tony um. »Nimm die *puttana* mit und erledige deinen Job. Bring sie in die Wälder. Ich will sie nie mehr sehen.«

»Ihr Dreckskerle!«, rief Anna, als Francesco sie hochhob und Tony in die Arme drückte. Sie warf den Kopf zurück und schaute ihre Schwester an, die den Blick gesenkt hielt und sich von ihr abwandte. Sie hatte ihre Wahl getroffen.

Als Tony sie aus dem Keller zog und zu seinem Wagen brachte, ergab sich Anna wehrlos ihrem Schicksal. Vielleicht war es gut so. Gott könnte ihr ihre Sünden vergeben und sie zu Rainman in den Himmel lassen. Sie war auf dem Weg zu ihm. Für immer und ewig, und es würde nichts mehr geben, das sie trennte. »Ich komme«, wimmerte sie unter Tränen und wehrte sich nicht, als Tony sie in den Kofferraum sperrte.

Auf der Fahrt, die endlos dauerte, zwang sie sich, all die schönen Momente noch einmal zu erleben: das Abendessen mit dem Sternenhimmel, Rainman im Schrank, der Wanderausflug, die Nacht im Kinderzimmer, sein nackter Körper in ihren Armen, er in ihr. Ja, sie würden wieder eins werden. »Warte nur noch ein wenig«, flüsterte sie. »Ich bin fast bei dir.«

Sie musste eingeschlafen sein. Ein Ruck warf sie gegen die Heckinnenwand. Anna öffnete die Augen, aber sie war gefangen in absoluter Dunkelheit.

Ein Poltern.

Die Tür?

Der Wagen war stehen geblieben. Sie waren angekommen, in einem Wald, wo bald ihre Leiche verrotten würde.

Zuerst fühlte sie die frische Luft, als Tony den Kofferraumdeckel aufriss. Wind blies ihr ins Gesicht, und der Duft von Tannennadeln stieg ihr in die Nase. Es war Nacht, aber der

Mond spendete genügend Licht. Tony musste sie weit aus Giannis Territorium hinausgefahren haben. Anna hob den Kopf. Sie mussten sich in der Toskana befinden, das würde zeitlich passen, und das erklärte die Zypressen, die am Wegrand Spalier standen.

»Raus mit dir«, sagte Tony, wandte sich von ihr ab und zündete eine Zigarette an.

Annas Glieder waren starr. Sie brauchte einen Moment, um sich bewegen zu können. Mit den Händen stützte sie sich am Boden des Kofferraumes ab und wollte sich hochstemmen, als sie einen Gegenstand ertastete. Perplex starrte sie darauf. Es war ein Schraubenzieher. Und was für einer. Ein echt langes Ding. Hektisch warf sie den Kopf hoch, aber Tony bestaunte das Wäldchen vor sich, während er an der Zigarette zog, deren Glut goldrot in der Nacht leuchtete. Kurzerhand schnappte sich Anna den Schraubenzieher und kletterte aus dem Wagen. Sie hatte Rainman nicht retten können, aber sie konnte zu seinem Racheengel werden.

Sie gab sich zwei Minuten, um sich zu sammeln, damit ihre Beine und Arme endlich anständig durchblutet werden konnten. Ihr Blick war auf Tony fixiert, die Umgebung war ihr egal. Sie stellte bloß fest, dass sie auf dem Land waren, unter ihren Füßen knirschte Kies. *»Cazzo!«* Das Wort kam ihr erstaunlich leicht über die Lippen. Es tat gut, diesen Hünen von einem Mann zu verfluchen. Ihre Stimme klang klar, tief und entschlossen. Kein Wimmern, kein Weinen, keine Angst, damit hatte sie abgeschlossen. Der Schraubenzieher lag schwer in ihrer Hand, verborgen hinter ihrem Rücken. In welche Körperstelle sollte sie ihn hineinrammen? Durch den Brustkorb schaffte sie es damit nicht, ihr fehlte die Kraft, und Tony war zu groß. Der Bauch war gut, aber eine Stichwunde dort war nicht zwingend tödlich. Der Hals wäre besser, aber der lag zu hoch, und Tony würde ihre Hand blitzschnell abfangen, bevor der Schraubenzieher die Halsschlagader ritzen konnte.

Sie ging einen Schritt auf ihn zu.

Sollte sie in seine Eier stechen? Daran würde er nicht sterben, aber zumindest ein Leben lang leiden. Zu dumm, dass er Jeans trug, die waren schwer zu durchstechen mit einem stumpfen Schraubenzieher.

Er schnippte die Zigarette weg und drehte sich zu ihr um, das Gesicht versteinert.

Noch einen Schritt.

Tony fasste in die Innentasche seines Jacketts.

Die Waffe lag dort, das wusste sie. Anna musste den Moment nutzen. Jetzt oder nie. Sie stieß einen Schrei aus und rannte die letzten drei Schritte auf Tony zu.

Er reagierte nicht, hob nur verwundert eine Augenbraue.

Nie zuvor war Anna kampfbereiter gewesen. Mit all ihrer Kraft schwang sie den Arm nach vorne und rammte Tony ihre Waffe in den Bauch, dort, wo nur sein teures Hemd die Haut bedeckte. Sie fühlte den Widerstand, als der Schraubenzieher durch seine Bauchmuskeln stach.

Tony gab keinen Laut von sich.

Er legte irritiert den Kopf schief und starrte sie an.

»Du elender Mörder. Ich werde dich verfluchen und in der Hölle nach dir suchen.«

»Anna …«

Sie zog den Schraubenzieher aus seinem Bauch und wollte erneut zustechen, aber er griff nach ihrer Hand und hielt sie fest. Spürte der Scheißkerl den Einstich überhaupt? Sie starrte auf sein weißes Hemd. Ein roter Fleck zeichnete sich ab.

»Anna, was tust du da?«

Wie konnte er eine so blöde Frage stellen? »Mich rächen«, sagte sie fuchsteufelswild. »Stirb, du Mistkerl.«

»Warum?«

Warum? »Du sollst sterben, du weißt, warum.«

Er riss ihr den Schraubenzieher aus der Hand und warf ihn weg. »Schau dich um.«

»Hä?«

»Sieh hin.« Er packte ihre Schultern und drehte sie um.

Ihr ganzer Körper begann zu zittern, als sie sich endlich umsah. Nicht weit entfernt brannte eine Lampe. Sie beleuchtete eine Tafel: »Bucine«. Neben der Tafel verliefen zwei Gleisspuren. Ein Bahnhof? Wollte er sie an einem Bahnhof ermorden. Vor den Zug stoßen?

Er drehte sie erneut zu sich um und griff wieder in die Innentasche seines Jacketts, aber er zog keine Waffe hervor, sondern einen Umschlag. »Das Abschiedsgeschenk von Gianni.«

»Was?«

»Dein Pass und all die anderen Ausweise, zehntausend Euro in bar und die Fahrkarte nach Interlaken.«

Anna verstand kein Wort. Wie grausam war das Spiel, das sie mit ihr spielten?

Tony drückte ihr den Umschlag in die Hand und presste sich die Finger auf die Wunde, die jetzt stark blutete. »Ich denke, die habe ich verdient. Vergib mir.«

»Dir vergeben? Dass du Rainman ermordet hast? Er war unschuldig. Er hat nichts mit eurem Mafiakrieg zu tun.«

»Ich weiß.«

Anna konnte die Tränen nicht mehr zurückhalten und starrte auf den Umschlag. »Bring mich um, damit es endlich vorbei ist. Warum tut Gianni das?«

»Er hat einen guten Kern, ganz tief drinnen, weißt du. Er schenkt dir die Freiheit. Deshalb das ganze Theater im Keller. Der Clan musste glauben, dass Gianni mit starker Hand durchgreift und die Frau bestraft, die seinen Sohn betrogen hat. Hätte er dich gehen lassen, hätten andere Mitglieder und Andreas Freunde dich gesucht und sich an dir gerächt. Zudem kennst du die Geschäfte der Familie, du stellst eine große Gefahr für uns dar. Gianni vertraut darauf, dass du schweigen wirst, wenn nicht, werde ich dich finden und zum Schweigen bringen müssen. Ändere deinen Namen und tauche unter.«

Das Verhör im Keller war ein Täuschungsmanöver gewesen, um sie zu retten? Anna glaubte, sich verhört zu haben. Gianni höchstpersönlich wollte sie gehen lassen?

»Ja, du bist frei, Anna, das war doch dein innigster Wunsch. Das Geld reicht nicht weit, aber es ist ein Anfang.«

Sie schluchzte. »Was ist mit Sophie?«

»Gianni hat deine Schwester vor die Wahl gestellt. Sie will bleiben. Sie ist jetzt eine von uns. Und sie ist Giannis Rückversicherung, das weiß sie selbst. Machst du Dummheiten und sprichst mit der Polizei, wird sie den Preis bezahlen. Streiche sie aus deinen Erinnerungen, ist besser für beide von euch.«

»Sophie habe ich meine Freiheit zu verdanken?« Anna sackte in die Knie. Ihre Beine konnten sie nicht mehr tragen. Endlich hatte sie, was sie wollte, aber es war wertlos.

Rainman …

»Der nächste Zug nach Florenz fährt erst in drei Stunden. Du musst dich also gedulden. Weiter fahren kann ich dich nicht, nicht bis in die Schweiz. Ich muss zurück, damit die anderen Clanmitglieder keinen Verdacht schöpfen.«

»Töte mich.«

»Was?«

Sie schaute auf. »Tony, bitte, töte mich.«

Er trat vor sie und legte die Hand auf ihren Kopf. »Das knappe Jahr mit dir war anstrengend und ziemlich aufregend. Es wurde nie langweilig, aber ich werde zu alt für dein Temperament. Nimm den Zug in die Schweiz. Er wartet auf dich.«

»Was?«

Tony lachte, verzog aber gleich wieder das Gesicht, ging einen Schritt auf Distanz und drückte fester auf die Wunde. Seine Hand war blutrot.

Anna starrte zu ihm hoch. Wovon sprach er? Sie kniff die Augen zusammen, verdrängte den Gedanken, der in ihr keimte. Sie musste sich verhört haben. Meinte er den Professor? Ja, so musste es sein. Der Professor wartete auf sie. Bestimmt. Denn Rainman war … er war tot. Hoffnung gab es keine. Sie tat bloß weh, drückte ihr Herz noch fester zusammen, bis sie kaum noch Luft bekam.

»Worauf wartest du?«, sagte Tony mit leiser Stimme. »Na los, geh zu ihm. Rainman wartet auf dich.«

Für einen Moment erstarrte sie, dann sprang Anna auf die Füße und packte Tony am Kragen. »Hast du soeben Rainman gesagt?«

»Wer sollte sonst auf dich warten?«

Sie starrte ihn mit offenem Mund an, dann taumelte sie einen Schritt zurück. »Er lebt? Rainman lebt? Aber wie …«

»Es war nur eine Platzpatrone in der Waffe.«

»Aber ich sah, wie Rainman beim Schuss zusammensackte.«

»Jun-ho hat angerufen, kurz bevor ich dazukam, richtig?«

»J-ja«, antwortete Anna.

»Ich konnte heimlich mit Jun-ho sprechen, bevor Gianni mir das Handy abnahm, und ihm meinen Plan erklären. Er hat deinen Chinesen informiert, was gleich passieren würde.«

Annas Gedanken rotierten. »Aber … er … Rainman hat nichts gesagt.«

»Der Idiot glaubte, dass er einen anderen Ausweg finden würde, und er wollte dir keine Angst machen.«

»Weiß Gianni, dass Rainman noch lebt?«

»Ich habe es ihm heute Morgen erzählt. Er wird sich eine Strafe für mich ausdenken. Da ich ihm auch die wahren Täter geliefert habe, die hinter Andreas Mord stecken, wird die Strafe milde ausfallen, hoffe ich zumindest.«

Annas Herz pochte wild, es raste wie ein Schnellzug und wollte nichts wie hin zu Rainman. Sie schaute Tony an, diesen griesgrämigen Glatzkopf. Er hatte ihnen das Leben geschenkt. *»Grazie.«* Ihre Stimme kam ins Zittern. »Deine Bauchwunde … ich –«

»Ich werde es überleben, hatte schlimmere Verletzungen. Und die Wunde habe ich verdient. Ich habe es nicht geschafft, dich zu beschützen.«

Impulsiv warf sich Anna nach vorne und Tony um den Hals. »Danke. Danke. Danke.«

Er klopfte ihr auf den Rücken. »Zisch ab, du verrücktes Huhn, geh und nerve den Chinesen mit deinem schrecklichen Temperament.«

»Er ist Südkoreaner, kein Chinese.«

»Wie du meinst.«

»Geht es ihm gut? Mein Gott, hat Francesco ihn schwer verletzt?«

»Er lag noch im Spital, als ich vor zwei Tagen die Schweiz verließ.«

»Was? Spital? Wie lange schon … welchen Tag haben wir heute?«

»Wenn die Sonne aufgeht, ist es Sonntag.«

»Ich war über eine Woche in dem Keller eingesperrt? Und Rainman ist noch immer im Spital?« Die schrecklichen Bilder kamen hoch, das Blut in seinem Gesicht, das geplatzte Augenlid. Sie biss sich auf die Lippen.

Tony klopfte ihr auf die Schulter. »Das wird schon, auch wenn er vielleicht nicht mehr ganz so hübsch ist. Wahre Liebe sieht über ein hässliches Gesicht hinweg, nicht?« Er grinste und ging gekrümmt zum Wagen. »Verdammt, ich brauche einen Arzt.« Er startete den Motor und fuhr weg, ließ Anna an dem kleinen Bahnhof mitten im Niemandsland zurück.

Drei Stunden? Wie konnte sie drei Stunden warten?

Und wie lange dauerte eine Zugfahrt zurück in die Schweiz? Wenn sie bloß ihr Handy dabeihätte. Sie schaute sich am menschenleeren Bahnhof um und fand eine Telefonkabine, die aus der Zeit des Ersten Weltkriegs hätte stammen können. Ihr Frust war riesig, als Sunshine den Hörer abhob. Kein Münztelefon der Welt konnte einen Einhundert-Euro-Schein verdauen.

21

Der Professor empfing die Herren der Polizei an diesem Montag kurz vor Mittag in seinem Arbeitszimmer. Dr. Tribelhorn hatte darauf bestanden, bei dem Gespräch dabei zu sein.

Von Allmen gab den zweiten Würfelzucker in seinen schwarzen Kaffee, während Feuz ihnen die neuesten Entwicklungen im Mordfall von Andrea Morrone erläuterte. »Dass wir bei uns einmal einen solchen Fall behandeln würden … Offenbar gibt es zwischen den Familien der Morrones und Laganàs schon seit Jahren einen Machtkampf. Laut den italienischen Behörden, mit denen wir zusammenarbeiten, handelt es sich um die Kontrolle eines Gebietes, dessen Grenzen nicht klar definiert sind. Und das jüngste Opfer, Andrea Morrone, zeigte offenbar Interesse an einer der verheirateten Töchter des Capo der Laganàs.«

Trauer überkam den Professor. Sunshine und Rainman waren zwischen die Fronten geraten und mussten für die Machtkämpfe der Familien ihre Köpfe hinhalten. Laut der Polizei war Sunshine vermutlich heimlich über die Grenze nach Italien gebracht worden, und die Chancen standen schlecht, dass sie je wiederauftauchen würde. In Kalabrien hatten die Behörden wenig Einfluss, und Anna Morrone war zu unbedeutend, als dass die Carabinieri sich wegen ihr mit der 'Ndrangheta anlegten.

Der Professor schaute Dr. Tribelhorn an, die aufgebracht mit den Füßen wippte. Bereits am Tag nach Sunshines Verschwinden hatte sie angeboten, persönlich nach Kalabrien zu fahren, um sie zurückzuholen. Der Professor hatte alle Mühe gehabt, sie von ihrem Plan abzubringen.

»Was ist mit den Männern, die Rainman spitalreif geschlagen haben?«, fragte sie.

Der Professor konnte sich gut an den Telefonanruf erinnern, als am Sonntag vor einer Woche ein Arzt des Thuner Spitals anrief und erzählte, dass Rainman von einem Unbekannten vor der Notaufnahme aus einem dunklen Wagen ausgeladen wurde, schwer verletzt und bewusstlos. Er trug eine Visitenkarte des Sanatoriums bei sich. Wegen innerer Blutungen musste er notoperiert werden. Der Professor rief gleich Rainmans Assistenten an, der jedoch schon informiert und vor Ort war – was seltsam war –, aber der Professor fragte nicht weiter nach, sondern besuchte Rainman gleich am nächsten Tag. Er war nicht ansprechbar und nicht wiederzuerkennen. Jun-ho wich keine Sekunde von seinem Bett und war nicht bereit, mit dem Professor darüber zu sprechen, was passiert war. Aufgeben war für den Professor keine Option. Er besuchte Rainman täglich. Doch auch wenn er wach war, sprach Rainman selten ein Wort und starrte apathisch vor sich hin. Seine Schmerzen waren offensichtlich nicht sein Problem, auch nicht das Trauma von den Schlägen. Es war die Hilflosigkeit, die ihn am Boden zerstörte. Er hatte nichts für Sunshine tun können. Und auch die Tage danach war er machtlos ans Bett gefesselt gewesen, nicht fähig aufzustehen, um sie zu suchen.

»Genau, Rainman«, wiederholte Feuz. »Sie sprechen von Herrn Kim, richtig? Er verweigert die Aussage. Zumindest haben die Ermittlungen ergeben, dass er bei der Aareschlucht zusammengeschlagen und Anna Morrone von dort entführt wurde. Die Bilder der Überwachungskameras bei den Eingängen der Aareschlucht zeigen, wie Frau Morrone und Herr Kim gemeinsam die Schlucht betreten. Ihnen folgen zwei Männer mit Kapuzen am Ost- und einer am Westeingang. Es sind jedoch keine Gesichter zu erkennen. Ja, wir wissen, dass es sich um Mitglieder der 'Ndrangheta handeln muss, mit großer Wahrscheinlichkeit um die Männer von Gianni Morrone. Es ist zu sehen, wie Frau Morrone von einem Mann aus dem Osteingang getragen wird, wir wissen aber nicht, wie der Mann vom Westeingang oder Herr Kim die Schlucht verließen. Wir hoffen, Herr Kim wird sich noch umentscheiden und eine Aussage machen. Er wird heute aus dem Spital entlassen.«

Der Professor schaute auf. »Schon? Ist das nicht zu früh?«

»Die Ärzte würden ihn gerne noch zwei Tage länger behalten, aber er entlässt sich selbst. Festhalten können wir ihn nicht.«

Der Professor kannte die Wahrheit. Rainman wollte nach Sunshine suchen. In seinem Zustand?

»Die Polizei unternimmt also nichts?«, fragte Dr. Tribelhorn.

»Interpol ist eingeschaltet und die italienischen Behörden. Wir können niemanden verhaften, der sich nicht in der Schweiz aufhält.« Von Allmen stand auf. »Danke für den Kaffee.«

Dr. Tribelhorn führte die Herren mit einem versteinerten Gesicht aus dem Büro.

Der Professor widmete sich die nächste halbe Stunde seinen Patientenakten, als das Telefon klingelte. Anita vom Empfang war ganz aus dem Häuschen, bevor sie ihn mit der Anruferin verband.

***

Jun-ho spazierte die Bächimattpromenade am Thunersee entlang. Es war Mittag, aber Hunger hatte er keinen. Er brauchte die frische Luft. Nach einer Woche, in der er vorwiegend Desinfektionsmittel gerochen und Überwachungsgeräte piepsen gehört hatte, war sein Kopf ausgelaugt. Die Schuldgefühle waren am schlimmsten. Er hatte seinem Freund nicht helfen können, ihn am Telefon geradezu überredet, sich von den Schlägertypen zusammenschlagen zu lassen. Die Selbstvorwürfe klammerten sich an ihm fest wie ein Riesenkrake. Rainman über eine Woche im Spitalbett liegen zu sehen, eine lethargische Mumie und kein strahlender Popstar, war unerträglich gewesen. Obwohl sich Rainman körperlich erstaunlich rasch erholte, lag seine Seele in Trümmern. Es gab vermutlich keine Sekunde, in der er nicht an Sunshine dachte.

Jun-ho setzte sich auf eine Parkbank. Er war Tony dankbar, dass er Rainmans Leben gerettet hatte, aber nachdem er ihn vor der Notaufnahme anonym ausgesetzt hatte, war der Italiener vom Erdboden verschwunden. Die Telefonnummer, die er in der Schweiz benutzt hatte, war abgemeldet. Jun-ho hatte alles Mögliche versucht, Sunshine zu finden: einen Anwalt eingeschaltet, mehrmals mit der Berner Kriminalpolizei wie auch mit den italienischen Behörden gesprochen und sogar ein süditalienisches Detektivbüro beauftragt. Bei dem Namen Morrone jedoch sprangen die Italiener ab. Gianni Morrone musste in Kalabrien einem König gleichgestellt sein.

Aber der Capo war nicht Jun-hos einzige Sorge. Es war ein Wunder, dass Rainmans Aneurysma durch die harten Schläge nicht geplatzt war. Für einmal war es ein Segen, dass es mitten in seinem Gehirn lag, dort, wo kein Chirurg Zugriff darauf hatte, aber das geschwächte Blutgefäß zumindest durch die Hirnmasse gut geschützt war. Das MRI, welches vor ein paar Tagen gemacht wurde, hatte jedoch gezeigt, dass sich das Aneurysma weiter ausgedehnt hatte. Nur eine dünne Gefäßwand schützte Rainman vor seinem Tod. Es wurde Zeit, das Unvermeidliche anzuerkennen und Vorbereitungen zu treffen. Rainman hatte Jun-ho verboten, seine Mutter zu informieren, dass er im Spital lag. Sie wusste ja noch nichts von seiner Krankheit.

Jun-ho griff nach seinem Handy. In Südkorea war es Montagabend. Er wählte die Nummer von Frau Kim.

Nach dem zweiten Rufzeichen nahm sie den Anruf entgegen. *»Yeoboseyo?«*

»Annyeonghaseyo, Eomeo-nim«, grüßte er Rainmans Mutter.

»Jun-ho, weißt du, wie oft ich dich und meinen Sohn in den letzten Tagen versucht habe zu erreichen? Auch Professor Bernard hat mich vertröstet. Geht es Tae-poong gut? Hat er wieder … nein, nein. Sag mir, dass es ihm gut geht.«

Jun-ho holte tief Luft. Er konnte sie nicht anlügen und behaupten, die Welt sei in Ordnung. »Ich soll Sie von ihm grüßen und mich bei Ihnen für sein Verhalten entschuldigen. Und ich soll Sie informieren, dass er nächste Woche nach Seoul fliegen wird.«

»Mein Sohn kommt zurück. Endlich gute Neuigkeiten. Es war eine schlechte Entscheidung, in die Schweiz zur Kur zu fliegen. Kommt er nach Busan?«

»Ja. Auch. Aber erst muss er in Seoul einiges regeln.« Jun-ho schaute den Enten zu, die auf dem Wasser munter ihre Federn putzten. Er wischte sich die feuchten Augen trocken. »*Taepoong-ssi* will seine Karriere beenden.«

»Was? Jetzt? Seine Konzerttournee ist in Vorbereitung. Er hat Verträge mit der Agentur, mit dem Label, und all die Werbeverträge, die kann er nicht aus heiterem Himmel brechen.«

»Er wird es Ihnen erklären, wenn er zurück ist.«

Sie benutzte einige unschöne Worte, bevor sie laut seufzte. »Gut. Er soll zurückkommen. Ich werde mit ihm sprechen. Wir finden eine Lösung. Seine Gesundheit geht vor.«

Er wird Ihnen sagen, dass er bald sterben wird. Jun-ho konnte den Gedanken nicht laut aussprechen und zwang sich stattdessen ein Lächeln auf. »Ja, Sie haben recht. Ich lege jetzt auf.« Er senkte die Hand mit dem Telefon auf die Bank und ließ den Tränen freien Lauf.

***

Rainman hatte das Mittagessen nicht angerührt. Er starrte auf den Handkoffer neben seinem Bett und wartete auf den behandelnden Arzt, um die Austrittserklärung zu unterschreiben. Es sei riskant, jetzt zu gehen, hatte der Arzt ihn gemahnt. Bei der Schlägerei sei seine Milz gerissen, die Wunde müsse heilen und unter Beobachtung bleiben. Mehr Schmerzen bereitete Rainman seine gebrochene Nase, die dick geschwollen war. Sein Auge war farblich bunt wie ein Regenbogen, aber wenigstens war die Sicht wieder klar.

Er blickte aus dem Fenster. Die ganze Woche, die er hier verbracht hatte, hatte es geregnet. Endlich riss die Wolkendecke auf, und Sonnenstrahlen zeigten sich. Warme Sonnenstrahlen, leuchtend hell, wunderschön. Sie waren eine grausame Tortur. Er hatte sie nicht verdient. Mit schwachen Händen griff er sich an die Stirn. Kopfschmerzen. Er log die Ärzte an, sagte, es gehe ihm gut. Es spielte keine Rolle, ob das Aneurysma oder die psychische Belastung dafür verantwortlich waren, er hatte die Schmerzen verdient, sie waren die Strafe für sein Versagen.

War Sunshine bereits tot? Oder litt sie Höllenqualen? Wenn nicht, wollte sie sich erneut das Leben nehmen, weil sie glauben musste, dass er erschossen worden war? Dieser Gedanke allein trieb ihn in den Wahnsinn. Wie hatte er sie täuschen können, und warum hatte er Jun-ho und Tony vertraut? Sie hätten springen sollen, als noch Zeit dazu war. Die Aare wäre zumindest eine winzige Chance gewesen, ihrem Schicksal zu entkommen.

Er hatte den Moment verpasst.

Für einmal war er dankbar für das Aneurysma, das ihm hoffentlich bald den Schmerz nehmen würde. Er starrte an die Wand gegenüber dem Bett. Vielleicht sollte er wie ein Stier mit dem Kopf dagegenrennen, bis das Blutgefäß platzte. Er tat es nicht und hasste sich dafür, ein Feigling zu sein.

Jun-ho klopfte an und trat ins Zimmer. Er litt mindestens so sehr wie Rainman, obwohl er ein Lächeln aufsetzte. »Willst du nicht länger die Gastfreundschaft des Thuner Spitals nutzen?«

»Wie verlief das Gespräch?«, fragte Rainman.

»Deine Mutter freut sich auf dich. Sie war aber nicht erfreut über deinen Wunsch, den Job aufzugeben, aber sie kann es verstehen. Du kannst die Wahrheit nicht hinauszögern. Du musst es ihr sagen.«

»Tue ich das Richtige? Ich sollte hierbleiben und nach Sunshine –«

»Wir werden weiterhin nach ihr suchen. Ich werde in der Schweiz bleiben und Tony finden. Wenn nötig, fahre ich nach Kalabrien. In deinem Gesundheitszustand kannst du nichts tun. Du bist zu schwach und musst zu Kräften kommen. Deine Mutter ist auch wichtig, sie hat die Wahrheit verdient, und du musst mit deiner Agentur sprechen und die Verträge auflösen. Deine Verpflichtungen kannst du nicht länger aufschieben. Wenn alles erledigt ist, kommst du zurück in die Schweiz, erholst dich im Sanatorium und wartest auf Sunshine. Sie wird kommen, du musst nur daran glauben. Sie ist stark, eine Kämpferin, sie schafft das. Das muss sie, denn …«, Jun-ho kam ins Stocken, »… denn, wenn du nicht mehr hier bist, muss sie auch allein zurechtkommen.«

Sein Freund hätte Schamane werden sollen, dachte Rainman, der nicht gegen die Tränen ankämpfte. Jun-ho hatte recht. Sunshine musste lernen, das Leben selbstbestimmt zu meistern. Es war ein schöner Gedanke, der Hoffnung schenkte und davon ablenkte, dass sie vermutlich nicht mehr lebte.

Rainman trat ans Fenster, hielt sich die Bauchwunde und schaute hoch in den blauen Himmel über den Alpen. War das ein Zeichen von ihr, hatte sie ihm diese Sonnenstrahlen geschickt? Seine Finger berührten die Fensterscheibe, dort, wo das Licht der Mittagssonne sich spiegelte. Das Glas war warm. Er zeichnete mit dem Zeigefinger einen Kreis um die Sonne und folgte einem ihrer Strahlen bis hinunter auf die Straße. Sein Blick war wässrig, als er beobachtete, wie ein Taxi, das vermutlich viel zu schnell gefahren war, vor dem Eingang hielt. Die hintere Tür wurde aufgestoßen.

Er wandte sich vom Fenster ab. Noch eine traurige Seele, die hereilte, um eine geliebte Person zu besuchen, die krank oder verletzt eingeliefert worden war. Ein weiteres tragisches Schicksal. Es gab zu viele davon in einem Spital. Er musste hier raus, denn die Luft erdrückte ihn. Die Last war zu schwer zu tragen. »Ich warte nicht länger. Gehen wir.«

Jun-ho führte ihn zum Behandlungszimmer, wo der Chefarzt persönlich ihn ein letztes Mal untersuchte und Rainman unter warnenden Worten die Entlassungspapiere zuschob. »Ich empfehle Ihnen keinen Langstreckenflug. Das Aneurysma –«

»Welches eine Schlägerei überstanden hat«, unterbrach ihn Rainman mit einem traurigen Lächeln. Und eine verrückte Liebesnacht, dachte er im Stillen. »Ich muss zurück und die Dinge in Ordnung bringen, bevor es zu spät ist. Jeder Schritt, den ich mache, ist ein Risiko. Aber mein wahrer Feind ist die Zeit. Ich kann die Wahrheit vor meiner Familie und meinen Fans nicht länger verbergen. Ich hatte eine lange und wundervolle Karriere. Ich will sie anständig beenden, bevor ich aus dem Leben gerissen werde.« Das bin ich den Halos schuldig, dachte er. Und meiner Mutter …

Der Chefarzt der Inneren Medizin nickte und verabschiedete ihn an der Tür, wünschte ihm viel Kraft, und er solle jeden Tag genießen, den er auf dieser Welt verbringen dürfe.

Rainman wusste, dass das unmöglich war. Ihm blieb nichts, was das Leben lebenswert machte. Er war bloß eine leere Hülle, die ihrer Aufgabe nachkam.

Mit Jun-ho an seiner Seite ging er langsam den Korridor entlang und nahm den Lift, der ihn hinunterbrachte. Vor dem Ausgang setzte Jun-ho ihn auf eine Bank und sagte, er solle kurz warten, damit er den Wagen holen könne.

Rainman wartete.

Atemzug um Atemzug.

Er steckte sich einen Kopfhörer in das eine Ohr und ließ Musik abspielen, um sich abzulenken. Weshalb wählte der Zufallsgenerator ausgerechnet Paul Kims »But I'll Miss You« aus? Rainman hörte dem Song zu, der seine Gefühle nicht besser hätte beschreiben können.

Die Sonne schien ihm direkt ins Gesicht. Die Wärme schmerzte. Am Morgen hatten die Ärzte den Gips um seine Nase abgenommen, die jetzt bloß noch dick verbunden war, aber jeder Pulsschlag malträtierte sein Gesicht wie ein Stromschlag. Er hob den Kopf und schloss die Augen, weil es ihn blendete. Dankbar nahm er den Schatten an, der über ihn fiel. Jemand musste sich zwischen ihn und das Sonnenlicht gestellt haben. Er hörte hektische Schritte, ein Stampfen und heftiges Atmen. Die Person brachte einen flüchtigen Wind mit sich. Er öffnete die Augen, als sie davoneilte und das Sonnenlicht ihm erneut gnadenlos ins Gesicht schien. Im Gegenlicht sah er die Frau nur von hinten. Sie lief vor dem Haupteingang auf und ab, verwarf die Hände und schaute sich um. Sie trug eine zerrissene Jeans und ein weißes T-Shirt. Die kurzen braunen Haare waren unfrisiert. Sie blieb stehen. Ihr Atem ging heftig und stoßweise, so als ob sie einen Marathon gelaufen wäre.

Plötzlich wimmerte sie.

Rainman krallte sich an der Parkbank fest, als er ihr Wimmern hörte. Ein nicht enden wollender gequälter Laut, voller emotionaler Schmerzen. Sofort musste er an Sunshine denken.

Die Frau sank in die Hocke, umklammerte ihre Knie und weinte, als würde die Welt in dieser Minute untergehen.

Rainman weinte mit.

Er war so ein Idiot zu glauben, dass er mit seinem Schmerz allein auf der Welt war. Sich selbst konnte er nicht helfen, aber vielleicht dieser Fremden. Hastig wischte er sich die Augen trocken, nahm den Kopfhörer aus dem Ohr und stand mühsam auf. Er hielt sich kurz die Bauchwunde, die bei jeder Bewegung schmerzte, und ging auf die weinende Frau zu. Ein seltsames Gefühl überkam ihn, ein Kribbeln in seinen Händen. »Kann ich – kann ich Ihnen helfen?«

Ihr Weinen verstummte. Ihr Kopf schnellte hoch.

Rainman schnappte nach Luft.

Diese Augen, diese türkisblauen Augen …

Sie sprang blitzschnell auf die Füße und verlor keine Zehntelsekunde, um ihm um den Hals zu fallen.

Rainman ignorierte seine verletzte Milz, ignorierte seine pulsierende Nase, ignorierte sein verfluchtes Aneurysma und drückte Sunshine fest an seine Brust.

Es musste ein Wunder sein. Sie war zu ihm zurückgekommen.

Sie klammerte sich an ihn und lachte und weinte gleichzeitig. Er hielt ihren Kopf, strich ihr über das kurze Haar, drückte seine Wange an die ihre und wünschte sich, für die Ewigkeit in diesem unerwarteten Glück zu verharren, das ihnen zugeflogen kam. Jetzt wusste Rainman, dass in diesem Leben alles möglich war. Ihnen wurde Zeit geschenkt, die Unendlichkeit, zumindest für den Augenblick, den er nicht bereit war loszulassen.

***

Die Sonne begleitete sie die Serpentinenstraße hoch, zurück ins Sanatorium. Sunshine hatte darauf bestanden, dass die Fenster des Wagens offen blieben. Es war ein herrlicher Sommertag, und der Fahrwind würde hoffentlich den üblen Geruch vertreiben, der von ihr ausgehen musste. Ihre letzte Dusche lag über eine Woche zurück.

Sie senkte den Blick und strich Rainman mit den Fingerspitzen über die Stirn. Sein Kopf ruhte auf ihrem Schoß. Er lag auf dem Rücksitz des Wagens, die Lider geschlossen, ein Lächeln im Gesicht. Seine Lippe war leicht geschwollen. Zum Glück heilte das verletzte Auge gut. Ihr war es egal, wenn seine perfekte Nase einen Knick behalten würde. Sie verdrängte die Tränen und lächelte mit ihm, drückte sanft ihren Zeigefinger auf sein Grübchen in der Wange. Unweigerlich musste sie an ihre Odyssee denken, die sie zurück in die Schweiz gebracht hatte. Die Nacht auf dem Boden am Bahnhof in Bucine, die Reise mit dem Zug über Florenz und Mailand bis an die Grenze, die endlos schien. Dann endlich die Fahrt durch den Gotthard. Als sie in der Schweiz von einem Zugpassagier sein Mobiltelefon erbetteln konnte, rief sie Rainman an, aber sein Handy war aus. Sie versuchte es im Sanatorium, da sie Jun-hos Nummer nicht kannte. Noch nie hatte sie sich so über die beruhigenden Worte des Professors gefreut. Vom Gotthard bis nach Thun fühlte es sich an wie eine Weltreise. Sie dachte daran, umgehend Rainman im Spital anzurufen, hielt es aber für keine gute Idee. Er würde zu aufgeregt sein, nicht gut für seinen Gesundheitszustand. Als sie im Spital in Thun ankam, rannte sie gleich hoch zu dem Zimmer, dessen Nummer ihr der Professor gegeben hatte. Das Zimmer war leer. Eine Pflegefachkraft erklärte, dass der Patient entlassen worden sei. Er könne aber nicht weit sein. Sunshine war durch das ganze Gebäude gerannt auf der Suche nach ihm, und als sie bereits aufgegeben hatte und draußen weinend zusammenbrach, da stand er auf einmal neben ihr und bot seine Hilfe an. Er war verletzt und hatte Schmerzen, aber er bot einer verzweifelten Frau Hilfe an.

»Du hast es versprochen«, sagte er mit geschlossenen Augen. »Keine weiteren Tränen mehr. Wenn ich dich zum Weinen bringe, steige ich aus dem Wagen.«

»Idiot, ich heule nicht.«

Er öffnete die Augen, schlanke braune Augen, die wärmer nicht hätten blicken können. »Du hast es zurückgeschafft. Du bist unglaublich. Aber deine Lippen …«

»Mir geht es gut. Es waren nur zwei Schläge. Ich bin Schlimmeres gewohnt.«

»Das waren die letzten Schläge in deinem Leben. Es wird keine mehr geben.«

»Die Schläge waren meine kleinsten Sorgen.«

»Ich bin in dem Spitalbett fast durchgedreht.«

»Ich hatte Hilfe von Tony«, sie schaute nach vorne zum Fahrer, »und von dir, Jun-ho«, sagte sie auf Englisch. »Wir schulden euch beiden unser Leben.«

Jun-ho antwortete nicht, starrte bloß konzentriert auf die nächste Haarnadelkurve.

»Dein Kumpel ist nicht glücklich, dass ich zurück bin«, flüsterte sie Rainman zu.

Er griff nach ihrer Hand. »Doch ist er. Er hat – er hat ein paar Probleme zu lösen.«

»Probleme? Du bist –«

»Geschäftliche. Ich werde meine Tournee absagen, meine Karriere aufgeben und alle Verträge auflösen.«

»Warum? Wegen mir?«

»Hm, nein, *Nuna*, überschätze deinen Einfluss nicht.« Er schob leicht die Unterlippe vor. »Weil, mit einer krummen Nase hat man im K-Pop-Geschäft keine Chance gegen die Konkurrenz.«

»So ein Quatsch.« Sie wollte ihm leicht mit der Faust gegen die Schulter schlagen, weil er sie auf den Arm nahm, hielt aber inne. Womöglich hatte er auch dort blaue Flecken. »Wir haben eine Menge zu besprechen, wir beide.«

Sein Tonfall wurde ernst. »Du musst mir erzählen, was in Italien vorgefallen ist.«

»Das eilt nicht. Ich habe meinen Pass dabei, Bargeld in der Tasche, und, am wichtigsten, ich habe meine Freiheit zurück. Für die ’Ndrangheta bin ich gestorben. Gianni hat es arrangiert.

Tief in ihm drinnen ist ein ganz klein wenig Mitgefühl und Verständnis übrig geblieben.«

»Und deine Schwester?«

»Sophie hat ihre Wahl getroffen. Sie bürgt für meine Verschwiegenheit. Wir werden uns vermutlich nie mehr wiedersehen.«

»Tut mir leid.«

Sie strich ihm die Haare aus der Stirn. »Ist schon okay. Ich habe ja dich.«

Seine Augenbrauen zogen sich zusammen, ganz kurz nur. »Brauchst du mich denn?«, fragte er. »Du bist ein freier Mensch.«

»Blödmann. Klar brauche ich dich.« Sie drückte ihm die Falte über dem Nasenrücken glatt.

»Ich muss mich noch einige Tage ausruhen«, sagte er. »Dann reden wir über die Zukunft.«

Sie strahlte. »Lass uns hierbleiben, in unserer alten Heimat. Wir könnten ein Chalet in Iseltwald kaufen – ah, das geht schlecht, da kennen dich die asiatischen Touristen. Hey, wir könnten das zu unserem Vorteil nutzen. Du spielst Gitarre. Eröffnen wir ein Restaurant oder ein Café, ein Hotel, eine Bar oder einen Musikkeller, und du unterhältst die Gäste mit deinen Songs. Wir werden einen Haufen Kohle verdienen.«

Seine Finger umklammerten die ihren. »Ist das dein Traum? Ein eigenes Restaurant? Kohle habe ich genug für uns beide.«

»Ah, stimmt, du bist reich, habe ich glatt vergessen. Na ja, ein Restaurant ist schon cool. Früher wollte ich einmal Modedesign studieren, aber dafür ist es zu spät. Ich bin alt geworden.«

»Du könntest eine Boutique in Iseltwald eröffnen und deine eigenen Kreationen verkaufen.«

Sie musste lachen. »Eine Modeboutique in Iseltwald? Wow, die würde einzig rentieren, wenn du meine Herrenunterwäsche-Kollektion auf dem Holzsteg im See als Model präsentieren würdest und dazu am besten gleich noch ein paar Songs singst.«

Rainman lachte nicht. Fand er ihren Scherz nicht komisch? »Weshalb bist du so ernst? Hast du Schmerzen?«

»Ja.«

Und ich Idiotin albere herum, dachte Sunshine. Es lag am Adrenalin. Sie war wie unter Drogen. Eine Woche lang war sie beinahe wahnsinnig geworden, weil sie geglaubt hatte, dass er tot sei. Und jetzt ruhte sein Kopf in ihrem Schoß.

Jun-ho hielt den Wagen vor dem Haupteingang des Sanatoriums. Das Begrüßungskomitee stand bereit. Lisi fiel ihr freudig um den Hals, als sie ausstieg. Dr. Tribelhorn schüttelte ihr kräftig die Hand, und der Professor lächelte väterlich in seinen Bart. »Schön, sind Sie beide zurück bei uns. Ich muss eingestehen, ohne Sie war es langweilig hier oben.«

Emil und Jun-ho halfen Rainman aus dem Wagen. Er blieb kurz stehen und atmete die frische Luft ein. »Ich hätte nicht gedacht, dass ich noch einmal hierher zurückkomme.«

»Sehen Sie, man weiß nie, was das Leben für einen bereithält«, antwortete der Professor.

Sunshine blieb an Rainmans Seite, als er hoch in seine Suite ging. Er legte sich gleich ins Bett. Sie setzte sich neben ihn und deckte ihn zu.

»Ich bringe Sie hinüber in Ihr Zimmer. Ihre Kleider sind schon dort eingeräumt«, sagte Lisi. »Wir haben eines, das leer steht, es ist allerdings –«

»Nein«, unterbrach Sunshine. »Bringen Sie meine Sachen hierher. Ich bleibe bei Rainman.«

»Aber das geht nicht. Die Hausregeln sind –«

»Lisi. Ich dulde keine Widerrede. Keine Armee wird es schaffen, mich aus diesem Zimmer zu entfernen.«

»Mir geht es gut«, sagte Rainman schläfrig. »Du kannst ruhig –«

»Das Bett ist groß genug für uns beide. Ich habe seit zwei Tagen nicht geschlafen. Ich springe unter die Dusche, und dann krieche ich zu dir unter die Decke.« Sunshine schaute die Belegschaft an, die Hände in die Hüften gestützt. »Sie können alle gehen. Ich rufe Sie, wenn wir ausgeschlafen haben und essen möchten.«

Rainman lachte, verzog aber das Gesicht vor Schmerzen. »Du führst dich gerade auf wie eine Diva.«

»Süßer, ich tue alles, um zu bekommen, was ich will.« Sie zog eine Augenbraue hoch und forderte den Professor mit einem entschlossenen Blick heraus. »Und jetzt will ich eine Dusche und neben meinem Mann einschlafen, von dem ich glaubte, dass ich ihn verloren hätte. Also, husch, husch. Abmarsch.«

Amüsiert massierte sich der Professor das Kinn. »Schlafen Sie gut.«

Nie zuvor in ihrem Leben hatte Sunshine innerhalb einer Minute geduscht. Am Bahnhof in Florenz hatte sie sich eine Schere gekauft und ihre langen Haare abgeschnitten. Sie war ein neuer Mensch, aber die Frisur war eine Katastrophe, doch der Coiffeur konnte warten. Die Haare noch feucht und bloß eines von Rainmans schwarzen T-Shirts übergezogen, das sie in seinem Schrank gefunden hatte, schlüpfte sie zu ihm unter die Decke, obwohl es mitten am Nachmittag war.

Endlich waren sie für sich.

»Rainman?« Sie hauchte ihm einen Kuss auf die Wange.

Schlief er?

»Träum was Schönes, mein Schnüggu.«

Er packte ihre Hand und zog sie enger neben sich. »Schnüggu?«

»Passt zu dir.«

»Komm her, du liegst viel zu weit weg von mir.«

Sie legte ihren Kopf auf seine Schulter. Er strich ihr mit den Fingern durch ihr Haar. »Ich mag es. Das passt zu dir. Die kurzen Haare passen zu einer starken, unabhängigen Frau. Gut gemacht.«

Sie hob den Kopf. »Tut es weh?«

»Was denn?«

»Deine Lippen.«

»Warum?«, fragte er neckisch und zeigte Wangengrübchen.

»Ich würde dich wahnsinnig gerne küssen.«

»Schmerzen? Was ist das? Nie davon gehört.«

22

Rainman fühlte sich richtig gut. Die Bauchwunde schmerzte nicht mehr, und er erkannte im Spiegel endlich sein Gesicht wieder. Die letzten drei Tage waren Sunshine und er unzertrennlich gewesen. Sie war in seiner Suite eingezogen und brachte Abenteuer in sein Leben. Keine Minute war langweilig mit ihr. Sie hatte tausend Ideen und noch mehr Motivation, jede von ihnen umzusetzen, als ob sie ahnen würde, dass Zeit ein kostbares Gut war. Der Professor ließ ihre Wünsche durchgehen, solange kein sexy Häschen durch das Sanatorium hoppelte, was sie ihm hoch und heilig versprochen hatte.

Aus einer Zoohandlung hatte sie ein kleines Terrarium liefern lassen. Die Regenwürmer wohnten jetzt in einem gemütlichen Erdhaus auf dem Sideboard. Selbst Namen hatten sie bekommen: Der lange hieß Kurt, der dicke Elvis und der helle Marilyn.

Gestern hatte sie die Küche in Beschlag genommen und ihm ein Abendessen gekocht, das kreativ und ungenießbar ausgefallen war. Er hatte seinen Teller leer gegessen. Danach hatten sie die Nacht draußen unter den Sternen verbracht. Die Gitarre war mit dabei, und er brauchte ganze sieben Songs, bis sie endlich einschlief, den Kopf in seinem Schoß. Er hatte es kurz mit Singen versucht, aber die wunde Nase verlieh seiner Stimme einen unschönen Klang. Er gab rasch auf.

Das Leben konnte wunderschön sein, wenn es keine Sorgen und Verpflichtungen, keine Krankheiten und Mafiosi gab. Rainman wollte diesen Traum leben, zumindest diese drei Tage. Er wollte nicht an den Flug von morgen denken.

Sunshine winkte ihm zu. Sie saß im Gras in Tante Maries Garten in Iseltwald und spielte mit Wolke. Der fast weiße Labradorwelpe hatte sich gleich in Sunshine verliebt. Das war gut. Mit ihm konnte sie ihre Liebe teilen, noch viele Jahre lang, dachte Rainman.

Tante Marie setzte sich neben ihn auf die Bank zwischen den Gartenzwergen und schaute den beiden zu. »Sieht so aus, als habe sich mein junger Hund eine neue Besitzerin ausgesucht. Wer hätte das gedacht, als ich ihn vor einer Woche zu mir holte.«

»Tut mir leid, dass der General gestorben ist.«

»Er war alt und hatte ein gutes Leben.«

»Sunshine hat ein Herz für Tiere«, sagte Rainman.

Tante Marie legte ihre Hand auf seinen Oberarm. »Du hast es ihr noch nicht gesagt?«

»Ich kann nicht ...«

»Du fliegst aber morgen nach Südkorea.«

Er schaute Tante Marie an. Sie hatte ihn täglich im Spital besucht, nachdem sie von der Polizei erfahren hatte, was geschehen war. »Danke für alles«, sagte er. »Ich weiß, Sunshine hat es dir nicht leicht gemacht.«

»Sie ist ein Teil der Familie, da vergibt man gerne, nicht?«

Rainman schwieg.

»Du kommst doch zurück?«, fragte sie nach.

»Der Rückflug ist in einer Woche. In einer Woche kann viel passieren. Kümmere dich um sie, sollte ich es nicht schaffen.«

»Erzähl ihr von deiner Krankheit.«

Sollte er? »Erst wenn ich zurück bin, sonst lässt sie mich nicht gehen. Zuerst muss ich mit meiner Mutter reden.«

Tante Marie drückte seine Hand. »Klingt wie ein vernünftiger Plan. Das alte Kinderzimmer steht euch beiden immer offen. Iseltwald ist wie ein magischer Ort, weißt du. Und das Leben ist unberechenbar. Man kann plötzlich vom Blitz erschlagen werden oder von einem Auto überfahren, oder vielleicht fällt einem ein Meteorit auf den Kopf. Wer weiß schon, was das Schicksal plant, und die Zeit ist ein relativer Begriff. Könnte ich wählen zwischen einem Jahr glücklich leben oder dreißig Jahre unglücklich auf den Tod warten, würde ich das eine glückliche Jahr wählen. Eine Garantie zu leben gibt es nie, nur den Moment, also genießt jeden Augenblick, den ihr habt. Das habt ihr euch verdient. Werdet gesund, du und Anna.«

»Ich habe Angst.« Er sprach die Worte leise aus, als ob er sie selbst nicht hören wollte. »Ich habe Angst vor dem Tod.«

Tante Marie drückte seine Hand. »Wer hat das nicht? In unserer Gesellschaft ist der Tod noch immer ein Tabuthema, aber denk mal nach. Warum haben wir Angst vor dem Tod? Ja, vor den Schmerzen davor, das kann ich verstehen. Unabhängig von jeder Religion, hast du dich schon mal gefragt, wo du warst, bevor du geboren wurdest?«

»Ich weiß nicht, ob es mich schon gab oder wo ich war.«

»Genau. Und, war das schlimm?«

Er schüttelte den Kopf.

»Ich denke, dass wir in einer Energieform wieder dorthin zurückgehen, wo wir hergekommen sind. Es ist wie mit dem Regen. Schau hoch in den Himmel. Da oben schwirren Abermilliarden von Wasserstoffmolekülen herum. Eine bestimmte Wetterkonstellation lässt sie zu Regentropfen werden. Die Moleküle werden sichtbar und verbringen hier unten auf der Erde ihre Zeit in Form von Wasser oder Eis, bevor die Wärme der Sonne sie wieder zurück in die Atmosphäre holt.«

»Ein schöner Gedanke, als Energieform unsterblich zu sein.« Er kämpfte um seine Fassung.

»Ohne den Tod gibt es das Leben nicht. Es ist ein natürlicher Kreislauf. Man sollte sein eigenes Leben nicht überbewerten, sondern den Wimpernschlag an Zeit genießen, der einem hier unten geschenkt wird. Milliarden Menschen sind schon vor uns gestorben, und Milliarden werden nach uns sterben. Wir sollten uns persönlich nicht zu wichtig nehmen, sondern das Leben lieben, statt den Tod zu fürchten, was denkst du?«

Einige Male musste Rainman tief durchatmen, aber er fühlte sich ruhiger, obwohl er mit Tante Marie über das Thema sprach, das er seit Februar so krampfhaft verdrängt hatte. Eine Frage brannte Rainman auf den Lippen. »Der Autounfall damals, bei dem Sunshines Eltern ums Leben kamen, weißt du, wann das genau war?«

Tante Marie hob eine Augenbraue. »Natürlich, diesen

schrecklichen Abend werde ich nie vergessen. Es war kurz vor Weihnachten, der achtzehnte Dezember vor über zweiundzwanzig Jahren. Rainman?« Sie schaute ihn erschrocken an. »Weinst du?«

»Fuhren ihre Eltern einen roten Kombi?«

»Woher …?«

»Trug ihre Mutter an dem Abend eine weiße Daunenjacke mit Kapuze und Fellkragen?«

Tante Maries Gesicht wurde totenbleich. »Du kanntest sie?«

Rainman schüttelte den Kopf. »Nein. Aber ich habe eine Nachricht für Sunshine.« Er blickte zu ihr hinüber und wischte sich rasch die Augen trocken.

»Hey, schaut«, rief Sunshine. »Wolke hat soeben Platz gelernt. Wolke: Platz. Wow! Gutes Hundeli.«

Tante Marie stand auf. »Erzählst du mir davon, wenn du bereit bist, darüber zu reden? Ihre Mutter war meine Schwester.« Sie kämpfte sichtlich um Fassung.

Rainman versprach es.

Tante Marie drückte ihm kurz die Schulter, setzte ein Lächeln auf und ging hinüber zu Sunshine, nahm den Welpen an die Leine und ging mit ihm ins Haus.

Strahlend kam Sunshine zu Rainman und warf sich neben ihm auf die Bank. Sie trug ein schlichtes blaues Sommerkleid. Gestern war sie beim Coiffeur gewesen. Ihre neue Frisur stand ihr gut, ein frecher Pagenschnitt mit Seitenscheitel und einigen goldfarbenen Strähnchen als Highlight. Er fuhr mit der Hand durch ihr braunes Haar. »Erinnerst du dich an die Nacht, als du mich angeschossen hast?«

»Ich habe dich angeschossen?« Sie starrte ihn perplex an.

Er musste laut lachen und rieb sich das Schlüsselbein. »Du hast eine silberne Kugel von deiner Suite in meine geschossen. Sie hing an einem roten Faden.«

Sie senkte den Kopf. »Ahhh, du sprichst von diesem blöden Versuch, mit dir in Kontakt zu treten.«

»Ich hätte dich anrufen sollen. Mein Fehler. Ich war ein Eigenbrötler.«

Sie streckte den Rücken durch. »Genau! Das warst du. Mann, war ich wütend auf dich.«

»Ich habe die Kugel zwar wieder aus dem Fenster geworfen, aber ich glaube, in dieser Nacht hat sich ein roter Faden um unsere Handgelenke geschlungen und eine Verbindung geschaffen, die so lange bestehen bleiben wird, wie das Universum existiert.«

Sie starrte ihn nachdenklich an. »Warum bist du plötzlich so melancholisch. Ist etwas passiert?«

»Nein. Ich hatte bloß ein aufschlussreiches Gespräch mit deiner Tante. Ich mag sie.«

»Ich muss dich warnen, sie scheint lieb, aber sie kann ein Drache werden, wenn sie wütend wird.«

Er legte den Kopf schief. »Ich habe mich schon oft gefragt, von wem du deine eigenwilligen Charaktereigenschaften haben könntest.«

»Sicher nicht von Tante Marie!« Sie giggelte und stupste ihn mit der Schulter an. »Soll ich dir heute Abend Älplermagronen kochen?«

Lieber nicht, dachte Rainman. Sein Magen rebellierte beim Gedanken an ihre Kochkünste, und er war noch nicht darauf eingestellt, große Mengen an Nahrung zu verdauen, vor allem nicht so viel Käse, Rahm, Kartoffeln und Teigwaren. »Nein. Heute bin ich an der Reihe. Wir gehen aus.«

»Wohin denn?«

»Überraschung.«

***

Sunshine hätte am liebsten wie eine Katze laut geschnurrt. Sie lag auf dem Bauch und schaute zu Rainman hinüber. Sein Blick und die Grübchen in den Wangen waren unwiderstehlich.

»Happy?«, fragte er.

»Eifersüchtig«, antwortete sie.

Er zwinkerte ihr zu. »Du hast recht. Ihre Hände sind Gold wert.«

Sunshine zog die dampfende Luft in ihre Lungen. Sie roch nach Minze und Rosenblüten. Der Raum war in warmes Kerzenlicht getaucht. Die Masseuse bearbeitete ihre verspannten Schultern. »Du bist viel zu weit weg.«

Rainman lag auf der Liege neben ihr. Seine Masseuse knetete gerade seine Waden. Ja, Sunshine fühlte einen Hauch von Eifersucht, doch sie genoss den Moment viel zu sehr, um einzuschreiten, aber aus den Augen lassen würde sie die Dame nicht. Wehe, ihre Hände wanderten zu weit seine Beine hoch in eine verbotene Zone …

Rainman hatte sie ins Victoria-Jungfrau-Grand-Hotel nach Interlaken eingeladen, in die Spa-Suite. Nach dem Dinner für zwei gab es eine Stunde Massage, und Sunshine wusste auch, was folgen würde. Sie schielte hinüber zum Dampfbad. Sprudelndes Wasser konnte anregend wirken. Aber mehr Anregung brauchte sie nicht, sonst würde sie vor Lust explodieren. Die private Sauna wäre vielleicht die bessere Option. Heiße, schweißbedeckte, nackte Körper … Sie kniff die Augen zusammen. Ihre Gedanken waren unsittlich.

Rainmans Lachen war verführerisch, jetzt, da kein Verband mehr seine Nase zierte und das lädierte Auge abgeschwollen war. »Willst du mir verraten, woran du denkst?«, fragte er.

»Das kannst du dir ausmalen. Schon vergessen, ich bin die Verwegene von uns beiden, du der Zurückhaltende.«

»Bin ich das?«

War er nicht? Sie musste an die Nacht im Gasthof denken.

Rainman bedankte sich bei den beiden Masseusen, die den Raum verließen.

Warum war sie auf einmal so nervös?

Er stand von der Liege auf, trug nur ein weißes, flauschiges Frottiertuch um seine Hüften. Sie bewunderte seinen Körper, groß und schlank, mit sexy Bauchmuskeln. Noch klebte ein Pflaster über der Operationswunde. Lässig fuhr er sich mit der Hand durch sein schwarzes Haar, das vom Dampf feucht war.

Sunshine setzte sich auf und hielt das Frottiertuch vor ihre

Brust. Seit wann war sie so verklemmt?, fragte sie sich entsetzt. Ihre Hände zitterten leicht. Gott, sie wollte diesen Mann so sehr.

Er trat vor sie, und sie spreizte die Beine, damit er noch näher zu ihr kommen konnte. Mit den Fingern strich er die Konturen ihres Gesichtes nach, dann legte er die Handflächen an ihre Wangen und senkte den Kopf, ganz langsam. Sie konnte seinen Atem auf ihrer Nase spüren. Die Spannung war elektrisierend. Sie drückte ihren Körper dem seinen entgegen, ließ das Frottiertuch fallen und legte ihre Hände behutsam an seine Hüften, zog ihn zu sich, während er seine vollen, weichen Zuckerwatte-Lippen auf die ihren presste und sie mit so viel Liebe küsste, wie sie es nie zuvor in ihrem Leben erfahren hatte. Bei diesem Kuss ging es nicht um Begierde, Lust oder Besitz. Es war ein Kuss, der sie beide eins werden ließ.

Ihre Hände tasteten seinen Körper ab, jeden einzelnen Quadratzentimeter. Sie stöhnte, als er ihre Brüste umschlang, sein Atem wurde lauter, als sie seine Pobacken umfasste, um ihm noch näher zu sein. Er hob sie hoch und trug sie hinüber zu dem Jacuzzi.

Das Wasser schäumte und blubberte, als er tief in sie eindrang, zärtlich und verlangend zugleich. Sie schlang ihre Beine um ihn und hielt ihn fest. Nie mehr würde sie ihn loslassen.

Das Schicksal hatte sie endlich vereint.

Und es machte ihnen ein zweites Geschenk.

Glück.

Sie liebten sich in dieser Nacht mit all der Zeit, die ihnen blieb, und mit all der Liebe, die sie einander geben konnten.

Stunden später lagen sie erschöpft und eng umschlungen im Bett. Sunshine spielte mit Rainmans Brustwarzen. Seine Haut war unglaublich zart und glatt.

»Meine Brust hat es dir wohl angetan«, scherzte er.

»Kein einziges Haar wächst darauf.«

»Oh, ließe ich auch nur ein Haar auf meiner Brust sprießen, hätte ich meine Karriere als Popstar in den Wind schlagen können.«

Sie blickte erschrocken auf. »Echt?« Sie kräuselte ihre Stirn. »Warum? Musst du deine Brust deinen Fans zeigen?«

»Manchmal. Vor allem, als ich noch in der Boygroup sang. Es kam schon vor, dass wir uns die T-Shirts auf der Bühne vom Leib rissen. Ist lange her.«

»Und ich dachte, ihr Asiaten seid verklemmt.«

»Da fällt mir ein, bei meiner aktuellen Konzerttournee stand es auch auf dem Programm. Einen Song wollte ich oben ohne singen.«

Sie setzte sich abrupt auf. »Niemals! Du gehörst mir, und kein Fan hat das Recht, deine Brust zu bestaunen. Aber du sagtest ... stand ...?«

Er zog sie wieder zu sich in die Arme. »Darüber müssen wir reden.«

»Worüber?«

»Meine Karriere.«

»Ah, der Paragraf zwei in deinem Vertrag. Keine Freundin. Ich habe intensiv über das Problem nachgedacht.«

»Hast du?«

»Steht da auch drin: keine Ehefrau?«

Er schob sie leicht von sich, um ihr in die Augen zu sehen. »Ist das ein Heiratsantrag?«

Sie zuckte ungewohnt scheu mit den Schultern. »Ich meine ja nicht gleich, aber –«

»Anna!«

Das war das erste Mal, dass er sie Anna nannte. Und warum war sein Blick bitterernst?

»Hör mir zu.« Er setzte sich auf. »Zwanzig Jahre lang warst du abhängig von einem Mann. Wolltest du nicht deine Freiheit? Warum sprichst du gleich von Heirat?«

»Aber – ich ...« Sie war durcheinander.

»Willst du dich wieder abhängig von einem Mann machen?«

»Du – du bist nicht irgendein Mann. Du bist – ich ...«

Er strich ihr über den Kopf. »Du musst lernen, unabhängig zu sein. Ich weiß, das kann einem Angst machen, aber du schaffst das. Du bist stark. Warum stellst du dich immer hintenan?«

»Tue ich nicht. Ich dachte, wir lieben uns.«

»Wenn Liebe bedeutet, dass der eine abhängig vom anderen ist, ist das keine echte Liebe. Ich will dich nicht besitzen.«

»Aber … was willst du?«

Er atmete tief durch. »Ich will dir helfen, eine eigenständige Frau zu werden, die niemanden braucht, um ihr Glück zu finden.«

Sie verlor alles Blut aus dem Gesicht. Ihr Herz raste. Was ging gerade schief bei diesem Gespräch? »Willst du mich verlassen?«

»Das habe ich nicht gesagt.«

Wovon sprach Rainman? War es wegen ihrer Vergangenheit? Machte sich eine ehemalige Mafiabraut, die drei Kinder verloren hatte, nicht gut im Lebenslauf eines Superstars? »Schämst du dich für mich?«

»So ein Blödsinn.«

»Deine Fans werden mich nicht akzeptieren.«

»Das spielt keine Rolle.« Er fasste sie an den Armen. »Ich werde aus dem Business aussteigen, die Tour und alle geplanten Auftritte absagen.«

»Was? Warum?«

»Ich will dieses Leben nicht mehr. Ich habe es dir noch nicht gebeichtet, um dich nicht nervös zu machen, aber morgen geht mein Flug nach Seoul. Ich muss hinfliegen, um die Verträge aufzulösen.«

Sunshine sackte in sich zusammen. »Du verlässt mich.«

»Ich bleibe eine Woche, dann komme ich zurück.«

Sie wollte ihm gerne glauben, aber ein seltsames Gefühl legte sich wie eine kalte Hand um ihr Herz.

»Tut mir leid, dass ich es nicht früher gesagt habe, aber ich wollte die letzten Tage unbeschwert mit dir verbringen.« Er strich ihr mit der Hand über die Wange.

Es klang wie ein Abschied. »Was ist danach? Wenn du zurückkommst …« Sie hatte Angst, den Satz als Frage zu stellen.

Er legte sich zurück ins Kissen und starrte an die Decke. »Wie wäre es mit einer Kreuzfahrt? Ich wollte schon immer mal nach Griechenland.«

»Eine Kreuzfahrt?«

Er zog sie zu sich und strich ihr über den Kopf. »Nicht traurig sein, es ist nur für eine Woche.«

»Versprich es mir.«

Mit dem Zeigefinger hob er ihr Kinn und küsste sie lange und innig.

Ein Versprechen gab er nicht.

Am Morgen danach gähnte sie, streckte ihre Glieder durch und öffnete langsam die Augen. Eine schwere Müdigkeit lag über ihr. Sie hatte miserabel geschlafen, war dauernd aufgewacht, nur um sich enger an Rainman zu schmiegen. Sie wurde dieses Gefühl der Angst nicht los. Das war idiotisch. Sie rollte sich auf die andere Seite, um von seinen Armen umschlungen zu werden, doch die Bettseite neben ihr war leer. Erschrocken setzte sie sich auf. Das Kissen war kalt. Sie schaute sich um, traute sich erst nicht, seinen Namen zu rufen. Das schönste und teuerste Hotelzimmer war nichts als ein kalter Kubus, wenn er nicht bei ihr war. Sie glaubte, ein leises Plätschern zu hören. Es beruhigte sie leicht. Sie griff nach ihrem Handy und schaute auf die Uhr, es war fast zehn Uhr morgens. Sie hatten lange geschlafen. Ihr Magen knurrte. Sie setzte sich auf die Bettkante, überlegte, was sie an diesem herrlichen Sommertag anstellen konnten, als die Realität über sie hereinbrach. Am Nachmittag wollte Rainman zurück nach Südkorea fliegen.

Sunshine sprang auf die Füße, rannte ins Bad und riss die Tür auf. Heißer Dampf kam ihr entgegen, der Geruch von würzigem Shampoo und seine beruhigende Stimme. Er sang einen Song, den sie nicht kannte und dessen Text sie nicht verstand.

Rainman drehte das Wasser zu. *»Nuna?«*

Sie griff nach dem Handtuch, als er aus der Duschkabine trat, reichte es ihm aber nicht. Er stand nackt und triefend nass vor ihr. »Bleib so stehen«, sagte sie. »Dieses Bild muss ich mir einprägen.«

»Warum?«

»Weil ich es eine Woche lang nicht zu sehen bekommen werde, es sei denn, du stehst auf Striptease im Video-Live-Stream.«

»Vergiss es.« Rainman versuchte gar nicht, das Handtuch an sich zu reißen, als er vor sie trat und sie in seine Arme schloss. »Ich vermisse dich bereits jetzt.«

»Iiii, du bist nass.«

Er warf den Kopf zurück und schüttelte frech sein Haar. Jetzt war sie reif für die Dusche, doch er hob sie hoch, setzte sie auf die Ablage neben dem Wasserbecken und schob das T-Shirt, eines von seinen, über ihre Oberschenkel.

»Sagte der Arzt nicht, du sollst dich schonen?« Sunshine fühlte ihren Puls rasen.

»Ich überlasse dir diesmal die Arbeit und genieße still.«

Sie umschlang ihn mit Armen und Beinen. »Ich lass dich nicht los, dann kannst du mich nicht verlassen. Du bist mein Gefangener, mein süßer Gefangener auf Lebzeiten.«

Weshalb fiel sein Lächeln seltsam traurig aus? Er legte die Stirn an ihre Schulter.

Der Impuls, ihn zu trösten, überkam Sunshine. »Es ist ja nur für eine unbedeutende Woche. Die geht schnell vorbei.«

Er hob den Kopf und küsste sie sanft. Sie liebten sich, langsam und zärtlich, als wäre der Akt zu kostbar und leicht zerbrechlich.

Sie schickte ihn danach erneut unter die Dusche und wollte das Frühstück aufs Zimmer bestellen. Im Schlafzimmer griff sie nach dem Hoteltelefon, als sein Handy klingelte, das neben dem ihren lag. Es war eine lokale Telefonnummer, aber nicht die vom Sanatorium, da war sich Sunshine sicher. Sollte sie rangehen? Vermutlich war es Jun-ho. Sie nahm sein Handy und ging damit ins Bad. »Ein Anruf für dich.«

»Wer ist es?«

»Keine Ahnung. Lokales Festnetz.«

»Nimm ab und sag, dass ich bereits vergeben bin.« Neckisch warf er ihr ein koreanisches Herz mit Daumen und Zeigefinger zu.

»Ha! Bin ich jetzt schon deine Sekretärin?« Weil die Dusche zu laut war, ging sie zurück ins Schlafzimmer und nahm den Anruf entgegen. »Kim«, sagte sie. Oder war das blöd? Sie wollte den Namen Morrone nicht mehr benutzen.

»Ah, Frau Kim, guten Tag. Hier ist Professor Meinrad vom Spital Thun.«

»Oh, grüezi.«

»Herr Kim hatte heute Morgen um neun einen Termin für eine Kontrolluntersuchung bei uns in der Neurologie …«

»Ups, den hat er wohl vergessen.« Sie musste heimlich lächeln. Moment … »Neurologie? Nicht Innere Medizin?«

»Nein, nicht wegen seiner Milz. Wir wollten heute noch einmal einen Scan machen, um sicherzustellen, dass sich das Hirnaneurysma nicht weiter vergrößert hat.«

Sunshine verstand nur Bahnhof. Hatte sich Rainman bei den Schlägen auch eine Verletzung am Kopf zugezogen? Warum hatte er davon nichts erzählt? »Er hat den Termin vergessen, bitte entschuldigen Sie. Kann er in zwei Wochen einen neuen Termin bekommen?«

»Er sollte nicht so lange warten.« Die Stimme klang besorgt. »Ginge es ihm heute um siebzehn Uhr?«

»Nein, das geht nicht. Er fliegt am Nachmittag für eine Woche nach Seoul.«

»Er fliegt nach Seoul? Wir haben ihm ausdrücklich davon abgeraten.«

»Er soll nicht fliegen?«

»Es kann lebensbedrohlich sein. Bitte kommen Sie mit ihm umgehend zum Untersuch ins Spital.«

Lebensbedrohlich?

Lebensbedrohlich!

»Moment, was hat er, haben Sie gesagt?« Ihre Stimme zitterte.

»Ähm, sind Sie denn nicht seine Frau? Kim ist Ihr Name, richtig?«

»Was – hat – er?«

Kurzes Schweigen am Telefon.

Sie hörte, wie die Badezimmertür aufging. Sunshine wirbelte herum und starrte panisch in Rainmans wunderschönes Gesicht, das vom heißen Wasser gerötet war. »Sie sagten, er habe ein Aneurysma, das habe ich so verstanden, richtig?«

Rainmans Gesichtsausdruck fror ein.

Er ließ das Handtuch, mit dem er sich eben noch das nasse Haar trocken gerubbelt hatte, fallen. »Leg sofort auf.«

Wie ein Eispickel bohrten sich seine Worte in ihr Herz. Sunshine fühlte den Adrenalinschub, die Ohnmacht, fühlte, wie ihr Unterbewusstsein übernahm und sie roboterhaft das Handy weglegte.

Aneurysma.

Ein Blutgefäß mit einer geschwächten, erweiterten Gefäßwand.

Eine tickende Zeitbombe.

Eine Zeitbombe im Kopf des Mannes, den sie liebte.

Sie starrte ihn an und zitterte am ganzen Körper. Wie grausam konnte das Schicksal sein, wenn es ihr die Schönheit der Liebe zeigte, nur um ihr Glück mit einem einzigen Wort mit der Wucht einer Explosion zu zerstören?

Rainman eilte zu ihr, wollte sie in die Arme nehmen, aber sie wehrte sich wie eine Furie.

Deshalb keine Heirat.

Deshalb kein Versprechen.

Er flog nach Südkorea, um weit weg von ihr im Stillen zu sterben.

Er nahm ihren Kopf zwischen seine Hände. »Hey, hey, hör mir zu. Ich –«

»Du verdammter Mistkerl.« Tränen liefen über ihre Wangen. »Du hast mir nicht vertraut. Du hast es mir nicht gesagt.«

»Nein, so ist das nicht.«

Sie schlug seine Hände weg. »Du lässt dich von Giannis Schlägern verprügeln, obwohl dein Kopf jeden Moment explodieren kann!«

»Er explodiert nicht.«

»Wir haben uns in diesem Hotel dreimal geliebt. Dreimal hättest du tot auf mir liegen bleiben können.«

»Ich lebe aber.«

»Und jetzt willst du auch noch fliegen, obwohl es gefährlich für dich ist.«

»Ich muss die Dinge drüben regeln. Ich muss mit meiner Mutter sprechen. Es lässt sich nicht aufschieben.«

»Warum? Weil du in den nächsten Tagen oder Wochen tot umfallen wirst?«

»Vielleicht erst in ein paar Monaten oder Jahren. Kein Arzt kann den Zeitpunkt vorhersagen.«

Sie stolperte zwei Schritte zurück. »Deshalb warst du auf dem Dach. Du kamst ins Sanatorium, um dir das Leben zu nehmen, weil du nicht auf den Tod warten wolltest.«

Er nickte.

Tränen liefen über ihre Wangen. Sie griff nach ihren Kleidern und zog sich hastig an.

»Was hast du vor? Lass uns reden.« Rainman biss sich auf die Lippen. Er wurde bleich wie ein Geist.

»Nein. Ich will nicht reden. Ich muss nachdenken. Fuck! Endlich glaubte ich, einen Menschen gefunden zu haben, dem ich vertrauen kann, aber du, du belügst mich ebenfalls und wolltest mich allein zurücklassen.«

»Ich wollte es dir sagen, wenn ich zurück bin.«

»Gibt es eine Garantie, dass du zurückkommst?«

Er zögerte. »Nein.«

»Geh nicht.«

»Ich muss. Ich muss auch meine Mutter auf das vorbereiten, was irgendwann eintreffen wird.«

»Hast du an sie gedacht, als du vom Dach springen wolltest?«

Er ließ traurig den Kopf hängen. »Damals hatte ich Panik. Ich war leer und depressiv.«

»Und jetzt?«

»Jetzt habe ich eine Aufgabe gefunden, die mir Mut gibt durchzuhalten.«

»Eine Aufgabe?« Sunshine schlüpfte in ihre Sneakers. »Das bin ich für dich? Eine Aufgabe? Erledige eine gute Tat vor deinem Tod, damit du auch ja in den Himmel kommst? Spendiere ihr eine romantische Nacht in einem Luxushotel, die sie nie vergessen wird. Weshalb hast du mich hergebracht? Um dich von mir zu verabschieden? Damit ich dich als tollen Kerl in Erinnerung behalte?« Ihre Wut war grenzenlos. Die Wut ließ die Ohnmacht und Hilflosigkeit nicht zu.

Ohne sich noch einmal umzublicken, stürmte Sunshine aus der Hotelsuite.

23

Jun-ho lenkte den Mietwagen die Serpentinenstraße hoch. Rainman saß schweigend auf dem Beifahrersitz. Sein Handy piepste leise, dem Akku ging die Energie aus. Die Batterie war nahezu leer. Er hatte Sunshine bestimmt einhundert Mal telefonisch zu erreichen versucht. Sie ignorierte seine Anrufe. Warum musste es auf diese Art enden?

»Verschiebe den Flug«, schlug Jun-ho vor.

»Ich habe es zu lange hinausgezögert und verdrängt. Ich muss hinfliegen. Sie ist meine Mutter und muss die Wahrheit von mir persönlich erfahren, bevor es zu spät ist.«

»Und Sunshine?«

Rainman starrte aus dem Fenster. Wolken zogen auf. »Ich spreche mit ihr, wenn ich zurück bin.« Rainman wusste, dass seine Worte ein riskantes Versprechen waren.

»Soll ich vor dem Sanatorium halten? Willst du dich von der Belegschaft verabschieden?«

»Das habe ich gestern getan. Fahr mich direkt zum Helikopterlandeplatz. Wir sind spät dran.« Rainman fühlte, wie sein Blut verklumpte und sein Herz kräftig pumpen musste, um mit dem Druck fertigzuwerden. Das Glück, das er am vergangenen Abend und heute Morgen gefühlt hatte, war ein flüchtiges Vergnügen gewesen. Er konnte es nicht festhalten. Das Glück konnte gegen das Schicksal nicht gewinnen. Er redete sich ein, dass Sunshines Wut gut war, dass die Wut sie stärkte. Sie schaffte das. Sie hatte den Professor und Dr. Tribelhorn, die über seinen Zustand seit ein paar Tagen informiert waren, und Tante Marie und die kleine Wolke. Die würden ihr das Lächeln zurückbringen – sollte er es nicht schaffen. Eine Woche. Es war eine kurze Zeit, in der zu viel passieren konnte.

Sie fuhren am Sanatorium vorbei. Fast wehmütig starrte Rainman auf das Gebäude, in welchem er die ganze Bandbreite an Gefühlen durchlebt hatte. Er beugte ehrfürchtig kurz sein Haupt, als wäre das Sanatorium ein Mentor, von dem er sich verabschiedete.

»Der Hubschrauber steht bereit«, sagte Jun-ho und fuhr direkt auf den Landeplatz zu. »Du wirst deinen Direktflug in Mailand problemlos erreichen.«

»Wir sehen uns in Seoul.«

»Ja. Ich bringe den Mietwagen zurück nach Zürich und nehme morgen den Flug über Abu Dhabi. Es gefällt mir nicht, dass ich dich allein fliegen lasse.«

Rainman zwang sich ein Schmunzeln auf. »Sie werden sich in der First Class gut um mich kümmern. Keine Sorge. Und meine Mutter und Manager Gu holen mich am Incheon Airport ab.«

Jun-ho reichte Rainman sein Handy. »Willst du nochmals versuchen, sie zu erreichen?«

Er schüttelte den Kopf. »Sie hat klargemacht, dass sie wütend ist und nicht mit mir sprechen will. Ein Abschied am Telefon macht es noch schwieriger. Ich fürchte, dann werde ich nicht in den Hubschrauber steigen können.«

»Musst du immer den Starken und Disziplinierten geben?«

Traurig blickte Rainman seinen Freund an. »Ja. Denn noch bin ich ein Idol. Wenn alle Verträge aufgelöst sind, erst dann bin ich ein freier Mann, und dann werde ich tun und lassen, worauf ich Lust habe.«

»Klingt doch gut.«

»Ja. Zu gut. Leider wirst du arbeitslos.«

Jun-ho stoppte den Wagen und stellte den Motor ab. »So einfach geht das nicht. Wetten, du rufst mich täglich an, damit ich Dinge für dich erledige? Mensch, du bist ja so was von unselbstständig, weißt du das?«

»So ein Quatsch!«

»Verwöhnt. Wie ein großes Kind, das warst du schon damals in der Schule. Ohne mich kommst du nicht klar. Niemals. Unmöglich.«

Liebevoll boxte Rainman ihm in den Oberarm. Jun-ho verstand es, ihn zum Lachen zu bringen, wenn er am liebsten laut geheult hätte. »Wir sehen uns bei der Agentur in Gangnam. Mach dich auf eine wütende Rede des CEOs gefasst. Er wird dich beschuldigen, mich nicht gut betreut zu haben.«

»Er wird deinen Rücktritt nur unter Protest annehmen.«

»Er hat keine Wahl, wenn er die Wahrheit erfährt. Und ich hoffe, Herr Gu steht mir zur Seite. Als Manager war er all die Jahre ein Sklaventreiber, aber er hat ein gutes Herz, auch wenn es leicht eingetrocknet ist.«

»Ruf mich an, wenn du gelandet bist.«

Rainman nickte. Mehr Nähe konnte er nicht zulassen. Er musste in diesen starren Kokon zurückkriechen, in dem er sein Schicksal einigermaßen ertragen konnte.

Als er in den Helikopter stieg und den Ohrschutz aufsetzte, war die Aussicht auf den Brienzersee schmerzhaft. Das Blau des Wassers, das ihn an Sunshines Augen erinnerte, verfärbte sich grau, als die stürmischen Wolken über die Gipfel der Berge kletterten. Der Pilot hatte ihn gewarnt, dass es ein unruhiger Flug werden würde und sie umgehend abheben mussten. Rainman schnallte sich an und schloss die Augen. Es gab keinen Grund, die Träne zurückzuhalten, die sich aus seinem Augenwinkel quälte. Niemand anderes war an Bord, der seinen Schmerz sehen konnte.

Er würde zurückkommen. Er hatte eine Aufgabe zu erfüllen. Er musste Sunshine die Nachricht von deren Mutter überbringen, das hatte er damals in jener grässlichen Winternacht bei eiskaltem Regen versprochen.

***

»Schneller. Oh bitte, schneller!«

»Damit wir über die Böschung abstürzen? Nein, gute Frau, ich will heute Abend mit meinen Kindern das Abendessen genießen.«

Blöde Kuh! Wie hatte sie Rainman so vor den Kopf stoßen können? Sie war ein emotionales Desaster. Statt ihn zu trösten, statt ihn in die Arme zu nehmen, statt ihm Kraft zu geben und Verständnis zu zeigen, hatte sie nur an sich und ihren verletzten Stolz gedacht. Sie schlug sich mit der flachen Hand mehrmals gegen die Stirn. Warum hatte sie nicht einen seiner Anrufe angenommen? Sie hielt das Handy so fest umklammert, dass die Handknöchel weiß wurden. Nutzloses Gerät. Kein Akku mehr.

»Da ist ja schon das Sanatorium. Ich werde vor dem Haupteingang halten.«

Er musste hier sein. Bestimmt musste er sein Gepäck holen. Warum hatte sie nicht gefragt, von wo und wann genau er abfliegen würde? Stattdessen war sie den ganzen Mittag durch Interlaken getorkelt wie eine Betrunkene, mit heulenden Augen und Schreiattacken bei jedem seiner Anrufversuche. Ein Wunder, dass die Passanten, die ihr verdattert hinterhergesehen hatten, nicht die Polizei alarmiert hatten. Letztlich war sie zurück ins Grand Hotel gerannt, aber es hieß, Herr Kim sei vor einer halben Stunde abgereist. Sie hatte zu wenig Geld bei sich, um ein Taxi nach Zürich zu nehmen. Ihr blieb nichts, als ins Sanatorium zu fahren. Professor Bernard musste wissen, wo Rainman war. Sie würde ihn von dort anrufen und überreden, nicht zu fliegen, auf sie zu warten, sie am Flughafen in die Arme zu schließen.

Das Taxi hielt, und Sunshine stieß die Wagentür auf. Sie wollte auf den Eingang zustürmen, als ein ratterndes Geräusch ihre Glieder erstarren ließ. Die Vibration war ein grausames Lachen.

Tok-tok-tok-tok …

Ein Hubschrauber! Mein Gott. Natürlich. Rainman war mit dem Hubschrauber vor bald einem Monat im Sanatorium angereist.

Sie sprang wieder auf den Rücksitz des Taxis. »Los! Zum Helikopterlandeplatz! Gleich da vorne. Schnell! Bitte. Sonst ist er für immer weg.«

Diesmal drückte der Taxifahrer aufs Gaspedal. Das Gelände war eben und die paar hundert Meter sicher genug für eine kleine Rallye-Einlage.

Als sie den Helikopter vor sich sah, sackte ihr Puls auf einen Tiefpunkt. Von einer Bö erfasst, schaukelte sich der Hubschrauber rasch in die Höhe und steuerte auf die düsteren Wolken zu.

Sunshine klatschte ihre Hände gegen die Fensterscheibe, so als wollte sie den Helikopter festhalten.

Das Taxi hielt neben dem dunklen Mietwagen. Sunshine sprang hinaus und winkte heftig mit den Armen, schrie gegen den Wind an. Ihr Echo wurde vom Alpenmassiv verschlungen wie ein Flüstern in einem Taifun.

Chancenlos.

Der Helikopter senkte seine Nase, wendete um einhundertachtzig Grad und flog Richtung Brienzersee.

Sunshine sank in die Knie. Als sie eine warme Hand auf ihrer Schulter spürte, blickte sie hoffnungsvoll auf, aber die mandelförmigen Augen gehörten nicht Rainman. »Ist er weg?«, fragte sie auf Englisch.

Jun-ho nickte und griff sanft ihren Arm. »Steh auf.«

»Er ist weg.« Sie klammerte sich an Jun-ho fest, vergrub ihr Gesicht in seiner Schulter und weinte. Was war die Freiheit wert, wenn man sie nicht mit dem Menschen teilen konnte, den man liebte? Warum hatte sie das Schicksal damals auf der Dachterrasse nicht fallen lassen?

»Er wird zu dir zurückkommen«, sagte Jun-ho leise. »Vertrau ihm. Kannst du das? Hey, er ist nicht irgendwer. Er ist Kim Tae-poong. Er schafft das, denn wenn er etwas will, hat er es noch immer bekommen. Und glaube mir, er will nichts mehr als dich in seinem Leben. Also weine nicht und freue dich darauf, ihn bald wiederzusehen. Kannst du das?«

Sunshine schniefte und wischte sich die Tränen weg. »Warst du schon immer so poetisch? Eigentlich kenne ich dich überhaupt nicht.«

Er verbeugte sich tief. *»Jeoneun Park Jun-ho-ibnida. Bangapsseumnida.«*

»Ich habe zwar kein Wort verstanden, aber es wäre mir eine Ehre, dich als Freund an meiner Seite zu haben.«

Jun-ho zwinkerte ihr zu und schaute dem Helikopter hinterher, der über den Alpen verschwand.

Zeit konnte grausam sein. Ein Flug um die halbe Welt dauerte eine Ewigkeit. Gut, gab es im Sanatorium leckeres Essen, um das Warten erträglich zu machen. Rainman hatte ihr seine Suite überlassen. Sie war die einzige Frau im Männertrakt, was der Professor ausnahmsweise durchgehen ließ, denn ein eigenes Zimmer konnte sie sich mit ihren lausigen zehntausend Euro im Sanatorium nicht leisten. Doch die Armut war im Moment ihr kleinstes Problem.

In seinem Bett sitzend verschlang sie eine riesige Portion Älplermagronen zum Abendessen. Vor dem Schlafengehen sang sie Kurt, Elvis und Marilyn ein Gutenachtlied vor, telefonierte erneut mit Jun-ho, der in einem Hotel am Flughafen Zürich abgestiegen war und dort auf seinen Rückflug wartete.

Nur mühsam fand sie Schlaf, schreckte oft aus wirren Träumen hoch, an die sie sich bloß vage erinnerte.

Am Morgen war sie nicht bereit zu duschen. Sie glaubte nach wie vor, seinen Geruch zu tragen, dafür nahm sie fettige Haare und miefende Achselhöhlen gerne in Kauf.

Das Frühstück nahm sie im Speisesaal ein, plauderte sogar mit anderen Gästen und schluckte danach ihre Medikamente. Eine geschlagene Stunde hatte sie dem Professor von ihrem Herzschmerz erzählt, wie ein Teenager, der in einen Popstar verliebt war, den er nie persönlich zu sehen bekommen würde. Vielleicht stimmte das ja? Vielleicht musste sie sich die verbleibenden Jahre ihres Lebens mit seinen Videos auf YouTube und Postern an der Wand begnügen.

War ihre gemeinsame Zeit abgelaufen?

Zurück in der Suite schaute Emil nach ihr. »Er kommt zu mir zurück, ja? Was denkst du, Emil?«

Der Betreuer grinste. »Sie beide sind wie aus einem kitschigen Liebesfilm entsprungen. Genießen Sie den Herzschmerz. Ist doch schön, wenn man jemanden hat, auf den man warten kann.«

Sie sprang auf die Füße. »Richtig! Statt ihm nachzutrauern, sollte ich mich auf das Wiedersehen freuen. Wow, Sie sind ein besserer Psychodoc als der Professor. Ein einziger Satz von Ihnen, und Sie haben meinen Liebeskummer geheilt. Ich springe jetzt unter die Dusche, und um halb elf ist die Sprechstunde mit Dr. Tribelhorn, habe ich recht?« Sie schloss Emil in die Arme. »Sie sind der Beste. Ich schwelge einfach in der Vorfreude. Niemand weiß, was das Leben bringt, stimmt's?«

»Ähm, ja ... ich denke, Vorfreude ist gut.«

Sie schaute auf die Uhr. »In zwei Stunden sollte er in Incheon landen. Von Jun-ho habe ich seine koreanische Handynummer. Ich werde ihn gleich anrufen und ihn auf Knien um Vergebung bitten. Er wird doch meinen Anruf entgegennehmen?«

Zwei Stunden später war die Therapiesitzung mit Dr. Tribelhorn vorbei, die positiv von Sunshines neuer Lebenseinstellung überrascht war. Danach eilte sie zurück in Rainmans Zimmer. Ihre Hände zitterten beim Wählen seiner Nummer. Als eine Dame auf Tonband ihr etwas auf Koreanisch erklärte, wusste sie, dass sein Handy noch nicht eingeschaltet war. Sie suchte im Netz seinen Flug heraus. Ja, er war vor einer halben Stunde gelandet. Pünktlich. Warum war sein Handy noch aus? Bestimmt hatte er den Akku in der First Class im Flugzeug aufladen können. Vermutlich war er mit den Einreiseformalitäten beschäftigt, dachte Sunshine. Alternativ wählte sie Jun-hos Nummer. Dieser stand am Flughafen Zürich am Gate und wartete auf das Boarding, aber auch er hatte bisher nichts von Rainman gehört. Obwohl ein freundliches Lächeln in seiner Stimme mitschwang, war die Sorge darin nicht zu überhören. Jun-ho versprach, sich gleich nach der Landung in Incheon zu melden.

Sunshine wartete eine Viertelstunde und versuchte erneut, Rainman zu erreichen.

Erfolglos.

Eine Flut an katastrophalen Erklärungen flimmerte in ihrem Kopf auf: Bilder, wie Rainman auf dem Flug leblos zusammensackte, weil sein Aneurysma platzte. Bilder, wie Rettungskräfte ihn aus dem Flieger bargen. Bilder seiner Beerdigung, an welcher sie nicht teilnehmen konnte. Sie schlug auf die Matratze ein. Ihre Nerven lagen blank. Musste Rainman mit ihren bösen Worten in seiner Erinnerung sterben? Am liebsten hätte sie sich ihre Faust selbst ins Gesicht geschlagen. Sie war ein herzloser Trampel.

Sie wollte nicht zum Mittagessen in den Speisesaal gehen.

Emil versuchte, sie mit einem Emmentaler Meringue aus dem Zimmer zu locken.

Vergeblich.

Viertelstündlich drückte sie die Taste zur Wiederwahl der Nummer. Wie sie die fremde Stimme vom Band hasste, deren Worte sie nicht verstand, die Bedeutung aber sehr wohl.

Am Nachmittag fiel sie erschöpft in einen Halbschlaf. Zuvor hatte sie den Professor gedrängt herauszufinden, ob mit Rainman auf dem Flug etwas passiert war, doch die Airline weigerte sich, Auskunft über Passagiere zu geben.

Ein seltsames Piepsen weckte sie aus dem Alptraum, in dem sie gefangen war. Verwirrt setzte sie sich auf. Das war nicht der Klingelton ihres Handys. Sie griff trotzdem danach. Ein Anruf über den Messenger? Ein Internet-Video-Anruf!

Sie nahm ihn entgegen und öffnete dazu die Kamera beim Mobiltelefon.

»Rainman!«

Da war er.

Wunderschön und, noch wichtiger, quicklebendig. Warum war sein Blick elend traurig? »Wie siehst du denn aus?«, fragte er und quälte sich ein müdes Lächeln auf. »Bist du im Bett in unserer Suite?«

Unserer Suite?

Sunshine juchzte und drückte das Handy an ihre Brust.

»Hey, so kann ich aber nichts sehen«, sagte er.

Mit beiden Händen hielt sie das Telefon weit ausgestreckt vor sich. »Du lebst.«

»Was ist das für eine Frage? Klar lebe ich. Wie soll ich denn sonst zu dir zurückkommen?«

Sie dämpfte ihre Stimme. »Bist du mir nicht böse? Ich war echt fies zu dir.«

»Wie könnte ich böse auf dich sein? Die Nachricht muss ein Schock gewesen sein. Ich wollte es dir bei meiner Rückkehr schonend erklären.«

Sie kämpfte gegen die Tränen an. »Sag mir, dass das mit dem Aneurysma nicht stimmt, dass du gesund bist und mit mir zusammen uralt werden wirst.«

»Hm, ich denke nicht, dass ich mit weißen Haaren und Falten im Gesicht besonders attraktiv sein werde.«

»Du wirst auch mit Gehstock, sabbernd, ohne Zähne und mit einem buckligen Rücken mein wunderschöner Rainman sein, also sag das nicht.«

Die Grübchen zeigten sich für den Bruchteil einer Sekunde.

»Wo bist du?«, fragte Sunshine. »Warum war dein Handy aus? Ich hatte vor Sorgen beinahe einen Herzinfarkt.«

»Sorry, meine Mutter und Herr Gu nahmen mich gleich in Beschlag. Ich kann nicht mit dir telefonieren, wenn sie dabei ist.«

Natürlich, dachte Sunshine, seine Mutter wusste nichts von seiner Krankheit. Sie hatte nie daran gedacht, wie schwer es für Rainman sein musste, seiner Mutter davon zu erzählen und sein Leben, wie er es kannte, aufzugeben. »Es war richtig, dass du heimgeflogen bist. Kümmere dich um deine Mutter und all deine Angelegenheiten. Mache dir keine Sorgen um mich. Mir geht es hier gut. Ich werde täglich Sport treiben, meine Sitzungen einhalten, die Medikamente nehmen und ganz schnell supergesund werden, damit wir zusammen ein starkes Team werden können. Ich genieße die Sehnsucht nach dir, das ist nämlich ein Gefühl, das mir neu ist.«

»Wow, ist das die Sunshine, die ich kenne?«

»Nein, das ist die Update-Version, die ist noch viel besser. Weil, ein verdammt gut aussehender K-Pop-Star, der echt zum Knuddeln ist, hat mir geraten, dass ich auf eigenen Füßen stehen soll. Das werde ich. Ich will nicht zu einer Last für dich werden, sondern ein stützender Pfeiler.«

»Du hättest Liebesroman-Autorin werden sollen.«

»Falsch. Ich werde Modedesignerin, das habe ich soeben beschlossen. Während du deine Sachen erledigst, werde ich mich nach Ausbildungen erkundigen. Was denkst du, eine gute Idee?«

Rainman schwieg einen Moment und warf ihr einen Kuss durch die Kamera zu. »Ich liebe deine Ideen.«

»Nur meine Ideen?«

»Nein, nicht nur deine Ideen, einfach alles an dir.«

»Oh bitte, komm schnell zurück, damit ich dir persönlich sagen kann, wie sehr ich dich liebe.«

24

Heute war erst Mittwoch. Sunshine hatte am Morgen Tante Marie und Wolke besucht. Es hatte sich ein wenig angefühlt, wie nach Hause zu kommen. Im Gasthof in Iseltwald würde sie dank der Beziehung von Tante Marie ab nächster Woche jeweils an zwei Abenden im Service aushelfen. Um auf eigenen Füßen stehen zu können, gehörte es auch dazu, dass man eigenes Geld verdiente. Es war wenig, aber ein Anfang. Sunshine schämte sich dafür, dass sie bisher nie in ihrem Leben gearbeitet hatte. Auch wenn es nicht ihre Schuld war und sie dazu gezwungen war, bloß hübsch auszusehen und das Geld ihres Gatten auszugeben.

Von Gianni und dem Clan hatte sie nichts mehr gehört. Tony hatte ihr eine kurze Mail geschickt, geschrieben, ihm gehe es gut, und die Stichwunde sei am Heilen. Er meinte, es wäre besser, den Kontakt komplett abzubrechen, aber sie solle Jun-ho von ihm grüßen. Der sei ihm unerklärlicherweise ans Herz gewachsen. Sunshine schrieb zurück, aber Tony ließ nichts mehr von sich hören.

Täglich unterhielt sie sich mit Rainman per Videochat. Er sah müde und abgekämpft aus. Seine Mutter war am Montag zusammengebrochen, als er ihr von seiner Krankheit erzählt hatte. Auch die Auflösung seiner Verträge brachte Probleme mit sich. Für die Agentur und First Class Entertainment, für die er arbeitete, war er eine sichere Einnahmequelle. Morgen wollte er eine Pressekonferenz geben, bei welcher er sich offiziell als Idol, Sänger und Schauspieler verabschiedete und sich aus dem Geschäft zurückzog. Es würde ein Trauertag für seine Fans werden. Die Gerüchteküche brodelte bereits. Sunshine verfolgte in den Medien die News über Taifun, obwohl sie die meist in Hangul geschriebenen Berichte nicht verstand. Online hatte sie sich bei einer Website registriert, die Koreanischunterricht anbot. Sie wollte Rainman mit einigen Worten beeindrucken, wenn er zurückkam.

Nur nachts, wenn sie im Bett lag, weinte sie leise. Nur dann schaffte sie es nicht, die Wahrheit zu unterdrücken, die Wahrheit, dass ihr Glück vermutlich von kurzer Dauer sein würde.

***

»Willst du Herrn Gu nicht lieber in der Agentur treffen?« Jun-ho fuhr den Wagen am Samstagmorgen die Apgujeong-ro-Straße entlang, vorbei an Luxusboutiquen und Flagship-Stores bekannter Designermarken. In diesem Stadtteil von Seoul hatten viele Agenturen und Unterhaltungsfirmen ihren Sitz, um ihre Stars und Idole perfekt in Szene zu setzen und zu vermarkten. Nicht umsonst wurde diese Straße im Stadtteil Gangnam als der Rodeo Drive von Seoul bezeichnet. Das zeigte sich ebenfalls an den teuren Wagen, die vorbeifuhren: Lamborghinis, Porsches oder Ferraris. Geld, Macht und Schönheit regierten diesen Ort, den Rainman für seine Heimat gehalten hatte. Warum fühlte er sich heute wie ein Fremder? Er musste an den Brienzersee denken, an Iseltwald, an die Nacht im Chalet bei Tante Marie, als wäre er auf einem anderen Planeten in den Ferien gewesen. Nein, es war umgekehrt. Es fühlte sich an, als hätte er nach zwanzig Jahren in einer Strafkolonie endlich seine wirkliche Heimat sehen dürfen. Lag es am Berner Oberland oder an Sunshine, dass er Heimweh hatte? Heimweh? Das war bisher ein Fremdwort für ihn. Nie hatte er bei seinen Konzerttourneen und Reisen im Ausland Seoul vermisst. Busan vielleicht, die Heimatstadt seiner Mutter. Busan war weniger geschäftig, eine Hafenstadt an der Südküste mit breiten Sandstränden, kleinen vorgelagerten Inseln und Brücken, die sie verbanden, und von bewaldeten Hügeln umgeben. Die frische Brise, die vom Meer her wehte, ließ Ferienstimmung aufkommen. Er liebte den Geruch des riesigen Fischmarktes und des gegrillten Schleimaals in den Essstraßen. Busan schaffte eine einzigartige Symbiose von modernen Wolkenkratzern, traditionellen Tempeln und traumhafter Natur. Er war froh, dass seine Mutter sich entschlossen hatte, nach Busan zurückzufahren, um sich in ihrem Haus von dem Schock zu erholen. Rainman hatte versprochen, so schnell wie möglich nachzukommen. Ja, er vermisste Busan, fast so wie Interlaken. So war das vermutlich bei Kindern, deren Eltern zwei unterschiedlichen Kulturen und Ethnien angehörten. Er hatte das Glück, zwei Heimatorte in seinem Herzen zu tragen.

»Wir sind da«, sagte Jun-ho. Er hatte den Wagen vor einem schicken kleinen Café geparkt. »Soll ich nicht mitkommen?«

»Nein. Ich will mit Herrn Gu unter vier Augen sprechen.«

»Als du ihm vor vier Tagen gesagt hast, dass du aus dem Vertrag aussteigst und dich zur Ruhe setzt, hat er einen Hefter nach dir geschmissen.«

»Und verfehlt«, sagte Rainman mit einem Lächeln. »Als ich ihm fünf Minuten später erklärte, dass ich sterben werde, ist er weinend zusammengebrochen. Er hat sich aufgeführt, als wäre er mein Vater. Der war er für mich auch oft.« Rainman starrte aus den verdunkelten Scheiben des Wagens. »Das wird unser letztes Gespräch. Ein Abschied. Danach gibt es das Idol und den Superstar Taifun nicht mehr.«

Besorgt schaute Jun-ho ihn an. »Wer willst du danach sein?«

»Gute Frage. Ich hatte schon viele Namen in meinem Leben. Ich will einfach Rainman sein. Mittlerweile liebe ich dieses Alias.« Er klopfte Jun-ho auf die Schulter. »Ich rufe dich an, wenn wir fertig sind, okay?« Er setzte eine Baseballmütze und einen Mundschutz auf, um anonym zu bleiben. Hier fiel er mit Mundschutz nicht auf. Viele Koreaner und Koreanerinnen trugen ihn auch im Freien, um vor Viren und Feinstaub geschützt zu sein. Er stieg aus dem Wagen. Mit gesenktem Kopf huschte er in das Café. Er war oft hier gewesen. Hinter den üppigen Topfpflanzen gab es einen Tisch, an dem er unbeobachtet sitzen konnte.

Herr Gu wartete ungeduldig auf ihn. Rainman setzte sich ihm wortlos gegenüber. Sein Manager hatte ihm einen ungesüßten AA, einen Iced Americano, bestellt, dazu einen Blueberry Muffin.

»Auf Diät bist du jetzt nicht mehr. Also iss«, sagte Herr Gu, ohne aufzublicken.

»Ist das eine Träne in Ihren Augen?«, witzelte Rainman und griff nach dem Muffin. »Wow, das erste Mal in zwanzig Jahren, dass ich so einen komplett verdrücken darf und nicht bloß die Krümel vom Tellerrand in den Mund schiebe. Ich werde den Muffin genießen.«

»So zeigst du deine Dankbarkeit?«

Rainman biss herzhaft in das Gebäck. Es schmeckte süß und bitter zugleich. Das lag wohl an seinen Emotionen.

»Wegen dir bin ich bald ein armer Mann«, sagte Gu.

»So schlimm? Sie haben noch Daisy und Dan-I unter Vertrag. Und The Z-Nsations. Junge Stars, die Sie zu Idolen formen und die Ihren Geldbeutel wieder füllen werden.«

»Nicht ich kassiere das Geld, die Firma macht den Profit. Ich habe bloß den Ärger mit euch am Hals.« Endlich blickte Herr Gu auf. Rainman glaubte, dass er in den letzten Tagen um Jahre gealtert war, obwohl er erst Mitte fünfzig war. Er war ein kleiner Mann mit einem markanten Gesicht, das nicht zu den Beautystandards passte, mit denen er sich umgab. »Die Verträge sind alle aufgelöst«, sagte er. »Das ging schnell.«

»Die Strafzahlungen halten sich in Grenzen. Ich bin nicht mehr schwer-, nur noch mittelreich, aber das ist mehr als genug für ein gutes Leben. Und alle wissen jetzt Bescheid, dank der Pressekonferenz vor zwei Tagen.«

»Deine Fans, die Halos, legen Blumen vor die Agentur, schreiben Briefe, schicken Pakete, und auf Weverse und anderen Onlineportalen überschlagen sich die Kommentare. Eine Nation leidet mit dir.«

»Nun übertreiben Sie. Ich bin ein alternder Star, schon vergessen? Bald werde ich fünfunddreißig. Es wurde eh Zeit, aus dem Business auszusteigen.«

»Wahre Künstler sind nie zu alt für ihre Musik.«

»Ah, genau. Einen hätte ich da noch. Ich brauche heute Nachmittag zum letzten Mal das Aufnahmestudio.«

»Einen Abschiedssong? Du hast nichts davon gesagt. So rasch kann ich keine Musiker engagieren, um …«

»Nur ich und die Gitarre.«

Hastig wischte sich Herr Gu die feuchten Augen trocken.

»Werden Sie nicht emotional«, sagte Rainman. »Es wird kein Abschiedssong, sondern ein Liebeslied mit Happy End.« Rainman lehnte sich verschwörerisch vor. »Ich werde heiraten.«

Bisher hatte er seinen Manager nie sprachlos erlebt.

»Na ja, sie muss den Antrag zwar erst annehmen ... Sie wird zustimmen.«

»Was ...? Wer ...?«

»Sie kennen sie nicht. Sie ist eine verrückte Berner Oberländerin. Warmherzig wie die Sonne und schön wie eine Wildblume, mit Augen so türkisblau wie der Brienzersee und einem Lächeln, das selbst einen wilden Stier besänftigt.«

Herr Gu hob seine Brauen. »Sprichst du von einer Frau? Du hast nie –«

»Nie Interesse gezeigt, weil mir mein Erfolg wichtiger war und mich keine Frau faszinierte. Aber was gibt einem die Karriere zurück? Sie saugt einen leer, und wenn man ein gewisses Alter überschritten hat, lässt sie einen als ausgepumpte Hülle mit Migräne am Straßenrand liegen. Schluss damit. Das Aneurysma ist meine Chance, so zu leben, wie ich es heute will. Ein normales bürgerliches Leben, wie meine Eltern es hatten, mit einer Frau, die mich liebt, und vielleicht sogar mit Kindern, die mich auf Trab halten.«

Herr Gu griff nach seinem eiskalten Kaffee. »Aber weiß sie denn von deiner Krankheit?«

»Ja.«

»Und sie ist bereit, einen ...«, er stockte, »einen Mann damit zu heiraten?«

Rainman konnte einen Seufzer nicht unterdrücken. »Sie hat keine andere Wahl. Meinem Charme kann sie nicht widerstehen.« Hätte Herr Gu einen Hefter zur Hand gehabt, hätte er ihn bestimmt Rainman an den Kopf geschmissen und auf diese kurze Distanz diesmal getroffen. »Ich weiß, es ist egoistisch von mir, aber ich liebe sie und handle deshalb so überstürzt, obwohl ich ihr sagte, sie solle erst lernen, selbstständig ihr

Leben zu meistern. Durch eine Heirat kann ich sie zumindest finanziell absichern.«

»Oho ... Warum habe ich dir nie eine Rolle in einem Drama angeboten? Ich hielt einige gute Drehbücher in meinen Händen.«

Überrascht hob Rainman eine Augenbraue. »*Jeongmalyo?* Tatsächlich? So wenig Vertrauen haben Sie in meine Schauspielkunst, dass Sie mir die vorenthielten?«

»Du warst mehr der witzige, sexy und draufgängerische Rollentyp.«

»War?«

Herr Gu senkte beschämt den Kopf.

Rainman hatte den Muffin verschlungen und trank seinen AA leer. »Ich muss weiter, noch einige Dinge regeln. Geht das in Ordnung mit dem Studio am Nachmittag?«

»Natürlich. Was hast du danach vor?«

»In der Nacht fliege ich zurück in die Schweiz.«

»Kommst du nach Südkorea zurück?«

»Ja. Ich will meiner Zukünftigen Busan zeigen und sie offiziell meiner Mutter vorstellen, was eine Herausforderung wird. Danach möchte ich in Iseltwald ein Chalet kaufen und mit meiner Frau dort leben und unsere Kinder großziehen. Ich könnte als Musiklehrer arbeiten, stundenweise, damit ich viel Zeit für meine Familie habe. Sunshine möchte Modedesign studieren. Ich helfe ihr beim Aufbau ihres eigenen Modelabels. Ja, das passt zu ihr. Wir werden uns einige Haustiere zulegen, nebst Kurt, Elvis und Marilyn. Einen Berner Sennenhund und zwei Bauernhofkatzen, Wellensittiche und vielleicht zwei Schafe. Ich denke, ein Rind ist zu groß für den Garten. Ich sehe schon, ich werde ein viel beschäftigter Mann sein. Und ab und zu werde ich in Iseltwald einige Autogramme geben müssen, das lässt sich nicht vermeiden.« Wie schön es war, Pläne zu schmieden, dachte Rainman.

Herr Gu weinte.

»Nicht doch.« Rainman stand auf und nahm seinen Manager in den Arm. »Es ist in Ordnung. Ich bin glücklich, dann sollten

Sie es auch sein. Danke für all die Jahre, die ich mit Ihnen an der Seite Musik machen durfte. Es war eine harte, aber auch gute Zeit.«

Herr Gu heulte los wie ein Kleinkind.

Rainman versteckte seine Tränen hinter einem Lächeln und klopfte ihm tröstend auf den Rücken.

***

Am Sonntagmorgen nahm Sunshine den Zug nach Zürich. Rainman sollte in Kloten landen. Es war ein sonniger, strahlender Augusttag. Sunshine hatte das hellblaue Kleid, das sie trug, selbst genäht. Gut, gab es im Sanatorium auch ein Nähzimmer. Sie hatte realisiert, dass die Zeit umso schneller verflog, je mehr sie sich beschäftigte. Am Donnerstag war sie mit Lisi nach Bern gefahren und hatte sich einen weichen, fließenden Stoff und ein Schnittmuster ausgesucht, das sie nach ihren Ideen abgeändert hatte. Das Kleid mit dem Neckholderausschnitt und der engen Taille betonte ihre schlanke Figur. An den Füßen trug sie weiße Absatzschuhe, die sie mit Strasssteinen verziert hatte. Ihr erstes eigenes Designeroutfit.

Sie war stolz und glücklich.

Und aufgeregt wie ein Kind zu Weihnachten. Endlich bekam sie ihr Geschenk, endlich bekam sie Rainman zurück.

Sie war früh dran. Auf der Anzeigetafel las sie, dass die Maschine pünktlich kurz vor Mittag landen würde. Die knappe Stunde, die sie warten musste, vertrieb sie sich erst in einem Café. Sie war zu ungeduldig, um still zu sitzen, und klapperte deshalb die Geschäfte im Airport-Shopping ab. In einem Schmuckgeschäft stach ihr ein Armband aus Leder und Edelstahl ins Auge. Sie wollte Rainman ein Geschenk machen, keine Regenwürmer diesmal. Die Verkäuferin packte das Armband hübsch als Geschenk ein. Sie ging hinüber zur Ankunftshalle von Terminal 1. Die Maschine war vor fünf Minuten gelandet. Da der Flug aus dem Schengenraum kam, würde Rainman keine Zeit bei der Passkontrolle verlieren. Er musste nur auf sein

Gepäck warten. Sie hatten kurz telefoniert, bevor er in Seoul abgeflogen war. Jun-ho war bei ihm und hatte versprochen, gut auf Rainman zu achten. Sunshine war besorgt wegen des Fluges, aber Jun-ho bestätigte, dass sich Rainman am Freitag nochmals hatte untersuchen lassen und das Aneurysma sich nicht verändert hatte. Das war ein gutes Zeichen.

Nervös schritt sie in der Halle auf und ab. Ihre Hände zitterten und waren feucht. Sie würde ihn gleich in die Arme schließen mit dem Wissen, dass er nicht gesund war und sie für ihn die Starke sein musste. Sie konnte das. Sie konnte strahlen und lächeln und ihm ihr ganzes Herz schenken.

Fluggäste traten durch die Milchglastür. Fröhliche, müde, gestresste Gesichter, emotionslose Gesichter.

Keines gehörte Rainman.

Sunshine blickte auf die Uhr. Eine halbe Stunde war seit der Landung vergangen. Wo blieben Rainman und Jun-ho? Sie griff nach ihrem Handy. Er müsste seines mit der Schweizer Telefonnummer mittlerweile eingeschaltet haben. Sie drückte auf die Wahltaste. Eine deutschsprachige Stimme erklärte, dass der Anrufer nicht erreichbar sei.

Entgeistert starrte Sunshine auf ihr Mobiltelefon. Hastig rief sie Jun-hos Nummer an. Die gleiche Tonbandstimme.

Unmöglich!

Ihre Hände verkrampften sich. Sie atmete tief durch. Ruhig bleiben, sprach sie sich Mut zu, aber die Angst nahm überhand. Mit jeder Minute, die verstrich, mit jeder Minute, in welcher unbekannte Gesichter an ihr vorbeigingen, mit jeder Minute wuchs die Panik. Mehrmals versuchte sie, Rainman zu erreichen. Erfolglos. Als er bereits mehr als eine Stunde überfällig war, rannte Sunshine verzweifelt zu einem Informationsschalter. Höflich lächelnd erklärte die Frau, dass sie keine Passagierdaten herausgeben dürfe.

Was war passiert? Hatten die beiden den Anschluss in Frankfurt verpasst? Aber er hätte sich gemeldet. Zumindest konnte die Dame herausfinden, dass die Maschine aus Seoul pünktlich in Frankfurt gelandet war.

Erschrocken fuhr Sunshine zusammen, als ein Donnergrollen sie aus einer lethargischen Starre vor der Anzeigetafel in der Ankunftshalle riss. Das Gewitter heute Nachmittag war angekündigt gewesen.

Jetzt war es hier. Dunkle Wolken zogen auf, und ein Platzregen entlud sich über dem Flughafen.

Sie hätte schreien können, wimmerte aber bloß verloren vor sich hin. Einige Passanten fragten sie, ob es ihr nicht gut gehe und sie Hilfe brauche. Wer konnte ihr schon helfen? Sie wusste, dass Rainman krank war und jeden Moment tot umfallen könnte, aber dies zu wissen oder es zu fühlen bekommen war nicht das Gleiche.

Sie rief den Professor an. Er versuchte sie zu beruhigen und versprach, umgehend Nachforschungen anzustellen. Sie solle in der Ankunftshalle bleiben und warten. Sunshine legte auf. Warum hatte sie keine Kontaktdaten von Rainman in Südkorea? Sie konnte sich nicht einmal mehr an den Namen der Agentur erinnern, die ihn unter Vertrag hatte.

Sie setzte sich auf eine Bank, griff in ihre Handtasche und zog das Geschenk hervor, das sie ihm gekauft hatte. Sie wollte ihm damit eine Freude machen. Mit eisigen Händen legte sie es zurück in die Handtasche und starrte auf eine Schachtel mit Beruhigungspillen. Eigentlich brauchte sie die nicht mehr, aber wie konnte sie warten, ohne die Nerven zu verlieren? Nein, sie brauchte einen klaren Kopf, auch wenn ihre Neuronen sich panisch kurzschlossen. Sie wollte ihre Handtasche schließen, dabei fiel ihr Blick auf ihren italienischen Pass, den sie neuerdings wie einen wertvollen Schatz bei sich trug. Er war ihr Ticket in die Freiheit.

Natürlich!

Sie rannte hoch ins Check-in 2, wo sich die Ticketschalter der Airlines befanden. Sie bezahlte ein Vermögen für den nächsten Flug nach Seoul. Sie hatte Glück, auf dem Direktflug der Korean Air, der um halb acht heute Abend abfliegen würde, gab es noch einen freien Sitzplatz in der Economy-Klasse. Rasch holte sie die elektronische K-ETA-Registrierung nach, welche ihr erlaubte, ohne Visum in Südkorea einzureisen, und checkte online ein, da die Schalter der Korean Air noch geschlossen waren. Da die Maschine erst in sechs Stunden starten würde, ging Sunshine zurück zur Ankunftshalle. Vielleicht geschah ein Wunder … Es könnte einen simplen, harmlosen Grund geben, weshalb er nicht zu ihr zurückkam. Sie ahnte aus einem Instinkt heraus, dass es den nicht gab. Das Donnergrollen war der Beweis. Der Himmel weinte.

Sie konnte es nicht.

Ohnmächtig setzte sie sich wieder hin und wartete eine weitere Stunde. Das Gewitter verzog sich so schnell, wie es gekommen war, und der Himmel riss auf. Sonnenstrahlen drangen durch die Glasfront der Halle, Sunshine bemerkte sie nicht. Sie war in ihrer eigenen Welt gefangen, einer ausgedörrten Welt, einer Wüste, alles Leben von der gleißenden Sonne zerstört, einer Welt, in welcher sie hilflos umherirrte, millionenmal Rainmans Namen rief und der Sand ihre hoffnungslosen Tränen sinnlos verschlang, in einer Welt, in der sie um Regen flehte, ihn aber nicht bekam. So allein und verängstigt hatte sie sich noch nie gefühlt, nicht einmal in ihren schlimmsten Tagen, als Andrea sie zusammengeschlagen oder sie ihre Babys verloren hatte.

»Sunshine?«

Diese Stimme …

Es war nicht das warme Timbre, das sie hören wollte. Sunshine blickte auf. Vor ihr stand der Professor. »Kommen Sie. Fahren wir zurück ins Sanatorium.«

Heftig schüttelte sie den Kopf. »Ich warte auf ihn.«

Er setzte sich neben sie und legte die Hand auf ihre Schulter. »Rainman wird nicht kommen.«

Das waren die falschen Worte. Sie hielt sich verzweifelt die Ohren zu, um nichts zu hören.

Sanft griff der Professor nach ihrem Handgelenk und zog es von ihrem Kopf weg. »Sunshine, hören Sie, es geht ihm gut. Ich habe es soeben erfahren. Jedoch wird er nicht kommen.«

Ihr Kopf schnellte herum. »Er lebt?«

»Ja, es geht ihm gut. Entschuldigen Sie, dass ich es nicht schneller herausfinden konnte.«

Sie hätte ihn umarmen können, aber … »Warum kommt er nicht?« Wieder zitterten ihre Hände. Hatte Rainman es sich anders überlegt? Wollte er mit keiner psychopathischen Ex-Mafiabraut zusammen sein?

»Ich habe versucht, seine Mutter zu kontaktieren, aber bekam sie nicht ans Telefon. Dann hat mich ein Bekannter von ihr zurückgerufen. Rainman und Jun-ho mussten in Frankfurt umbuchen und den nächsten Flug zurück nach Südkorea nehmen. Es geht um seine Mutter.«

»Seine Mutter?«

»Ja. Kaum war Rainman aus Seoul abgeflogen, erlitt sie einen Herzinfarkt. Er hat es in Frankfurt erfahren.«

Sunshine presste sich die Hand auf den Mund. Sie wusste, wie er sich fühlen, was er durchmachen musste. Sie hatte es die letzten Stunden selbst erfahren. Und auch damals, als sie erst fünfzehn war. Nicht zu wissen, ob ein geliebter Mensch noch lebte, war die Hölle. Damals war es ein Lehrer gewesen, der sie nach dem Schulkonzert zur Seite nahm und ihr mitteilte, dass ihre Eltern einen Autounfall hatten. Diese Ungewissheit war grausam. »Wie geht es ihr?«, fragte Sunshine leise.

»Ich weiß es nicht. Kommen Sie, fahren wir zurück ins Sanatorium. Hier können wir nichts tun. Rainman wird bestimmt anrufen, wenn er gelandet ist.«

»Nein!« Sie griff in ihre Handtasche. »Ich habe ein Flugticket gekauft. In knapp vier Stunden geht mein Flug.«

»Sie wollen zu ihm fliegen?«

Entschlossen nickte sie. »Rainman braucht mich jetzt an seiner Seite.«

Sie hätte erwartet, dass der Professor ihr widersprach, aber er tat es nicht, sondern lud sie zu einem frühen Abendessen ein und brachte sie danach zur Boardingpass-Kontrolle, Gepäck hatte sie ja keines dabei, welches sie hätte einchecken müssen. Er gab ihr die Telefonnummer des Bekannten von Rainmans Mutter und versprach, Rainman zu informieren, dass sie auf dem Weg zu ihm sei. Sunshine fiel dem Professor um den Hals und ging danach in den Transitbereich. Sie hatte für heute genug geweint. Die Sicherheitskontrolle verlief problemlos. Vor der Passkontrolle musste sie kurz in der Schlange warten, aber sie war gut in der Zeit. Mit einem bemühten Lächeln reichte sie dem Grenzbeamten ihren italienischen Pass.

Erst schien er freundlich.

Als er zum Telefon griff, war sein Ausdruck versteinert. Seine Worte eine halbe Minute später waren wie ein Faustschlag ins Gesicht. »Bitte warten Sie auf meine Kollegen.«

»Was?«

Zwei Männer in Polizeiuniform stellten sich hinter sie. »Bitte kommen Sie mit uns.« Ihre Stimmen waren freundlich, aber eiskalt. Genau wie das Büro, in welches sie sie brachten.

»Ich darf den Flug nicht verpassen«, erklärte sie hektisch. »Die Mutter meines Freundes hatte –«

»Freund?« Der Beamte schaute verwirrt. »Laut den Angaben von Interpol ist Ihr Ehemann vor drei Wochen in Interlaken ermordet worden. Es läuft eine Untersuchung, und offenbar arbeiten Sie schlecht mit den lokalen Behörden zusammen.«

»Ich habe ihn nicht ermordet.«

»Aber zu viele Fragen sind noch offen, und Sie dürfen deshalb die Schweiz nicht verlassen. Man hat Sie darüber informiert.«

Vage erinnerte sich Sunshine an den eingeschriebenen Brief, den sie erhalten und gleich in einer Schublade verstaut hatte. Mit der Faust schlug sie auf den Tisch und fluchte sich den Frust aus den Lungen. Selbst nach seinem Tod machte Andrea ihr das Leben zur Hölle. *»Pezzo di cornuto!«*

***

Jun-ho drückte Rainman eine weitere Schmerztablette in die Hand. »Ich mache mir Sorgen um dich. Lasse dich im Spital gleich untersuchen.«

»Das ist nur der Stress. Das Aneurysma löst bei mir keine

Kopfschmerzen aus.« Er schluckte die Pille und spülte sie mit Wasser aus der Flasche hinunter, die Jun-ho ihm reichte.

Sie waren auf dem Incheon International Airport gelandet und fuhren direkt mit einer Limousine, die Jun-ho organisiert hatte, ins Asan Medical Center, das zwischen dem Han River und dem Olympic Park im Gangnam-Distrikt in Seoul lag. Die Schuldgefühle, die Rainman plagten, waren unerträglich. Seine Mutter war extra nach Seoul gekommen und hatte ihn zum Flughafen gebracht. Kurz darauf musste sie zusammengebrochen sein. Er hatte sie allein gelassen, obwohl er wusste, wie schwer sie die Nachricht über seine Krankheit verkraftete. Jetzt kämpfte sie auf dem Operationstisch um ihr Leben.

Rainman starrte auf sein Handy. Er hatte bisher nicht den Mut gefasst, es einzuschalten. Nicht nur seine Mutter, sondern auch Sunshine hatte er im Stich gelassen. Sie musste sich große Sorgen machen. Er war gerade am Boarden des Fluges nach Zürich gewesen, als ihn die Nachricht über den Herzinfarkt seiner Mutter erreichte. Dann ging alles schnell. Sie flogen über Istanbul nach Seoul, es war die schnellste Verbindung gewesen. Er war telefonisch mit den Ärzten seiner Mutter in Kontakt gestanden und hatte alles Nötige für eine Überführung in die renommierte Asan-Klinik arrangiert. Auf dem Langstreckenflug hatte das Internetsystem nicht funktioniert, um Sunshine zu kontaktieren. Die neun Stunden eingesperrt im Flieger ließen ihn fast wahnsinnig werden, was sich in einem schlimmen Migräneanfall äußerte. Ohne Jun-ho wäre er durchgedreht.

»Willst du sie nicht anrufen?«, fragte sein Freund.

»Professor Bernard wurde informiert, also weiß Sunshine, was passiert ist. Es ist erst kurz nach vier Uhr in der Schweiz. Sie schläft bestimmt.«

Jun-ho nahm Rainman das Handy aus der Hand und schaltete es ein. »Obwohl ich sie kaum kenne, schläft sie bestimmt nicht, sondern sitzt im Bett, nagt an ihren Fingernägeln und wartet auf deinen Anruf. Jetzt mach schon.«

Mit seinem Fingerabdruck entsperrte Rainman sein Handy, das Jun-ho ihm hinhielt. Es piepste wie verrückt. Kein Wunder. Sie hatte über fünfzig Mal versucht, ihn zu erreichen. Ihr letzter Versuch lag nur zehn Minuten zurück. Er drückte auf Videoanruf.

»Rainman!«, nahm sie nach einer Sekunde den Anruf entgegen. Sie sah schrecklich aus, das kurze Haar durcheinander, als wäre sie einem Sturm ausgesetzt gewesen, die Haut blass, und sie hatte dunkle Ringe unter den Augen. Er wollte sich mit einem müden Lächeln bei ihr entschuldigen, aber sie kam ihm zuvor.

»Wie geht es deiner Mutter? Es tut mir so leid, dass du das durchmachen musst. Sie schafft das ganz sicher. Ich habe sie kennengelernt. Sie ist eine starke Frau und hat dir ihre Stärke vererbt. Du schaffst das auch.«

»Bist du nicht böse, weil ich mich nicht gemeldet habe?«

»Klar denkst du bei dieser Nachricht erst an deine Mutter. Ich bin ein großes Mädchen, die paar Stunden länger auf dich warten hauen mich nicht um.«

Wenn es bloß ein paar Stunden wären. »Sie wurde operiert. Ich muss hierbleiben, bis es ihr besser geht. Sie ist ohne mich –«

»Natürlich musst du das. Ich laufe dir nicht weg, keine Angst.«

Nein, Sunshine lief ihm nicht weg, dachte er, aber wie sah es mit seiner Lebenszeit aus? Wie viel davon hatte er aufgebraucht?

Sie strahlte in die Handykamera. Ein wunderschönes Strahlen, auch wenn sie es nur spielte, um ihn zu beruhigen. »Kümmere dich um deine Mutter, und um dich auch, versprich mir das. Iss gesund und genügend. Schlaf viel. Und zwischendurch denke mit einem Lächeln an mich. Ich würde gerne zu dir kommen, das Flugticket habe ich gekauft«, sie hielt es in die Kamera, »aber die blöden Behörden lassen mich nicht ausreisen, bis der Fall um Andreas Tod geklärt ist.«

»Du hast ein Flugticket nach Seoul gekauft?« Ihr Herz war stark und kräftig und voller Entschlossenheit. Das war gut. Rainman fasste sich an die Brust. Seines schlug unregelmäßig und hektisch – und es schmerzte.

»Wir sind da«, sagte Jun-ho.

Rainman nickte. »Ich muss auflegen. Wir sind endlich bei der Asan-Klinik. Ich rufe dich später an, in Ordnung?«

»Wann immer du meine Stimme hören willst.«

Der Wagen hielt vor dem riesigen modernen Medical Center, das aus mehreren Gebäuden bestand. Es ging bei der Vorfahrt hektisch zu und her. Eine Ambulanz nach der anderen hielt, und Ärzte in weißen Kittel eilten umher. Rainman starrte die Fassade hoch. Er hatte keine Ahnung, wie die Zukunft aussah, die ihn erwartete. Noch nie im Leben hatte er sich so verloren gefühlt, nicht einmal nach seiner Diagnose bei seinem Arzt. Bei dem Gedanken, die Klinik zu betreten, jagte ein eisiger Schauer durch seinen Körper.

Er hatte Angst.

Wie sehr wünschte er sich, Sunshines Hand zu drücken und ihre beruhigende Wärme zu fühlen.

25

Sunshine fuhr mit dem Fahrrad durch den Regen. Es war September und zu kühl für die kleine Radtour, aber Wolke hatte ihren Spaß und sprang extra in jede Wasserpfütze. Danach würde Sunshine sie von Kopf bis Pfote einshampoonieren müssen. Zurück in Iseltwald stieg sie vom Sattel. Bei diesem Wetter waren keine Touristen im Ort. Für einmal war der Holzsteg frei und nicht als Fotomotiv von Touristen belegt. Sie setzte sich am Rand auf den Bretterboden. Ihre Jeans waren eh durchnässt. Wolke war in den letzten vier Wochen gewachsen. Freudig starrte der Labradorwelpe vom Weg auf die Wasseroberfläche des Brienzersees hinunter.

Verträumt schwelgte Sunshine in Erinnerungen an den Tag, als sie mit Rainman hier spazieren war. Auch wenn sie es damals nicht wahrhaben wollte, sie war Hals über Kopf in ihn verliebt gewesen, um ehrlich zu sein, seit sie ihn an dem Abend nach ihrer Ankunft auf der Bühne hatte spielen hören. Seine Musik hatte ihr Herz berührt. Ob er noch an dem Song arbeitete, fragte sich Sunshine und machte eine mentale Notiz, ihn heute Abend bei ihrem Videochat danach zu fragen. Sie hatte ihm nicht erzählt, dass sie in der Bibliothek im Sanatorium seine Notizen in dem Buch »Wetter – kosmische Erscheinungen und andere Turbulenzen« entdeckt hatte. Seine Handschrift hatte sie gleich erkannt. Heimlich hatte sie das Buch aus der Bibliothek entwendet. Es lag jetzt auf ihrem Nachttisch im Kinderzimmer bei Tante Marie. Vor dem Schlafengehen schaute sie sich jeweils den Regenbogen an. »Schmerz« stand an dessen Anfang, »Entscheidung« in der Mitte. Sie wusste, wohin der Regenbogen sie geführt hatte, auch wenn an dessen anderem Ende kein Wort geschrieben stand. Rainman hatte damals wohl noch danach gesucht. Sie hatte es mit sorgfältiger Schrift ergänzt, sieben Buchstaben, ihr Happy End.

Wolke zog an der Leine. Sie war eine Wasserratte und wollte

in den See springen. Vermutlich hatte sie im Wasser eine Forelle ausgemacht. Es war bereits später Nachmittag und es wurde Zeit, zurück zu Tante Marie zu gehen. Sunshine wohnte jetzt bei ihr. Sie wollte Rainman nicht auf der Tasche liegen, und ein Zimmer im Sanatorium konnte sie sich nicht leisten. Aber sie besuchte den Professor und Dr. Tribelhorn dreimal in der Woche und ließ sich von ihnen behandeln. Sie mache erstaunliche Fortschritte, meinte der Professor. Klar doch, das musste sie. Sie musste stark und unabhängig werden, denn Rainman brauchte sie.

»Tante Marie, wir sind zurück!«

»Und pudelnass. Du erkältest dich noch. Rasch unter die heiße Dusche mit dir. Ich übernehme Wolkes Bad im Garten.«

Zum Zvieri gab es Ballenbergwurst, Grindelwalder Bergkäse, selbst gebackenes Roggenbrot und Brienzer Krapfen.

»Was stand in dem Brief, der heute mit der Post gekommen ist?«, fragte Tante Marie.

»Der war von der Kantonspolizei. Ich bin offiziell eine Zeugin und werde keiner Tat verdächtigt. Die Polizei weiß endlich, was Tony längst herausgefunden hat. Andreas Mord war ein Racheakt innerhalb der 'Ndrangheta.«

»Dann kannst du aus der Schweiz ausreisen?«

»Ja. Werde ich aber nicht.«

»Willst du Rainman nicht besuchen?«

Es fiel Sunshine unglaublich schwer, den Kopf zu schütteln. »Er und seine Mutter sind in Busan, wo sie sich von der Operation erholt. Sie ist noch schwach, und ich würde sie nur aufregen. Ich habe keinen guten ersten Eindruck hinterlassen.«

Tante Marie griff nach einem Stück Käse. »Mich hast du auch nach Jahren mit deinem Charme zurückerobert. Das wird schon.«

Sunshine seufzte. »Ruhe tut den beiden gut. Ich will, dass sie die gemeinsamen Wochen genießen. Rainman hatte ein hektisches Leben und nie Zeit für seine Mutter. Sie braucht ihn jetzt dringender als ich.«

Tante Marie kaute auf der Brotrinde herum. »Du bist eine lausige Lügnerin, aber ich bin stolz auf dich. Du bist erwachsen geworden. Wurde langsam Zeit.«

Sunshine blickte auf die Armbanduhr. »Wow, ich bin spät dran. Meine Schicht fängt gleich an. Ich muss los.«

Der Gasthof lag nur drei Häuser weiter, direkt am See. Sunshine liebte ihre Arbeit. Sie verstand es, die Gäste zu bewirten, und wenn asiatische Touristen den Speisesaal betraten, verbeugte sie sich respektvoll und trillerte ein *»Annyeonghaseyo«*. Natürlich hatte sie in den letzten Wochen auch die koreanische Serie gesehen, die in Iseltwald spielte: »Crash Landing on You«. Irgendwie traf der Plot auch auf sie und Rainman zu. Wie ein Taifun war er in ihr Leben geplatzt und hatte sie aus ihrer Hölle befreit. Jetzt war es an ihr, ihn mit ihrer Wärme zur Ruhe kommen zu lassen.

Die Wochen ohne ihn waren schwer gewesen, obwohl sie täglich telefonierten. Sunshine versuchte, sich ihr eigenes Leben aufzubauen, damit er sich weniger Sorgen um sie machen musste. Sorgen waren schlecht bei einem Aneurysma, deshalb hatte sie sich in einen Nähkurs eingeschrieben und versuchte, im Internet so viel wie möglich über Modedesign zu lernen. Die Idee, einmal ihre eigene kleine Boutique zu führen, nistete sich in ihrem Kopf ein und war eine angenehme Ablenkung, wenn die Sehnsucht zu stark wurde.

***

»Die Blätter verfärben sich bereits.« Der Professor hob ein gelbes Eichenblatt auf und drehte es zwischen seinen Fingern.

»Ich mag den Herbst«, sagte Sunshine. »Ich liebe die Farben.«

Der Professor lächelte. »Darf ich sagen, dass ich stolz auf Sie bin?«

»Ja, ich mache mich ganz gut, was?«

»Trotz des Herzschmerzes? Es sind jetzt sechs Wochen.«

»Sagen wir, ich habe in meinem Leben bisher nie die Erfahrung von Liebeskummer oder Sehnsucht gemacht. Es wurde wohl Zeit, dass ich das auch lerne zu ertragen, ohne gleich durchzudrehen.«

»Sie klingen fast wie Dr. Tribelhorn.«

»Bieten Sie mir eine Stelle im Sanatorium an?«

Das Gespräch war ausgelassen, genauso wie der Spaziergang am See entlang.

»Es ist ein hübsches Kleid, das Sie da tragen.«

Sunshine drehte sich stolz im Kreis. »Ist weiße Seide. Ich habe den Rock selbst entworfen und mit den Perlen verziert. Ich bin leicht overdressed für einen Spaziergang am See, aber Tante Marie meinte, ich solle meine Kleider, die ich nähe, auch tragen, und dieses hier gefalle ihr am besten.«

»Ihre Tante hat recht.«

Gleichgültig zuckte Sunshine mit den Schultern. »Na ja, ich habe ihr den Gefallen getan, sonst hätten wir wieder gestritten. Und Sie arbeiten ja mit mir daran, dass ich nicht ständig mit meinem Dickschädel in Schwierigkeiten gerate.«

»Sie fühlen sich wohl hier, habe ich recht?«

»Natürlich. Das ist meine Heimat, hier bin ich aufgewachsen. Und mit Tante Marie streite ich mich nur noch jeden zweiten Tag.«

»Wie geht es Rainman?«

»Besser. Na ja, seiner Mutter geht es besser. Und sein Aneurysma verhält sich ruhig. Ich denke, ich habe damals überreagiert. Die Ärzte wissen nicht, seit wann er mit dem lebt. Vielleicht hatte er es schon als Kind. Es wurde zufällig bei ihm entdeckt, wegen seiner Migräne. Ich bin zuversichtlich und versuche, positiv zu denken. Sich deswegen verrückt zu machen hilft Rainman am wenigsten.«

Der Professor blieb stehen. »Würden Sie mit mir mitkommen?«

»Wohin denn? In zwei Stunden beginnt meine Schicht im Gasthof. Sind wir bis dahin zurück?«

»Versprechen kann ich nichts, aber ich möchte Ihnen etwas zeigen.«

»Und was?«

»Einen Regenbogen.«

»Einen Regenbogen?«

»Genau. Der entsteht, wenn Regen und Sonnenschein sich küssen.«

»Oh, Professorchen, sind Sie neuerdings ein Poet?«

»Ja, manchmal brauchen wir Poesie im Leben, nicht?«

Sunshine hakte sich bei ihm unter. »In Ordnung. Ich komme mit. Zeigen Sie mir Ihren Regenbogen.« Sie blickte hoch in den stahlblauen Himmel über den Berggipfeln. »Aber ich sehe keine einzige Wolke, nur Sonnenschein.«

Sunshine saß auf dem Beifahrersitz und schaute in die wundervolle Natur hinaus. Ja, sie war daheim, sie fühlte sich befreit und lebte zum ersten Mal seit zwanzig Jahren ohne Angst. Sie liebte die neue Freiheit, die sie gewonnen hatte, eine Freiheit, die ihr Selbstvertrauen gab. Rainman hatte recht, als er sagte, sie solle sich nicht von ihm abhängig machen. Es hatte nichts mit ihm oder seiner Liebe zu tun, aber ihre Beziehung konnte nur glücklich werden, wenn sie beide auf sich achtgaben. Deshalb war es gut, dass er bei seiner Mutter war. Diese Zeit war kostbar, das wusste sie selbst am besten. Die Chance wurde ihr genommen, sich von ihren Eltern zu verabschieden. Sie musste an den Abend denken, als sie ihr Solo und die unerwartete Zugabe während des Schülerkonzertes gab. Wie ein Star hatte sie sich gefühlt und den Applaus geliebt, ahnungslos, dass zu diesem Zeitpunkt ihre Eltern auf der vereisten Fahrbahn im Sterben lagen. Gott, wie unbarmherzig konnte das Leben sein, und dennoch, es hatte sie auch mit Rainman zusammengebracht. Kannte Gott ein schlechtes Gewissen? Oder hatte das Schicksal die Finger im Spiel? Kannten die beiden sich, oder waren sie eins? Es spielte keine Rolle, sie waren grausam, alle beide. Sie hatten sie von der Mafiafamilie befreit, nur um ihr zu offenbaren, dass sie ihr den Mann, den Sunshine über alles liebte, jeden Augenblick wieder nehmen konnten. Panik ergriff sie. Sie fasste sich ans Herz, das wild pochte.

»Alles in Ordnung?«, fragte der Professor, der es bemerkte.

»Manchmal schaffe ich es nicht, stark zu bleiben. Ich mache mir Sorgen um Rainman.«

»Lieben Sie ihn?«

Sie starrte den Professor wütend an. Wut war gut. »Natürlich! Was ist das für eine Frage?«

Er schmunzelte. »Kein Grund, sich zu sorgen.«

Wovon sprach er da zum Teufel? »Wo fahren wir denn hin?«

Der Professor nahm die Ausfahrt Wilderswil. Nahezu senkrecht ragten die Felsen und Berghänge zu beiden Seiten in die Höhe, als er durch das Tal Richtung Lauterbrunnen fuhr.

»Glauben Sie an Märchen?«, fragte er.

»Weiß nicht. Eher an Horrorgeschichten und Tragödien. Das sind Märchen ja oft, habe ich recht?«

»Haben Sie ›Herr der Ringe‹ gelesen?«

»Nein, aber die Filme habe ich gesehen.«

»Wissen Sie, dass man das Lauterbrunnental das wahre Land der Hobbits nennt?«

»Oh, entpuppen Sie sich als Tolkien-Fan?«

»In diesem Tal geschah ein Märchen. Vor über einhundert Jahren reiste der junge J.R.R. Tolkien nach Lauterbrunnen. Der Ort inspirierte ihn und diente ihm als Vorlage für die Welt der Hobbits.«

»Sie wollen mich jetzt aber keinem Hobbit vorstellen? Ich bin vergeben, schon vergessen?« Mit geschürzter Lippe und verschränkten Armen lehnte sie sich im Sitz zurück und starrte aus dem Fenster.

Nach einer Weile erreichten sie Lauterbrunnen und fuhren durch das Dorf. Zu ihrer Rechten bestaunte Sunshine den beeindruckenden Staubbachfall, der direkt aus dem Himmel über die senkrechte Felswand bis ins Dorf hinunter zu fallen schien.

Der Professor lachte herzlich. »Ich stelle Sie mir gerade bei einem Date mit einem Hobbit vor.«

»Hey! Ich date bestimmt keinen kleinwüchsigen Biobauern mit großen Füßen und roten Haaren.«

»Hoho, schießen Sie nicht mit Vorurteilen um sich.«

»Ich habe mich umentschieden. Fahren Sie mich zurück.«

»Nein. Erachten Sie sich als entführt.«

Na, der Ausflug mit Gandalf konnte heiter werden. Aber sie war dem Professorchen dankbar, er lenkte sie zumindest von ihrer Sehnsucht ab. Eine Fernbeziehung war pure Folter.

Er parkte den Wagen auf einem öffentlichen Parkplatz außerhalb von Lauterbrunnen. Sie starrte auf ein großes Plakat. »Die Trümmelbachfälle? Ich war als Kind das letzte Mal hier.«

»Eindrücklich, nicht? Das Berner Oberland steckt voller Wunder und Naturschätze. Machen wir uns einen schönen Nachmittag.«

»Es ist aber schon nach vier Uhr. Schließen die nicht bald? Das steht da auf der Tafel.«

»Heute nicht.«

»Hä?«

Vom Parkplatz war es ein kurzer Fußmarsch zwischen saftigen Weiden und einem Bach bis zum Kassenhäuschen. An der Kasse bezahlte der Professor den Eintritt. Sunshine schaute sich um. Warum waren keine anderen Besucher hier? Das Wetter war perfekt, um sich die zehn Gletscherwasserfälle anzusehen, welche das Jungfrau-Aletsch-Gebiet entwässerten.

»Nehmen wir den Tunnellift.« Der Professor ging vor.

Sunshine wusste, dass das Wasser an manchen Stellen im Inneren der Felsen in die Tiefe rauschte und man teils hinter einem der zehn Wasserfälle, die beleuchtet wurden, stehen konnte, um das Naturschauspiel zu bewundern.

Der Professor bot ihr den Vortritt, als ein Angestellter die Lifttüren öffnete. Es war kein normaler Lift, sondern eine Standseilbahn, die im Felsen innen schräg nach oben führte. Es war dunkel und feucht, und Sunshine hörte bereits das Rauschen der Wasserfälle. Sie trat in den Schräglift, in Gedanken versunken, und bemerkte nicht, dass der Professor ihr nicht folgte. Der Aufzugführer schloss die Türen und setzte den Lift in Bewegung.

»Warten Sie, der Professor …«

»Er wird beim Eingang auf Sie warten«, erklärte der Angestellte mit einem verschmitzten Grinsen. »Genießen Sie das Spektakel.«

Na, der Professor war lustig, dachte Sunshine, da entführte er sie zu den Trümmelbachfällen und ließ sie allein zurück. War das eine Art Schocktherapie, damit sie an einem romantischen Ort ihre Sehnsucht überwand? Wartete oben vielleicht doch ein kleiner Hobbit auf sie oder der böse Gollum, der seinen Schatz bewachte? Dass der Professor mit seinen Therapiemethoden experimentierfreudig war, wusste sie spätestens nach dem Dinner mit Rainman in der Vollmondnacht.

Kurz schloss sie die Augen und atmete tief durch. Sie hörte das Rauschen im Innern der Felsen, die Kraft des eisigen Wassers. Als sich die Lifttüren öffneten, waren ihre Augen erst vom Sonnenlicht geblendet, das durch den kurzen Tunnel schien, welcher vom Lift nach draußen führte.

26

Sie war in einem Märchen, fast wie Alice im Wunderland, bloß dass sie mit einem Lift hochgefahren und nicht einen Schacht hinuntergefallen war. Bunte Blumen, die im Tunnel am Boden lagen, raubten ihr den Atem: Wildblumen, Tausende, beleuchtet von kleinen Kerzen, die ihr den Weg ins Paradies zeigten. Sunshine hielt sich die Hände vor den Mund, unterdrückte den kurzen Freudenschrei aber nicht. Es war wunderschön!

Sie hörte Musik. Eine Gitarre. Eine Stimme. Weich, zart, tief und vibrierend, begleitet vom Rauschen der Wasserfälle. Die Melodie durchdrang jede Faser ihres Körpers.

Sie blickte auf.

Rainman!

Er stand am Ende des Tunnels im Sonnenlicht, mit der atemberaubenden Kulisse das Lauterbrunnentals hinter sich.

Sunshine wollte keine Sekunde verlieren, die Angst, dass der zauberhafte Moment sich in Nichts auflöste, trieb sie an, ließ sie auf dem Blumenweg auf ihn zurennen, geführt vom Licht der Kerzen. »Rainman!«

Ihr Herz pochte wie wild.

Er schaute auf. Wunderschön war er, in seinem dunklen Anzug, mit dem weißen Hemd, sein Lächeln ein Zauber, die Grübchen in den Wangen eine Versuchung, seine Augen pure Magie. Rasch legte er seine Gitarre ab und breitete die Arme aus.

Sunshine rannte los, rannte auf ihn zu, sprang an ihm hoch und klammerte sich an ihm fest, mit all ihrer Liebe, die sie aufbringen konnte.

Er war zu ihr zurückgekommen.

Mit feuchten Augen vergrub sie ihr Gesicht in seiner Schulter. Wie sie seinen herben Duft liebte. Seine Körperwärme sprang auf sie über. Sie fühlte an seinem Hals sein Blut durch seinen Körper pulsieren.

Mein, dachte sie, er ist mein Schatz.

Langsam hob sie den Kopf und schaute ihm in die dunklen, warmen, mandelförmigen Augen. *»Annyeong«*, flüsterte sie und legte ihre Lippen auf die seinen.

Ihr Märchen war in diesem Augenblick perfekt.

Nahezu.

***

Nach einem endlos langen, innigen Kuss stellte Rainman sie behutsam zurück auf den Boden, hielt ihre Hände fest und löste seine Lippen schweren Herzens von den ihren, die süßer schmeckten, als er sie in Erinnerung hatte. »Gelungene Überraschung?«, fragte er leise.

Sie legte ihre Stirn an seine Schulter. »Nein.«

»Nicht?«

»Du hättest mir sagen sollen, dass du kommst.«

»Du hättest dir wegen des Fluges unnötige Sorgen gemacht.«

Sie hob den Kopf und schaute ihn an. »Seit wann bist du zurück?«

»Seit heute Morgen. Der Professor hat mir mit den Vorbereitungen geholfen.« Er zeigte zu dem hübsch gedeckten Tisch, der neben dem Geländer stand. Die Aussicht von hier oben war traumhaft. Noch konnte man keine Wasserfälle sehen. Die Wegweiser an der Steintreppe zu seiner Linken zeigten den Weg. Den Berg hoch ging es zu Wasserfall sieben bis zehn und hinunter zu den Fällen sechs bis eins. »Ich wollte den Tisch näher an einem der Wasserfälle aufstellen, aber dort ist es zu laut und zu nass. Wir sehen sie uns nachher an.«

»Solange ich dich ansehen darf, ist mir alles recht.« Ihre türkisfarbenen Augen strahlten ihn an.

Sein Herz machte einen Sprung. Er räusperte sich, um nicht den Verstand zu verlieren. Wie er sie vermisst hatte. »Es gibt nur kaltes Essen. Das selbst gebackene Brot ist von Tante Marie.«

»Sie wusste auch Bescheid?«

Rainman nahm ihren Kopf zwischen seine Hände und drückte einen weiteren langen Kuss auf ihre Lippen. »Es kommt mir wie eine Ewigkeit vor, seit wir uns so nahe waren.«

Sunshine trat einen Schritt zurück und verschränkte die Arme. »Dass du das nie wieder tust, mich allein zurücklassen.«

Er wollte ihr alles versprechen, aber das konnte er nicht. Rasch drängte er den traurigen Gedanken aus seinem Kopf. Heute war ein Tag, um glücklich zu sein. »Setz dich. Ich habe eine kleine Überraschung für dich. Nein, es sind mehrere.«

Sie blieb stehen und ließ beschämt den Kopf hängen. »Und ich habe nichts für dich. Doch, ein Geschenk habe ich, aber natürlich nicht jetzt dabei.«

»Komm her.« Lachend öffnete er die Arme, und sie schmiegte sich sofort wieder hinein. Ihre Wärme ließ sein Herz fast zerspringen. Sein Blutdruck stieg gefährlich hoch. Er strich ihr mit der Hand über den Kopf.

»Was ist es?«, fragte sie nach einer halben Ewigkeit.

»Neugierig?«

Sie nickte, die Wange an seiner Brust.

Er führte sie zum Stuhl. Der Tisch war mit Blütenblättern und Kerzen geschmückt. In der Mitte standen die Kalte Platte und das frische Brot. Dazu gab es einen Spiezer Rotwein. Rainman setzte sich ihr gegenüber und goss den Wein ein. Er hob das Glas. »Auf uns?«

»Für immer und ewig.«

Sie war so voller Lebensfreude und Energie, dachte er. Sie trug ein weißes Kleid, mit Perlen bestickt. Rainman wusste, dass Tante Marie heimlich bei der Kleiderwahl mitgeholfen hatte, ohne dass Sunshine den Grund bemerkt hatte. »Du siehst zauberhaft aus. Deine Kreation?«

»Ja. Es …« Sie schaute ihr Kleid an und hob danach fragend die Augen. »Das ist doch kein Zufall.«

Er stellte das Glas ab und griff in eine Tasche, die unter dem Tisch gestanden hatte. In seiner Hand hielt er ein kleines Geschenk.

»Für mich?« Sunshine wurde blass.

Er legte das Päckchen behutsam mit beiden Händen in die Mitte des Tisches. »Mach es auf.«

»Aber, aber du hast gesagt, dass … ist es nicht zu übereilt? *Merda*, nein. – Ja!«

»Ja was?«

»Ich will«, sagte sie feierlich.

Theatralisch legte Rainman die Stirn in Falten. »Was willst du denn?«

»Dich.«

»Ist das so?«

»Ja.« Entschlossen riss Sunshine das Geschenkpapier auf. »Die Schachtel ist schwer. Das muss ein gewaltiger Klunker sein. Ein schlichter Goldring hätte genügt.« Sie öffnete die Box – und erstarrte. »Was ist das?«

»Das sind Qigongkugeln.«

»Klangkugeln?«

»Sie haben eine beruhigende Wirkung, entspannen und erden.«

Sunshine legte den Kopf schief und starrte Rainman an. »Und die habe ich nötig? Hm, ich denke schon«, murmelte sie enttäuscht.

Er musste herauslachen. »Ja, definitiv. Das sagt zumindest meine Mutter.«

»Deine Mutter?«

»Es ist ein Geschenk von ihr.« Er griff nach einem Stück Trockenfleisch und schob es Sunshine in den offen stehenden Mund. Sie konnte nicht anders, als darauf herumzukauen. »Ich habe ihr von uns erzählt. Sie erinnert sich genau an dich.«

»Sie muss mich hassen.«

Er konnte sie kaum verstehen, weil sie nuschelte und das Stück Fleisch in ihrem Mund herumwälzte.

»Sie mag dich.«

»Unmöglich.« Fast wäre ihr das Essen aus dem Mund gerutscht. »Deine Mutter ist krank. Du hättest ihr nicht von mir erzählen sollen. Die Neuigkeit über deine durchgeknallte Freundin hat sie vermutlich bloß aufgeregt.«

»Sie meinte, du hättest mich verteidigt und in Schutz genommen wie eine Kriegerin, und wünschte, meine Bodyguards hätten jemals diese Leidenschaft gezeigt. Und die Geschichte mit dem Playboy-Hasen fand sie lustig. Sie wirkt oft streng, aber wer sie kennt, weiß, dass es ihr trockener Humor ist, der sie auszeichnet. Sie will unbedingt Kurt, Elvis und Marilyn kennenlernen. Ich hoffe, den dreien geht es gut?«

»Sie wühlen mit Freude im Dreck, verputzen Tante Maries Küchenabfälle und sind richtig dick geworden. Es gibt keine Regenwürmer, die es auf diesem Planeten schöner haben.«

Rainman griff nach ihrer Hand. »Ich musste meiner Mutter von dir erzählen, sie hätte es eh herausgefunden.«

»Ich wünschte, ich hätte sie damals respektvoller behandelt. Ich war echt ein irres Huhn.«

»Das kannst du nachholen.«

»Kann ich?«

»Ja. Kommen wir zur zweiten Überraschung.« Sunshines Strahlen war zurück. Dies war mit Abstand sein glücklichster Tag in seinem Leben, dachte Rainman und griff nach der Gitarre, die unter dem Tisch lag. »Mein letzter Song ist fertig.«

Ihr Strahlen erlosch. »Sag das nicht. Du wirst noch viele Songs schreiben.«

»Willst du ihn nicht hören?«

Sie schmollte. »Nein.«

»Auch nicht die erste Strophe?«

Ihre Augen wurden wässrig.

»Aigoo.« Rainman stand auf und nahm sie in den Arm. »Warum bist du denn jetzt traurig? So habe ich mir unser Wiedersehen nicht vorgestellt.«

»Weil ich dich liebe.«

Er drückte sie enger an sich. »Sag das noch einmal.«

»Ich liebe dich, Kim Tae-poong.« Sie konnte ihre Emotionen nicht mehr unter Kontrolle halten und heulte wie ein kleines Kind.

Ihre Verzweiflung brach ihm das Herz. Er kniete sich vor ihr nieder. »Du bringst meine Pläne durcheinander. Ich wollte dir meinen Song vorsingen, bevor ich dir meine nächste Überraschung überreiche.«

»Noch mehr Überraschungen?«, schniefte sie.

»Noch drei, um genau zu sein. Drei Versprechen.«

»So viele?«

Er überreichte ihr einen bunten Umschlag, den er aus seinem Jackett zog. »Öffne ihn.«

Ihre Finger zitterten, als sie die Karte herauszog. »Versprechen #1«, las sie vor. »Ich schenke dir eine Unendlichkeit an Freiheit und Unabhängigkeit.« Ihr Schluchzen wurde unkontrollierbar.

Er zog einen zweiten Umschlag hervor.

»Versprechen #2«, las sie auch diese Karte vor. »Ich schenke dir alles Glück, das in meiner Macht liegt.«

Er griff nach ihren Händen. »Hey, schau mich an.« Behutsam wischte er ihre Tränen mit seinen Daumen von den geröteten Wangen. Er griff erneut in seine Innentasche und zog eine kleine Geschenkbox hervor. »Das dritte Versprechen möchte ich dir persönlich sagen.« Er klärte seine Stimmbänder. Die Nervosität ließ seine Hände beben. »Sunshine, ich schenke dir meine Liebe, auf immer und ewig, und das ist mein Beweis.« Er öffnete die Box und hielt ihr den goldenen Ring hin. »Willst du meine Frau werden?«

Sie lachte und weinte gleichzeitig, als er ihr den Ring an den Finger steckte. Dann fiel sie ihm um den Hals. Kein Geld, kein Ruhm konnte sich mit dem Glück messen, das er in diesem flüchtigen Augenblick fühlte.

Nach einem langen leidenschaftlichen Kuss stand er auf, ohne Sunshines Hand mit dem Ring loszulassen. »Ich muss dir etwas sagen. Ich habe eine Nachricht für dich.«

»Von wem?«

Er atmete tief durch. »Von deiner Mutter.«

Alle Farbe wich aus ihrem Gesicht. »Von meiner Mutter? Wie …«

Auch Rainman musste sich setzen. »An dem Abend … das Konzert … Du hast gesagt, der Junge, der nach dir hätte spielen sollen, sei nicht aufgetaucht. Weißt du noch, wie er hieß?«

Sie überlegte. »Ja. Ich habe vor ein paar Wochen bei Tante Marie den Flyer in einer Schublade entdeckt. Den Flyer des Schülerkonzertes. Ich kannte ihn nicht persönlich, aber er muss ein echtes Talent gewesen sein und hätte ein schwieriges Stück von Bach spielen sollen. Er hieß Julian Wyss. Warum fragst du?«

»Genau. Julian Wyss kam nicht zu dem Konzert, weil er ebenfalls in die Massenkarambolage geriet.«

»Woher weißt du … Du?«

»Du wolltest doch meinen Schweizer Namen kennen.«

»Du warst das?« Leichte Hysterie schwang in ihrer Stimme mit.

»Mit einem freundlich gesinnten Schicksal hätten wir uns damals bereits kennengelernt«, fuhr er fort, »aber es kam anders. Meine Eltern und ich waren an dem Tag bei Freunden zu Besuch und spät dran auf der Rückfahrt nach Interlaken. Es regnete stark, die Fahrbahn vereiste, und plötzlich waren da überall die Lichter, rote, weiße, die Wagen schlitterten über die Fahrbahn, krachten ineinander, es war schrecklich. Ich musste mitansehen, wie sich vor uns ein roter Kombi überschlug. Mein Vater konnte dem Wagen nur knapp ausweichen.«

»Ein … ein roter Kombi?«

»Ja. Durch den Aufprall zerbrach die Scheibe der Beifahrertür. Unser Auto kam direkt daneben zum Stehen. Die … die Frau, die in dem Kombi saß, trug eine weiße Daunenjacke. Hatte sie Schmerzen, so zeigte sie es nicht. Wie in Trance stieg ich aus unserem Wagen und kniete mich neben sie auf den Boden. Sie blickte mich ruhig an, schaute mir in die Augen und lächelte. ›Sage ihr‹, sagte sie, ›sage ihr, dass sie bestimmt wundervoll gespielt hat und ich es so gerne gehört hätte. Sage ihr, sie soll glücklich und mutig durchs Leben gehen, ohne Tränen zu vergießen. Sage ihr das, ja?‹«

Entsetzt hielt sich Sunshine die Hand vor den Mund. »Du warst bei meiner Mutter, als sie starb?«

Er nickte. »Ich habe es ihr versprochen, auch wenn ich keine Ahnung hatte, wovon sie sprach. Sie hat mir die Hand gedrückt und die Augen geschlossen.«

Für eine halbe Ewigkeit war es still. Er wollte Sunshine die Wahrheit sagen, ihr die Gelegenheit geben, ihn zu hassen, bevor er die nächste Frage stellte.

Sie blickte auf und legte ihre rechte Hand an seine Wange. »Es muss eine schwere Last für dich gewesen sein, ihr beim Sterben zuzusehen und ihr dieses Versprechen zu geben.«

»Ich hätte dich suchen und finden müssen.«

»Nein. Du warst ein Kind.« Sie stand auf, setzte sich auf seinen Schoß und legte ihre Stirn an die seine.

»Uns bleibt wenig Zeit«, sagte er.

»Zeit?« Sie schaute ihn an.

Er wurde sich der Bedeutung seiner Worte bewusst, was ihm einen Stich durch sein Herz jagte. »Unser Flug geht in vier Stunden.«

»Flug?«

»Willst du mit mir nach Südkorea fliegen? Meine Mutter ist beschäftigt mit den Hochzeitsvorbereitungen, und sie will dir helfen, dein eigenes Hochzeitskleid zu entwerfen, wenn sie darf.«

»Wir fliegen nach Seoul, um zu heiraten? Und deine Mutter hilft mir mit dem Hochzeitskleid?«

Er wollte Sunshine nicht drängen, aber Zeit war ein wertvolles Gut. Ja, es war egoistisch von ihm, nicht einsam sterben zu wollen. Er würde eine trauernde Witwe zurücklassen. Aber Sunshine war stark. Außerdem würde seine Mutter nicht allein zurückbleiben. Sie würde ihren Sohn verlieren, aber eine Schwiegertochter an ihrer Seite haben – vorausgesetzt, die beiden würden sich verstehen. Rainman hatte ein gutes Gefühl bei der Sache. Er nahm Sunshines Hand. »Komm. Jetzt zeige ich dir unser Wunder.« Er führte sie die Treppe hoch zu den Wasserfällen. Ein schmaler Pfad führte um einen Felsvorsprung. Da war er, der magische Ort, der Ort, wo Sonne und Regen sich küssten, der Ort, der ihnen eine Brücke schenkte, die sie überall dorthin brachte, wo sie hinwollten. Aus dem Berg heraus sprudelte das Wasser und schoss in die Tiefe. Ein Naturspektakel, das nicht zu überbieten war.

»Ein Regenbogen«, rief Sunshine, um den Lärm des tosenden Wassers zu übertönen.

»Unser Regenbogen«, rief Rainman zurück. »Er wird für immer unsere Verbindung bleiben.«

»Nicht nur das«, sagte sie, ihre Lippen ganz nah an seinem Ohr. »Ich habe dein Buch gefunden.«

»Welches Buch?«

»›Wetter – kosmische Erscheinungen und andere Turbulenzen‹. Du hast zwei Worte hineingeschrieben. ›Schmerz‹ –«

»Entscheidung.«

»Genau. Und ich weiß, welches Wort ans andere Ende des Regenbogens gehört.«

Er schaute sie mit hochgezogenen Augenbrauen an. »Ich habe das Wort auch gefunden«, sagte er. »So heißt mein Song, den ich dir vorspielen wollte.«

Sie drückte ihm mit den Zeigefingern in die Grübchen seiner Wangen. »Sagen wir es gemeinsam? Auf drei? Ist es das gleiche Wort, hat das Schicksal verloren und wir die Ewigkeit gewonnen.«

Er nickte. »Eins.«

»Zwei«, sagte sie und strahlte.

»Drei«, zählte er hoch.

Gleichzeitig hauchten sie sich das Wort zu, auf das sie so lange gewartet hatten: »Heilung!«

Sie kannten die Zukunft noch immer nicht, die vor ihnen lag, aber sie hatten Hoffnung. Hoffnung, Liebe und Mut, ihren eigenen Weg zu finden, wo immer er sie hinführte.

Epilog

Ein warmer Wind blies Sunshine durch die schulterlangen naturbraunen Haare. Sie schloss kurz die Augen und genoss das Gefühl des feinen, sauberen Sandes zwischen ihren Zehen. Das Wasser war nur noch Zentimeter entfernt, die Flut stieg. Sie hörte Gelächter. Junge Leute saßen am Strand zusammen, bei Bier und Snacks, und plauderten. In den zwei Jahren, die sie nun hier lebte, hatte sich Sunshine an diesen zu Beginn exotischen Klang der fremden Sprache gewöhnt. Auch wenn sie nur holprig Koreanisch sprach und noch lange nicht alles verstand, da der Dialekt im Süden eine zusätzliche Herausforderung war, so war sie stolz auf ihre Fortschritte.

Mit der nächsten sanften Welle kitzelte das kühle Meerwasser ihre nackten Zehen. Es war Herbst in Busan. Die feuchte Sommerhitze der Regenzeit wich herrlich warmen Temperaturen, und man konnte aus dem Haus, ohne einen Regenschirm mitzutragen.

Herbst.

Es gab keine blühenden Bäume mit rosa Kirschblüten, welche die Straßen säumten. Es war die Zeit der zarten Kosmosblumen.

Gedankenversunken hob sie eine Muschel vom Boden auf. Ihr Blick wanderte aber gleich wieder über den breiten, rund eineinhalb Kilometer langen Haeundae-Strand im Osten der zweitgrößten Stadt Südkoreas. Busan war eine geschäftige Hafenstadt mit Ferienflair. Die ersten Wochen und Monate in der Millionenstadt waren aufregend gewesen, kein Vergleich zu Iseltwald oder Reggio Calabria. Es gab Spannendes zu entdecken. Hochmoderne Gebäudekomplexe und historische buddhistische Tempel. Der riesige Jagalchi-Fischmarkt war ihr liebster Rückzugsort, wenn sie Entspannung brauchte, gerade weil er so laut und überfüllt war. Oder sie genoss einige Stunden im Gamcheon Culture Village mit seinen kleinen bunten

Häusern, den verwinkelten, engen Gassen und den kreativ gestalteten Cafés, Boutiquen und Kunstateliers.

Aber heute hatte sie nicht das Verlangen, die Schönheit der Stadt zu bewundern. Sie blickte auf die Armbanduhr. Es war kurz vor fünf an diesem Nachmittag. Ihr Gaumen war trocken. Wie lange brauchten die Männer mit den Getränken? Ein Lächeln huschte über ihr Gesicht, als sie sich daran erinnerte, wie Rainman sie zum ersten Mal nachts an diesen Strand geführt hatte. In der Vergangenheit schwelgend, spielte sie unbewusst mit ihrem goldenen Ehering.

»Starrst du schon wieder auf das Meer hinaus?«, fragte eine Frauenstimme hinter ihr.

»Eomeo-nim!« Sunshine drehte sich um und strahlte. »Er wird schwer, was?«

»Phu, hast du einen kleinen Elefanten geboren? Mein Taepoong war als Baby nur halb so schwer. Es muss an deinen Berner Genen liegen.«

»Ha, immer bin ich schuld. Komm zu Mami, San-a.« Sunshine nahm ihrer Schwiegermutter den Kleinen ab. Er war letzten Monat ein Jahr alt geworden. Sie strahlte in sein wunderschönes Gesicht. Er hatte Rainmans asiatische Augenform geerbt, seine schwarzen Haare und zu ihrer Freude die Grübchen in den Wangen. Sich selber erkannte sie an seinem Dickschädel und Temperament, das er schon als Baby zeigte. Sie drückte ihn eng an sich und strich ihm über den Kopf. San. Lange hatten Rainman und sie nach einem passenden Namen gesucht, den man auch in der Schweiz aussprechen konnte. San bedeutete Berg. Und das war er doch, ein Kind der Alpen, auch wenn er in Korea zur Welt gekommen war.

»Sind die Männer noch nicht zurück?«, fragte ihre Schwiegermutter.

»Sie lassen sich Zeit.« Sunshine setzte San in den Sand, der sofort mit den Händen darin wühlte. »Oh nein!«, rief sie plötzlich. »Da ist noch eine. Schnell, ich brauche meine Tasche.«

Frau Kims Blick verfinsterte sich. »Nicht doch, es reicht. In Busan nennt man dich schon das verrückte Heidi.«

»Das ist mir egal.« Sunshine nahm ihrer Schwiegermutter die Tasche aus den Armen, wühlte darin, bis sie das Paar Gummihandschuhe fand, das sie immer bei sich trug. Sie zog sie über und marschierte einige Meter den Strand hoch. »Armes Ding«, seufzte sie, ging in die Hocke und hob mit den Händen vorsichtig die Qualle auf, welche die Flut an den Strand gespült hatte. Sie lebte noch, Gott sei Dank. Vorsichtig watete sie mit der Qualle tiefer ins Wasser und setzte sie aus. »Husch, husch, zurück mit dir ins tiefe Meer, dort, wo das Leben ruhig und schmerzlos ist und keine Gefühle dich plagen. Habe eine schöne Zeit, du emotionsloses Ding ohne Gehirn und ohne Nervenzellen.« Sie blinzelte ein paarmal heftig, zwang sich das Lachen auf, welches sie sich antrainiert hatte, und ging zurück zu ihrem Sohn, setzte sich neben ihn und wühlte mit den Fingern durch den Sand. Dass ihr neues hellrosa Kleid mit den aufgestickten Blüten, welches sie erst gestern fertig genäht hatte, danach ruiniert war, störte sie nicht. Es gab größere Tragödien im Leben.

»Die wievielte war das?«, fragte ihre Schwiegermutter mit tadelndem Unterton.

»Die dreihundertvierunddreißigste.«

»Du solltest mit dem Professor telefonieren.«

»Habe ich vor zwei Tagen. Er meinte, ich mache mich gut, und er sei stolz auf mich.«

Frau Kim seufzte. »Ah, da kommen die Männer, wurde langsam Zeit.«

»*Eomeo-nim*, Ihr Erdbeer-Smoothie«, sagte Jun-ho und reichte Frau Kim den Drink im Becher mit Strohhalm.

»Was ist mit meinem AA?«, fragte Sunshine ungeduldig auf Englisch.

»*Qui.*« Tony setzte sich neben sie.

»Bleib doch noch zum Essen.« Müde legte Sunshine ihren Kopf an Tonys Schulter und griff nach seiner linken Hand, die nur noch vier Finger besaß. Der kleine Finger fehlte. Das war Giannis Strafe gewesen, weil Tony Rainman hatte leben lassen. Ein Finger für ein Leben. Sie drückte die Hand fester.

Tony verstand ihren Händedruck, ging aber nicht auf das

Thema ein. »Ich muss zurück, sonst wird der Capo misstrauisch. Er denkt, ich sei für die Ferien nach Griechenland gefahren. Jun-ho fährt mich nach Incheon an den Flughafen. Wir müssen in fünf Minuten los.«

Jun-ho kniete sich neben San und zog lustige Grimassen.

»Wann kommst du zurück nach Busan?«, fragte Sunshine ihn. Er war ihr in den letzten zwei Jahren ans Herz gewachsen, ein echter Freund geworden, bei dem sie lachen und weinen konnte, wenn sie es brauchte.

»Nächste Woche hole ich dich ab. Ich muss einige Tage in Seoul bleiben und mich um meinen neuen Schützling kümmern. Er macht nichts als Ärger. Wie ich die Zeit mit *Taepoong-ssi* vermisse. Er war ein Vorzeige-Idol, anständig, fleißig, talentiert, nicht so ein ungezogener Bengel wie Q-Tec es ist. Hast du alles gepackt und vorbereitet für den Umzug?«

Sunshine nickte entschlossen. »Ja, alles bereit für die Reise zurück in die Heimat meiner Kindheit.«

»Wollt ihr nicht doch hierbleiben?«, fragte ihre Schwiegermutter.

Sunshine wusste, wie schwer es für sie war. Sie hatten sich tatsächlich angefreundet, auch wenn selten eine Woche ohne kleinere Streitereien verstrich. »Du kommst uns ja zu Weihnachten schon besuchen. Dann ist dein Zimmer fertig, und du kannst bleiben, solange du willst.«

Tony stand auf.

»Grüße meine Schwester heimlich von mir, ja?«

»Mache ich.«

»Und ihr geht es auch ganz sicher gut?«

»Sie arbeitet sich die Hierarchieleiter hoch, und das als unverheiratete Frau, noch dazu ohne italienische Gene. Die meisten Capi der Familien haben bereits Angst vor ihr.«

»Glaubst du wirklich, Gianni hätte es übers Herz gebracht, Sophie zu ermorden, wenn ich ausgesagt hätte?«

»Es gibt Gesetze bei uns, die kann man nicht beugen. Sophie setzte ihr Leben aufs Spiel, um deines zu retten. Genieße deine Freiheit.«

Sie tätschelte Tonys muskulösen Oberarm. »Mache ich. Jun-ho, fahr vorsichtig, ja? Keine Rallye-Einlage, weil Tony dich darum bittet.«

Jun-ho verabschiedete sich mit einem Augenzwinkern von Sunshine, neigte seinen Kopf vor Frau Kim und legte den Arm um Tony. »*Hyeong*, lass uns fahren.«

Wie zwei Brüder verließen sie den Strand.

»Das war es also? Der letzte Gast der Gedenkfeier ist abgereist. Bleiben nur wir drei zurück.« Sunshine bereute ihre Worte gleich, als sie ihre Schwiegermutter weinen sah. »*Eomeo-nim*, bitte nicht. Er hätte das nicht gewollt, das weißt du. Er ist mit einem Lächeln von uns gegangen.« Sie wollte stark bleiben, aber der wässrige Schleier vor ihren Augen brachte all die Emotionen zurück.

Ein Jahr und drei Tage war es her, als sie mit Rainman in ihrer Wohnung in Busan am Boden saß, den vier Wochen alten San in den Armen. Rainman hatte ihnen mit der Gitarre ein Kinderlied vorgesungen, während sie ihren Sohn stillte. Sie hatten danach geplaudert, gelacht, gescherzt, geflirtet, zwei Liebende mit ihrem Baby, das sie wie einen unbezahlbaren Schatz vergötterten. San war nach dem Stillen in ihren Armen eingeschlafen, und Rainman hatte sich neben ihr auf den Boden gelegt, den Kopf auf ihren Schoß gebettet und sie angesehen, mit diesen wunderschönen Augen, begleitet von Grübchen in den Wangen, tief wie Canyons. »Ich liebe dich«, hatte er gesagt. *»Saranghae.«* Er hatte glücklich die Lider geschlossen und war zusammen mit San eingeschlafen.

Rainman war nie mehr erwacht.

Er war von ihr gegangen.

Für immer.

Sunshine hob San vom Strand auf und drückte ihn fest an sich. »Sein letzter Lovesong ist wieder auf Platz eins in den Charts«, sagte Sunshine. »Healing.«

»Die Halos werden ihn nie vergessen«, antwortete Frau Kim. »Seine Fans bleiben ihm treu. Vor drei Tagen haben sie erneut getrauert und an ihn gedacht.«

»Ich weiß. Aber wir müssen ihn gehen lassen. Ich habe es ihm versprochen. Wir werden ein langes, glückliches, unabhängiges Leben genießen, und mit den wunderschönen Erinnerungen an ihn jeden Tag meistern, ohne zu weinen. Hören wir auf, traurig zu sein, *Eomeo-nim*, ja? Wir bekamen ein traumhaftes Jahr zusammen geschenkt. Und jetzt ist ein trauriges Jahr ohne ihn vorbei. Es beginnt ein neuer Lebensabschnitt. Das hat er für uns gewollt.«

»Gib mir meinen Enkel«, sagte ihre Schwiegermutter wohl harscher als beabsichtigt, »ich gehe mit ihm spazieren. Er ist schläfrig geworden. Hach, er wird mir fehlen, wenn ihr zurück in die Schweiz fliegt.«

»Tut mir leid.« Sunshine verbeugte sich leicht. »Aber Rainman und ich, wir waren glücklich dort. Es ist unsere Heimat, wo wir als Kinder keine Sorgen kannten, bis das Schicksal sich einmischte. San wird es in der Schweiz leichter haben als in Südkorea. Im Berner Oberland ist das Leben ruhiger und gemächlicher und die Schüler nicht dem wahnsinnigen Leistungsdruck ausgesetzt wie hier. Rainman und ich haben beschlossen, dass wir unser Kind dort aufziehen wollen.«

»Ich weiß, du hast ja recht. Ich werde euch oft besuchen kommen.«

»Jederzeit. Das Chalet von Tante Marie ist groß genug. Und San kann mit Wolke spielen. Ihm wird es dort gefallen. Meine Tante hilft mir mit ihm, schaut nach ihm, wenn ich arbeite. Im Frühling will ich meine Boutique eröffnen, es gibt also viel zu tun.«

Frau Kim nahm ihr den kleinen San, der müde blinzelte und gähnte, ab und spazierte den Wellen entlang davon.

In Gedanken watete Sunshine ins Wasser, entdeckte eine weitere Qualle am Strand und trug sie vorsichtig zurück ins Meer.

Man konnte nie wissen …

Die Sonne stand tief am Horizont, über dem dunkle Wolken aufzogen, die im Abendlicht rot glänzten. Donnergrollen war zu hören.

Nanu, die Saison der Sommergewitter war doch vorbei. War der Himmel über Busan ein Zeichen? Sie beobachtete, wie sich über dem Meer ein Gewitter entlud. Wie aus dem Nichts spannte sich ein Regenbogen über die Bucht, die ganze Breite des Strandes entlang. »Wir lebten unser Wunder, was denkst du, Rainman?« Alles war gut. Sie hatte sich entschieden zu leben, auch in schwierigen Zeiten, denn es gab immer einen Weg. Der Weg lag klar vor ihr. Der Weg zurück in ihre Heimat, zurück zu den Alpen, wo das Glück auf sie wartete. Denn das Leben war voller Überraschungen. Und sie war nicht allein. Sie hatte San.

Sunshine atmete tief durch und lächelte, kein erzwungenes, sondern ein ehrliches, das Rainman gefallen hätte, denn bestimmt beobachtete er sie, wo immer er war. Eines wusste Sunshine mit Sicherheit: Das Schicksal war vernarrt in sie beide, und der Regenbogen würde sie wieder zusammenführen. Irgendwann.

Ihre Liebe war unendlich, durch einen roten Faden verbunden.

Doch zuvor hielt sie ihr Versprechen, das sie ihm nach der Heirat jeden Abend vor dem Einschlafen hatte geben müssen. Egal, wie lange er bei ihr sein konnte, sie würde nicht länger als ein Jahr trauern und danach ein langes und glückliches Leben führen.

Sie würde ihr Versprechen halten.

Ja, sie war stark genug dafür.

Sie war sein Sonnenschein – auch nach dem Tod. Denn der Tod war nichts als ein Kreislauf, zurück ins Leben. Sie war nicht bereit, einer höheren Macht das Schlusswort zu überlassen, sie wollte es selber schreiben.

Sie wollte leben.

Für Rainman.

Und für ihren Sohn.

Und für sich selbst. Sie hatte es sich verdient.

Gut gemacht, Sunshine.

Mit einem Lächeln drehte sie dem Regenbogen den Rücken

zu und marschierte aus dem Wasser. Die ersten Regentropfen prasselten auf ihr Gesicht. Sie streckte die Arme aus und drehte sich im Kreis. Sie würde heute mit dem Regen tanzen, ja, genau, das würde sie. Sie würde mit ihm tanzen und lachen und sich auf ihre Zukunft freuen.

Dank

Sunshine und Rainman hat das Schicksal tatsächlich über Nacht zu mir gebracht. Sie waren einfach plötzlich da, und ich musste ihr Abenteuer niederschreiben. Weg vom Krimigenre, hinein in eine Lovestory war wie in ein unbekanntes Gewässer eintauchen. Ich habe es geliebt, mit den Figuren gelitten und gelacht und wollte die Geschichte am Ende fast nicht aus der Hand geben.

Damit dieses Buch letztlich gelesen werden kann, braucht es ein ganzes Team an Menschen, die mich unterstützen. Deshalb möchte ich allen Beteiligten danken, die Sunshine und Rainman mit mir zum Leben erweckt haben.

Mein größter Dank geht an Irène Kost. Ihr Lektorat hat den Text aufgewertet und so viel besser gemacht. Es ist immer eine große Freude, mit ihr zu arbeiten. Vielen Dank.

Ein herzliches Dankeschön auch an den wunderbaren Emons Verlag. An Christel Steinmetz, die an mich geglaubt hat und überzeugt war, dass ich eine Liebesgeschichte schreiben kann, und an Karolin Meinert für ihre Anregungen zur K-Pop-Szene.

Erika Sommer und Vreni Aeschbacher waren meine ersten Testleserinnen. Lieben Dank für das Feedback und die ersten Korrekturen am Text.

Ich könnte keine Bücher schreiben, würden mein Mann und mein Sohn mir nicht den Raum und die Zeit geben, in meine Phantasiewelten abzutauchen. Danke, dass es euch gibt. Ich hab euch lieb.

Auf meinen Reisen, allein mit dem Rucksack mit Zug und Bus durch Südkorea, durfte ich in eine mir bisher unbekannte Kultur eintauchen. Ich habe viel Schönes gesehen und erlebt und vor allem die Gegensätze von historischen Palästen und topmodernen Wolkenkratzern, von bewaldeten Bergen und endlosen Sandstränden, von gemächlichen Fischerorten und

Inseln und Millionenmetropolen haben mich in ihren Bann gezogen, ebenso die Freundlichkeit der Menschen, das himmlische Essen und die Musik. Danke auch an Lee Hwa, dass ich dich als Freundin gewinnen durfte.

Auf meiner Website www.monika-mansour.com finden Sie die Links zu den Songs, die im Buch vorgestellt werden, sowie einige Bilder von meinen Reisen durch Südkorea mit Originalschauplätzen. Und Fotos vom wunderschönen Berner Oberland.

Sollten sich im Buch Fehler die koreanische Kultur oder Sprache betreffend eingeschlichen haben, so bin ich allein dafür verantwortlich.

Seit zwei Jahren lerne ich Koreanisch und werde wohl noch zwanzig weitere Jahre benötigen, bis ich diese Sprache einigermaßen beherrsche. Vor allem die unterschiedlichen Höflichkeitsformen sind eine Herausforderung. Im Roman kommen einige koreanische Ausdrücke vor, die ich an dieser Stelle noch übersetzen möchte, falls sie nicht im Text erklärt werden.

a-ahsch – Zischlaut, der Ärger ausdrückt

aigoo – drückt Überraschung, Sympathie und Mitgefühl aus, kann mit »oh mein Gott« oder »herrje« übersetzt werden

aniyo – nein

annyeong – hallo (umgangssprachlich)

annyeonghaseyo – guten Tag (höflich)

bangapsseumnida – Schön, Sie zu treffen. (respektvoll)

Eomeo-nim – Frau (Schwieger-)Mutter (respektvoll)

Eomma – Mutter (umgangssprachlich)

Hyeong – älter Bruder/Bekannter/Freund (höflicher Titel, den ein jüngerer Mann einem leicht älteren Mann gegenüber benutzt)

jeoneun Park Jun-ho-ibnida – Ich bin Park Jun-ho. (respektvoll)

jeongmalyo? – Tatsächlich? (höflich)

jinjja? – Echt jetzt? Wirklich? (umgangssprachlich)

joesonghabnida – Es tut mir leid. Bitte entschuldigen Sie. (respektvoll)

ne – ja

saranghae – Ich liebe dich. (umgangssprachlich)

saranghaeyo – Ich liebe dich. (höflich)

Tae-poong-ssi – Herr Tae-poong (höflich)

ya, Tae-poong-a! – Hey, Tae-poong! (umgangssprachlich)

yeoboseyo? – Hallo? (wenn man einen Anruf entgegennimmt)

Der letzte, aber wichtigste Dank gehört Ihnen, liebe Leserinnen und Leser. Ich hoffe, ich konnte Ihnen mit diesem Buch spannende und emotionale Stunden schenken, und natürlich freue ich mich auf ein persönliches Feedback zu Sunshine und Rainman.

Herzlichst
Monika

Weitere Titel von Monika Mansour im Überblick

Auch als eBook erhältlich

Luzern-Krimis mit Cem Cengiz

Liebe, Sünde, Tod
ISBN 978-3-95451-361-1

Himmel, Hölle, Mensch
ISBN 978-3-95451-663-6

Luzerner Todesmelodie
ISBN 978-3-95451-950-7

Luzerner Totentanz
ISBN 978-3-7408-0193-9

Die Tote vom Titlis
ISBN 978-3-7408-0519-7

Wenn der Glaubenberg schweigt
ISBN 978-3-7408-1134-1

Lichter über Luzern
ISBN 978-3-7408-1610-0

Zug-Krimis mit Sara Jung

Höllgrotten
ISBN 978-3-7408-0308-7

Wildspitz
ISBN 978-3-7408-0932-4

Zugersee
ISBN 978-3-7408-1498-4

Lorzentobel
ISBN 978-3-7408-1771-8

111-Orte-Reihe

111 mystische Orte in der Schweiz, die man gesehen haben muss
ISBN 978-3-7408-0139-7

111 Pferde, die man kennen muss
ISBN 978-3-7408-0444-2